btb

Buch

Schauplatz der Geschichte ist die totalitäre Republik Gilead im Norden der früheren USA. Die Frauen dort sind in Klassen eingeteilt, Hausfrauen, Gebärmaschinen oder Sklavinnen, und werden, wenn sie alt oder ungehorsam sind, in radioaktive Kolonien verbannt. Desfred, die Ich-Erzählerin des Reports, der von Wissenschaftlern im Jahre 2195 gefunden wird, ist als »Magd« einem Kommandanten zugewiesen, dessen Frau keine Kinder bekommen kann. Allein in ihrem Zimmer, erinnert sie sich: an Gewohnheiten aus der Zeit »davor«, an Dinge, die jetzt verboten sind, an ihren richtigen Namen, ihren Mann, die geliebte Tochter, die man ihr wegnahm. Doch Desfred besitzt noch etwas, was die Machthaber nicht abzuschaffen oder abzutöten vermochten: ihre Phantasie und ihre Hoffnung auf ein Entkommen, auf Liebe, auf Leben.

»Das Wichtigste, was man über die Gesellschaft, die in diesem Buch beschrieben wird, wissen sollte, ist, daß nichts neu ist – außer der Zeit, dem Schauplatz und ein paar Details. Die Taten sind alle irgendwann einmal begangen worden.« Margaret Atwood

Autorin

Margaret Atwood wurde 1939 in Ottawa geboren. Bereits ihr erster Gedichtband wurde mit dem Governor-General-Award ausgezeichnet. Neben zahlreichen Lyrikbänden erschien 1969 ihr erster Roman *Die eßbare Frau*, gefolgt von *Der lange Traum, Lady Orakel, Die Unmöglichkeit der Nähe, Katzenauge, Die Räuberbraut* und zuletzt *alias Grace*. Der *Report der Magd* wurde mit einem Drehbuch von Harold Pinter von Volker Schlöndorff unter dem Titel »Die Geschichte der Dienerin« verfilmt. Ohne Zweifel ist Margaret Atwood heute eine der bedeutendsten Autorinnen des nordamerikanischen Sprachraums. Sie lebt mit ihrer Familie in Toronto.

Margaret Atwood bei btb
Gute Knochen (72119)

Margaret Atwood

Der Report der Magd
Roman

Deutsch von Helga Pfetsch

btb

Die Originalausgabe erschien 1985
unter dem Titel »The Handmaid's Tale«
im Verlag McClelland und Stewart Limited, Toronto

Umwelthinweis:
Alle bedruckten Materialien dieses Taschenbuches
sind chlorfrei und umweltschonend.

btb Taschenbücher erscheinen im Goldmann Verlag,
einem Unternehmen der Verlagsgruppe Bertelsmann.

1. Auflage
Genehmigte Taschenbuchausgabe Mai 1998
Copyright © 1985 by O. W. Toad Ltd.
Copyright © der deutschsprachigen Ausgabe 1987 by
Claassen Verlag GmbH, Düsseldorf (jetzt Hildesheim)
Umschlaggestaltung: Design Team München
unter Verwendung einer Illustration von Fred Marcellino
Satz: IBV Satz- und Datentechnik GmbH, Berlin
MD · Herstellung: Augustin Wiesbeck
Made in Germany
ISBN 3-442-72299-3

FÜR MARY WEBSTER
UND PERRY MILLER

*Da Rahel sah, daß sie dem Jakob kein Kind gebar,
beneidete sie ihre Schwester und sprach zu Jakob:
Schaffe mir Kinder; wo nicht, so sterbe ich.
Jakob aber ward sehr zornig auf Rahel und sprach:
Bin ich doch nicht Gott, der dir deines Leibes Frucht
nicht geben will.
Sie aber sprach: Siehe, da ist meine Magd Bilha:
gehe zu ihr, daß sie auf meinem Schoß gebäre, und
ich doch durch sie aufgebaut werde.*

1. MOSE 30, 1-3

*Doch ich, der ich mich viele Jahre lang damit
aufgerieben hatte,
eitle, müßige utopische Gedanken anzubieten und
schließlich vollständig daran verzweifelt war, verfiel
zu meinem Glück auf diesen Vorschlag...*

JONATHAN SWIFT,
»Ein bescheidener Vorschlag«

*In der Wüste gibt es kein Schild, das besagt:
Du sollst keine Steine essen.*

SUFI-SPRICHWORT

Inhalt

I	Nacht	11
II	Einkaufen	17
III	Nacht	57
IV	Wartezimmer	67
V	Kurzer Schlaf	99
VI	Haushalt	111
VII	Nacht	141
VIII	Geburts-Tag	149
IX	Nacht	195
X	Seelenrollen	203
XI	Nacht	259
XII	Jesebel	269
XIII	Nacht	349
XIV	Errettung	357
XV	Nacht	387
	Historische Anmerkungen	395

I Nacht

KAPITEL EINS

Wir schliefen in dem Raum, der einst die Turnhalle gewesen war. Der Fußboden war aus Holz, versiegelt, mit aufgemalten Linien und Kreisen für die Spiele, die früher dort gespielt wurden; die Ringe für die Basketballnetze waren noch an ihrem Platz, doch die Netze fehlten. Eine Empore verlief rings um den Raum, für die Zuschauer, und ich meinte, ich könnte, schwach wie ein Nachbild, den säuerlichen Schweißgeruch riechen, durchsetzt vom süßlichen Kaugummi- und Parfümduft der zuschauenden Mädchen – Mädchen in Filzröcken, wie ich von Bildern wußte, später in Miniröcken, dann Shorts, dann mit einem einzigen Ohrring, mit stachligem, grün gesträhntem Haar. Vermutlich hatten hier Tanzfeste stattgefunden; die Musik klang noch nach, ein Schicht um Schicht beschriebenes Palimpsest nicht gehörter Töne, Stil auf Stil, ein untergründiger Trommelwirbel, ein einsamer Klagelaut, Blumengirlanden aus Seidenpapier, Pappteufel, eine mit Spiegeln besetzte, sich drehende Kugel, die einen Schnee von Licht über die Tanzenden stäubte.

Es roch nach früherem Sex und nach Einsamkeit in dem Raum und nach Erwartung, Warten auf etwas, das weder Form noch Namen hatte. Ich erinnere mich an dieses Sehnen nach etwas, das immer drauf und dran war, sich zu ereignen, und doch niemals das gleiche war wie die Hände, die dort und damals auf uns lagen, auf dem Rücken, im Kreuz, oder draußen, auf dem Parkplatz oder im Fernsehraum, wo der Ton leise gestellt war und nur die Bilder über die sich aufbäumenden Körper flimmerten.

Wir sehnten uns nach der Zukunft. Woher hatten wir das, dieses Talent zur Unersättlichkeit? Es lag in der Luft; und es lag jetzt noch immer in der Luft, ein Nachhall, wenn wir zu schlafen versuchten, in Feldbetten, die in Reihen aufgestellt waren, mit genügend Abstand, damit wir nicht miteinander sprechen konnten. Wir hatten Flanellbettücher wie kleine Kinder, und Armeedecken, alte, auf denen noch U.S. stand. Wir falteten unsere Kleider ordentlich zusammen und legten sie auf die Hocker an den Bettenden. Die Lichter waren schwächer gestellt, wurden aber nicht gelöscht. Tante Sara und Tante Elizabeth machten die Runde; sie hatten elektrische Stachelstöcke wie zum Viehtreiben, die an ihren Ledergürteln hingen.

Jedoch keine Schußwaffen. Selbst ihnen wurden keine Waffen anvertraut. Pistolen waren den Wachen vorbehalten, die aus der Heerschar der Engel sorgfältig ausgesucht wurden. Die Wachen durften das Gebäude nicht betreten, außer wenn sie gerufen wurden, und wir durften es nicht verlassen, außer zu unseren Spaziergängen zweimal täglich, bei denen wir zu zweit um das Football-Feld gingen, das jetzt von einem mit Stacheldraht gekrönten Kettengliedzaun umgeben war. Die Engel standen draußen, mit dem Rücken zu uns. Sie waren für uns Gegenstand der Furcht, aber ebenso auch Gegenstand von etwas anderem. Wenn sie doch herüberschauen würden! Wenn wir doch mit ihnen sprechen könnten! Man könnte etwas tauschen, dachten wir, einen Handel abschließen, Geschäfte machen, immerhin hatten wir noch unsere Körper. Das war unser Tagtraum.

Wir lernten fast lautlos zu flüstern.

Im Halbdunkel konnten wir die Arme ausstrecken, wenn die Tanten nicht hersahen. Wir konnten einander über den Abstand hinweg mit den Fingerspitzen berühren. Wir lernten, von den Lippen zu lesen, auf der Seite liegend, den Kopf flach auf dem Bett, einander auf den Mund blickend. So tauschten wir Namen aus, von Bett zu Bett: Alma. Janine. Dolores. Moira. June.

II Einkaufen

KAPITEL ZWEI

Ein Stuhl, ein Tisch, eine Lampe. Darüber, an der weißen Zimmerdecke, ein Relief-Ornament: ein Kranz, und in der Mitte eine leere Fläche, zugegipst, wie die Stelle in einem Gesicht, wo ein Auge herausgenommen worden ist. Dort muß einmal ein Kronleuchter gehangen haben. Sie haben alles entfernt, woran man einen Strick befestigen könnte.

Ein Fenster, zwei weiße Gardinen. Unter dem Fenster ein Fenstersitz mit einem kleinen Kissen. Wenn das Fenster einen Spalt geöffnet ist – es läßt sich nur einen Spalt öffnen –, kann die Luft herein und die Gardinen bewegen. Ich kann auf dem Stuhl sitzen oder auf dem Fenstersitz, mit gefalteten Händen, und zuschauen. Auch Sonnenlicht strömt durch das Fenster und fällt auf den Holzfußboden, schmale Dielenbretter, auf Hochglanz poliert. Ich rieche das Bohnerwachs. Auf dem Fußboden liegt ein Teppich, oval, aus Stoffresten geflochten. Das ist die Note, die sie mögen: Volkskunst, archaisch, von Frauen in ihrer Freizeit gemacht, aus Dingen, die sonst nicht mehr zu gebrauchen sind. Eine Rückkehr zu traditionellen Werten. Nichts entbehrt, wer der Verschwendung wehrt. Ich werde nicht verschwendet. Warum entbehre ich so viel?

An der Wand über dem Stuhl ein Bild, gerahmt, aber ohne Glas: Blumen, blaue Iris, die Reproduktion eines Aquarells. Blumen sind noch erlaubt. Ob alle von uns das gleiche Bild haben, den gleichen Stuhl, die gleichen weißen Vorhänge? Eigentum der Regierung?

Stellt euch vor, ihr wärt beim Militär, sagte Tante Lydia.

Ein Bett. Schmal, die Matratze mittelhart, darüber eine weiße Wollflockendecke. Nichts spielt sich in diesem Bett ab als Schlaf. Oder Schlaflosigkeit. Ich versuche, nicht zu viel zu denken. Wie manches andere neuerdings muß auch das Denken rationiert werden. Es gibt vieles, was kein Nachdenken verträgt. Nachdenken kann dir die Chancen verderben, und ich beabsichtige durchzuhalten. Ich weiß, warum vor dem Aquarell mit der blauen Iris kein Glas ist, und warum das Fenster sich nur einen Spaltbreit öffnen läßt, und warum die Fensterscheibe aus bruchsicherem Glas ist. Daß wir weglaufen, davor haben sie keine Angst. Wir würden nicht weit kommen. Es sind die anderen Fluchtwege, die, die wir in uns selbst öffnen können, sofern ein scharfer Gegenstand zur Hand ist.

Nun ja. Abgesehen von solchen Kleinigkeiten, könnte dies ein Gästezimmer in einem College sein, für die weniger vornehmen Besucher. Oder ein Zimmer in einer Pension, wie es sie in früheren Zeiten gab, für Damen in beschränkten Verhältnissen. Genau das sind wir jetzt. Die Verhältnisse sind beschränkt worden – für diejenigen von uns, die noch Verhältnisse haben.

Immerhin, ein Stuhl, Sonne, Blumen: das darf man nicht von der Hand weisen. Ich bin am Leben, ich lebe, ich atme, ich strecke die Hand aus, geöffnet, ins Sonnenlicht. Ich bin hier nicht im Gefängnis, sondern ich genieße ein Privileg, wie Tante Lydia sagte, die in das Entweder-Oder verliebt war.

Die Glocke, die die Zeit mißt, schlägt. Die Zeit wird hier mit Glocken gemessen, wie einstmals in Nonnenklöstern. Ebenfalls wie im Nonnenkloster gibt es hier nur wenige Spiegel.

Ich stehe von meinem Stuhl auf und schiebe die Füße vorwärts ins Sonnenlicht, in ihren roten Schuhen, die keine Tanzschuhe sind, sondern flache Absätze haben, weil das besser für die Wirbelsäule ist. Die roten Handschuhe liegen auf dem

Bett. Ich nehme sie und streife sie über die Hände, Finger für Finger. Alles, außer den Flügeln, die mein Gesicht umgeben, ist rot: die Farbe des Blutes, die uns kennzeichnet. Der Rock ist knöchellang, weit, zu einer flachen Passe gerafft, die sich über die Brüste spannt; die Ärmel sind weit. Die weißen Flügel sind ebenfalls vorgeschrieben: Sie sollen uns am Sehen hindern, aber auch am Gesehenwerden. Rot hat mir noch nie gestanden, es ist nicht meine Farbe. Ich nehme den Einkaufskorb und hänge ihn mir über den Arm.

Die Tür des Zimmers – nicht *meines* Zimmers, ich weigere mich, *mein* zu sagen – ist nicht zugeschlossen. Sie schließt nicht einmal richtig. Ich gehe hinaus in den Flur. In der Mitte ein Läufer, blaßrosa. Wie ein Pfad durch den Wald, wie ein Teppich für königlichen Besuch weist er mir den Weg.

Der Läufer knickt ab und führt die Treppe hinunter, und ich folge ihm, eine Hand auf dem Geländer, das einst ein Baum war und in einem anderen Jahrhundert gedrechselt und zu warmem Glanz gerieben wurde. Spätviktorianisch ist das Haus, ein Familienwohnhaus, für eine große, reiche Familie erbaut. In der Diele steht eine großväterliche Standuhr, die Zeit austeilt, und dann kommt die Tür zu dem matronenhaften Wohnzimmer mit seinen fleischfarbenen Tönen und Anspielungen. Ein Wohnzimmer, in dem ich nicht wohne, sondern nur stehe oder knie. Am Ende der Diele, über der Haustür, befindet sich ein fächerförmiges Buntglasfenster: Blumen, rote und blaue.

Bleibt noch der Spiegel, an der Dielenwand. Wenn ich den Kopf so drehe, daß die weißen Flügel, die mein Gesicht rahmen, meinen Blick in seine Richtung lenken, kann ich ihn sehen, während ich die Treppe hinuntergehe, rund, konvex, ein Pfeilerspiegel, wie ein Fischauge, und mich selbst darin, ein verzerrter Schatten, eine Parodie, eine Märchengestalt in einem roten Umhang, absteigend zu einem Moment der Unbekümmertheit, die das gleiche ist wie Gefahr. Eine Ordensschwester, in Blut getaucht.

Am Fuß der Treppe befindet sich ein Hut- und Schirmständer, aus Bugholz, lange, gerundete Holzsprossen, die sich sanft zu Haken in der Form sich öffnender Farnwedel emporschwingen. Mehrere Schirme stehen darin: ein schwarzer für den Kommandanten, ein blauer für die Frau des Kommandanten, und der für mich bestimmte, der rot ist. Ich lasse den roten Schirm stehen, denn vom Blick aus dem Fenster weiß ich, daß die Sonne scheint. Ich überlege, ob die Frau des Kommandanten wohl im Wohnzimmer sitzt. Sie sitzt nicht immer. Manchmal höre ich, wie sie hin und her geht, ein schwerer Schritt und dann ein leichter und das leise Pochen ihres Gehstocks auf dem altrosa Teppich.

Ich gehe durch die Diele, an der Wohnzimmertür und an der Tür, die ins Eßzimmer führt, vorbei. Ich öffne die Tür am Ende der Diele und gehe hindurch in die Küche. Hier herrscht nicht mehr der Geruch nach Möbelpolitur. Rita ist da. Sie steht am Küchentisch, dessen Platte mit weißer, angeschlagener Emaille überzogen ist. Sie trägt ihr übliches Martha-Kleid, das dunkelgrün ist, wie ein Chirurgenkittel in der Zeit davor. Das Kleid ist im Schnitt meinem sehr ähnlich, lang und verhüllend, aber mit einem Servierschürzchen davor, und ohne die weißen Flügel und den Schleier. Sie legt den Schleier an, wenn sie ausgeht, obwohl sich niemand weiter darum zu kümmern scheint, wer das Gesicht einer Martha zu sehen bekommt. Ihre Ärmel sind bis zu den Ellbogen aufgekrempelt, so daß man ihre braunen Arme sieht. Sie ist dabei, Brot zu backen, und teilt gerade den Teig ein, ehe sie die Laibe ein letztes Mal kurz knetet und formt.

Rita sieht mich und nickt, ob zum Gruß oder einfach nur zum Zeichen, daß sie meine Anwesenheit wahrgenommen hat, ist schwer zu sagen. Sie wischt sich ihre mehligen Hände an der Schürze ab und sucht in der Küchenschublade nach dem Gutscheinheft. Stirnrunzelnd reißt sie drei Gutscheine heraus und gibt sie mir. Ihr Gesicht könnte freundlich sein, wenn sie lächeln würde. Doch das Stirnrunzeln ist nicht persönlich gemeint: Es ist das rote Kleid, was ihr mißfällt, und das, wofür es steht. Sie meint, ich wäre womöglich ansteckend, wie eine Krankheit oder irgendein anderes Unglück.

Manchmal horche ich an geschlossenen Türen. In der Zeit davor hätte ich das nie getan. Ich horche nicht lange, weil ich nicht dabei ertappt werden möchte. Einmal habe ich jedoch gehört, wie Rita zu Cora sagte, sie selber würde sich nicht derartig entwürdigen.

Von dir verlangt es ja auch keiner, sagte Cora. Im übrigen, was könntest du dagegen tun, wenn es von dir verlangt würde?

In die Kolonien gehen, sagte Rita. Man hat die Wahl.

Zu den Unfrauen, und dort verhungern und weiß Gott was sonst? sagte Cora. Dich möchte ich sehen!

Sie palten Erbsen aus; sogar durch die fast geschlossene Tür hörte ich das leichte Aufprallen der harten Erbsen, die in die Metallschüssel fielen. Ich hörte, wie Rita ein Grunzen oder einen Seufzer von sich gab, Protest oder Zustimmung.

Immerhin tun sie es für uns alle, sagte Cora. Oder behaupten es jedenfalls. Wenn ich mich nicht hätte sterilisieren lassen, hätte es auch mich treffen können, wäre ich, sagen wir, zehn Jahre jünger. So schlimm ist es auch wieder nicht. Schwere Arbeit kannst du es nicht gerade nennen.

Besser sie als ich, sagte Rita, und ich öffnete die Tür. Ihre Gesichter sahen so aus, wie Gesichter von Frauen aussehen, die hinter deinem Rücken über dich gesprochen haben und denken, du hast es gehört: verlegen, aber auch ein bißchen herausfordernd, als hätten sie ein Recht darauf. An diesem Tag war Cora liebenswürdiger zu mir als sonst, Rita dagegen mürrischer.

Heute würde ich, trotz Ritas verschlossenen Gesichts und ihrer zusammengepreßten Lippen, lieber hier bleiben, in der Küche. Cora würde vielleicht dazukommen, von irgendwoher im Haus, ihre Flasche Zitronenöl und ihr Staubtuch in der Hand, und Rita würde Kaffee kochen – in den Häusern der Kommandanten gibt es noch echten Kaffee –, und wir würden an Ritas Küchentisch sitzen, der genauso wenig Ritas Küchentisch ist, wie mein Tisch meiner ist, und wir würden reden, über Schmerzen und Beschwerden, Krankheiten, über unsere Füße, unsere Rücken, über all die verschiedenen Unarten, die unsere Körper sich wie aufsässige Kinder einfallen lassen. Wir würden zur Bekräftigung dessen, was jede von uns sagte, mit den Köpfen nicken und einander zu verstehen geben, daß wir, natürlich, über alles Bescheid wissen. Wir würden Heilmittel austauschen und versuchen, einander bei der Aufzählung unserer körperlichen Wehwehchen zu übertreffen; leise würden wir klagen, unsere Stimmen sanft und in Moll und trauervoll wie Tauben in der Dachrinne. *Ich weiß, was du meinst,* würden wir sagen. Oder, eine seltsame altmodische Redensart, die man zuweilen noch von älteren Menschen hört: *Ich höre wohl, woher du kommst,* als sei die Stimme selbst eine Reisende, die von einem fernen Ort kommt. Und das wäre sie ja auch, das ist sie ja auch.

Wie ich solches Gerede früher immer verachtet habe! Jetzt sehne ich mich danach. Zumindest wurde geredet, war es eine Art Austausch.

Oder wir würden Klatschgeschichten erzählen. Die Marthas wissen manches, verbreiten die inoffiziellen Neuigkeiten von Haus zu Haus. Bestimmt horchen sie, wie ich, an Türen und sehen manches, auch mit abgewandten Augen. Ich habe ihnen manchmal dabei zugehört, Fetzen ihrer privaten Gespräche aufgeschnappt. *Totgeboren, ja.* Oder: *Mit einer Stricknadel erstochen, richtig in den Bauch. Eifersucht muß es gewesen sein, nagende Eifersucht.* Oder noch verlockender: *Mit Toilettenreiniger hat sie es gemacht. Hat fabelhaft funktioniert. Obwohl man denken sollte, er hätte es schmecken müssen. Muß der betrunken gewesen sein. Nur daß sie ihr leider auf die Schliche gekommen sind.*

Oder ich würde Rita beim Brotbacken helfen, meine Hände in diese weiche, widerstandsfähige Wärme tauchen, die so sehr wie die Wärme eines Körpers ist. Mich hungert danach, etwas zu berühren, etwas anderes als Stoff oder Holz. Mich hungert danach, den Akt des Berührens zu vollziehen.

Doch selbst wenn ich fragen würde, selbst wenn ich derart die Regeln verletzen würde, Rita würde es nicht zulassen. Zu groß wäre ihre Angst. Die Marthas dürfen nicht mit uns fraternisieren.

Fraternisieren heißt, *sich wie ein Bruder verhalten*. Das hat Luke mir gesagt. Er sagte, es gebe kein entsprechendes Wort, das *sich wie eine Schwester verhalten* bedeutet. *Sororisieren* müßte es heißen, sagte er. Vom Lateinischen abgeleitet. Es machte ihm Spaß, über solche Einzelheiten Bescheid zu wissen. Die Ableitungen von Wörtern, sonderbare Redewendungen. Ich zog ihn immer damit auf, daß er pedantisch sei.

Ich nehme die Gutscheine aus Ritas ausgestreckter Hand. Es sind Bilder darauf, Bilder von den Gegenständen, die dafür eingetauscht werden können: zwölf Eier, ein Stück Käse, ein braunes Etwas, das ein Steak sein soll. Ich stecke die Gutscheine in die Reißverschlußtasche in meinem Ärmel, in der ich meinen Paß aufbewahre.

»Sag ihnen, frisch sollen sie sein, die Eier«, sagt sie. »Nicht wie letztes Mal. Und ein Hähnchen, sag ihnen das! Kein Suppenhuhn. Sag ihnen, für wen es ist, dann drehen sie dir nichts an.«

»Gut«, sage ich. Ich lächle nicht. Warum sie zur Freundschaft verführen?

KAPITEL DREI

Ich gehe durch die Hintertür hinaus in den Garten, der groß und gepflegt ist: ein Rasen in der Mitte, eine Trauerweide, Weidenkätzchen; ringsherum an den Rändern die Blumenrabatten, wo die Narzissen jetzt verblassen und die Tulpen ihre Kelche öffnen, Farbe verschütten. Die Tulpen sind rot, ein dunkleres Karmesinrot zum Stengel hin, als hätten sie dort Schnittwunden, die eben zu heilen beginnen.

Der Garten ist die Domäne der Frau des Kommandanten. Wenn ich durch mein bruchsicheres Fenster hinausschaue, sehe ich sie dort oft, die Knie auf einem Kissen, einen blauen Schleier über ihrem breitkrempigen Gartenhut, einen Korb mit Gartenschere und Bast zum Anbinden der Blumen neben sich. Ein Wächter, der dem Kommandanten zugeteilt ist, besorgt die schwere Arbeit des Umgrabens. Die Frau des Kommandanten leitet ihn an, sie zeigt mit dem Stock. Viele der Kommandantenfrauen haben solche Gärten – es ist etwas, das sie in Ordnung halten und wofür sie sorgen können.

Ich hatte auch einmal einen Garten. Ich erinnere mich noch an den Geruch der umgegrabenen Erde, an die prallen Formen der Blumenzwiebeln in den Händen, die Fülle, an das trockene Rascheln von Samen zwischen den Fingern. Die Zeit verging mir darüber viel schneller. Manchmal läßt sich die Frau des Kommandanten einen Stuhl herausbringen und sitzt einfach nur darauf, in ihrem Garten. Aus der Entfernung sieht es friedlich aus.

Jetzt ist sie nicht da, und ich überlege, wo sie ist: Ich schätze es nicht, wenn ich der Frau des Kommandanten unerwartet begegne. Vielleicht ist sie im Wohnzimmer und näht, den linken Fuß auf dem Schemel, wegen ihrer Arthritis. Oder sie strickt Schals, für die Engel an der Front. Ich kann mir kaum vorstellen, daß die Engel Bedarf an solchen Schals haben, und die von der Frau des Kommandanten gestrickten sind ohnehin zu kunstvoll. Mit dem Kreuz-und-Stern-Muster, das viele der anderen Ehefrauen wählen, gibt sie sich gar nicht erst ab. Es ist ihr nicht schwierig genug. Tannenbäume stehen an den Enden ihrer Schals stramm, oder Adler, oder steife androide Gestalten, Junge und Mädchen, Junge und Mädchen. Es sind keine Schals für ausgewachsene Männer, sondern für Kinder.

Manchmal denke ich, daß diese Schals gar nicht an die Engel geschickt, sondern aufgeribbelt und wieder in Wollknäuel verwandelt werden, damit die Frauen sie von neuem verstricken. Vielleicht dient das Stricken nur dazu, die Ehefrauen zu beschäftigen, ihnen das Gefühl der Nützlichkeit zu vermitteln. Aber ich beneide die Frau des Kommandanten um ihr Strickzeug. Es ist gut, kleine Ziele zu haben, die leicht erreicht werden können.

Worum beneidet sie mich?

Sie spricht nicht mit mir, sofern sie es irgend vermeiden kann. Ich bin für sie ein Tadel, ein Vorwurf – und eine Notwendigkeit.

Vor fünf Wochen standen wir uns zum erstenmal gegenüber, als ich hier eintraf, um diese Stellung anzutreten. Der Wächter von der früheren Stelle brachte mich bis an die Haustür. Am ersten Tag dürfen wir durch die Haustür eintreten, aber danach sollen wir die Hintertür benutzen. Es hat sich alles noch nicht richtig eingespielt, es ist noch zu früh, man ist sich noch nicht klar über unseren genauen Status. Wenn noch eine Weile vergangen ist, werden wir alle nur noch die Haustür oder nur noch die Hintertür benutzen dürfen.

Tante Lydia sagte, sie setze sich dafür ein, daß es die Haustür sei. Ihr habt schließlich eine ehrenhafte Stellung, sagte sie.

Der Wächter klingelte für mich, aber noch bevor Zeit war, die Glocke zu hören und herbeizueilen, ging die Tür nach innen auf. Sie muß dahinter gestanden und gewartet haben. Ich war auf eine Martha gefaßt, aber statt dessen war *sie* es, unverkennbar in ihrem langen taubenblauen Gewand.

Du bist also die Neue, sagte sie. Sie trat nicht beiseite, um mich einzulassen. Sie stand einfach nur in der Tür und versperrte den Eingang. Sie wollte mir zu verstehen geben, daß ich nur auf ihr Geheiß das Haus betreten konnte. Es gibt heute oft harte Rangeleien um solche Machtpositionen.

Ja, sagte ich.

Laß das auf der Veranda. Das sagte sie zu dem Wächter, der meine Tasche trug. Die Tasche war aus rotem Vinyl und nicht sehr groß. Ich hatte noch eine andere Tasche, die den Winterumhang und wärmere Kleider enthielt, aber die würde später nachkommen.

Der Wächter setzte die Tasche ab und salutierte. Dann hörte ich hinter mir seine sich entfernenden Schritte und das Klicken des Gartentors, und ich hatte das Gefühl, als würde mir ein schützender Arm entzogen. Die Schwelle eines neuen Hauses ist ein einsamer Ort.

Sie wartete, bis der Motor angelassen wurde und das Auto davonfuhr. Ich sah ihr nicht ins Gesicht, sondern auf den Teil von ihr, den ich mit gesenktem Kopf sehen konnte: die blaue, dick gewordene Taille, die linke Hand auf dem Elfenbeinknauf ihres Gehstocks, die großen Diamanten am Ringfinger, der einmal sehr hübsch gewesen sein mußte und jetzt noch gepflegt aussah, mit dem zu einer sanft gerundeten Spitze gefeilten Fingernagel am Ende des knöchernen Fingers. Er wirkte an diesem Finger wie ein ironisches Lächeln, wie etwas, das sich über sie lustig machte.

Dann komm nur herein, sagte sie, wandte mir den Rücken zu und hinkte durch die Diele. Mach die Tür hinter dir zu.

Ich trug die rote Tasche nach drinnen, wie sie es zweifellos gewollt hatte, dann schloß ich die Tür. Ich sagte nichts zu ihr. Tante Lydia sagte immer, es sei das beste, nur zu sprechen, wenn sie uns eine direkte Frage stellten. Versetzt euch einmal in ihre Lage, sagte sie, die Hände gefaltet und fest aneinander gedrückt, mit ihrem nervösen flehenden Lächeln. Es ist nicht leicht für sie.

Hier herein, sagte die Frau des Kommandanten. Als ich ins Wohnzimmer trat, saß sie schon auf ihrem Stuhl, den linken Fuß auf dem Schemel mit dem Petit-Point-Polster: Rosen in einem Korb. Ihr Strickzeug lag auf dem Boden neben dem Stuhl, mit durchgesteckten Nadeln.

Ich stand mit gefalteten Händen vor ihr. Also, sagte sie. Sie hielt eine Zigarette zwischen den Fingern, die sie in den Mund steckte und mit den Lippen festhielt, während sie sie anzündete. Ihre Lippen waren in dieser Haltung schmal, mit dünnen vertikalen Linien ringsherum, wie man sie früher in Anzeigen für Lippenkosmetik sah. Das Feuerzeug war elfenbeinfarben. Die Zigaretten mußten vom Schwarzen Markt stammen, sagte ich mir, und das gab mir Hoffnung. Obwohl kein richtiges Geld mehr in Umlauf ist, gibt es auch jetzt noch einen Schwarzen Markt. Es gibt immer einen Schwarzen Markt, es gibt immer etwas zum Tauschen. Dann war sie also eine Frau, die in der Lage war, die Vorschriften zu umgehen. Aber was hatte ich, zum Tauschen?

Ich starrte sehnsüchtig auf die Zigarette. Für mich sind Zigaretten, wie Alkohol und Kaffee, verboten.

Dann hat es bei dem alten Wieheißterdoch also nicht geklappt, sagte sie.

Nein, Ma'am, sagte ich.

Sie stieß etwas aus, was ein Lachen sein mochte, dann hustete sie. Pech für ihn, sagte sie. Dies ist dein zweiter, nicht wahr?

Mein dritter, Ma'am, sagte ich.

Für dich auch nicht so gut, sagte sie. Ein weiteres hustendes

Lachen. Du kannst dich setzen. Ich will es nicht zur Regel machen, nur dieses Mal.

Ich setzte mich auf die Kante eines der Stühle mit den hohen geraden Lehnen. Ich wollte nicht in dem Zimmer umherschauen, ich wollte nicht unaufmerksam erscheinen; deshalb blieben der marmorne Kamin zu meiner Rechten und der Spiegel darüber und die Blumensträuße an diesem Tag nur Schatten am Rand meines Gesichtsfelds. Später sollte ich mehr als genug Zeit haben, sie genau zu betrachten.

Jetzt war ihr Gesicht auf einer Höhe mit meinem. Ich meinte sie wiederzuerkennen, oder zumindest war irgend etwas Vertrautes an ihr. Unter dem Schleier war ein wenig von ihrem Haar zu sehen. Es war noch blond. Ich dachte damals, daß sie es vielleicht bleichte, daß sie auch Haarfärbemittel über den Schwarzen Markt bekommen konnte. Doch inzwischen weiß ich, daß es wirklich blond ist. Die Augenbrauen waren zu dünnen, gebogenen Linien gezupft, was ihr einen Ausdruck permanenter Überraschung oder Empörung oder Neugier verlieh, aber die Augenlider darunter sahen müde aus. Nicht so ihre Augen, die das matte, feindselige Blau eines Hochsommerhimmels bei strahlender Sonne hatten, ein Blau, das einen ausschließt. Ihre Nase mußte einmal das gewesen sein, was man niedlich nennt, war jetzt aber zu klein für ihr Gesicht. Ihr Gesicht war nicht dick, aber es war sehr groß. Zwei Falten zogen sich von den Mundwinkeln nach unten, dazwischen lag das Kinn, geballt wie eine Faust.

Ich möchte dich so wenig wie möglich sehen, sagte sie. Ich nehme an, dir geht es mit mir genauso.

Ich antwortete nicht, da ein Ja eine Beleidigung und ein Nein ein Widersprechen gewesen wäre.

Ich weiß, daß du nicht dumm bist, fuhr sie fort. Sie inhalierte, blies dann den Rauch aus. Ich habe deine Akte gelesen. Soweit es mich betrifft, ist dies eine geschäftliche Transaktion. Aber wer mir Schwierigkeiten macht, kriegt Schwierigkeiten. Du verstehst?

Ja, Ma'am, sagte ich.

Nenne mich nicht Ma'am, sagte sie gereizt. Du bist keine Martha.

Ich fragte nicht, wie ich sie anreden sollte, denn ich sah sehr wohl, daß sie hoffte, ich würde nie Gelegenheit haben, sie irgendwie anzureden. Ich war enttäuscht. Damals hätte ich sie am liebsten zu einer älteren Schwester gemacht, zu einer Mutterfigur, zu jemandem, der mich verstand und mich beschützte. Bei meiner bisherigen Stelle hatte die Ehefrau den größten Teil ihrer Zeit in ihrem Schlafzimmer verbracht; die Marthas sagten, sie trinke. Ich wünschte mir, daß diese anders sei. Ich wollte gern glauben, daß ich sie, zu einer anderen Zeit und an anderem Ort, in einem anderen Leben gern gemocht hätte. Aber ich sah bereits, daß ich sie nie gemocht hätte, und sie mich auch nicht.

Sie drückte ihre halb gerauchte Zigarette in einem kleinen verschnörkelten Aschenbecher auf dem Lampentisch aus. Sie tat dies entschlossen, ein Stoß und ein Drehen, nicht das wiederholte Tippen, wie es viele der Ehefrauen bevorzugen.

Was meinen Mann angeht, sagte sie, so ist er genau das. Mein Mann. Ich möchte, daß das absolut klar ist. Bis daß der Tod uns scheidet. Das ist endgültig.

Ja, Ma'am, sagte ich wieder, versehentlich. Früher gab es Puppen für kleine Mädchen, die sprachen, wenn man am Rücken an einer Schnur zog. Ich sagte mir, daß ich mich genauso anhörte, monoton, wie die Stimme einer Puppe. Wahrscheinlich sehnte sie sich danach, mir ins Gesicht zu schlagen. Sie dürfen uns schlagen, es gibt Präzedenzfälle in der Schrift. Aber nicht mit irgendwelchen Gegenständen. Nur mit der Hand.

Das ist eine der Errungenschaften, für die wir gekämpft haben, sagte die Frau des Kommandanten, und plötzlich schaute sie nicht mehr mich an, sie schaute hinunter auf ihre Knöchel, ihre mit Diamanten besetzten Finger, und ich wußte, wo ich sie schon einmal gesehen hatte.

Das erste Mal hatte ich sie im Fernsehen gesehen, als ich acht oder neun war. Das war die Zeit, als meine Mutter am Sonntagmorgen länger schlief und ich oft früh aufstand und zum Fernsehapparat in ihrem Arbeitszimmer hinüberging und auf der Suche nach Zeichentrickfilmen alle Kanäle durchprobierte. Manchmal, wenn ich nichts fand, sah ich mir die »Andachtsstunde für heranwachsende Seelen« an, in der für Kinder biblische Geschichten erzählt und Choräle gesungen wurden. Eine der Frauen hieß Serena Joy. Sie war der erste Sopran. Sie war aschblond, zierlich, mit Stupsnase und riesigen blauen Augen, die sie bei den Chorälen gen Himmel wandte. Sie konnte zur gleichen Zeit lächeln und weinen, ein oder zwei Tränen kullerten ihr anmutig die Wange hinunter, wie auf Kommando, während ihre Stimme sich zu den höchsten Tönen emporschwang, tremulierend, mühelos. Später hatte sie sich dann anderen Dingen zugewandt.

Die Frau, die vor mir saß, war Serena Joy. Oder war es einmal gewesen. Also war es noch schlimmer, als ich gedacht hatte.

KAPITEL VIER

Ich gehe den Kiesweg hinunter, der den Rasen hinter dem Haus wie ein säuberlich gezogener Scheitel teilt. In der Nacht hat es geregnet; das Gras zu beiden Seiten ist naß, die Luft feucht. Hier und da liegen Würmer, Beweise für die Fruchtbarkeit des Bodens, von der Sonne überrascht, halb tot; beweglich und rosa, wie Lippen.

Ich öffne die weiße Lattentür und gehe weiter, am vorderen Rasen entlang und auf das vordere Gartentor zu. In der Einfahrt wäscht einer der Wächter, die unserem Haushalt zugeteilt sind, den Wagen. Das muß bedeuten, daß der Kommandant im Haus ist, in seinen Räumen hinter dem Eßzimmer, wo er sich meistens aufzuhalten scheint.

Es ist ein sehr teurer Wagen, ein Whirlwind; besser als der Chariot, und sehr viel besser als der praktische, aber klobige Behemoth. Natürlich ist er schwarz – die Prestigefarbe und die Farbe der Leichenwagen – und lang und glänzend. Der Fahrer reibt liebevoll mit einem Poliertuch darüber. Zumindest dies hat sich nicht verändert, die Zärtlichkeit, mit der Männer teure Autos liebkosen.

Er trägt die Uniform der Wächter, aber seine Mütze sitzt in einem flotten Winkel auf dem Kopf, und seine Ärmel sind bis zu den Ellbogen aufgerollt, so daß man seine Unterarme sieht, braungebrannt, und mit Tupfen dunkler Härchen. Eine Zigarette hängt ihm im Mundwinkel, was zeigt, daß auch er etwas hat, womit er auf dem Schwarzen Markt handeln kann.

Ich weiß, wie der Mann heißt: Nick. Ich weiß es, weil ich gehört habe, wie Rita und Cora über ihn sprachen, und einmal habe ich gehört, wie der Kommandant zu ihm sagte: Nick, ich brauche das Auto nicht.

Er wohnt hier, auf dem Grundstück, über der Garage. Niedriger Status: ihm ist keine Frau zugeteilt worden, nicht einmal eine. Er gilt nichts: irgendein Makel, ein Mangel an Verbindungen. Aber er verhält sich so, als wüßte er das nicht oder als kümmerte es ihn nicht. Er ist zu lässig, er ist nicht unterwürfig genug. Es mag Dummheit sein, aber das glaube ich nicht. Stinkt nach Fisch, sagte man früher. Oder: Ich rieche eine Ratte. Außenseitertum als Geruch. Ohne es zu wollen, überlege ich, wie er wohl riecht. Nicht nach Fisch oder verwesender Ratte: nach sonnengebräunter Haut, feucht in der Sonne, eingehüllt von Rauch. Ich seufze und atme tief ein.

Er schaut mich an und sieht, wie ich zu ihm hinüberschaue. Er hat ein französisches Gesicht, mager, drollig, nur Flächen und Winkel, mit Falten um den Mund, wo er lächelt. Er zieht ein letztes Mal an der Zigarette, läßt sie auf den Weg fallen und tritt darauf. Er beginnt zu pfeifen. Dann zwinkert er.

Ich senke den Kopf, wende mich ab, so daß die weißen Flügel mein Gesicht verdecken, und gehe weiter. Er ist soeben ein Risiko eingegangen, aber wofür? Was, wenn ich ihn anzeigen würde?

Vielleicht wollte er einfach nur nett sein. Vielleicht hat er meinen Gesichtsausdruck gesehen und ihn irrtümlich für etwas anderes gehalten. In Wirklichkeit wollte ich nur die Zigarette.

Vielleicht war es ein Test, vielleicht wollte er sehen, was ich tun würde.

Vielleicht ist er ein Auge.

Ich öffne das vordere Gartentor und schließe es hinter mir, blicke zu Boden, aber nicht zurück. Der Bürgersteig ist aus rotem Ziegelstein. Auf diese Landschaft richte ich den Blick:

ein Feld von Rechtecken, sanft gewellt, wo die Erde darunter eingesackt ist von jahrzehntelangem Winterfrost. Das Rot der Ziegelsteine ist alt und doch frisch und klar. Die Bürgersteige werden sehr viel sauberer gehalten als früher.

Ich gehe bis zur Straßenecke und warte. Früher konnte ich nicht gut warten. Auch jene dienen, die nur stehen und warten, sagte Tante Lydia. Sie ließ uns die Zeile auswendig lernen. Sie sagte auch: Nicht alle von euch werden es schaffen. Etliche von euch werden auf trockenen Boden oder unter die Dornen fallen. Etliche von euch sind nicht tief genug verwurzelt. Sie hatte ein Muttermal am Kinn, das auf und ab hüpfte, während sie sprach. Sie sagte: Stellt euch vor, ihr seid Samen, und dabei wurde ihre Stimme schmeichlerisch, verschwörerisch, wie früher die Stimmen der Frauen, die Kindern Ballettunterricht gaben und die immer sagten: Und jetzt die Arme hoch in die Luft, jetzt tun wir so, als wären wir alle Bäume!

Ich stehe an der Ecke, und tue so, als wäre ich ein Baum.

Eine Gestalt, rot, mit weißen Flügeln um das Gesicht, eine Gestalt wie ich, eine nicht näher zu beschreibende Frau in Rot, die einen Korb trägt, kommt über den Ziegelsteinbürgersteig auf mich zu. Sie erreicht mich, und wir spähen einander ins Gesicht, durch die weißen Stofftunnel, die uns einschließen. Sie ist die richtige.

»Gesegnet sei die Frucht«, sagt sie zu mir – der übliche Gruß unter uns.

»Möge der Herr uns öffnen«, erwidere ich, – die übliche Antwort. Wir drehen uns um und gehen zusammen in Richtung des Zentrums der Stadt. Wir dürfen nur zu zweit in die Stadt gehen. Diese Bestimmung dient angeblich unserem Schutz, obwohl die Vorstellung absurd ist: Wir sind ohnehin bestens geschützt. In Wahrheit ist sie meine Spionin, so wie ich ihre bin. Falls eine von uns wegen eines Vorkommnisses bei einem unserer täglichen Gänge durch das Netz schlüpft, wird die andere dafür zur Verantwortung gezogen werden.

Diese Frau ist seit zwei Wochen meine Partnerin. Ich weiß nicht, was mit ihrer Vorgängerin passiert ist. Von einem bestimmten Tag an war sie einfach nicht mehr da, und statt ihrer erschien diese. So etwas gehört nicht zu den Dingen, nach denen man fragt, denn die Antworten sind in der Regel Antworten, die man lieber nicht wissen will. Außerdem würde es gar keine Antworten geben.

Diese ist ein wenig rundlicher als ich. Ihre Augen sind braun. Ihr Name ist Desglen, und das ist ungefähr alles, was ich über sie weiß. Sie geht sittsam, den Kopf gesenkt, die rotbehandschuhten Hände übereinandergelegt, mit kurzen Schrittchen wie ein dressiertes Schwein, das auf den Hinterbeinen läuft. Bei unseren Gängen hat sie noch nie irgend etwas gesagt, was nicht streng orthodox gewesen wäre. Andererseits habe ich das auch nicht getan. Vielleicht ist sie eine echte Gläubige, eine Magd nicht nur dem Namen nach. Ich kann das Risiko nicht eingehen.

»Der Krieg geht gut, höre ich«, sagt sie.

»Lob sei dem Herrn«, erwidere ich.

»Gutes Wetter ist uns gesandt worden.«

»Ich empfange es mit Freuden.«

»Sie haben seit gestern noch weitere Rebellen geschlagen.«

»Lob sei dem Herrn«, sage ich. Ich frage sie nicht, woher sie das weiß. »Was für welche waren es?«

»Baptisten. Sie hatten eine Hochburg in den Blauen Bergen. Man hat sie ausgeräuchert.«

»Lob sei dem Herrn.«

Manchmal wünschte ich, sie würde den Mund halten und mich in Frieden meinen Spaziergang machen lassen. Aber ich bin hungrig auf Nachrichten, jede Art von Nachrichten; selbst wenn es gefälschte Nachrichten sind, müssen sie etwas bedeuten.

Wir erreichen die erste Sperre. Sie sieht aus wie die Absperrungen bei Straßenarbeiten oder aufgegrabenen Abwasserkanälen: Holzkreuze, bemalt mit gelben und schwarzen

Streifen, ein rotes Sechseck, das Halt bedeutet. Neben dem Durchgang stehen einige Laternen, die jetzt nicht brennen, weil nicht Nacht ist. Über uns, das weiß ich, sind an den Telefonmasten Flutlichtscheinwerfer angebracht, für Notfälle, und in den Bunkern zu beiden Seiten der Straße stehen Männer mit Maschinengewehren. Wegen der Flügel um mein Gesicht sehe ich die Flutlichtscheinwerfer und die Bunker nicht. Aber ich weiß, daß sie da sind.

Hinter der Sperre, neben dem schmalen Durchgang, warten zwei Männer auf uns. Sie tragen die grünen Uniformen der Wächter des Glaubens, mit den Wappen auf den Schulterklappen und den Baretts: zwei gekreuzte Schwerter über einem weißen Dreieck. Die Wächter des Glaubens sind keine richtigen Soldaten. Sie werden für Routinekontrollen und andere untergeordnete Aufgaben eingesetzt. Zum Beispiel graben sie den Garten der Frau des Kommandanten um. Sie sind entweder dumm oder älter oder Invaliden oder sehr jung, abgesehen von denen, die in Wirklichkeit AUGEN sind.

Diese beiden sind sehr jung: Der Schnurrbart des einen ist noch spärlich, das Gesicht des anderen noch picklig. Ihre Jugend ist rührend, aber ich weiß, daß ich mich dadurch nicht täuschen lassen darf. Die jungen sind oft die gefährlichsten, die fanatischsten, die fahrigsten mit ihren Schußwaffen. Sie haben noch nichts über die Kunst des Überdauerns gelernt. Man muß sich mit ihnen Zeit lassen.

Letzte Woche haben sie eine Frau erschossen, ziemlich genau an dieser Stelle. Es war eine Martha. Sie suchte in ihrem Gewand nach ihrem Paß, und sie dachten, sie suche nach einer Bombe. Sie dachten, sie sei ein als Frau verkleideter Mann. Dergleichen ist schon vorgekommen.

Rita und Cora kannten die Frau. Ich habe gehört, wie sie in der Küche darüber sprachen.

Sie tun ja ihre Pflicht, sagte Cora. Sorgen für unsere Sicherheit.

Nichts ist sicherer, als tot zu sein, sagte Rita zornig. Sie hat sich immer nur um ihren eigenen Kram gekümmert. Kein Grund, sie zu erschießen.

Es war ein Unfall, sagte Cora.

So was gibt's nicht, sagte Rita. Alles ist Absicht. Ich hörte, wie sie mit den Töpfen im Spülbecken klapperte.

Immerhin, bevor einer dieses Haus in die Luft jagt, wird er es sich zweimal überlegen, sagte Cora.

Einerlei, sagte Rita und klapperte heftig mit den Töpfen. Das war ein schlechter Tod.

Ich kann mir einen schlimmeren vorstellen, sagte Cora. Wenigstens ging es schnell.

Das kann man wohl sagen, sagte Rita. Ich hätte lieber ein bißchen Zeit vorher, verstehst du? Um meine Angelegenheiten zu regeln.

Die beiden jungen Wächter grüßen uns, indem sie drei Finger an den Rand ihres Baretts heben – Zeichen der Anerkennung, die man uns gewährt. Sie haben Respekt zu bekunden, wegen der Art unseres Dienstes.

Wir ziehen unsere Pässe hervor, aus den Reißverschlußtaschen in unseren weiten Ärmeln, und sie werden inspiziert und gestempelt. Einer der Männer geht in den Bunker auf der rechten Seite, um unsere Nummern in den Compuchek einzugeben.

Als er mir meinen Paß zurückgibt, senkt der mit dem pfirsichfarbenen Schnurrbart den Kopf und versucht, einen Blick auf mein Gesicht zu werfen. Ich hebe den Kopf ein wenig, um ihm zu helfen, und er sieht meine Augen, und ich sehe seine, und er wird rot. Sein Gesicht ist schmal und kummervoll wie das eines Schafs, aber er hat die großen runden Augen eines Hundes, eher eines Spaniels als eines Terriers. Seine Haut ist bleich und sieht ungesund zart aus, wie die neue Haut unter Schorf. Trotzdem stelle ich mir vor, ich legte die Hand darauf, auf dieses entblößte Gesicht. Er ist derjenige, der sich abwendet.

Es ist ein Ereignis, ein kleiner Verstoß gegen die Regeln, so klein, daß er nicht zu entdecken ist, aber solche Momente sind die Belohnungen, die ich für mich selbst bereithalte, wie die Süßigkeiten, die ich als Kind hinten in der Schublade hortete. Solche Momente sind Möglichkeiten, winzige Gucklöcher.

Was, wenn ich nachts käme, wenn er allein Dienst macht – obwohl man ihm diese Art Einsamkeit nie zugestehen würde –, und ich ihn hinter meine weißen Flügel ließe? Was, wenn ich meine rote Hülle abschälte und mich ihm zeigte, ihnen, im undeutlichen Licht der Laternen? Dergleichen müssen sie sich doch zuweilen vorstellen, wenn sie endlos an dieser Sperre stehen, hinter die niemand gelangt, nur die Beherrscher der Gläubigen in ihren langen schwarzen summenden Autos oder ihre blauen Ehefrauen und weißverschleierten Töchter auf ihren genormten Wegen zu Errettungen oder Betvaganzen, oder ihre unförmigen grünen Marthas oder, gelegentlich, das Geburtsmobil oder ihre roten Mägde zu Fuß. Oder manchmal ein schwarz angemalter Gefangenenwagen mit dem geflügelten Auge in Weiß an der Seite. Die Fenster der Gefangenenwagen sind dunkel getönt, und die Männer auf den Vordersitzen tragen dunkle Brillen: doppelte Verdunklung.

Die Gefangenenwagen sind jedenfalls noch leiser als die anderen Autos. Wenn sie vorbeifahren, wenden wir unsere Augen ab. Wenn von drinnen Geräusche herausdringen, versuchen wir, sie nicht zu hören. Niemandes Herz ist erhaben.

Wenn die schwarzen Gefangenenwagen an einen Kontrollpunkt kommen, werden sie ohne Verzögerung weitergewinkt. Die Wächter würden das Risiko, hineinzuschauen, die Wagen zu durchsuchen, an ihrer Autorität zu zweifeln, nicht eingehen wollen. Einerlei was sie denken.

Falls sie denken. Man kann es nicht erkennen, wenn man sie anschaut.

Doch wahrscheinlicher ist, daß sie nicht an Kleidungsstücke denken, die auf dem Rasen abgelegt werden. Wenn sie an einen Kuß denken, dann müssen sie sofort an aufleuchtende Flutlichtscheinwerfer und an Gewehrschüsse denken. Sie denken lieber daran, ihre Pflicht zu tun, an ihre Beförderung zum Engel und daran, daß ihnen möglicherweise erlaubt wird zu heiraten, und daß ihnen, falls sie in der Lage sind, genügend Macht zu erringen, und falls sie alt genug werden, eine eigene Magd zugestanden wird.

Der mit dem Schnurrbart öffnet das schmale Fußgängertor für uns und tritt zurück, weit aus dem Weg. Wir gehen hindurch. Während wir weitergehen, weiß ich, daß sie uns beobachten, diese beiden Männer, denen es noch nicht erlaubt ist, Frauen zu berühren. Sie berühren sie statt dessen mit ihren Augen, und ich wiege mich ein wenig in den Hüften und spüre, wie der weite rote Rock dabei um mich schwingt. Es ist, als ob man jemandem hinter einem Zaun hervor eine lange Nase macht oder als ob man einen Hund mit einem Knochen lockt, den man außer Reichweite hält, und ich schäme mich dafür, daß ich es tue, denn nichts von alledem ist die Schuld dieser Männer: Sie sind zu jung.

Dann merke ich, daß ich mich doch nicht schäme. Ich genieße die Macht; die Macht eines Hundeknochens, passiv, aber existent. Ich hoffe, daß sie bei unserem Anblick hart werden und sich verstohlen an der gestrichenen Sperre reiben müssen. Später in der Nacht, in ihren aufgereihten Betten werden sie leiden. Sie haben jetzt kein Ventil mehr, außer sich selbst, und das ist ein Sakrileg. Es gibt keine Zeitschriften mehr, keine Filme mehr, keinen Ersatz mehr, nur mich und meinen Schatten, während wir uns von den beiden Männern entfernen, die in Habachtstellung stehen, steif, an einer Straßensperre, und unseren sich entfernenden Gestalten nachsehen.

KAPITEL FÜNF

Verdoppelt, gehe ich die Straße entlang. Wir sind jetzt nicht mehr im Wohnbezirk des Kommandanten, doch auch hier gibt es große Häuser. Vor einem mäht ein Wächter den Rasen. Die Rasenflächen sind gepflegt, die Fassaden geschmackvoll, in gutem Zustand; sie sehen aus wie auf den schönen Bildern früher, die in den Zeitschriften über Häuser und Gärten und schönes Wohnen zu finden waren. Auch hier die gleiche Menschenleere, die gleiche verschlafene Atmosphäre. Die Straße wirkt fast wie ein Museum, oder wie eine Straße in einer Modellstadt, die gebaut wurde, um zu zeigen, wie die Menschen früher lebten. Und wie auf den Bildern von einst, in den Museen und in den Modellstädten gibt es auch hier keine Kinder.

Das hier ist das Herz Gileads, in das der Krieg nicht eindringen kann, außer im Fernsehen. Wo die Fronten sind, dessen sind wir uns nicht sicher, sie verschieben sich, je nach Angriff und Gegenangriff; doch das hier ist das Zentrum, wo nichts sich bewegt. Die Republik Gilead, sagte Tante Lydia, kennt keine Grenzen. Gilead ist in euch.

Ärzte haben hier einst gelebt, Rechtsanwälte, Universitätsprofessoren. Es gibt keine Rechtsanwälte mehr, und die Universität ist geschlossen.

Luke und ich sind manchmal zusammen durch diese Straßen gegangen. Wir sprachen davon, daß wir uns auch ein Haus kaufen wollten, eines wie die hier, ein altes großes Haus, das wir renovieren würden. Ein Haus mit einem Garten, mit

Schaukeln für die Kinder. Wir würden Kinder haben. Zwar wußten wir, daß wir uns Kinder höchstwahrscheinlich niemals leisten könnten, aber es war etwas, worüber man sprechen konnte, ein Spiel für Sonntage. Solche Freiheit erscheint jetzt fast schwerelos.

Wir biegen um die Ecke und kommen auf eine Hauptstraße, wo mehr Verkehr herrscht. Autos fahren vorbei, die meisten schwarz, einige grau und braun. Wir begegnen anderen Frauen mit Einkaufskörben, manche in Rot, manche in dem dumpfen Grün der Marthas, manche in den gestreiften Kleidern, rot und blau und grün und billig und knapp, die die Frauen der ärmeren Männer kennzeichnen. Ökonofrauen werden sie genannt. Diese Frauen sind nicht für bestimmte Aufgaben eingeteilt. Sie müssen alles tun; wenn sie können. Manchmal sieht man eine Frau ganz in Schwarz, eine Witwe. Früher gab es sehr viel mehr von ihnen, aber ihre Zahl scheint abzunehmen.

Die Frauen der Kommandanten sieht man nicht auf den Bürgersteigen. Nur in Autos.

Die Bürgersteige hier sind zementiert. Wie ein Kind vermeide ich es, auf die Risse zu treten. Ich erinnere mich an diese Bürgersteige aus der Zeit davor und daran, was ich an den Füßen trug. Manchmal waren es Schuhe zum Laufen, mit gepolsterten Sohlen und Luftlöchern, und mit Sternen aus fluoreszierendem Material, das im Dunkeln leuchtete. Doch bin ich nie bei Dunkelheit gelaufen und bei Tag nur an vielbefahrenen Straßen.

Frauen wurden damals nicht geschützt.

Ich erinnere mich an die Regeln, Regeln, die nie ausdrücklich formuliert wurden, aber die jede Frau kannte: Öffne keinem Fremden die Tür, auch nicht wenn er behauptet, er sei von der Polizei. Fordere ihn auf, seinen Ausweis unter der Tür hindurchzuschieben. Halte nie auf einer Landstraße an, um einem Autofahrer zu helfen, der angeblich in Schwierigkeiten ist. Laß das Auto verriegelt und fahr weiter. Dreh dich nicht um, wenn hinter dir jemand pfeift. Geh nachts nie allein in einen Waschsalon.

Ich denke an die Waschsalons. An das, was ich anhatte, wenn ich in einen Waschsalon ging: Shorts, Jeans, Jogginghosen. An das, was ich in die Maschinen steckte: meine eigenen Kleider, mein eigenes Waschmittel, mein eigenes Geld, Geld, das ich selbst verdient hatte. Ich stelle mir vor, wie es ist, so viel selbst bestimmen zu können.

Jetzt gehen wir die gleichen Straßen entlang, rote Paare, und kein Mann spricht uns an oder berührt uns. Niemand pfeift.

Es gibt mehr als nur eine Form von Freiheit, sagte Tante Lydia, Freiheit zu und Freiheit von. In den Tagen der Anarchie war es die Freiheit zu. Jetzt bekommt ihr die Freiheit von. Unterschätzt sie nicht.

Vor uns, auf der rechten Seite, ist das Geschäft, wo wir die Kleider bestellen. Manche Leute nennen sie Trachten, ein treffendes Wort: Tracht als Last. Draußen hängt ein großes Holzschild in der Form einer goldenen Lilie: Die Lilien auf dem Felde, heißt das Geschäft. Unter der Lilie sieht man noch die Stelle, wo die Buchstaben übermalt wurden, als beschlossen wurde, daß selbst die Namen der Geschäfte eine zu große Versuchung für uns darstellten. Jetzt sind die Geschäfte nur noch an ihren Zeichen zu erkennen.

Die Lilien – das war früher ein Kino, in das die Studenten viel gingen. Im Frühjahr gab es dort immer ein Humphrey Bogart-Festival, mit Lauren Bacall oder Katherine Hepburn, selbständigen Frauen, die wußten, was sie wollten. Sie trugen Blusen, die vorn zugeknöpft waren, was den Gedanken an die Möglichkeiten des Wortes aufgeknöpft nahelegte. Diese Frauen konnten aufgeknöpft sein – oder zugeknöpft. Sie schienen in der Lage zu sein, sich zu entscheiden. Wir alle schienen in der Lage zu sein, damals, uns zu entscheiden. Wir waren eine Gesellschaft, pflegte Tante Lydia zu sagen, die an ihren zu vielen Möglichkeiten zugrunde ging.

Ich weiß nicht mehr, wann das Filmfestival eingestellt wurde. Ich muß schon erwachsen gewesen sein. Deshalb habe ich es gar nicht gemerkt.

Wir gehen nicht in die Lilien, sondern überqueren die Straße und gehen eine Seitenstraße entlang. Unsere erste Station ist ein Laden, über dessen Eingang auch ein Holzschild hängt: drei Eier, eine Biene, eine Kuh. Milch und Honig. Eine Schlange hat sich davor gebildet, und wir warten zu zweit, bis wir an die Reihe kommen. Ich sehe, daß es heute Orangen gibt. Seit Mittelamerika an die Libertheos verlorenging, sind Orangen nur noch schwer zu bekommen: manchmal gibt es welche, manchmal nicht. Der Krieg beeinträchtigt den Orangentransport von Kalifornien herüber, und selbst auf Florida kann man sich nicht verlassen, wenn Straßensperren errichtet oder die Eisenbahnschienen gesprengt werden. Ich betrachte die Orangen, ich hätte gern eine. Aber ich habe keine Gutscheine für Orangen mitgebracht. Ich glaube, ich werde zurückgehen und Rita davon erzählen. Sie wird sich freuen. Es ist immerhin etwas, eine kleine Leistung, erreicht zu haben, daß es Orangen gibt.

Wer bis zum Ladentisch gekommen ist, reicht seine Gutscheine hinüber, den beiden Männern in Wächteruniform, die auf der anderen Seite stehen. Niemand sagt viel, aber es herrscht ein ständiges Geraschel, und die Köpfe der Frauen bewegen sich verstohlen von einer Seite zur anderen: Hier, beim Einkaufen, könnte man jemanden sehen, den man kennt, jemanden, den man aus der Zeit davor kennt oder vom Roten Zentrum. Allein schon der flüchtige Anblick eines solchen Gesichts bedeutet Ermutigung. Wenn ich doch Moira sähe, sie nur sähe und wüßte, daß sie noch lebt. Eine Freundin zu haben, das ist jetzt kaum mehr vorstellbar.

Desglen neben mir schaut nicht umher. Vielleicht kennt sie niemanden mehr. Vielleicht sind sie alle spurlos verschwunden, die Frauen, die sie gekannt hat. Vielleicht will sie auch nicht gesehen werden. Sie steht mit gesenktem Kopf da.

Während wir in unserer Zweierreihe warten, öffnet sich die Tür und zwei weitere Frauen kommen herein, beide in den roten Kleidern und mit den weißen Flügeln der Mägde. Die eine ist hochschwanger; ihr Bauch schwillt unter ihrem weiten Gewand, triumphierend. Eine Bewegung geht durch den Raum, ein Murmeln, ein bewunderndes Ausatmen; unwillkürlich wenden wir die Köpfe, unverhohlen, um besser zu sehen; in unseren Fingern kribbelt das Verlangen, sie zu berühren. Sie ist für uns eine magische Erscheinung, ein Gegenstand des Neides und der Begierde, es gelüstet uns nach ihr. Sie ist eine Fahne auf einer Bergspitze, die uns zeigt, was noch erreicht werden kann: Auch wir können gerettet werden.

Die Frauen in dem Laden flüstern, reden fast laut, so groß ist ihre Aufregung.

»Wer ist das?« höre ich hinter mir fragen.

»Deswayne. Nein. Deswarren.«

»Angeberin«, zischt eine Stimme, und es stimmt: Eine Frau, die so schwanger ist, braucht nicht auszugehen, braucht nicht einzukaufen. Der tägliche Spaziergang zur Betätigung der Bauchmuskeln ist nicht mehr Vorschrift. Sie braucht nur noch die Bodenübungen und die Atemgymnastik zu machen. Sie könnte zu Hause bleiben. Es ist sogar gefährlich für sie, auszugehen, wahrscheinlich steht ein Wächter draußen und wartet auf sie. Jetzt, als Trägerin neuen Lebens, ist sie dem Tod näher und bedarf besonderer Sicherheitsvorkehrungen. Eifersucht könnte ihr übel mitspielen, das ist schon vorgekommen. Alle Kinder sind jetzt erwünscht, wenn auch nicht von allen.

Aber vielleicht ist der Spaziergang eine Laune von ihr, und sie tolerieren Launen, wenn die Dinge so weit gediehen sind und es bisher keine Fehlgeburt gegeben hat. Vielleicht ist sie aber auch eine von den Märtyrerinnen: Ladet nur alles auf mich, ich will es tragen. Ich kann einen kurzen Blick in ihr Gesicht werfen, als sie es hebt, um sich umzusehen. Die Stimme hinter mir hatte recht. Sie ist gekommen, um sich zur Schau zu stellen. Sie glüht, sie ist rosig, sie genießt jede Sekunde.

»Ruhe!« sagt einer der Wächter hinter dem Ladentisch, und wir verstummen wie Schulmädchen.

Desglen und ich haben den Ladentisch erreicht. Wir reichen unsere Gutscheine hinüber, und der eine Wächter gibt die Zahlen, die darauf stehen, in den Compubite ein, während der andere uns die Waren aushändigt, die Milch, die Eier. Wir packen sie in unsere Körbe und gehen wieder hinaus, vorbei an der Schwangeren und an ihrer Begleiterin, die neben ihr spindeldürr und geschrumpft aussieht, wie wir alle. Der Bauch der Schwangeren ist wie eine riesige Frucht. Nudeldick – ein Wort aus meiner Kindheit. Ihre Hände ruhen darauf, als wollten sie ihn schützen, oder als nähmen sie etwas daraus in sich auf, Wärme und Kraft.

Als ich an ihr vorbeigehe, sieht sie mir voll ins Gesicht, sieht mir in die Augen, und jetzt weiß ich, wer sie ist. Sie war mit mir im Roten Zentrum, eine von Tante Lydias Lieblingen. Ich konnte sie nicht leiden. In der Zeit davor hieß sie Janine.

Janine also blickt mich an, und um ihre Mundwinkel spielt der Anflug eines Grinsens. Sie schaut nach unten, dorthin, wo mein Bauch flach unter meinem roten Gewand liegt, und schon bedecken die Flügel wieder ihr Gesicht. Ich sehe nur noch ein Stück von ihrer Stirn und die Spitze ihrer Nase.

Als nächstes gehen wir zu Alles Fleisch. Als Ladenschild hängt ein großes hölzernes Schweinekotelett an zwei Ketten über dem Eingang. Hier wartet keine so lange Schlange: Fleisch ist teuer, und auch die Kommandanten essen nicht jeden Tag Fleisch. Desglen allerdings bekommt Steaks – schon das zweite Mal in dieser Woche. Das muß ich den Marthas erzählen: so etwas hören sie immer gern. Sie interessieren sich brennend dafür, wie es in anderen Haushalten zugeht; solche Häppchen banalen Klatsches geben ihnen Anlaß zu Stolz oder Unzufriedenheit.

Ich nehme das Hähnchen entgegen, in Fleischerpapier eingewickelt und mit Bindfaden verschnürt. Es gibt nicht mehr viele Dinge aus Plastik. Ich erinnere mich an die endlosen weißen Plastikeinkaufstüten vom Supermarkt; es widerstrebte mir, sie ungenutzt wegzuwerfen, und so stopfte ich sie in das Schränkchen unter der Spüle, bis der Tag kam, an dem es zu viele waren und sie, als ich die Tür öffnete, herausquollen und über den Küchenboden glitten. Luke beschwerte sich immer darüber. Von Zeit zu Zeit nahm er alle Tüten und warf sie fort.

Sie könnte sich so ein Ding über den Kopf ziehen, sagte er. Du weißt doch, auf welche Ideen Kinder beim Spielen kommen. Das würde sie niemals tun, sagte ich. Dazu ist sie schon zu groß. (Oder zu gescheit, oder zu fröhlich.) Trotzdem lief mir jedesmal ein kalter Schauer den Rücken hinunter, und dann kam das schlechte Gewissen, daß ich so unvorsichtig gewesen war. Es stimmte, ich nahm allzu vieles als selbstverständlich hin: ich vertraute dem Schicksal, damals. Dann bewahre ich sie weiter oben im Küchenschrank auf, sagte ich. Bewahre sie überhaupt nicht auf, sagte er. Wir benutzen sie ja doch nicht mehr. Für den Abfall, sagte ich. Worauf er sagte...

Nicht hier und jetzt. Nicht, wo die Leute hersehen. Ich drehe mich um, sehe meine Silhouette in dem Spiegelglasfenster. Dann sind wir also schon wieder draußen, wir sind wieder auf der Straße.

Eine Gruppe von Menschen kommt auf uns zu. Es sind Touristen, aus Japan, wie es scheint, vielleicht eine Handelsdelegation bei der Besichtigung der historischen Sehenswürdigkeiten oder auf der Suche nach Lokalkolorit. Sie sind winzig und sehr ordentlich gekleidet; jeder hat seine Kamera, jeder sein Lächeln. Sie schauen sich um, mit blanken Augen, halten ihre Köpfe schief wie Rotkehlchen, ihre Munterkeit hat etwas Aufreizendes, und ich kann nicht anders, ich muß sie anstarren. Es ist schon lange her, daß ich Frauen mit so kurzen Röcken gesehen habe. Die Röcke reichen bis eben über die Knie, und die Beine sehen darunter hervor, fast nackt in ihren dünnen Strümpfen, auffällig, die hochhackigen Schuhe mit den an den Füßen befestigten Riemchen – wie zierliche Folterinstrumente. Die Frauen schwanken auf ihren mit spitzen Dornen versehenen Füßen, als gingen sie auf Stelzen und wären aus dem Gleichgewicht geraten; ihre Rücken sind in der Taille gebogen, der Po nach hinten gestreckt. Ihre Köpfe sind unbedeckt, das Haar frei und bloß in all seiner Dunkelheit und Sinnlichkeit. Sie tragen Lippenstift, das Rot umreißt die feuchten Höhlen ihrer Münder, wie Kritzeleien an Toilettenwänden in der Zeit davor.

Ich bleibe stehen. Desglen neben mir bleibt ebenfalls stehen, und ich weiß, daß auch sie die Augen nicht abwenden kann von diesen Frauen. Wir sind gebannt, aber auch abgestoßen. Sie kommen uns unbekleidet vor. Wie wenig Zeit es gebraucht hat, um unsere Ansichten über solche Dinge zu verändern!

Dann denke ich: Ich habe mich früher auch so angezogen. Das war Freiheit.

Verwestlicht, wurde es genannt.

Die japanischen Touristen kommen zwitschernd auf uns zu, und wir wenden unsere Köpfe ab, zu spät: Sie haben unsere Gesichter gesehen.

Sie werden von einem Dolmetscher begleitet, der den blauen Einheitsanzug und eine rotgemusterte Krawatte mit dem geflügelten Auge auf der Krawattennadel trägt. Er tritt jetzt einen Schritt vor, aus der Gruppe heraus und vor uns hin und versperrt uns den Weg. Die Touristen sammeln sich hinter ihm; einer hebt eine Kamera.

»Entschuldigen Sie«, sagt der Dolmetscher außerordentlich höflich zu uns beiden. »Sie fragen, ob sie Sie fotografieren dürfen.«

Ich schaue zu Boden, auf den Bürgersteig, und schüttle den Kopf: Nein. Sie dürften jetzt nur die weißen Flügel von mir sehen, ein Stückchen von meinem Gesicht, mein Kinn und einen Teil meines Mundes. Nicht die Augen. Ich hüte mich, dem Dolmetscher ins Gesicht zu sehen. Die meisten Dolmetscher sind Augen, so heißt es jedenfalls.

Ich hüte mich auch, ja zu sagen. Bescheiden sein ist unsichtbar sein, pflegte Tante Lydia zu sagen. Vergeßt das nie. Gesehen werden, *gesehen* werden, bedeutet, und hier zitterte ihre Stimme, penetriert zu werden. Und ihr, Mädels, müßt undurchdringlich, unpenetrierbar sein. Sie redete uns mit Mädels an.

Auch Desglen, neben mir, schweigt. Sie hat ihre rotbehandschuhten Hände in die Ärmel geschoben, um sie zu verbergen.

Der Dolmetscher wendet sich wieder der Gruppe zu und redet stakkatohaft auf sie ein. Ich weiß, was er ihnen jetzt sagen wird, ich kenne die Sprachregelung. Er erzählt ihnen, daß die Frauen hier andere Sitten gewohnt sind und daß es für sie dem Akt einer Vergewaltigung gleichkommt, durch die Linsen einer Kamera angestarrt zu werden.

Ich schaue zu Boden, auf den Bürgersteig, wie hypnotisiert von den Füßen der Frauen. Eine von ihnen trägt offene Sandalen, ihre Fußnägel sind rot lackiert. Ich erinnere mich an den Geruch von Nagellack und daran, wie der Nagellack faltig wurde, wenn man die zweite Schicht zu schnell auftrug, an das seidige Entlangstreichen hauchdünner Strumpfhosen an der Haut, und daran, wie die Zehen sich anfühlten, wenn sie vom Gewicht des ganzen Körpers zu der Öffnung vorn im Schuh hingeschoben wurden. Die Frau mit den lackierten Fußnägeln tritt von einem Fuß auf den anderen. Ich spüre ihre Schuhe an meinen Füßen. Der Geruch des Nagellacks hat mich hungrig gemacht.

»Entschulden Sie«, sagt der Dolmetscher wieder, um unsere Aufmerksamkeit auf sich zu lenken. Ich nicke, um zu zeigen, daß ich ihn gehört habe.

»Er fragt, ob Sie glücklich sind«, sagt der Dolmetscher. Ich kann sie mir vorstellen, ihre Neugier: *Sind sie glücklich? Wie können sie glücklich sein?* Ich spüre förmlich ihre blanken schwarzen Augen auf uns, ahne, wie sie sich ein wenig vorbeugen, um unsere Antworten zu verstehen, besonders die Frauen, aber auch die Männer: Wir sind geheim, verboten, wir erregen sie.

Desglen sagt nichts. Es herrscht Schweigen. Doch manchmal ist es ebenso gefährlich, nicht zu sprechen.

»Ja, wir sind sehr glücklich«, murmele ich. Denn irgend etwas muß ich sagen. Und was kann ich anderes sagen?

KAPITEL SECHS

Einen Block nach Alles Fleisch hält Desglen zögernd inne, als sei sie im Zweifel darüber, welchen Weg wir einschlagen wollen. Wir haben die Wahl. Wir können den Weg, den wir gekommen sind, zurückgehen, oder wir können einen längeren Umweg machen. Wir wissen schon, welchen Weg wir einschlagen werden, denn wir schlagen ihn jedesmal ein.

»Ich würde gern an der Kirche vorbeigehen«, sagt Desglen, als wäre es ein frommer Wunsch.

»Ist gut«, sage ich, obwohl ich genausogut wie sie weiß, worauf sie in Wirklichkeit aus ist.

Wir gehen ruhig und gelassen weiter. Die Sonne scheint, am Himmel sind weiße flockige Wölkchen von der Art, die wie Schafe ohne Köpfe aussehen. Mit unseren Flügeln, unseren Scheuklappen, ist es schwer, nach oben zu schauen, schwer, den Himmel oder irgend etwas anderes ganz zu überblicken. Aber wir können es trotzdem, ein Stückchen nach dem andern, eine schnelle Kopfbewegung nach der andern, auf und ab, zur Seite und zurück. Wir haben gelernt, die Welt in kurzen Atemzügen zu sehen.

Rechts, wenn man dort weitergehen könnte, ist eine Straße, die einen zum Fluß hinunterführen würde. Dort sind ein Bootshaus, in dem früher die Skulls aufbewahrt wurden, und mehrere Stege, Bäume, grüne Uferböschungen, wo man sitzen und das Wasser und die jungen Männer beobachten konnte, mit ihren nackten Armen und ihren Riemen, die sich in die Sonne hoben, während sie dem Sieg entgegenruderten. An dem Weg zum Fluß stehen die alten Studentenheime, die jetzt für andere Zwecke genutzt werden, mit ihren weiß und gold und blau gestrichenen Märchentürmchen. Wenn wir an die Vergangenheit denken, suchen wir uns die schönen Dinge aus. Wir möchten glauben, daß alles so war.

Auch das Football-Stadion ist unten am Fluß. Dort finden die Errettungen der Männer statt. Und ebenso die Football-Spiele. Die gibt es immer noch.

Ich gehe nicht mehr zum Fluß hinunter und nicht mehr über Brücken. Ich fahre auch nicht mehr mit der Untergrundbahn, obwohl gleich hier eine Station ist. Wir dürfen es nicht, dort stehen jetzt Wächter, und es gibt für uns keinen offiziellen Grund, die Treppen hinunterzugehen und mit dem Zug unter dem Fluß hindurch zur Stadtmitte zu fahren. Warum sollten wir von hier nach dort fahren wollen? Es hieße, daß wir nichts Gutes im Schilde führen, und die Wächter würden es wissen.

Die Kirche ist klein, eine der ersten, die hier vor Hunderten von Jahren errichtet wurde. Sie wird nicht mehr benutzt, außer als Museum. Im Innern kann man sich Bilder anschauen, von Frauen in langen düsteren Gewändern, das Haar mit weißen Hauben bedeckt, und von aufrechten Männern, dunkel gekleidet und ohne ein Lächeln. Unsere Vorfahren. Der Eintritt ist frei.

Wir gehen jedoch nicht hinein, sondern bleiben auf dem Weg stehen und schauen zum Friedhof hinüber. Die alten Grabsteine sind noch da, verwittert, mit ihren Totenschädeln und gekreuzten Knochen, *memento mori,* mit ihren teiggesichtigen Engeln, ihren geflügelten Stundengläsern, die uns an das Vergehen der sterblichen Zeit erinnern sollen, und mit ihren aus einem späteren Jahrhundert stammenden Urnen und Weiden, zum Trauern.

An den Grabsteinen haben sie sich nicht zu schaffen gemacht, und auch nicht an der Kirche. Nur die jüngere Geschichte ist ihnen ein Stein des Anstoßes.

Desglen hat den Kopf gesenkt, als bete sie. Das tut sie jedesmal. Vielleicht, denke ich, gibt es auch für sie jemanden, einen wichtigen Menschen, der fort ist – einen Mann, ein Kind. Doch kann ich es nicht recht glauben. Ich halte sie für eine Frau, bei der alles, was sie tut, nur um des Scheines willen geschieht, mehr Theater ist als wirkliche Tat. Sie tut solche Dinge, um nach außen hin gut dazustehen, nehme ich an. Sie ist darauf aus, das Beste daraus zu machen.

Aber genau so muß ich auch ihr vorkommen. Wie könnte es anders sein?

Jetzt kehren wir der Kirche den Rücken zu, und dort ist das, weswegen wir in Wirklichkeit hergekommen sind. Die Mauer.

Die Mauer ist ebenfalls Hunderte von Jahren alt, oder zumindest über einhundert Jahre. Wie die Bürgersteige ist sie aus roten Ziegelsteinen und muß einst schlicht, aber schön anzusehen gewesen sein. Jetzt stehen Wachen an den Toren, und häßliche neue Flutlichtlampen an Metallmasten ragen darüber empor, und unten zieht sich Stacheldraht entlang, und oben sind Glasscherben in den Beton auf der Mauerkrone eingelassen.

Niemand geht aus freien Stücken durch diese Tore. Die Vorsichtsmaßnahmen gelten denen, die herauszukommen versuchen, obwohl es nahezu unmöglich ist, von drinnen auch nur bis an die Mauer zu gelangen, an all den elektronischen Alarmsystemen vorbei.

Neben dem Haupttor baumeln sechs neue Leichen, am Hals aufgeknüpft, die Hände vorn zusammengebunden, die Köpfe in weißen Säcken und seitwärts auf die Schultern gefallen. Früh am Morgen muß eine Errettung von Männern stattgefunden haben. Ich habe die Glocken nicht gehört. Vielleicht habe ich mich schon an sie gewöhnt.

Wir bleiben stehen, beide im gleichen Moment, wie auf Kommando, und betrachten die Leichen. Es macht nichts, wenn wir hinsehen. Wir sollen sogar hinsehen, dazu sind sie dort ausgestellt, dazu hängen sie an der Mauer. Manchmal hängen sie dort tagelang, bis eine neue Ladung kommt, damit möglichst viele Leute die Gelegenheit haben, sie zu sehen.

Sie hängen an eisernen Haken. Die Haken sind zu diesem Zweck in das Mauerwerk eingelassen worden. Nicht an allen hängt einer. Die Haken sehen aus wie Hilfsgeräte für Armamputierte. Oder wie eiserne Fragezeichen, auf den Kopf gestellt und seitenverkehrt.

Das Schlimmste sind die Säcke, die ihnen über die Köpfe gezogen sind – schlimmer als es der Anblick der Gesichter wäre. Sie machen aus den Männern Puppen, denen noch keine Gesichter gemalt worden sind – wie Vogelscheuchen, was sie in gewisser Weise ja auch sind, denn sie sind dazu bestimmt, Schrecken zu verbreiten. Oder als wären ihre Köpfe Säcke, ausgestopft mit Undefinierbarem, wie Mehl oder Teig. Es ist die offensichtliche Schwere der Köpfe, ihre Leere, die Art, wie die Schwerkraft sie nach unten zieht und kein Leben mehr da ist, das sie aufrecht hält. Die Köpfe sind Nullen.

Obwohl man, wenn man länger hinsieht und immer wieder, wie wir es tun, unter dem weißen Stoff die Umrisse der Gesichter erkennen kann, wie graue Schatten. Es sind die Köpfe von Schneemännern, aus denen die Kohleaugen und die Karottennasen herausgefallen sind. Die Köpfe schmelzen.

Aber an einem der Säcke ist Blut, es ist durch den weißen Stoff gesickert, dort, wo der Mund gewesen sein muß. Das Blut formt einen anderen Mund, einen kleinen roten, wie die Münder, die Kinder mit dicken Pinseln im Kindergarten malen. Ein Lächeln, so wie ein Kind es sich vorstellt. Dieses Lächeln aus Blut nimmt am Ende die Aufmerksamkeit gefangen. Nein, diese Männer sind keine Schneemänner.

Die Männer tragen weiße Kittel, wie sie von Ärzten oder Wissenschaftlern getragen werden. Ärzte und Wissenschaftler sind nicht die einzigen, es gibt auch andere, aber heute morgen müssen sie hinter ihnen hergewesen sein. Jedem hängt ein Schild um den Hals, das zeigt, warum er hingerichtet worden ist: die Zeichnung eines menschlichen Fötus. Sie sind also tatsächlich Ärzte gewesen, in der Zeit davor, als dergleichen legal war. Engelmacher wurden sie genannt. Oder war das etwas anderes? Sie sind erst jetzt überführt worden, nach dem Durchforsten von Krankenhausakten oder – was wahrscheinlicher ist, da in den meisten Krankenhäusern solche Akten vernichtet wurden, als sich abzeichnete, was geschehen würde – mit Hilfe von Denunzianten: von einer ehemaligen Krankenschwester vielleicht, oder vielmehr von zweien, da Beweismaterial von einzelnen Frauen nicht mehr zulässig ist, oder von einem anderen Arzt, der so seine eigene Haut zu retten hofft, oder von einem, der selbst bereits angeklagt worden ist und jetzt einem Feind eins auswischen will oder der willkürlich, in der verzweifelten Hoffnung auf Rettung, um sich schlägt. Allerdings werden solche Denunzianten durchaus nicht immer begnadigt.

Diese Männer, so wurden wir belehrt, sind wie Kriegsverbrecher. Der Umstand, daß das, was sie taten, damals legal war, ist keine Entschuldigung: ihre Taten werden rückwirkend zu Verbrechen erklärt. Sie haben Greueltaten begangen und sollen nun allen anderen als warnendes Beispiel dienen. Obwohl das kaum noch nötig sein dürfte. Keine Frau, die ihre fünf Sinne beisammen hat, würde heutzutage versuchen, ein Kind abzutreiben, wenn sie das Glück haben sollte, schwanger zu werden.

Wir sollen beim Anblick dieser Leichen Haß und Verachtung empfinden. Beides empfinde ich nicht. Die Männer, die dort an der Mauer hängen, sind Zeitreisende, Anachronismen. Sie kamen aus der vergangenen Zeit.

Was ich ihnen gegenüber empfinde, ist Leere. Ich spüre, daß ich keine Empfindungen haben darf. Ich empfinde bis zu einem gewissen Grade Erleichterung darüber, daß keiner dieser Männer Luke ist. Luke war kein Arzt. Ist keiner.

Ich betrachte das eine rote Lächeln. Das Rot des Lächelns ist das gleiche Rot wie das der Tulpen in Serena Joys Garten, nach unten zum Stengel hin, wo sie zu verheilen beginnen. Es ist das gleiche Rot, aber es gibt keine Verbindung. Die Tulpen sind keine Tulpen aus Blut, das rote Lächeln ist keine Blume, – es ist nicht so, daß eines das andere erklärte. Die Tulpe ist kein Grund, nicht an den Gehenkten zu glauben – oder umgekehrt. Beides ist konkret und wirklich vorhanden. Und gleichsam durch ein ganzes Feld solcher konkreten Gegenstände muß ich mir meinen Weg suchen, jeden Tag und in jeder Beziehung. Ich verwende viel Mühe darauf, solche Unterscheidungen zu treffen. Ich muß sie treffen. Ich muß in meinen Gedanken sehr klar sein.

Ich spüre ein Beben in der Frau neben mir. Weint sie? Inwiefern könnte das ein gutes Licht auf sie werfen? Ich kann es mir nicht leisten, das zu wissen. Meine Hände sind, wie ich merke, fest um den Henkel meines Korbs geklammert. Ich werde mir nichts anmerken lassen.

Das Normale, sagte Tante Lydia, ist das, was ihr gewohnt seid. Was ihr jetzt erlebt, mag euch vorläufig noch nicht normal vorkommen, aber nach einiger Zeit wird sich das ändern. Es wird das Normale werden.

III Nacht

KAPITEL SIEBEN

Die Nacht gehört mir, sie ist meine Zeit, mit der ich tun kann, was ich will, solange ich mich still verhalte. Solange ich mich nicht bewege. Solange ich still liege. Der Unterschied zwischen liegen und sich legen lassen, was immer passiv ist. Sogar die Männer sagten früher: Ich würde mich gern aufs Kreuz legen lassen. Der eine oder andere sagte allerdings auch: Ich würde sie gern aufs Kreuz legen. All dies ist reine Spekulation. In Wirklichkeit weiß ich nicht, was die Männer früher sagten. Ich wußte nur ihre Wörter dafür.

Ich liege also in dem Zimmer, unter dem Gipsauge in der Decke, hinter den weißen Gardinen, zwischen den Laken, sauber und ordentlich wie sie, und trete aus meiner Zeit heraus. Zeitlos. Obwohl dies Zeit und diese Zeit mein Los ist.

Aber die Nacht ist meine Pause. Wohin soll ich gehen?

Irgendwohin, wo es schön ist.

Moira. Sie saß auf meiner Bettkante, die Beine übergeschlagen, Knöchel auf dem Knie, in ihrer lila Latzhose, mit einem baumelnden Ohrring, dem goldenen Fingernagel, den sie trug, um exzentrisch zu wirken, eine Zigarette zwischen ihren kurzen gelbgefleckten Fingern. Komm, laß uns ein Bier trinken gehen.

Die Asche fällt in mein Bett, sagte ich.

Wenn du dein Bett machen würdest, hättest du dieses Problem nicht, sagte Moira.

In einer halben Stunde, sagte ich. Ich mußte am nächsten Tag eine schriftliche Arbeit abgeben. Welches Fach? Psychologie, Englisch, Wirtschaftswissenschaft. So etwas studierten wir damals. Überall auf dem Fußboden lagen Bücher, aufgeschlagen, mit dem Gesicht nach unten, kreuz und quer, ein wildes Durcheinander.

Nein, jetzt, sagte Moira. Du brauchst dein Gesicht nicht anzumalen, ich bin's doch nur. Worüber schreibst du? Ich habe gerade eine Arbeit über Computermenüs geschrieben.

Computermenüs, sagte ich. Du bist immer so trendbewußt. Klingt wie der Titel eines neuen Kochbuchs.

Ha ha, lachte Moira. Hol deinen Mantel.

Sie holte ihn selbst und warf ihn mir zu. Ich kann mir doch fünf Dollar von dir leihen, oder?

Oder irgendwo in einen Park, mit meiner Mutter. Wie alt war ich? Es war kalt, unser Atem bildete weiße Wölkchen vor uns, es waren keine Blätter an den Bäumen; grauer Himmel, zwei Enten im Teich, trostlos. Brotkrumen zwischen meinen Fingern, in meiner Tasche. Ja, so war es: sie hatte gesagt, wir wollten die Enten füttern gehen.

Aber im Park waren mehrere Frauen, die Bücher verbrannten, und deshalb war sie in Wirklichkeit hergekommen. Um ihre Freundinnen zu treffen; sie hatte mich angelogen, denn der Samstag war eigentlich mein Tag. Ich wandte mich schmollend von ihr ab, den Enten zu, aber das Feuer zog mich an, und ich ging zurück.

Auch ein paar Männer standen zwischen den Frauen, und die Bücher waren Zeitschriften. Sie mußten Benzin daraufgegossen haben, denn die Flammen schossen hoch auf, und dann fingen sie an, die Zeitschriften hineinzuwerfen, aus Kartons, nicht zu viele auf einmal. Einige von ihnen sangen Lieder; Zuschauer sammelten sich an.

Ihre Gesichter waren glücklich, fast ekstatisch. Feuer kann so etwas bewirken. Sogar das Gesicht meiner Mutter, sonst bleich und schmal, sah rosig und fröhlich aus, wie auf einer Weihnachtskarte. Und da war eine andere Frau, füllig, mit einem Rußflecken auf der Wange und einer orangefarbenen Strickmütze auf dem Kopf, an die ich mich erinnere.

Möchtest du auch eine reinwerfen, mein Schatz? fragte sie mich. Wie alt war ich damals?

Weg mit dem Dreck, sagte sie kichernd. Darf sie? fragte sie meine Mutter.

Wenn sie will, sagte meine Mutter. Sie hatte eine Art, mit anderen über mich zu reden, als könnte ich es nicht hören.

Die Frau gab mir eine der Zeitschriften. Auf dem Umschlag war eine hübsche Frau, ohne Kleider, die an einer um ihre Hände gebundenen Kette von der Decke herabhing. Ich betrachtete sie neugierig. Das Bild erschreckte mich nicht. Ich dachte, sie schaukelte, wie Tarzan an einer Liane, im Fernsehen.

Laß sie das nicht sehen, sagte meine Mutter. Los, sagte sie zu mir, schnell ins Feuer damit.

Ich warf die Zeitschrift in die Flammen. Im Brennen blätterte sie sich im Hitzestrom auf; große Papierfetzen lösten sich, schwebten, noch brennend, empor, Teile von Frauenkörpern, die sich vor meinen Augen in der Luft in schwarze Asche verwandelten.

Aber was geschieht dann, was geschieht dann?

Ich weiß, daß ich ein Stück Zeit habe.

Es müssen Nadeln oder Tabletten oder etwas Ähnliches im Spiel gewesen sein. Undenkbar, daß ich so viel Zeit aus dem Gedächtnis verloren hätte, ohne daß jemand nachgeholfen hat. Du hast einen Schock gehabt, sagten sie.

Ich tauchte durch ein dröhnendes Durcheinander empor. Es war wie eine tosende Brandung. Ich erinnere mich, daß ich ganz ruhig war. Ich erinnere mich, daß ich schrie, es kam mir so vor, als schrie ich, obwohl es vielleicht nur ein Flüstern war: *Wo ist sie? Was habt ihr mit ihr gemacht?*

Da war weder Tag noch Nacht, nur ein Flackern. Nach einer Weile waren wieder Stühle da und ein Bett und danach ein Fenster.

Sie ist in guten Händen, sagten sie. Bei Leuten, die dafür geeignet sind. Du bist nicht geeignet, aber du willst ihr bestes. Nicht wahr?

Sie zeigten mir ein Foto von ihr, auf dem sie draußen, auf einem Rasen stand, ihr Gesicht ein geschlossenes Oval. Ihr helles Haar war straff nach hinten gekämmt. Eine Frau, die ich nicht kannte, hielt sie an der Hand. Sie reichte der Frau gerade nur bis zum Ellbogen.

Ihr habt sie umgebracht, sage ich. Sie sah aus wie ein Engel, feierlich, kompakt, ein Luftgebilde.

Sie trug ein Kleid, das ich nie gesehen hatte. Es war weiß und reichte bis zum Boden.

Ich würde gern glauben, daß ich nur eine Geschichte erzähle. Ich habe das Bedürfnis, es zu glauben. Ich muß es glauben. Diejenigen, die glauben können, daß solche Geschichten nur Geschichten sind, haben bessere Chancen.

Wenn das, was ich erzähle, nur eine ausgedachte Geschichte ist, dann habe ich das Ende in der Hand. Dann wird es ein Ende geben, ein Ende der Geschichte, und danach wird das wahre Leben kommen. Ich kann da weitermachen, wo ich aufgehört habe.

Was ich erzähle, ist keine Geschichte.

Was ich erzähle, ist auch eine Geschichte, in meinem Kopf, während ich weitermache.

Erzähle, nicht schreibe, denn ich habe nichts, womit ich schreiben könnte, und Schreiben ist ohnehin verboten. Aber wenn es eine Geschichte ist, und sei sie auch nur in meinem Kopf, muß ich sie jemandem erzählen. Man erzählt eine Geschichte nicht nur sich selbst. Es gibt immer irgendeinen anderen Menschen.

Auch wenn niemand da ist.

Eine Geschichte ist wie ein Brief. *Liebes, Du,* werde ich sagen. Einfach nur *Du,* ohne Namen. Einen Namen mit *Dir* zu verbinden, verbindet *Dich* mit der Welt der Tatsachen, die riskanter, gefährlicher ist: Wer weiß, wie da draußen die Überlebenschancen sind, für dich. Ich werde sagen: *Du, Du, Du* wie in einem alten Liebeslied. *Du* kann mehr als nur einen Menschen meinen.

Du kann tausend einzelne Menschen meinen.

Ich bin in keiner unmittelbaren Gefahr, werde ich zu dir sagen.

Ich werde so tun, als könntest du mich hören.

Aber das hilft nichts, denn ich weiß, daß du es nicht kannst.

IV Wartezimmer

KAPITEL ACHT

Das schöne Wetter hält an. Es ist fast wie im Juni, wenn wir unsere Sommerkleider und unsere Sandalen herausholten und Eis essen gingen. Drei neue Leichen hängen an der Mauer. Einer der Toten ist ein Priester, er hat noch die schwarze Soutane an. Man hat sie ihm für den Prozeß angezogen, obwohl die Priester doch schon vor Jahren, als die Sektenkriege anfingen, aufgehört haben, sie zu tragen: in ihren Soutanen fielen sie zu sehr auf. Die beiden anderen haben purpurrote Schilder um den Hals: Geschlechtsverrat. Ihre Leichen sind noch mit der Uniform der Wächter bekleidet. Zusammen ertappt, so muß es gewesen sein. Aber wo? In einer Kaserne? Unter der Dusche? Schwer zu sagen. Der Schneemann mit dem roten Lächeln ist nicht mehr da.

»Wir sollten zurückgehen«, sage ich zu Desglen. Immer bin ich diejenige, die es sagt. Manchmal habe ich das Gefühl, wenn ich es nicht sagte, würde sie ewig hierbleiben. Trauert sie nun, oder weidet sie sich an dem Anblick? Ich weiß es immer noch nicht.

Wortlos dreht sie sich um, wie eine stimmengesteuerte Puppe, als stünde sie auf kleinen geölten Rädern, als stünde sie auf einer Spieldose. Ich ärgere mich über diese Anmut. Ich ärgere mich über ihre demütige Kopfhaltung – sie geht, den Kopf geneigt, wie bei heftigem Wind. Aber es weht kein Wind.

Wir verlassen die Mauer, wir gehen den Weg zurück, den wir gekommen sind, in der warmen Sonne.

»Was für ein schöner Maitag«, sagt Desglen. Ich spüre mehr, als daß ich sehe, wie ihr Kopf sich mir zuwendet, wie sie eine Antwort erwartet.

»Ja«, sage ich. »Lob sei dem Herrn«, füge ich dann hinzu. *Mayday,* das war früher einmal ein Notsignal, vor langer Zeit, in einem der Kriege, die wir in der High School auswendig lernen mußten: Ich brachte sie immer durcheinander, aber man konnte sie an den Flugzeugen unterscheiden, wenn man genau aufpaßte. Die Sache mit Mayday hat allerdings Luke mir erzählt. Mayday, Mayday, für Piloten, deren Flugzeuge getroffen worden waren, und für Schiffe – war es auch für Schiffe? – auf hoher See. Vielleicht hieß es bei den Schiffen SOS. Ich wünschte, ich könnte es nachschlagen. Und es war etwas von Beethoven, zum Anfang des Sieges, in einem dieser Kriege.

Weißt du auch, woher das kam? sagte Luke. Mayday?

Nein, sagte ich. Es ist ein merkwürdiges Wort für diesen Zweck, nicht?

Zeitungen und Kaffee sonntagmorgens, bevor sie geboren wurde. Damals gab es noch Zeitungen. Wir lasen sie oft im Bett.

Es ist französisch, sagte er. Von *m'aidez.*

Helft mir.

Eine kleine Prozession kommt auf uns zu, ein Trauerzug: drei Frauen, alle mit durchsichtigen schwarzen Schleiern über ihrer Haube. Eine Ökonofrau und zwei andere, zwei Trauernde – auch Ökonofrauen, vielleicht ihre Freundinnen. Ihre gestreiften Kleider sehen abgenutzt aus, und ihre Gesichter ebenso. Eines Tages, wenn die Zeiten sich bessern, sagt Tante Lydia, wird niemand mehr Ökonofrau sein müssen.

Die erste ist die Hinterbliebene, die Mutter; sie trägt einen kleinen schwarzen Krug. An der Größe des Kruges kann man erkennen, wie alt es war, als es in ihr zusammenfiel, in den Tod blutete. Zwei oder drei Monate, zu jung, um erkennen zu können, ob es ein Unbaby war oder nicht. Für die älteren und die bei der Geburt Gestorbenen gibt es Kästen.

Wir bleiben ehrerbietig stehen, während sie vorbeigehen. Ich möchte wissen, ob Desglen das gleiche empfindet wie ich, einen Schmerz im Bauch, einen Stich. Wir legen die Hände aufs Herz, um diesen fremden Frauen zu zeigen, daß wir ihren Verlust mit ihnen fühlen. Die erste schaut uns unter ihrem Schleier böse an. Eine von den beiden anderen dreht sich zur Seite und spuckt auf den Bürgersteig. Die Ökonofrauen mögen uns nicht.

Wir gehen an den Geschäften vorbei und kommen wieder an die Sperre und werden durchgelassen. Wir setzen unseren Weg fort zwischen den großen leer aussehenden Häusern, den unkrautfreien Rasenflächen. An der Ecke in der Nähe des Hauses, wo ich stationiert bin, bleibt Desglen stehen und wendet sich mir zu.

»Unter Seinem Auge«, sagt sie. Das richtige Abschiedswort.

»Unter Seinem Auge«, erwidere ich, und sie nickt mir kurz zu. Sie zögert, als wollte sie noch etwas sagen, doch dann wendet sie sich ab und geht die Straße hinunter. Ich sehe ihr nach. Sie ist wie mein Spiegelbild – in einem Spiegel, von dem ich mich entferne.

In der Einfahrt ist Nick wieder dabei, den Whirlwind zu polieren. Er ist schon bei den Chromteilen hinten am Auto angelangt. Ich lege meine behandschuhte Hand auf die Klinke, öffne das Gartentor, drücke es nach innen auf. Das Tor klickt hinter mir zu. Die Tulpen auf den Rabatten sind röter denn je, sie öffnen sich, sind jetzt nicht mehr Sektgläser, sondern Kelche; sie werfen sich auf, doch wozu? Schließlich sind sie leer. Wenn sie alt sind, kehren sie sich nach außen, explodieren dann langsam, die Blütenblätter wie Insektenflügel nach außen gewölbt.

Nick blickt auf und fängt an zu pfeifen. Dann sagt er: »Schöner Spaziergang?«

Ich nicke, antworte aber nicht mit der Stimme. Er darf nicht mit mir sprechen. Natürlich werden es einige versuchen, sagte Tante Lydia. Das Fleisch ist schwach. Das Fleisch ist Gras, berichtigte ich sie im Geiste. Sie können nichts dafür, sagte sie, Gott hat sie so geschaffen, aber euch hat Er nicht so geschaffen. Euch hat Er anders geschaffen. Es ist an euch, die Grenzen zu ziehen. Später wird es euch gedankt werden.

Im Garten hinter dem Haus sitzt die Frau des Kommandanten auf dem Stuhl, den sie sich hat heraustragen lassen. Serena Joy, was für ein dümmlicher Name. Er klingt wie etwas, das manche Frauen sich in früheren Zeiten aufs Haar auftrugen, um es zu entkrausen. *Serena Joy* hätte auf der Flasche stehen können, und darunter die Scherenschnittsilhouette eines Frauenkopfes auf einem ovalen rosa Hintergrund mit verschnörkeltem Goldrand. Warum hat sie sich, wenn sie doch, was Namen betrifft, freie Wahl hatte, ausgerechnet diesen ausgesucht? Serena Joy war niemals ihr richtiger Name, auch damals nicht. Ihr richtiger Name war Pam. Das habe ich in einem Artikel über sie gelesen, in einem Nachrichtenmagazin, lange Zeit nachdem ich sie erstmals hatte singen sehen, sonntagmorgens, während meine Mutter noch schlief. Zu der Zeit verdiente sie einen solchen Artikel. In *Time* oder *Newsweek* war es, muß es gewesen sein. Damals sang sie nicht mehr, sondern hielt Reden. Das machte sie gut. Ihre Reden handelten von der Heiligkeit des häuslichen Herds, davon, daß Frauen zu Hause bleiben sollten. Serena Joy selbst tat das nicht, sie hielt statt dessen Reden, aber sie stellte dieses persönliche Versäumnis als Opfer dar, das sie zum Besten aller brachte.

Um die Zeit machte jemand den Versuch, sie zu erschießen, und traf daneben; ihre Sekretärin, die unmittelbar hinter ihr stand, wurde an ihrer Stelle getötet. Jemand anders legte eine Bombe in ihr Auto, aber die Bombe ging zu früh los. Manche

Leute sagten allerdings auch, sie hätte sich die Bombe selbst in ihr Auto gelegt, um Mitgefühl zu erwecken. So heiß wurde die Situation allmählich.

Luke und ich sahen sie manchmal in den Spätnachrichten. In unsere Bademäntel gehüllt, beim Schlaftrunk. Wir betrachteten ihr gespraytes Haar, ihre Hysterie, die Tränen, die sie nach wie vor auf Kommando kullern lassen konnte, und die Wimperntusche, die ihre Wangen schwarz färbte. Zu der Zeit trug sie schon mehr Make-up. Wir fanden sie komisch. Oder Luke fand sie komisch. Ich tat nur so. In Wirklichkeit fand ich sie eher beängstigend. Sie meinte es ernst.

Jetzt hält sie keine Reden mehr. Sie ist sprachlos geworden. Sie bleibt zu Hause, aber es scheint ihr nicht zu bekommen. Wie wütend sie sein muß, jetzt, wo sie beim Wort genommen worden ist.

Sie betrachtet die Tulpen. Ihr Stock liegt neben ihr im Gras. Ihr Profil ist mir zugewandt, wie ich mit schnellem Seitenblick sehe, während ich an ihr vorbeigehe. Sie anzustarren, wäre unmöglich. Es ist kein makelloses Scherenschnittprofil mehr, ihr Gesicht sinkt in sich zusammen, ich muß an jene Städte denken, die über unterirdischen Flüssen errichtet sind, und wo über Nacht Häuser und ganze Straßen verschwinden, in Sümpfen, die sich plötzlich auftun, oder an Städte in Kohlerevieren, die in die Flöze unter ihnen stürzen. Etwas Ähnliches muß mit ihr geschehen sein, als sie die wahre Gestalt dessen, was bevorstand, erkannte.

Sie dreht sich nicht um. Sie reagiert nicht im mindesten auf meine Anwesenheit, obwohl sie weiß, daß ich da bin. Ich merke, daß sie es weiß, ich rieche es förmlich, wie etwas, das sauer geworden ist, wie alte Milch.

Nicht vor den Männern müßt ihr euch hüten, sagte Tante Lydia, sondern vor den Ehefrauen. Ihr solltet immer versuchen, euch vorzustellen, wie ihnen wohl zumute ist. Selbstverständlich hegen sie Groll gegen euch. Das ist nur natürlich. Versucht, mit ihnen zu fühlen. Tante Lydia glaubte, sie sei ein Vorbild, wenn es um Mitgefühl mit anderen Menschen ging. Versucht, Mitleid mit ihnen zu haben. Vergebt ihnen, denn sie wissen nicht, was sie tun. Wieder dieses bebende Lächeln, das Lächeln einer Bettlerin, das kurzsichtige Zwinkern, der Blick nach oben durch die runde Nickelbrille an die hintere Wand des Klassenzimmers, als teilte sich dort die grüngestrichene Decke und Gott käme auf einer Wolke aus Pink Pearl-Gesichtspuder durch die Elektrokabel und die Rohre der Sprinkleranlage herabgefahren. Ihr müßt euch klar machen, daß sie geschlagene Frauen sind. Sie waren nicht imstande...

Hier brach ihre Stimme ab, und es entstand eine Pause, in der ich einen Seufzer hörte, einen kollektiven Seufzer von den Frauen um mich herum. Es war nicht angebracht, in diesen Pausen zu rascheln oder auf dem Stuhl herumzurutschen: Tante Lydia mochte zwar geistesabwesend wirken, aber sie sah alles, jedes Zucken. Deshalb gab es nur den Seufzer.

Die Zukunft liegt in eurer Hand, nahm sie den Faden wieder auf. Sie hielt uns ihre Hände entgegen, die uralte Geste, die beides war, ein Angebot und eine Einladung herzukommen, in eine Umarmung, ein Angenommenwerden. In euren Händen, sagte sie und sah dabei auf ihre eigenen Hände, als hätten sie ihr den Gedanken eingegeben. Aber es lag nichts in ihnen. Sie waren leer. *Unsere* Hände sollten erfüllt sein – von der Zukunft, die man in sich tragen, aber nicht sehen konnte.

Ich gehe um das Haus herum zur Hintertür, öffne sie, gehe hinein, stelle meinen Korb auf den Küchentisch. Der Tisch ist geschrubbt, das Mehl weggewischt worden. Das heute frisch gebackene Brot kühlt auf dem Gitter ab. In der Küche riecht es nach Hefe, ein Geruch, der wehmütig macht. Er erinnert mich an andere Küchen, die meine Küchen waren. Es riecht nach Müttern – obwohl meine Mutter nie Brot gebacken hat. Es riecht nach mir, in früheren Zeiten, als ich eine Mutter war.

Es ist ein heimtückischer Geruch, ich darf ihn nicht an mich heranlassen.

Rita ist da, sie sitzt am Tisch und putzt und schneidet Karotten. Es sind alte Karotten, dicke, die überwintert und von der langen Lagerung Bärte haben. Die jungen Karotten, die zarten, bleichen, werden noch Wochen auf sich warten lassen. Das Messer, das Rita benutzt, ist scharf und glänzend und verlockend. Ich hätte gern so ein Messer.

Rita hört auf, die Karotten zu schneiden, steht auf und nimmt, fast begierig, die Päckchen aus dem Korb. Sie freut sich darauf, zu sehen, was ich gekauft habe, obwohl sie jedesmal die Stirn runzelt, wenn sie die Päckchen öffnet; nichts, was ich bringe, stellt sie wirklich zufrieden. Sie denkt immer, sie selbst hätte es besser gemacht. Sie würde lieber selbst einkaufen, genau das besorgen, was sie will; sie beneidet mich um den Gang. In diesem Haus beneiden wir alle einander um irgend etwas.

»Es gibt Orangen«, sage ich. »Bei Milch und Honig. Ein paar sind noch da.« Ich bringe ihr die Idee dar wie eine Opfergabe. Ich möchte mich einschmeicheln. Ich habe die Orangen gestern gesehen, aber ich habe es Rita nicht erzählt; gestern war sie zu gereizt. »Ich könnte morgen welche kaufen, wenn du mir die Marken mitgibst.« Ich halte ihr das Hähnchen hin. Sie wollte heute Steak, aber es gab keins.

Rita grunzt, verrät weder Freude noch Anerkennung. Sie wird darüber nachdenken, bedeutet das Grunzen, wenn es ihr in den Kram paßt. Sie löst die Schnur und dann das Fettpapier, wickelt das Hähnchen aus. Sie befingert das Hähnchen, biegt einen Flügel zurück, steckt den Zeigefinger in die Höhlung und angelt die Innereien heraus. Das Hähnchen liegt da, ohne Kopf und ohne Füße, mit Gänsehaut, als fröre es.

»Badetag«, sagt Rita, ohne mich anzusehen.

Cora kommt in die Küche, aus der Kammer dahinter, wo Mop und Besen aufbewahrt werden. »Ein Hähnchen«, sagte sie, und es klingt beinahe entzückt.

»Haut und Knochen«, sagt Rita, »aber es wird reichen müssen.

»Es gab nicht viel Auswahl«, sage ich. Rita überhört mich.

»Sieht doch groß genug aus«, sagt Cora. Will sie mir beistehen? Ich schaue sie an, um zu sehen, ob ich lächeln sollte; aber nein, sie denkt tatsächlich nur an das Essen. Sie ist jünger als Rita, das Sonnenlicht, das schräg durch das Westfenster einfällt, scheint auf ihr gescheiteltes und zurückgekämmtes Haar. Sie muß einmal sehr hübsch gewesen sein, vor gar nicht langer Zeit noch. An den Ohrläppchen hat sie eine kleine Stelle, wie Grübchen, wo die Löcher für die Ohrringe zugewachsen sind.

»Groß«, sagt Rita, »aber mager. Du solltest dich wehren«, sagt sie zu mir und sieht mich zum erstenmal direkt an. »Gehörst schließlich nicht zum gemeinen Volk.« Sie meint den Rang des Kommandanten. Aber in einem anderen Sinne, in ihrem Sinn, findet sie doch, daß ich gewöhnlich bin. Sie ist über sechzig, ihre Meinung steht fest.

Sie geht zur Spüle, hält die Hände kurz unter den Wasserhahn, trocknet sie am Geschirrtuch ab. Das Geschirrtuch ist weiß und hat blaue Streifen. Die Geschirrtücher sind noch genau so, wie sie immer waren. Manchmal treffen mich diese Blitze von Normalität von der Seite her, wie aus einem Hinterhalt. Das Normale, das Übliche, eine mahnende Erinnerung, wie ein Fußtritt. Ich sehe das Geschirrtuch, aus der Umgebung herausgelöst und halte den Atem an. Für manche Menschen haben sich die Dinge in mancher Beziehung nicht so sehr verändert.

»Wer macht das Bad?« sagt Rita, zu Cora, nicht zu mir. »Ich hab damit zu tun, den Vogel hier zart zu machen.«

»Ich mache es später«, sagt Cora, »nach dem Staubwischen.«

»Nur daß es auch getan wird«, sagt Rita.

Sie reden über mich, als könnte ich nicht hören. Für sie bin ich eine Haushaltspflicht, eine unter vielen.

Ich bin entlassen. Ich nehme den Korb, gehe durch die Küchentür und die Diele auf die Standuhr zu. Die Wohnzimmertür ist geschlossen. Sonne fällt durch das fächerförmige Oberlicht, fällt in Farben über den Fußboden: rot und blau, lila. Ich gehe kurz hinein, strecke die Hände aus; sie füllen sich mit Blumen aus Licht. Ich gehe die Treppe hinauf, mein fernes weißes verzerrtes Gesicht vom Spiegel in der Diele gerahmt, der sich wie ein Auge unter Druck nach außen wölbt. Ich folge dem blaßrosa Läufer durch den langen Flur, bis zurück zu dem Zimmer.

Jemand steht im Flur an der Tür zu dem Zimmer, in dem ich wohne. Im Flur ist es dämmrig, es ist ein Mann, er steht mit dem Rücken zu mir; er blickt in das Zimmer, eine dunkle Gestalt vor dem Licht drinnen. Jetzt sehe ich es, es ist der Kommandant, er darf sich hier eigentlich nicht aufhalten. Er hört mich kommen, dreht sich um, zögert, kommt. Kommt auf mich zu. Er verstößt gegen die Sitten, was soll ich jetzt tun?

Ich bleibe stehen, er zögert, ich kann sein Gesicht nicht sehen, er schaut mich an, was will er? Aber dann bewegt er sich wieder vorwärts, tritt zur Seite, um zu vermeiden, daß er mich berührt, neigt den Kopf und ist fort.

Mir ist ein Zeichen gegeben worden, aber was bedeutet es? Wie die Fahne eines unbekannten Landes, die man einen Moment lang über einer Hügelkuppe sieht, könnte es Angriff bedeuten, könnte es Verhandlungen bedeuten, könnte es die Grenze von etwas bezeichnen, von einem Gebiet. Die Signale, die Tiere einander geben: gesenkte blaue Augen, zurückgelegte Ohren, gesträubte Nackenhaare. Ein Aufblitzen entblößter Zähne, was zum Teufel hat er vor? Niemand sonst hat ihn gesehen. Hoffe ich. Ist er eingedrungen? War er in meinem Zimmer?

Ich habe es *meins* genannt.

KAPITEL NEUN

Mein Zimmer also. Es muß schließlich irgendeinen Raum geben, den ich als meinen beanspruchen kann, selbst in dieser Zeit.

Ich warte, warte in meinem Zimmer, das in diesem Moment ein Wartezimmer ist. Wenn ich mich schlafen lege, ist es ein Schlafzimmer. Die Gardinen beben noch in dem leichten Lufthauch, draußen scheint noch die Sonne, wenn auch nicht direkt ins Fenster. Sie ist nach Westen gewandert. Ich versuche, keine Geschichten zu erzählen, oder jedenfalls nicht diese.

Jemand hat vor mir in diesem Zimmer gewohnt. Eine Frau wie ich, oder vielmehr möchte ich das glauben.

Ich entdeckte es drei Tage, nachdem ich hierher versetzt wurde.

Ich hatte mir eine Menge Zeit zu vertreiben. So beschloß ich, das Zimmer zu erkunden. Nicht in aller Eile, wie man ein Hotelzimmer erkundet, in dem man keine Überraschungen erwartet: man zieht die Schreibtischschubladen auf und schiebt sie wieder zu, öffnet und schließt die Schranktüren, packt die kleinen, einzeln verpackten Seifenstückchen aus, prüft die Kissen. Ob ich je wieder in einem Hotelzimmer sein werde? Wie ich sie verschwendet habe, diese Zimmer, dieses Befreitsein vom Gesehenwerden.

Gemietete Freiheit.

An den Nachmittagen, damals, als Luke noch auf der Flucht vor seiner Frau war, als ich noch ein Phantasiegebilde für ihn war. Ehe wir heirateten und ich mich verfestigte. Ich war immer zuerst da, bezog das Zimmer. Es war gar nicht so oft, aber jetzt kommt es mir vor wie ein Jahrzehnt, wie ein Zeitalter. Ich kann mich daran erinnern, was ich anhatte, an jede Bluse, an jedes Tuch. Ich ging auf und ab, während ich auf ihn wartete, drehte den Fernsehapparat an und wieder aus, tupfte mir Parfüm hinter die Ohrläppchen. Opium hieß es. Es war in einem chinesischen Fläschchen, rot und golden.

Ich war nervös. Wie wollte ich wissen, ob er mich wirklich liebte? Vielleicht war es nur eine Affäre. Warum sagten wir eigentlich »nur«? Schließlich probierten zu jener Zeit die Männer und Frauen einander an, lässig, wie Anzüge oder Kleider, und wiesen zurück, was nicht paßte.

Dann kam das Klopfen an der Tür und ich öffnete, erleichtert, voller Begehren. Er war so flüchtig, so dicht gedrängt. Und doch schien kein Ende an ihm. Wir lagen in diesen Nachmittagsbetten, danach, einer die Hände auf dem andern, und sprachen darüber. Möglich, unmöglich. Was sollten wir tun? Wir glaubten, wir hätten furchtbare Probleme. Wie sollten wir wissen, daß wir glücklich waren?

Aber jetzt vermisse ich schon die Zimmer selbst, sogar die schrecklichen Gemälde, die an den Wänden hingen, Landschaften mit Herbstlaub oder schmelzendem Schnee in Laubbäumen, oder Frauen in historischen Gewändern mit Porzellanpuppengesichtern und Tournüren und Sonnenschirmen, oder Clowns mit traurigen Augen, oder Schalen mit steif und kreidig aussehendem Obst. Die frischen Handtücher bereit zum Befelcktwerden, die Papierkörbe, die, einladend offen, den sorglosen Abfall in sich hereinwinkten. Sorglos. Ich war sorglos in diesen Zimmern. Ich konnte den Telefonhörer abnehmen und Speisen erschienen auf einem Tablett, Speisen, die ich ausgewählt hatte. Speisen, die ungesund waren, gewiß, und ebensolche Getränke. In den

Nachttischschubladen lagen Bibeln, von irgendeiner wohltätigen Gesellschaft dort hineingelegt, obwohl wahrscheinlich niemand viel darin las. Es gab auch Postkarten, mit Fotos von dem Hotel darauf, und auf diese Postkarten konnte man schreiben, und man konnte sie schicken, an wen man wollte. Jetzt erscheint das ganz und gar unmöglich, wie irgend etwas Erfundenes.

Ich erkundete also dieses Zimmer, nicht in aller Eile wie ein Hotelzimmer, nicht großzügig. Ich wollte nicht alles auf einmal hinter mich bringen, es sollte länger reichen. Ich unterteilte das Zimmer in Gedanken in Zonen, und ich gestand mir eine Zone pro Tag zu. Diese eine Zone untersuchte ich mit der allergrößten Genauigkeit: die Unebenheit des Gipses unter der Tapete, die Kratzer in der Farbe an den Fußleisten und auf dem Fensterbrett, unter der obersten Farbschicht, die Flecken auf der Matratze, denn ich ging so weit, die Decken und Laken vom Bett zu lüften und sie zurückzuschlagen, ein kleines Stückchen nach dem andern, damit ich sie schneller wieder hinlegen konnte, falls jemand kam.

Die Flecken auf der Matratze. Wie getrocknete Blütenblätter. Nicht frisch. Alte Liebe; eine andere Liebe gibt es nicht mehr in diesem Zimmer.

Als ich das sah, diese von zwei Menschen hinterlassenen Beweisstücke von Liebe oder etwas Ähnlichem, von Begehren zumindest, einer Berührung zumindest zwischen zwei Menschen, die jetzt vielleicht alt oder tot waren, deckte ich das Bett wieder zu und streckte mich darauf aus. Ich schaute auf zu dem blinden Gipsauge an der Zimmerdecke. Ich wollte das Gefühl haben, Luke läge neben mir. Diese Attacken der Vergangenheit, die ich manchmal habe, sind wie ein Schwächeanfall, eine Welle, die über meinen Kopf hinwegstürmt. Manchmal ist es kaum auszuhalten. Was kann man nur tun, was kann man nur tun, dachte ich. Man kann nichts tun. Auch jene dienen, die nur stehen und warten. Oder sich niederlegen und warten. Ich weiß, warum die Scheibe in dem Fenster aus bruchsicherem Glas ist, und warum sie den Kronleuchter abgenommen haben. Ich wollte das Gefühl haben, Luke läge neben mir, aber es war kein Platz.

Ich sparte mir den Schrank bis zum dritten Tag auf. Zuerst sah ich mir aufmerksam die Tür an, von innen und von außen, und dann die Wände mit ihren Messinghaken. Wie haben sie nur die Haken übersehen können? Warum haben sie sie nicht herausgeschraubt? Zu dicht am Boden? Trotzdem, ein Strumpf, das ist alles, was du brauchst. Und die Stange mit den Plastikbügeln, auf denen meine Kleider hängen, das rote Wollcape für kaltes Wetter, das Umschlagtuch. Ich kniete mich hin, um den Schrankboden zu untersuchen, und da war es, in winziger Schrift, ziemlich frisch, wie es schien, eingekratzt mit einer Nadel, vielleicht nur mit dem Fingernagel, in der Ecke, in die der dunkelste Schatten fiel: Hirundo maleficis evoltat.

Ich wußte nicht, was es bedeutete, nicht einmal welche Sprache es war. Ich glaubte, daß es Latein sei, aber ich konnte kein Latein. Doch es war eine Botschaft, noch dazu eine schriftliche, und allein schon deshalb verboten, und sie war noch nicht entdeckt worden. Außer von mir, für die sie bestimmt war. Sie war für diejenige bestimmt, die als nächste kam, wer immer sie war.

Es gefällt mir, über diese Botschaft nachzugrübeln. Es gefällt mir zu glauben, daß ich mit ihr, mit dieser mir unbekannten Frau kommuniziere. Denn sie ist mir unbekannt, und wenn sie mir bekannt wäre, so ist sie mir gegenüber doch niemals erwähnt worden. Es gefällt mir, zu wissen, daß ihre verbotene Botschaft durchgekommen ist, zumindest zu einem weiteren Menschen, an die Wand meines Schranks gespült und von mir gelesen. Manchmal sage ich mir die Worte vor. Sie schenken mir eine kleine Befriedigung. Wenn ich mir die Frau vorstelle, die sie geschrieben hat, dann stelle ich sie mir etwa in meinem Alter vor, vielleicht ein wenig jünger. Ich verwandle sie in Moira, Moira, wie sie war, als sie das College besuchte, im Zimmer neben meinem: quirlig, flott, sportlich, mit Fahrrad früher und einem Rucksack zum Wandern. Sommersprossen, glaube ich; respektlos, erfinderisch.

Wer sie wohl war oder ist, und was mag aus ihr geworden sein?

Ich habe es mit Rita ausprobiert, an dem Tag, als ich die Botschaft fand.

Wer war die Frau, die vor mir in dem Zimmer gewohnt hat? fragte ich. Vor mir? Wenn ich anders gefragt hätte, wenn ich gefragt hätte: Hat vor mir schon eine Frau in dem Zimmer gewohnt? hätte ich vielleicht gar nichts erfahren.

Welche? fragte sie, und es klang mürrisch, mißtrauisch, aber andererseits klingt es fast immer so, wenn sie mit mir spricht.

Also hat es mehr als nur eine gegeben. Einige sind nicht ihre volle Stationierungszeit, ihre vollen zwei Jahre, dageblieben. Manche sind weggeschickt worden, aus diesem oder jenem Grund. Oder vielleicht nicht weggeschickt? Vielleicht weggegangen?

Die Lebhafte. Ich riet auf gut Glück. Die mit den Sommersprossen.

Hast du sie gekannt? fragte Rita, mißtrauischer als je zuvor.

Ich kannte sie früher, log ich. Ich hörte, daß sie hier war.

Das akzeptierte Rita. Sie weiß, daß es ein Nachrichtensystem geben muß, eine Art Untergrund.

Sie hat nicht funktioniert, sagte sie.

In welcher Hinsicht? fragte ich und gab mir Mühe, daß meine Stimme so gleichmütig wie möglich klang.

Aber Rita preßte die Lippen aufeinander. Ich bin hier wie ein Kind, es gibt einige Dinge, die man mir nicht sagen darf. Was du nicht weißt, macht dich nicht heiß, war alles, was sie in solchen Fällen sagte.

KAPITEL ZEHN

Manchmal singe ich mir selbst etwas vor, in Gedanken, etwas Kummervolles, Trauriges, Presbyterianisches:
Wie lieblich schön, Herr Zebaoth
Ist deine Wohnung, o mein Gott
Wie sehnet sich mein Herz zu gehn
Befreit vor deinem Thron zu stehn.
Ich weiß nicht, ob der Text stimmt. Ich kann mich nicht genau erinnern. Und solche Lieder werden nicht mehr öffentlich gesungen, vor allem nicht solche, in denen das Wort *frei* vorkommt. Sie werden als zu gefährlich betrachtet. Sie haben mit den geächteten Sekten zu tun.
I feel so lonely, baby,
I feel so lonely, baby,
I feel so lonely I could die.
Auch dieses Lied ist geächtet. Ich kenne es von einer alten Musikkassette meiner Mutter; sie besaß auch einen kratzigen und unzuverlässigen Apparat, auf dem man so etwas noch abspielen konnte. Sie spielte die Kassette meistens, wenn ihre Freundinnen herüberkamen und sie zusammen etwas tranken.
Ich singe nicht oft so, weil danach mein Hals weh tut.
Es gibt nicht viel Musik in diesem Haus, außer dem, was wir im Fernsehen hören. Manchmal summt Rita vor sich hin, während sie knetet oder schält; ein wortloses Summen, ohne Melodie, unergründlich. Und manchmal kommt aus dem vorde-

ren Wohnzimmer der dünne Klang von Serenas Stimme, von einer Schallplatte, die vor langer Zeit aufgenommen wurde und jetzt abgespielt wird, leise, damit sie nicht dabei ertappt wird, wie sie zuhört, während sie dasitzt und strickt und sich an ihren früheren und jetzt amputierten Ruhm erinnert: *Hallelujah.*

Es ist warm für die Jahreszeit. Häuser wie dieses heizen sich in der Sonne auf, die Isolierung reicht nicht. Um mich herum steht die Luft, trotz des leisen Hauchs, der an den Gardinen vorbei hereinstreicht. Ich würde gern das Fenster öffnen, so weit es nur geht. Bald werden wir die Sommerkleider anziehen dürfen.

Die Sommerkleider sind ausgepackt und hängen im Schrank, es sind zwei, reine Baumwolle, was besser ist als Synthetik wie die billigeren, obwohl man selbst in den baumwollnen im Juli und August, wenn es schwül ist, schwitzt. Dafür braucht ihr keine Angst vor Sonnenbrand zu haben, sagte Tante Lydia. Wie die Frauen sich früher zur Schau gestellt haben! Eingeölt, wie ein Braten am Spieß, nackter Rücken, nackte Schultern, und das auf der Straße, in der Öffentlichkeit, und nicht einmal Strümpfe an den Beinen, kein Wunder, daß da diese Geschichten passierten. *Geschichten* – das war das Wort, das sie benutzte, wenn die Sache, für die es stand, zu unangenehm oder schmutzig oder gräßlich war, um über ihre Lippen zu kommen. Für sie war ein erfolgreiches Leben eines, das *Geschichten* vermied, *Geschichten* ausschloß. Solche *Geschichten* passieren anständigen Frauen nicht. Und gut für die Haut ist es auch nicht, überhaupt nicht, es macht euch runzlig wie einen vertrockneten Apfel. Dabei sollten wir uns doch gar keine Gedanken mehr über unsere Haut machen, das hatte sie vergessen.

Im Park, sagte Tante Lydia, da lagen sie manchmal auf Decken, Männer und Frauen zusammen! Und dabei fing sie an zu weinen, während sie vor uns stand, vor unser aller Augen.

Ich tue mein bestes, sagte sie. Ich gebe mir alle Mühe, euch zu den besten Chancen zu verhelfen, die ihr haben könnt. Sie blinzelte, das Licht war zu grell für sie, ihr Mund bebte um ihre Schneidezähne herum – Zähne, die ein wenig vorstanden und lang und gelblich waren, und ich mußte an die toten Mäuse denken, die wir oft auf unserer Türschwelle fanden, als wir zusammen in einem Haus wohnten, zu dritt, zu viert, wenn man die Katze mitzählt, die diejenige war, die diese Opfer darbrachte.

Tante Lydia preßte die Hand auf ihren Mund – den Mund eines toten Nagetiers. Nach einer Minute nahm sie die Hand wieder weg. Auch ich hätte am liebsten geweint, weil sie Erinnerungen in mir wachrief. Wenn sie wenigstens nicht schon vorher die Hälfte auffressen würde, sagte ich zu Luke.

Glaubt mir, für mich ist es auch nicht so einfach, sagte Tante Lydia.

Moira kam wie ein Wirbelwind in mein Zimmer und ließ ihre Jeansjacke auf den Fußboden fallen. Haste Zigaretten? fragte sie.

In meiner Handtasche, sagte ich. Aber keine Streichhölzer.

Moira wühlt in meiner Tasche. Du solltest einiges von diesem Müll rausschmeißen, sagt sie. Ich mach eine Reizwäsche-Party.

Eine was? frage ich. Es hat keinen Sinn weiterzuarbeiten, Moira läßt es nicht zu, sie ist wie eine Katze, die sich auf die Buchseite legt, wenn du versuchst zu lesen.

Weißt schon, wie eine Tupper-Party, nur mit Unterwäsche. Nuttenzeug, Spitzenslips, Strapse. Tittenheber. Sie findet mein Feuerzeug und zündet sich die Zigarette an, die sie aus meiner Tasche gezogen hat. Willste eine? Wirft mir das Päckchen rüber, enorm großzügig, wenn man bedenkt, daß es meine sind.

Besten Dank, sage ich säuerlich. Du spinnst. Wo hast du denn die Schnapsidee her?

Ich arbeite mich redlich durchs College. Hab eben meine Connections. Freundin von meiner Mutter. Riesenmasche in den Villenvororten. Wenn die so langsam Altersflecken kriegen, meinen sie, sie müssen die Konkurrenz schlagen. Die Porno-Shops und weiß der Teufel was noch.

Ich muß lachen. Sie brachte mich immer zum Lachen.

Aber hier? sage ich. Wer soll da kommen? Wer braucht sowas?

Man ist nie zu jung zum Lernen, sagt sie. Komm, das wird die Masche. Wir machen uns in die Hose vor Lachen.

Haben wir so gelebt damals? Aber wir haben gelebt, wie es üblich war. Alle tun das, meistens jedenfalls. Alles, was vor sich geht, ist wie üblich. Sogar dies jetzt ist wie üblich.

Wir haben wie üblich gelebt, indem wir ignorierten. Ignorieren ist nicht das gleiche wie Ignoranz, man muß etwas dazu tun.

Nichts verändert sich auf einen Schlag: In einer nach und nach immer heißer werdenden Badewanne wäre man totgekocht, ehe man es merkt. Natürlich standen Geschichten in den Zeitungen: Leichen in Straßengräben oder im Wald, zu Tode geknüppelt oder verstümmelt, böse zugerichtet, wie es immer hieß, aber in diesen Geschichten ging es um andere Frauen, und die Männer, die so etwas taten, waren andere Männer. Keiner von denen gehörte zu den Männern, die wir kannten. Die Zeitungsgeschichten waren für uns wie schlechte Träume, wie Alpträume, die andere träumten. Schrecklich, sagten wir, und sie waren es, aber sie waren schrecklich, ohne glaubhaft zu sein. Sie waren zu melodramatisch, sie hatten eine Dimension, die nicht die Dimension unseres Lebens war.

Wir waren die Leute, über die nichts in der Zeitung stand. Wir lebten auf den leeren weißen Stellen, an den Rändern. Das gab uns mehr Freiheit.

Wir lebten in den Lücken zwischen den Geschichten.

Von unten, von der Einfahrt dringt das Geräusch des Motors, der angelassen wird, herauf. Es ist eine ruhige Gegend hier, ohne viel Verkehr, deshalb hört man bestimmte Dinge sehr deutlich: laufende Automotoren, Rasenmäher, Heckenscheren, das Zuschlagen einer Tür. Man könnte auch einen Schrei deutlich hören, oder einen Schuß, wenn solche Geräusche hier überhaupt gemacht würden. Manchmal hört man ferne Sirenen.

Ich gehe ans Fenster und setze mich auf den Fenstersitz, der zu schmal ist, um bequem zu sein. Ein hartes kleines Kissen liegt darauf. Auf den Bezug ist in eckigen Druckbuchstaben das Wort GLAUBE gestickt, umgeben von einem Lilienkranz. Das Wort GLAUBE ist blaß blau, die Lilienblätter schmutziggrün. Es ist ein Kissen, das früher irgendwo anders benutzt wurde, ein wenig verschlissen, aber nicht genug, um es wegzuwerfen. Irgendwie ist es übersehen worden.

Ich kann Minuten, Viertelstunden damit verbringen, die Augen über die Buchstaben gleiten zu lassen: GLAUBE. Es ist das einzige, was man mir zu lesen gegeben hat. Wenn ich dabei ertappt würde, würde es zählen? Ich habe das Kissen ja nicht selbst hergebracht.

Der Motor läuft, und ich beuge mich vor, ziehe aber dabei die weiße Gardine vor mein Gesicht, wie einen Schleier. Sie ist dünn, ich kann hindurchsehen. Wenn ich die Stirn an das Glas drücke und hinunterschaue, sehe ich die hintere Hälfte des Whirlwind. Niemand ist da, aber während ich noch hinunterschaue, sehe ich Nick zur hinteren Tür des Autos herumkommen, sie öffnen und steif danebenstehen. Seine Mütze sitzt jetzt gerade, und seine Hemdsärmel sind heruntergerollt und zugeknöpft. Sein Gesicht kann ich nicht sehen, weil ich auf ihn hinunterschaue.

Jetzt kommt der Kommandant heraus. Ich erhasche nur einen flüchtigen, perspektivisch verkürzten Blick von ihm, als er zum Auto geht. Er hat seine Mütze nicht auf, er geht also nicht zu einer offiziellen Angelegenheit. Sein Haar ist grau. Silbern könnte man es nennen, wenn man freundlich sein wollte. Ich habe keine Lust, freundlich zu sein. Sein Vorgänger war glatzköpfig, also ist er wohl eine Verbesserung.

Wenn ich aus dem Fenster spucken oder etwas hinunterwerfen könnte, das Kissen zum Beispiel, würde ich ihn vielleicht treffen.

Moira und ich, beide mit Papiertüten, die mit Wasser gefüllt waren. Wasserbomben wurden sie genannt. Wir beugen uns aus meinem Zimmer im Studentenheim und lassen sie den Jungen unten auf die Köpfe fallen. Es war Moiras Idee. Was wollten sie eigentlich? Auf einer Leiter heraufsteigen, um irgend etwas zu erbeuten. Unsere Unterwäsche.

Früher war es ein gemischtes Studentenheim, für Jungen und Mädchen, in einer der Toiletten in unserem Stockwerk gab es noch Pissoirs. Aber als ich einzog, hatten sie die Jungen und Mädchen wieder getrennt gelegt.

Der Kommandant bückt sich und steigt ins Auto, verschwindet, und Nick schließt die Tür. Einen Augenblick später fährt das Auto rückwärts die Einfahrt hinunter und auf die Straße und verschwindet hinter der Hecke.

Ich müßte diesem Mann gegenüber Haß empfinden. Ich weiß, daß ich Haß empfinden müßte, aber ich empfinde keinen. Ich empfinde etwas, das komplizierter ist als Haß. Ich weiß nicht, wie ich es nennen soll. Liebe ist es nicht.

KAPITEL ELF

Gestern morgen bin ich beim Arzt gewesen. Ich wurde von einem Wächter hingebracht, einem von denen mit der roten Armbinde, die für solche Dienste zuständig sind. Wir fuhren in einem roten Auto, er vorn, ich hinten. Kein Zwilling begleitete mich – bei solchen Gelegenheiten bin ich ein einzelnes Exemplar.

Einmal im Monat werde ich zu Laboruntersuchungen zum Arzt gebracht: Urin, Hormone, Krebsabstrich, Blutsenkung; so wie früher, nur daß es jetzt Pflicht ist.

Die Arztpraxis befindet sich in einem modernen Bürogebäude. Wir fahren mit dem Fahrstuhl hinauf, stumm, der Wächter mir gegenüber. In der schwarzen spiegelnden Wand des Fahrstuhls sehe ich seinen Hinterkopf. Wenn wir bei der Praxis ankommen, gehe ich hinein; er wartet draußen im Flur, mit den anderen Wächtern, auf einem der Stühle, die dort zu diesem Zweck aufgestellt sind.

Im Wartezimmer sind noch andere Frauen, drei, alle rot gekleidet: dieser Arzt ist Spezialist. Heimlich mustern wir einander, taxieren gegenseitig unsere Bäuche. Hat eine von uns Glück gehabt? Der Sprechstundenhelfer gibt unsere Namen und die Nummern unserer Pässe in den Compudoc ein, um zu sehen, ob wir die sind, die wir sein sollten. Er ist an die einsneunzig groß, ungefähr vierzig und hat eine schräge Narbe auf der Wange; er sitzt da und tippt, seine Hände sind zu groß für die Tastatur, er trägt noch die Pistole im Schulterhalfter.

Als ich aufgerufen werde, gehe ich durch die Tür ins hintere Zimmer. Es ist weiß, ohne besondere Merkmale, wie das vordere, mit Ausnahme einer spanischen Wand – roter Stoff auf einen Rahmen gespannt, mit einem gemalten goldenen Auge darauf und einem senkrechten, von einer Schlange umwundenen Schwert darunter, eine Art Griff. Die Schlangen und das Schwert sind Teile eines zerbrochenen Symbolismus, Überbleibsel aus der Zeit davor.

Nachdem ich in der kleinen Toilette das für mich bereitgestellte Fläschchen gefüllt habe, ziehe ich hinter der spanischen Wand meine Kleider aus und lege sie zusammengefaltet auf den Stuhl. Dann lege ich mich nackt auf den Untersuchungstisch, auf das kühle knisternde Wegwerflaken. Ich ziehe das zweite Laken, aus Stoff, über mich. In der Höhe des Halses hängt ein anderes Laken von der Decke herab, so daß der Arzt mein Gesicht nicht sehen kann. Er hat es nur mit einem Torso zu tun.

Als ich fertig bin, strecke ich die Hand aus, taste nach dem kleinen Hebel an der rechten Seite des Untersuchungstisches und ziehe ihn zurück. Irgendwo anders klingelt eine Glocke, die ich nicht höre. Kurz darauf öffnet sich die Tür, Schritte kommen herein, ich höre Atmen. Er darf nur mit mir sprechen, wenn es unbedingt nötig ist. Aber dieser Arzt ist redselig.

»Wie geht's uns denn?« fragt er, eine Floskel aus der anderen Zeit. Das Laken wird von meinem Körper gehoben, ein Luftzug macht mir Gänsehaut. Ein kalter Finger, mit Gummi überzogen und eingecremt gleitet in mich hinein, ich werde gestoßen und betastet. Der Finger zieht sich zurück, dringt anders ein, zieht sich zurück.

»Alles in bester Ordnung«, sagt der Arzt, wie zu sich selbst. »Haben Sie irgendwo Schmerzen, Herzchen?« Er nennt mich *Herzchen*.

»Nein«, sage ich.

Meine Brüste werden nacheinander befingert, die Suche

nach Reife, Zerfall. Das Atmen kommt näher, ich rieche kalten Rauch, Rasierwasser, einen Hauch von Tabak auf Haar. Dann die Stimme, sehr leise, dicht an meinem Kopf: Das ist er, er zeichnet sich durch das Laken hindurch ab.

»Ich könnte dir helfen«, sagt er. Flüstert er.

»Was?« sage ich.

»Schsch«, sagt er. »Ich könnte dir helfen. Ich habe auch schon anderen geholfen.«

»Mir helfen?« sage ich mit ebenso leiser Stimme wie er. »Wie denn?« Weiß er etwas, hat er Luke gesehen, hat er gefunden, kann er zurückbringen?

»Wie glaubst du wohl?« sagt er, immer noch kaum atmend. Ist das seine Hand da an meinem Bein? Er hat den Handschuh ausgezogen. »Die Tür ist abgeschlossen. Keiner wird hereinkommen. Sie werden nie erfahren, daß es nicht von ihm ist.«

Er hebt das Laken. Der untere Teil seines Gesichts ist mit der weißen Gaze-Maske bedeckt, Vorschrift. Zwei braune Augen, eine Nase, ein Kopf mit braunem Haar darauf. Seine Hand liegt zwischen meinen Beinen. »Die meisten von diesen alten Knochen schaffen es gar nicht mehr«, sagt er. »Oder sie sind steril.«

Mir stockt der Atem: er hat ein verbotenes Wort gesagt. *Steril.* Das gibt es gar nicht mehr, einen sterilen Mann, nicht offiziell. Es gibt nur Frauen, die fruchtbar sind, und Frauen, die unfruchtbar sind, so will es das Gesetz.

»Viele tun es«, fährt er fort. »Du willst doch ein Kind, nicht?«

»Ja«, sage ich. Es stimmt, und ich frage mich nicht warum, *denn ich weiß es. Schaffe mir Kinder; wo nicht, so sterbe ich.* Das hat mehr als nur eine Bedeutung.

»Du bist weich«, sagt er. »Es ist die richtige Zeit. Heute oder morgen wäre es gut, warum die Chance vertun? Es dauert nur eine Minute, Herzchen.« So, wie er seine Frau einmal genannt hat; vielleicht tut er es immer noch, aber eigentlich ist es ein Gattungsname. Wir alle sind *Herzchen.*

Ich zögere. Er bietet sich mir an, seine Dienste, bei einem beträchtlichen Risiko für ihn selbst.

»Ich kann es nicht mitansehen, was sie euch zumuten«, murmelt er. Es ist echt, echtes Mitgefühl, und trotzdem genießt er es, das Mitgefühl und alles Drum und Dran. Seine Augen sind feucht vor Mitleid, seine Hand auf mir bewegt sich, nervös und ungeduldig.

»Es ist zu gefährlich«, sage ich. »Nein, ich kann es nicht.« Die Strafe, die darauf steht, ist der Tod. Sie müssen einen allerdings in flagranti ertappen, mit zwei Zeugen. Wie stehen die Chancen, ist der Raum mit Wanzen versehen? Wer wartet draußen an der Tür?

Seine Hand hält still. »Denk darüber nach«, sagt er. »Ich habe dein Kurvenblatt gesehen. Viel Zeit hast du nicht mehr. Aber es ist dein Leben.«

»Vielen Dank«, sage ich. Ich muß den Eindruck hinterlassen, daß ich mich nicht gekränkt fühle, daß ich Vorschlägen gegenüber aufgeschlossen bin. Er nimmt seine Hand fort, lässig, gleichsam schleppend. Für ihn ist das noch nicht das letzte Wort. Er könnte die Untersuchungsergebnisse fälschen, mich melden wegen Krebs, wegen Unfruchtbarkeit, mich in die Kolonien verschiffen lassen, zu den Unfrauen. Nichts dergleichen ist ausgesprochen worden, und doch, das Wissen von seiner Macht liegt in der Luft, als er mir den Schenkel tätschelt und sich hinter dem herunterhängenden Laken entfernt.

»Nächsten Monat«, sagt er.

Hinter dem Schirm ziehe ich meine Kleider wieder an. Meine Hände zittern. Warum habe ich Angst? Ich habe keine Grenzen übertreten, ich bin nicht vertrauensselig gewesen, kein Risiko eingegangen, alles ist gut. Was mich erschreckt, ist die Möglichkeit der Wahl. Ein Ausweg, eine Rettung.

KAPITEL ZWÖLF

Das Badezimmer befindet sich neben dem Schlafzimmer. Es ist mit kleinen blauen Blümchen austapeziert, Vergißmeinnicht, mit dazu passenden Gardinen. Eine blaue Badematte liegt auf dem Boden, ein blauer Plüschüberzug auf dem Toilettensitz; das einzige, was diesem Badezimmer aus der Zeit davor noch fehlt, ist eine Puppe, deren Rock die Ersatzrolle Klopapier verdeckt. Abgesehen davon, daß der Spiegel über dem Waschbecken abgenommen worden und durch einen rechteckigen aus Blech ersetzt worden ist und daß die Tür kein Schloß hat, und daß hier natürlich keine Rasierapparate herumliegen. In der ersten Zeit kam es in Badezimmern zu Zwischenfällen, zu Selbstverstümmelungen, Tod durch Ertrinken. Das war, bevor sie alle Mängel ausgebügelt haben. Cora sitzt auf einem Stuhl draußen im Flur, um aufzupassen, daß niemand anders ins Bad geht. Im Badezimmer, in der Badewanne seid ihr verwundbar, sagte Tante Lydia. Sie sagte nicht inwiefern.

Das Bad ist Vorschrift, aber es ist auch ein Luxus. Es ist ein Luxus, allein schon die schweren weißen Flügel und den Schleier abzuheben, ein Luxus schon, mit den Händen das eigene Haar wieder zu spüren. Mein Haar ist jetzt lang, ungeschnitten, wie es ist. Haar muß lang sein, aber bedeckt. Tante Lydia sagte: Paulus sagt, entweder so oder kahl rasiert. Sie lachte, gab ihr unterdrücktes Wiehern von sich, als hätte sie einen Witz erzählt.

Cora hat das Badewasser einlaufen lassen. Es dampft wie eine Suppenschüssel. Ich ziehe meine übrigen Sachen aus, das Überkleid, das weiße Hemd und den weißen Halbunterrock, die roten Strümpfe, die lose sitzenden Baumwollunterhosen. Von Strumpfhosen kriegst du die Zwickelfäule, pflegte Moira zu sagen. Tante Lydia hätte einen Ausdruck wie *Zwickelfäule* niemals verwendet. *Unhygienisch* war ihr Wort. Sie wollte immer, daß alles sehr hygienisch war.

Meine Nacktheit fängt schon an, mir fremd zu sein. Mein Körper kommt mir veraltet vor. Habe ich wirklich am Strand Badeanzüge getragen? Ja, das habe ich, ohne zu überlegen und mitten zwischen Männern, ohne mir Gedanken darüber zu machen, daß meine Beine, meine Arme, meine Schenkel und mein Rücken zur Schau gestellt wurden, gesehen werden konnten. *Schändlich, unziemlich.* Ich vermeide es, an meinem Körper hinunterzuschauen, nicht weil es schändlich oder unziemlich wäre, sondern weil ich ihn nicht sehen will. Ich möchte nicht ansehen, was mich so ganz und gar bestimmt.

Ich steige ins Wasser, lege mich hinein, lasse mich davon umfangen. Das Wasser ist weich wie Hände. Ich schließe die Augen, und plötzlich ist sie bei mir, unversehens, es muß der Duft der Seife sein. Ich lege mein Gesicht an das weiche Haar in ihrem Nacken und atme sie ein, Babypuder und gewaschene Kinderhaut und Shampoo, mit einem Unterton, dem leisen Geruch von Urin. Das ist das Alter, in dem sie kommt, wenn ich in der Badewanne liege. Sie kommt in verschiedenen Lebensaltern zu mir. Daher weiß ich, daß sie kein Geist sein kann. Wenn sie ein Geist wäre, würde sie immer gleich alt sein.

Eines Tages, als sie elf Monate alt war, kurz bevor sie zu laufen begann, stahl eine Frau sie aus meinem Supermarktwagen. Es war an einem Samstag, dem Tag, an dem Luke und ich die Wocheneinkäufe machten, weil wir beide berufstätig waren. Sie saß auf dem kleinen Babysitz, wie es sie damals an Supermarktwagen gab, mit Löchern für die Beine. Sie war kreuzfidel, und ich hatte ihr den Rücken zugedreht, in der Katzenfutter-Abteilung war es, glaube ich; Luke war drüben auf der anderen Seite, wo ich ihn nicht sehen konnte, am Fleischstand. Er suchte gern das Fleisch aus, das wir im Laufe der Woche essen würden. Er sagte, Männer brauchten mehr Fleisch als Frauen, das sei kein Aberglaube, und er sei doch kein Trottel, es seien Untersuchungen angestellt worden. Es gibt eben ein paar Unterschiede, sagte er. Er sagte das gern, als versuchte ich zu beweisen, daß es keine gebe. Aber hauptsächlich sagte er es, wenn meine Mutter da war. Er neckte sie gern.

Ich hörte, wie sie anfing zu weinen. Ich drehte mich um und sah, wie sie den Gang hinunter entschwand, in den Armen einer Frau, die ich noch nie gesehen hatte. Ich schrie, und die Frau wurde festgehalten. Sie muß um die fünfunddreißig gewesen sein. Sie weinte und behauptete, es sei ihr Kind, Gott der Herr habe es ihr geschenkt, er habe ihr ein Zeichen gegeben. Sie tat mir leid. Der Geschäftsführer entschuldigte sich und hielt sie fest, bis die Polizei kam.

Sie ist nur verrückt, sagte Luke.

Ich dachte damals, daß es ein Einzelfall sei.

Sie verblaßt, ich kann sie nicht hier bei mir behalten, jetzt ist sie fort. Vielleicht stelle ich sie mir doch als Geist vor, als den Geist eines toten Mädchens, eines kleinen Mädchens, das starb, als es fünf war. Ich erinnere mich an die Bilder, die ich einst von uns hatte, auf denen ich sie hielt, Standardposen, Mutter und Kind, sicherheitshalber in einen Rahmen eingeschlossen. Hinter meinen geschlossenen Augen sehe ich mich selbst, so, wie ich jetzt bin, wie ich vor einer offenen Schublade oder einem Koffer im Keller sitze, wo die Babykleidung verstaut ist, eine Locke von ihrem Haar, abgeschnitten, als sie zwei war, in einem Umschlag, weißblond. Später wurde sie dunkler.

Ich habe diese Sachen nicht mehr, die Kleider und die Haarlocke. Was wohl aus allen unseren Sachen geworden ist? Geplündert, weggeworfen, fortgetragen. Konfisziert.

Ich habe es gelernt, auf viele Dinge zu verzichten. Wenn ihr viel besitzt, sagte Tante Lydia, dann bindet ihr euch zu sehr an die diesseitige, materielle Welt und vergeßt die geistlichen Werte. Ihr müßt die Armut im Geiste kultivieren. Selig sind die Sanftmütigen. Sie fuhr nicht fort, sagte nicht, daß sie das Erdreich besitzen werden.

Ich liege, vom Wasser umspült, neben einer geöffneten Schublade, die nicht existiert, und denke über ein Mädchen nach, das nicht starb, als es fünf war; das noch existiert, hoffe ich, wenn auch nicht für mich. Existiere ich noch für sie? Bin ich ein Bild, irgendwo, in der Dunkelheit, hinten in ihrem Gedächtnis?

Sie müssen ihr gesagt haben, ich sei tot. Das sähe ihnen ähnlich. Sicher behaupten sie, es sei dann einfacher für das Mädchen, sich anzupassen.

Acht muß sie inzwischen sein. Ich habe die Zeit, die ich verlor, eingesetzt, ich weiß, wieviel das gewesen ist. Sie hatten recht, es ist einfacher, sich vorzustellen, daß sie tot ist. Dann brauche ich nicht zu hoffen oder eine vergebliche Anstrengung zu unternehmen. Warum, sagte Tante Lydia, mit dem Kopf gegen die Wand rennen? Manchmal hatte sie eine sehr plastische Art, Dinge auszudrücken.

»Ich hab nicht den ganzen Tag Zeit«, sagt Coras Stimme vor der Tür. Es stimmt, sie hat recht. Sie hat auch sonst nicht viel. Deshalb sollte ich ihr nicht ihre Zeit stehlen. Ich seife mich ein, benutze die Wurzelbürste und den Bimsstein zum Abreiben der abgestorbenen Haut. Solche puritanischen Hilfsmittel stehen zur Verfügung. Ich möchte gern absolut sauber sein, keimfrei, ohne Bakterien, wie die Mondoberfläche. Ich werde mich nicht waschen können heute abend, nicht danach, einen ganzen Tag lang nicht. Es beeinträchtigt die Chancen, sagen sie, und warum das Risiko eingehen?

Jetzt kann ich nicht umhin, die kleine Tätowierung an meinem Knöchel zu sehen. Vier Ziffern und ein Auge – das Gegenteil eines Passes: Sie soll garantieren, daß ich niemals endgültig in eine andere Landschaft entschwinden kann. Ich bin zu wichtig, zu rar dafür. Ich bin Nationalbesitz.

Ich ziehe den Stöpsel heraus, trockne mich ab, ziehe meinen roten Frotteebademantel an. Ich lasse das Kleid von heute hier liegen. Cora wird es zum Waschen mitnehmen. Zurück in meinem Zimmer, ziehe ich mich wieder an. Die weiße Haube ist für den Abend nicht nötig, weil ich nicht ausgehen werde. Und hier im Haus wissen alle, wie mein Gesicht aussieht. Doch der rote Schleier wird übergelegt und bedeckt mein feuchtes Haar, meinen Kopf, der nicht kahl rasiert worden ist. Wo habe ich den Film von den Frauen gesehen, die auf dem Marktplatz knieten, von fremden Händen festgehalten, während ihr Haar in Büscheln zu Boden fiel? Was hatten sie getan? Es muß vor langer Zeit gewesen sein, denn ich kann mich nicht daran erinnern.

Cora bringt mir mein Abendessen, zugedeckt, auf einem Tablett. Sie klopft an die Tür, bevor sie eintritt. Ich mag sie dafür. Es bedeutet, daß ich ihrer Meinung nach noch etwas von dem habe, was wir früher Privatsphäre nannten.

»Danke«, sage ich und nehme ihr das Tablett ab, und sie lächelt mich tatsächlich an, dreht sich allerdings um, ohne zu antworten. Wenn wir beide allein sind, ist sie schüchtern.

Ich setze das Tablett auf den kleinen weißgestrichenen Tisch und ziehe den Stuhl heran. Ich nehme die Haube von dem Tablett. Hähnchenschlegel, zu lange gekocht. Besser als blutig, die andere Zubereitungsart, die Rita kennt. Sie hat ihre Mittel und Wege, andere ihren Unmut spüren zu lassen. Eine in der Schale gebackene Kartoffel, grüne Bohnen, Salat. Birnen aus der Dose zum Nachtisch. Das Essen ist durchaus gut, wenn auch langweilig. Gesunde Kost. Ihr müßt eure Vitamine und Mineralien kriegen, sagte Tante Lydia geziert. Ihr müßt ein würdiges Gefäß sein. Aber kein Kaffee, kein Tee und kein Alkohol. Es sind Untersuchungen gemacht worden. Eine Papierserviette liegt dabei, wie in Schnellrestaurants.

Ich denke an die anderen, die draußen. Das hier ist das Herzland, ich führe ein verwöhntes Leben, danket dem Herrn, denn seine Güte währet ewiglich, sagte Tante Lydia, oder war es seine Gnade, und ich fange an zu essen. Ich bin heute abend nicht hungrig. Mir ist übel. Aber es gibt hier nichts, wo ich das Essen hintun könnte, keine Topfpflanzen, und es in die Toilette zu schütten, möchte ich nicht riskieren. Ich bin zu nervös, das ist es. Ob ich es einfach auf dem Teller liegenlasse und Cora bitte, mich nicht zu melden? Ich kaue und schlucke, kaue und schlucke und spüre, wie mir der Schweiß ausbricht. In meinem Magen klumpt sich das Essen zusammen, eine Handvoll feuchte Pappe, zusammengedrückt.

Unten im Speisezimmer werden jetzt Kerzen auf dem großen Mahagonitisch stehen: ein weißes Tischtuch, Silber, Blumen, Weingläser mit Wein darin. Das Klicken von Messern auf Porzellan, das kurze Klappern, wenn sie ihre Gabel hinlegt und die Hälfte dessen, was sie auf dem Teller hat, unangerührt läßt. Möglicherweise wird sie sagen, daß sie keinen Appetit hat. Möglicherweise wird sie nichts sagen. Wenn sie etwas sagt, wird er es kommentieren. Und wenn sie nichts sagt, wird er es merken? Ich möchte wissen, wie sie es bewerkstelligt, sich bemerkbar zu machen. Ich stelle mir vor, daß es schwer sein muß.

Ein Klümpchen Butter liegt am Rand des Tellers. Ich reiße eine Ecke von der Papierserviette ab, wickle die Butter hinein, gehe damit zum Schrank und stecke es in die Spitze des rechten Schuhs meines Ersatzpaars, so wie ich es schon manchmal gemacht habe. Ich knülle den Rest der Serviette zusammen: es wird sich niemand die Mühe machen, sie zu glätten, um zu prüfen, ob auch nichts davon fehlt. Ich werde die Butter später in der Nacht benutzen. Heute abend nach Butter zu riechen, das würde nicht gehen.

Ich warte. Ich sammle mich. Mein Ich ist ein Ding, das ich jetzt sammeln muß, so wie man Fakten für eine Rede sammelt. Ich muß ein gemachtes Ding präsentieren, nicht etwas Geborenes.

V Kurzer Schlaf

KAPITEL DREIZEHN

Mir bleibt noch etwas Zeit. Das gehört zu den Dingen, auf die ich nicht vorbereitet war – die viele unausgefüllte Zeit, die langen Pausen, in denen nichts geschieht. Zeit als weißes Rauschen. Wenn ich nur sticken könnte. Weben, knüpfen, irgend etwas mit den Händen tun. Ich sehne mich nach einer Zigarette. Ich erinnere mich daran, daß ich einst durch Gemäldegalerien ging, durch das neunzehnte Jahrhundert: wie besessen sie damals von Harems waren. Dutzende von Haremsgemälden, dicke Frauen, die sich auf Diwanen räkelten, mit Turbanen auf dem Kopf oder Samtkappen; sie wurden mit Pfauenfedern gefächelt, während ein Eunuch im Hintergrund Wache stand. Studien sitzenden Fleisches, von Männern gemalt, die nie im Orient gewesen waren. Solche Bilder galten als erotisch, und ich dachte damals auch, daß sie es seien; doch jetzt verstehe ich, worum es auf diesen Bildern wirklich ging. Es waren Gemälde über das aufgeschobene Leben, über das Warten, über Gegenstände, die nicht in Gebrauch waren. Es waren Gemälde über die Langeweile.

Aber vielleicht ist Langeweile erotisch – wenn Frauen sich langweilen – für Männer.

Ich warte, gewaschen, gebürstet, gefüttert, wie ein Preis-Schwein. Irgendwann in den achtziger Jahren erfand man Schweinebälle, Bälle für Schweine, die in Ställen gemästet wurden. Schweinebälle waren große bunte Bälle; die

Schweine rollten sie mit ihrem Rüssel umher. Die Schweinehändler behaupteten, das verbessere ihren Muskeltonus; die Schweine waren neugierig, sie hatten gern etwas zum Nachdenken um sich.

Das habe ich in der Einführung in die Psychologie gelesen – das und das Kapitel über die eingesperrten Ratten, die sich selbst Elektroschocks versetzten, nur um etwas zu tun zu haben. Und das über die Tauben, die darauf abgerichtet worden waren, mit dem Schnabel auf einen Knopf zu drücken, was bewirkte, daß ein Maiskorn zum Vorschein kam. Die Tauben waren in drei Gruppen eingeteilt: die erste bekam ein Korn pro Picken, die zweite ein Korn bei jedem zweiten Picken, die dritte war dem Zufall ausgeliefert. Als der Versuchsleiter die Maiszufuhr unterbrach, gab die erste Gruppe ziemlich rasch auf, die zweite Gruppe ein wenig später. Die dritte Gruppe gab nie auf. Diese Tauben hätten sich eher zu Tode gepickt, als aufzuhören. Wer konnte schon wissen, was funktionierte?

Ich wünschte, ich hätte einen Schweineball.

Ich lege mich auf den geflochtenen Teppich. Ihr könnt immer und überall eure Übungen machen, sagte Tante Lydia. Mehrere Male am Tag, ihr könnt sie in euren üblichen Tagesablauf einschieben. Arme zur Seite, die Knie gebeugt, das Becken heben, auf der Wirbelsäule abrollen. Hinhocken. Und noch einmal. Einatmen und bis fünf zählen, Luft anhalten, ausatmen. Wir machten es in dem Raum, der früher das Hauswirtschaftszimmer gewesen war. Die Nähmaschinen, die Wasch- und Trockenautomaten waren fortgebracht worden; alle gemeinsam lagen wir auf kleinen japanischen Matten, ein Tonband spielte, *Les Sylphides*. Das höre ich auch jetzt, im Kopf, während ich hebe, kippe, atme. Hinter meinen geschlossenen Augen huschen dünne weiße Tänzer anmutig zwischen den Bäumen hindurch, und ihre Beinchen flattern wie die Flügel festgehaltener Vögel.

Nachmittags lagen wir eine Stunde lang in der Turnhalle auf unseren Betten, zwischen drei und vier. Sie sagten, es sei eine Zeit der Ruhe und der Meditation. Ich dachte damals, daß sie diese Ruhezeit angesetzt hatten, weil sie für sich selbst etwas Freizeit wollten, eine Pause im Unterricht, und ich weiß, daß die Tanten, die keinen Dienst hatten, ins Lehrerzimmer gingen, auf eine Tasse Kaffee. Aber inzwischen glaube ich, daß die Ruhe auch eine Übung war. Sie gaben uns Gelegenheit, uns an nicht ausgefüllte Zeit zu gewöhnen.

Ein Schläfchen nannte Tante Lydia es in ihrer gezierten Art.

Das Seltsame war, daß wir die Ruhe brauchten. Viele von uns schliefen tatsächlich. Wir waren müde dort, einen großen Teil der Zeit. Ich glaube, daß wir unter dem Einfluß von irgendwelchen Tabletten oder Drogen standen, die sie uns ins Essen taten, um uns ruhig zu halten. Aber vielleicht auch nicht. Vielleicht war es einfach die Umgebung in der wir uns befanden. Nach dem ersten Schock, wenn man sich damit abgefunden hatte, war es besser, lethargisch zu sein. Man konnte sich sagen, daß man so Kraft sparte.

Ich muß drei Wochen dort gewesen sein, als Moira kam. Sie wurde von zwei Tanten in die Turnhalle gebracht, auf die übliche Art und Weise, während wir unseren kurzen Schlaf hielten. Sie hatte noch ihre eigenen Kleider an, Jeans und ein blaues Sweatshirt – ihr Haar war kurz, wie üblich hatte sie sich über die Mode hinweggesetzt –, deshalb erkannte ich sie sofort. Sie sah mich auch, aber sie wandte sich ab, sie wußte schon, was gefährlich und was ungefährlich war. An ihrer linken Wange hatte sie einen blauen Fleck, der sich ins Violette verfärbte. Die Tanten brachten sie zu einem leeren Bett, auf dem schon das rote Kleid ausgebreitet lag. Sie zog sich aus und fing an, sich schweigend wieder anzuziehen, während die Tanten am Fußende des Bettes standen und wir anderen durch einen winzigen Spalt zwischen unseren Augenlidern zusahen. Als sie sich bückte, konnte ich die Höcker an ihrer Wirbelsäule sehen.

Mehrere Tage lang konnte ich nicht mit ihr sprechen; wir sahen uns nur an, kurze Blicke – es war wie ein Nippen. Freundschaften waren verdächtig, das wußten wir, also mieden wir einander, wenn wir in der Kantine in Schlangen nach Essen anstanden und zwischen den Unterrichtsstunden durch die Flure gingen. Aber am vierten Tag war sie neben mir während des Spaziergangs in Zweierreihen um das Football-Feld herum. Wir bekamen die weißen Flügel erst, als wir unsere Prüfung bestanden hatten, vorerst hatten wir nur die Schleier; so konnten wir reden, solange wir es leise taten und nicht den Kopf drehten, um einander anzusehen. Die Tanten gingen am Kopf und am Ende der Schlange, die einzige Gefahr drohte von den anderen. Einige von ihnen waren Gläubige, und vielleicht meldeten sie uns.

Das ist hier ja die reinste Klapsmühle, sagte Moira.

Ich freue mich so, dich zu sehen, sagte ich.

Wo können wir reden? fragte Moira.

Toilette, sagte ich. Achte auf die Uhr. Letzte Kabine, halb drei.

Mehr sprachen wir nicht.

Seit Moira hier ist, fühle ich mich sicherer. Wir dürfen zur Toilette gehen, wenn wir die Hand heben. Die Anzahl der Gänge pro Tag ist allerdings begrenzt, sie notieren sie auf einer Karte. Ich behalte die Uhr im Auge, eine elektrische runde Uhr vorn, über der grünen Tafel. Es wird halb drei während des Zeugnisablegens. Tante Helena ist auch da, ebenso wie Tante Lydia, weil das Zeugnisablegen etwas Besonderes ist. Tante Helena ist dick. Sie hat einst in Iowa eine lokale Gruppe der Weight Watchers geleitet. Sie ist gut im Zeugnisablegen.

Janine ist an der Reihe. Sie erzählt, wie sie mit vierzehn hintereinander von einer ganzen Gruppe von Jungen vergewaltigt wurde und eine Abtreibung hatte. Letzte Woche hat sie dieselbe Geschichte erzählt. Sie schien fast stolz darauf, während sie davon erzählte. Vielleicht stimmt es ja nicht einmal. Beim Zeugnisablegen ist es ungefährlicher, etwas zu erfinden, als zu sagen, man hätte nichts aufzudecken. Aber bei Janine stimmt es wahrscheinlich mehr oder weniger.

Aber *wessen* Schuld war das? fragt Tante Helena und streckt einen dicken Zeigefinger in die Höhe.

Ihre *eigene,* ihre *eigene,* ihre *eigene,* rufen wir im Chor.

Wer hat sie verführt? Tante Helena strahlt – sie ist mit uns zufrieden.

Sie war es. *Sie* war es. *Sie* war es.

Warum hat Gott so etwas Schreckliches zugelassen?

Damit sie etwas daraus *lernt.* Damit sie etwas daraus *lernt.* Damit sie etwas daraus *lernt.*

Letzte Woche ist Janine in Tränen ausgebrochen. Tante Helena befahl ihr, mit den Händen auf dem Rücken vorn im Klassenzimmer niederzuknien, wo wir sie alle sehen konnten, ihr rotes Gesicht und ihre tropfende Nase. Ihr Haar aschblond, ihre Wimpern so hell, daß sie gar nicht vorhanden schienen, die fehlenden Wimpern eines Menschen, der in ein Feuer geraten ist. Verbrannte Augen. Sie sah gräßlich aus: schwach, gekrümmt, fleckig, rosa, wie eine neugeborene Maus. Keine von uns wollte so aussehen wie sie, nie! Einen Moment lang verachteten wir sie, obwohl wir wußten, was ihr angetan wurde.

Heulsuse. Heulsuse. Heulsuse.

Wir meinten es wirklich, und das ist das Schlimme daran.

Ich hatte früher eine gute Meinung von mir. In dieser Situation nicht mehr.

Das war letzte Woche. Diese Woche wartet Janine nicht erst, bis wir sie verhöhnen. Es war meine Schuld, sagt sie. Es war meine eigene Schuld. Ich habe sie verführt. Ich habe den Schmerz verdient.

Sehr gut, Janine, sagt Tante Lydia. Du bist vorbildlich.

Ich muß warten, bis es vorüber ist, ehe ich die Hand hebe. Manchmal, wenn man zum falschen Zeitpunkt fragt, sagen sie nein. Wenn man wirklich muß, kann das kritisch werden. Gestern hat Dolores den Fußboden genäßt. Zwei Tanten schleppten sie fort, eine Hand unter jeder Achsel. Beim Nachmittagsspaziergang war sie nicht dabei, aber nachts lag sie wieder in ihrem üblichen Bett. Die ganze Nacht hörten wir sie in Abständen stöhnen.

Was haben sie ihr getan? flüsterten wir von Bett zu Bett.

Ich weiß nicht.

Es nicht zu wissen, macht es noch schlimmer.

Ich hebe die Hand, Tante Lydia nickt. Ich stehe auf und gehe hinaus in den Flur, so unauffällig wie möglich. Vor der Toilette steht Tante Elizabeth Wache. Sie nickt, zum Zeichen dafür, daß ich hineingehen darf.

Diese Toilette war früher für Jungen. Auch hier sind die Spiegel durch Rechtecke aus trübem grauem Metall ersetzt worden, aber die Urinbecken sind noch da, an der einen Wand: weiße Emaille mit gelben Flecken. Sie sehen seltsamerweise wie Babysärge aus. Wieder einmal wundere ich mich über die Nacktheit im Leben der Männer: das Duschen vor aller Augen, der Körper prüfenden und vergleichenden Blicken ausgesetzt, das öffentliche Zurschaustellen der Geschlechtsteile. Wozu? Welchen Bedürfnissen nach Selbstbestätigung dient es? Das Vorzeigen einer Erkennungsmarke, schaut her, alle miteinander, alles ist in Ordnung, ich gehöre hierher. Warum brauchen Frauen einander nicht zu beweisen, daß sie Frauen sind? Irgendeine Form des Aufknöpfens, eine Schrittschlitz-Prozedur, genau so beiläufig. Ein hundeartiges Sich-Beschnüffeln.

Die High School ist ein altes Gebäude, die Kabinen sind aus Holz, aus Spanplatten oder dergleichen. Ich gehe in die zweitletzte und schlage die Tür zu. Natürlich gibt es keine Schlösser mehr. In der Holzwand ist ein kleines Loch, hinten, dicht bei der Wand, etwa in Taillenhöhe, das Souvenir eines früheren Vandalismus oder das Vermächtnis eines ehemaligen Voyeurs. Alle wissen von diesem Loch im Holz – alle, außer den Tanten.

Ich habe Angst, daß ich zu spät dran bin, aufgehalten, weil Janine so lange brauchte, um Zeugnis abzulegen. Vielleicht ist Moira schon hiergewesen, vielleicht mußte sie zurück. Sie lassen einem nicht viel Zeit. Ich blicke vorsichtig nach unten, schräg unter der Trennwand hindurch, und dort sind zwei rote Schuhe. Aber wie soll ich wissen, wer es ist?

Ich lege meinen Mund an das Loch im Holz. Moira? flüstere ich.

Bist du es? fragt sie.

Ja, sage ich. Erleichterung durchzieht meinen Körper.

Mein Gott, hab ich einen Gieper nach einer Zigarette, sagt Moira.

Ich auch, sage ich.

Ich fühle mich lächerlich glücklich.

Ich tauche in meinen Körper ein wie in ein Sumpfland, ein Moorgebiet, wo nur ich die sicheren Tritte kenne. Heimtückischer Boden, mein persönliches Hoheitsgebiet. Ich werde zu der Erde, an die ich mein Ohr lege, um Gerüchte über die Zukunft zu hören. Jedes Stechen, jedes Rumoren geringsten Schmerzes, die Kräuselungen abgestreifter Materie, die Schwellungen und Schrumpfungen von Gewebe, das Sabbern des Fleisches – das sind die Zeichen, das sind die Vorgänge, über die ich Bescheid wissen muß. Jeden Monat schaue ich nach Blut, voller Angst, denn wenn es kommt, bedeutet das Mißerfolg. Wieder einmal ist es mir nicht gelungen, die Erwartungen anderer, die zu meinen eigenen geworden sind, zu erfüllen.

Früher habe ich meinen Körper als Instrument betrachtet, ein Instrument der Lust, oder als Fortbewegungsmittel, oder als Werkzeug bei der Umsetzung meines Willens in die Tat. Ich konnte ihn zum Laufen benutzen, konnte mit seiner Hilfe Knöpfe dieser oder jener Art drücken, bewirken, daß Dinge geschahen. Es gab Grenzen, aber mein Körper war doch geschmeidig, unabhängig, stabil, eins mit mir.

Jetzt verteilt dieser Körper sich anders. Ich bin eine Wolke, um einen zentralen Gegenstand herum erstarrt, der die Form einer Birne hat, der hart und wirklicher ist als ich und rot in seiner durchsichtigen Hülle schimmert. Darinnen ist ein Raum, riesig wie der Himmel bei Nacht und ebenso dunkel und gewölbt, wenn auch eher schwarz-rot als schwarz. Winzige Lichtpünktchen schwellen, funkeln, bersten und schrumpfen darin zusammen, unzählig wie Sterne. Jeden Monat erscheint ein Mond, gewaltig, rund, schwer, ein Omen. Er zieht hindurch, hält inne, zieht weiter und verschwindet, und ich sehe die Verzweiflung auf mich zukommen wie eine Hungersnot. Sich so leer zu fühlen, wieder und wieder. Ich horche auf mein Herz, Welle auf Welle, salzig und rot, wie es immer weiterklopft, den Takt schlägt.

Ich bin in unserer ersten Wohnung, im Schlafzimmer. Ich stehe vor dem Schrank, der mit hölzernen Klapptüren versehen ist. Um mich herum, weiß ich, ist alles leer, alle Möbel sind fort, die Fußböden sind nackt, nicht einmal mehr Teppiche. Und doch ist der Schrank voller Kleider. Ich denke zuerst, es seien meine Kleider, aber sie sehen nicht wie meine aus, ich habe sie nie zuvor gesehen. Vielleicht sind es Kleider, die Lukes Frau gehören, die ich auch noch nie gesehen habe – nur Bilder und eine Stimme am Telefon, spät nachts, wenn sie uns anrief, weinend, anklagend, vor der Scheidung. Aber nein, es sind doch meine Kleider. Ich brauche ein Kleid, ich brauche etwas zum Anziehen. Ich ziehe Kleider heraus, schwarze, blaue, lila, Jacken, Röcke. Nichts davon kommt in Betracht, nichts davon paßt, sie sind alle zu groß oder zu klein.

Luke ist da, hinter mir, ich drehe mich um und sehe ihn. Er aber schaut mich nicht an, er blickt zu Boden, wo die Katze sich an seinen Beinen reibt und unaufhörlich klagend miaut. Sie will etwas zu fressen haben, aber wie kann es in einer so leeren Wohnung etwas zu fressen geben?

Luke, sage ich. Er antwortet nicht. Vielleicht hört er mich nicht. Mir kommt der Gedanke, daß er vielleicht gar nicht lebendig ist.

Ich laufe mit ihr, halte sie an der Hand, ziehe, zerre sie durch das Farngestrüpp, sie ist nur halb wach wegen der Tablette, die ich ihr gegeben habe, damit sie nicht weint oder etwas sagt, was uns verriete, sie weiß nicht, wo sie ist. Der Boden ist uneben, Felsen, abgestorbene Zweige, der Geruch von feuchter Erde, altem Laub, sie kann nicht schnell genug laufen, allein könnte ich schneller laufen, ich bin eine gute Läuferin. Jetzt weint sie, sie hat Angst, ich möchte sie tragen, aber sie wäre zu schwer. Ich habe meine Wanderstiefel an, und ich denke, wenn wir ans Wasser kommen, werde ich sie ausziehen müssen. Wird es zu kalt sein, wird sie so weit schwimmen können, was ist mit der Strömung, das haben wir nicht erwartet. *Still,* sage ich ärgerlich zu ihr. Ich muß daran denken, daß sie ertrinken könnte, und der Gedanke verlangsamt meine Schritte. Dann fallen hinter uns die Schüsse, nicht laut, nicht wie ein Feuerwerk, sondern scharf und knackend, wie wenn ein trockner Zweig bricht. Sie hören sich falsch an, niemals klingt etwas so, wie man es erwartet, und ich höre die Stimme, *Runter,* ist es eine wirkliche Stimme oder eine Stimme in meinem Kopf oder meine eigene, zu laute Stimme?

Ich ziehe sie zu Boden und wälze mich auf sie, um sie zu decken, zu beschützen. *Still,* sage ich wieder, mein Gesicht ist naß, Schweiß oder Tränen – ich habe das Gefühl, ganz ruhig zu sein und wie schwebend, als wäre ich nicht mehr in meinem Körper; dicht vor meinen Augen liegt ein Blatt, rot, frühzeitig verfärbt, ich kann jede der hellen Adern erkennen. Es ist das Schönste, was ich jemals gesehen habe. Ich schiebe mich vorsichtig von ihr herunter, ich will sie nicht ersticken, statt dessen kauere ich mich schützend um sie und halte meine Hand vor ihren Mund. Ich höre Atmen und das Klopfen meines eigenen Herzens, wie lautes Trommeln an der

Tür eines Hauses bei Nacht, wo man Sicherheit zu finden hoffte. *Ist ja gut, ich bin doch bei dir,* sage ich, flüstere ich, *Bitte sei still!* Aber wie kann sie still sein? Sie ist zu jung, es ist zu spät, wir geraten auseinander, meine Arme werden festgehalten, und die Ränder werden schwarz, und nichts ist mehr da, nur ein kleines Fenster, ein sehr kleines Fenster, wie das falsche Ende eines Fernrohrs, wie das Fensterchen auf einem Adventskalender, einem alten, Nacht und Eis draußen, und drinnen eine Kerze, ein strahlender Baum, eine Familie, ich höre sogar die Glocken, Schlittenglöckchen, aus dem Radio, alte Musik, aber durch dieses Fenster sehe ich, klein, aber sehr deutlich, sehe ich sie, wie sie sich von mir entfernt, zwischen den Bäumen hindurch, die sich schon rot und gelb färben, wie sie die Arme nach mir ausstreckt, während sie fortgetragen wird.

Die Glocke weckt mich; und dann Cora, die an meine Tür klopft. Ich setze mich auf, auf dem Teppich, wische mit dem Ärmel über mein nasses Gesicht. Von all den Träumen ist dies der schlimmste.

VI Haushalt

KAPITEL VIERZEHN

Als die Glocke zu Ende geläutet hat, gehe ich die Treppe hinunter, einen kurzen Moment eine Heimatlose in dem Auge aus Glas, das unten an der Wand hängt. Die Uhr tickt mit ihrem Pendel, immer im selben Takt; meine Füße in ihren adretten roten Schuhen zählen die Stufen nach unten.

Die Wohnzimmertür steht weit offen. Ich gehe hinein: bisher ist noch niemand anders da. Ich setze mich nicht, sondern nehme kniend meinen Platz ein, neben dem Sessel mit dem Schemel, wo Serena Joy sich in Kürze inthronisieren wird, auf ihren Stock gestützt, während sie sich niederläßt. Möglicherweise wird sie die eine Hand auf meine Schulter legen, um das Gleichgewicht nicht zu verlieren. Als sei ich ein Möbelstück. Sie hat es schon manchmal getan.

Das Wohnzimmer wäre früher vielleicht als Salon bezeichnet worden und später als gute Stube. Vielleicht ist es auch ein Besuchszimmer, eines von denen mit Spinne und Fliegen. Jetzt jedoch ist es offiziell ein Wohnzimmer, denn es wird ja darin gewohnt, von einigen jedenfalls. Für andere ist es nur ein Stehzimmer. Die Haltung des Körpers ist wichtig, hier und jetzt: Kleinere Unbehaglichkeiten sind lehrreich.

Das Wohnzimmer ist kultiviert, symmetrisch; es ist eine der Formen, die Geld annimmt, wenn es erstarrt. Geld ist jahrelang durch dieses Zimmer geflossen, wie durch eine unterirdische Höhle. Es hat sich verkrustet und zu diesen Formen verhärtet, die an Stalaktiten erinnern. Stumm präsentieren sich die unterschiedlichen Oberflächen: der dunkelrote Samt der zugezogenen Vorhänge, der Hochglanz der dazu passenden Stühle aus dem achtzehnten Jahrhundert, der zungenweiche Flor des mit Quasten versehenen chinesischen Teppichs auf dem Fußboden mit seinen pfirsichfarbenen Päonien, das vornehme Leder des Stuhls des Kommandanten, das blinkende Messing an der Truhe daneben.

Der Teppich ist echt. Einige Gegenstände in diesem Zimmer sind echt, andere nicht. Zum Beispiel zwei Gemälde, Frauenbildnisse, zu beiden Seiten des Kamins. Beide tragen dunkle Kleider, wie auf den Bildern in der alten Kirche, doch aus einer späteren Zeit. Die Gemälde sind möglicherweise echt. Ich vermute, daß Serena Joy sie erwarb, nachdem ihr klar geworden war, daß sie ihre Energien in etwas überzeugend Häusliches würde umleiten müssen, und daß sie die Absicht hatte, die beiden Frauen als Vorfahren auszugeben. Aber vielleicht waren sie auch schon im Haus, als der Kommandant es kaufte. Es gibt keine Möglichkeit, solche Dinge zu erfahren. Wie auch immer, dort hängen sie, mit steifem Rücken und strengem Mund, die Brüste eingeschnürt, die Gesichter verhärtet, die Häubchen gestärkt, grauweiß der Teint, und wachen über das Zimmer mit ihren zusammengekniffenen Augen.

Zwischen ihnen, über dem Kamin, hängt ein ovaler Spiegel, mit jeweils zwei silbernen Kerzenleuchtern zu beiden Seiten und einem weißen Porzellan-Cupido in der Mitte, der den Arm um den Hals eines Lammes legt. Der Geschmack Serena Joys ist eine sonderbare Mischung: kalte Gier nach Qualität, weiche, sentimentale Sehnsüchte. An beiden Enden des Kaminsimses steht ein Strauß getrockneter Blumen, eine Vase mit echten Narzissen steht auf dem polierten Intarsientischchen neben dem Sofa.

In dem Zimmer riecht es nach Zitronenöl, nach schwerem Tuch, welkenden Narzissen, nach Essensdüften, die aus der Küche oder vom Eßzimmer herübergezogen sind, und nach

Serena Joys Parfüm: Maiglöckchen. Parfüm ist ein Luxus, sie muß eine private Quelle haben. Ich atme es ein, mit dem Gefühl, daß ich dankbar dafür sein sollte. Es ist der Duft pubertierender Mädchen, der Geschenke, die kleine Kinder ihren Müttern früher am Muttertag machten; der Geruch weißer Baumwollsocken und weißer Baumwollpetticoats, der Geruch von Körperpuder, der Geruch der Unschuld weiblicher Körper, die noch nicht der Behaarung und dem Blut anheimgefallen sind. Er bewirkt, daß mir leicht übel wird, so als säße ich an einem heißen, schwülen Tag mit einer älteren Frau, die zu viel Gesichtspuder aufgelegt hat, in einem geschlossenen Auto. So etwa wirkt das Wohnzimmer, trotz seiner Eleganz.

Ich würde gern etwas aus diesem Zimmer stehlen. Ich würde gern irgendeinen kleinen Gegenstand mitnehmen, den verschnörkelten Aschenbecher, das kleine silberne Pillendöschen vom Kaminsims vielleicht, oder eine getrocknete Blume. Ich würde das gestohlene Gut in den Falten meines Kleids verstecken oder in meinem mit einem Reißverschluß versehenen Ärmel, es dort lassen, bis der Abend vorüber ist, es in meinem Zimmer verbergen, unter dem Bett oder in einem Schuh oder in einem Schlitz in dem harten gestickten GLAUBEN-Kissen. Hin und wieder würde ich ihn dann herausnehmen und ihn ansehen. Und das würde mir das Gefühl vermitteln, daß ich Macht besitze.

Aber solch ein Gefühl wäre eine Illusion, und es wäre auch zu riskant. Meine Hände bleiben, wo sie sind, in meinem Schoß gefaltet. Die Oberschenkel zusammengedrückt, die Fersen unter mir, von unten gegen meinen Körper gedrückt. Der Kopf gesenkt. In meinem Mund ist ein Geschmack von Zahnpaste: künstliche Pfefferminze und Gips.

Ich warte darauf, daß der Haushalt sich versammelt. *Haushalt:* das sind wir. Der Kommandant ist der Haushaltsvorstand. Das Haus ist das, was er in der Hand hat, hält. Haben und halten, bis daß der Tod uns scheidet.

Der Halt nach einer Bewegung. Stillstand.

Cora kommt als erste herein, dann Rita, die sich die Hände an der Küchenschürze abwischt. Auch sie wurden von der Glocke herbeizitiert, und sie sind verstimmt, denn sie haben andere Dinge zu tun, den Abwasch zum Beispiel. Aber sie müssen hier sein, sie müssen alle hier sein, die Zeremonie verlangt es. Wir sind alle verpflichtet, dies durchzustehen, so oder so.

Rita wirft mir einen finsteren Blick zu, bevor sie hereingeschlüpft kommt und sich hinter mich stellt. Es ist meine Schuld, diese Verschwendung ihrer Zeit. Nicht meine, sondern die Schuld meines Körpers, falls es da einen Unterschied gibt. Auch der Kommandant ist seinen Launen unterworfen.

Nick kommt herein, nickt uns allen dreien zu, schaut sich im Zimmer um. Auch er nimmt seinen Platz hinter mir ein und bleibt stehen. Er ist so nahe, daß seine Stiefelspitze meinen Fuß berührt. Ist das Absicht? Ob es Absicht ist oder nicht, wir berühren uns: zwei Formen aus Leder. Ich spüre, wie mein Schuh weich wird, Blut fließt hinein, er wird warm, er wird eine Haut. Ich bewege meinen Fuß eine winzige Spur, fort.

»Wenn er sich doch beeilen wollte«, sagt Cora.

»Beeil du dich mit dem Warten«, sagt Nick. Er lacht, bewegt seinen Fuß, so daß er wieder meinen berührt. Keiner kann es unter den Falten meines ausladenden Rockes sehen. Ich bewege mich unruhig hin und her, es ist zu warm hier drinnen, und mir ist übel von dem schalen Parfümduft. Ich ziehe den Fuß fort.

Wir hören Serena kommen, die Treppe herunter, den Flur entlang, das gedämpfte Pochen ihres Stocks auf dem Teppich, das dumpfe Tappen des gesunden Fußes. Sie kommt zur Tür hereingehoppelt, wirft einen kurzen Blick auf uns, zählt ab, mechanisch. Sie nickt Nick zu, sagt aber nichts. Sie hat eines ihrer besten Kleider an, himmelblau mit weißer Stickerei an den Rändern des Schleiers: blühende Blumen und Ranken. Noch in ihrem Alter spürt sie den Drang, sich selbst mit Blumen zu bekränzen. Nützt dir nichts, denke ich zu ihr hin, ohne eine Miene zu verziehen, du kannst sie nicht mehr nützen, du bist verwelkt. Sie sind die Geschlechtsorgane der Pflanze. Das habe ich irgendwo gelesen, vor langer Zeit.

Sie geht hinüber zu ihrem Sessel und Schemel, dreht sich um, läßt sich nieder, landet ungraziös. Sie hievt ihr linkes Bein auf den Schemel, sucht etwas in ihrer Ärmeltasche. Ich höre das Rascheln, das Klicken ihres Feuerzeugs, ich rieche das heiße Sengen, rieche den Rauch, atme ihn ein.

»Spät wie gewöhnlich«, sagt sie. Wir antworten nicht. Es klappert, als sie zum Lampentischchen hinübergreift, dann ein Klicken, und der Fernsehapparat durchläuft seine Aufwärmphase.

Ein Männerchor, Männer mit grünlich-gelber Haut, die Farbe müßte besser eingestellt werden. Sie singen: »Komm, o komm zur Urwaldkirche.« O komm, o komm, o komm, singen die Bässe. Serena läßt das Fernsteuergerät klicken. Wellen, farbige Zickzacklinien, Tonsalat: es ist der Satellitensender in Montreal, er ist gestört. Dann sieht man einen Prediger. Ernst, mit glänzenden dunklen Augen beugt er sich über einen Tisch zu uns. Heutzutage sehen sie sehr wie Geschäftsleute aus. Serena gibt ihm ein paar Sekunden, dann klickt sie weiter.

Mehrere leere Kanäle, dann die Nachrichten. Danach hat sie gesucht. Sie lehnt sich zurück, inhaliert tief. Ich dagegen beuge mich nach vorn, ein Kind, das zusammen mit den Erwachsenen länger als sonst aufbleiben darf. Das ist das einzige Gute an diesen Abenden, den Abenden der Zeremonie: Ich darf die Nachrichten sehen. Das scheint eine unausgesprochene Regel in diesem Haushalt zu sein: wir kommen immer pünktlich, er immer zu spät, und Serena läßt uns immer die Nachrichten sehen.

Wie dem auch sei: Wer weiß, ob etwas davon wahr ist? Es könnten alte Clips sein, sie könnten gefälscht sein. Aber ich sehe es mir an, in der Hoffnung, zwischen den Zeilen lesen zu können. Nachrichten, einerlei welcher Art, sind besser als gar keine.

Zuerst die Fronten. In Wirklichkeit gibt es gar keine Fronten: der Krieg scheint an vielen Stellen gleichzeitig stattzufinden.

Bewaldete Hügel, von oben gesehen, die Bäume ein kränkliches Gelb. Ich wünschte, sie würde die Farbe regulieren. Die Appalachen, sagt die Stimme aus dem Off, wo die Engel der Apokalypse, vierte Division, ein Nest von baptistischen Guerilleros ausräuchern, mit Luftunterstützung des Einundzwanzigsten Batallions der Engel des Lichts. Wir bekommen zwei Hubschrauber zu sehen, schwarz, mit aufgemalten silbernen Flügeln an den Seiten. Unter ihnen explodiert eine Gruppe von Bäumen.

Jetzt eine Nahaufnahme von einem Gefangenen mit stoppeligem und schmutzigem Gesicht, der von zwei Engeln in schicken schwarzen Uniformen eskortiert wird. Der Gefangene nimmt von einem der Engel eine Zigarette an, steckt sie mit den zusammengebundenen Händen ungeschickt zwischen die Lippen. Er lächelt ein schiefes kleines Grinsen. Der Sprecher sagt etwas, aber ich höre es nicht: ich sehe dem Mann in die Augen und versuche zu entscheiden, was er wohl denkt. Er weiß, daß die Kamera auf ihn gerichtet ist: Ist das Grinsen ein Zeichen von Trotz, oder ist es Unterwürfigkeit? Ist er verlegen, weil er gefangengenommen worden ist?

Es werden uns nur Siege gezeigt, nie Niederlagen. Wer will schlechte Nachrichten?

Möglicherweise ist er Schauspieler.

Jetzt kommt der Moderator. Er hat eine freundliche, väterliche Art; er schaut uns vom Bildschirm aus an, und mit seinem gebräunten Gesicht und dem weißen Haar, den aufrichtigen Augen und den weisen Fältchen drumherum sieht er aus wie jedermanns idealer Großvater. Was er uns da erzählt – so besagt sein gleichbleibendes Lächeln – ist zu unserem eigenen Besten. Bald wird alles wieder gut. Ich verspreche es. Friede wird herrschen. Ihr müßt nur vertrauen. Ihr müßt jetzt schlafen gehen, wie brave Kinder.

Er erzählt uns, was wir so gern glauben möchten. Er ist sehr überzeugend.

Ich kämpfe gegen ihn an. Er sieht aus wie ein alternder Filmstar, sage ich mir, mit falschen Zähnen und geliftetem Gesicht. Gleichzeitig fliege ich ihm zu, wie hypnotisiert. Wenn es nur wahr wäre. Wenn ich nur glauben könnte.

Jetzt erzählt er uns, daß ein Untergrund-Spionagering aufgeflogen ist, aufgedeckt von einem Team von Augen, die mit einem Spitzel gearbeitet haben. Der Ring hat wertvollen Nationalbesitz über die Grenze nach Kanada geschmuggelt.

»Fünf Mitglieder der ketzerischen Quäkersekte wurden verhaftet«, sagt er mit verbindlichem Lächeln. »Weitere Verhaftungen sind zu erwarten.«

Zwei der Quäker erscheinen auf dem Bildschirm, ein Mann und eine Frau. Sie sehen verängstigt aus, geben sich aber Mühe, vor der Kamera einige Würde zu wahren. Der Mann hat ein großes dunkles Mal auf der Stirn; der Frau ist der Schleier heruntergerissen worden, und ihr Haar fällt ihr strähnig ins Gesicht. Beide sind um die fünfzig.

Jetzt sehen wir eine Stadt, wieder aus der Luft. Früher war das Detroit. Hinter der Stimme des Nachrichtensprechers hört man das Dröhnen von Artillerie. Rauchsäulen steigen am Horizont empor.

»Die Umsiedlung der Kinder von Ham wird plangemäß fortgesetzt«, sagt das beruhigende rosa Gesicht, das jetzt wieder auf dem Bildschirm zu sehen ist. »Dreitausend Menschen sind diese Woche im Nationalen Heimatland Eins angekommen, zweitausend weitere sind noch im Transit.« Wie transportieren sie so viele Menschen auf einmal? In Zügen, Bussen? Davon bekommen wir keine Bilder zu sehen. Das Nationale Heimatland Eins ist in North Dakota. Der Himmel weiß, was sie dort eigentlich sollen, wenn sie ankommen. Landwirtschaft betreiben, lautet die offizielle Version.

Serena Joy hat genug von den Nachrichten. Ungeduldig drückt sie den Knopf für einen weiteren Kanalwechsel und wartet mit einem alternden Baß-Bariton auf, der Backen wie leere Euter hat. »Hoffnungsgeflüster« singt er. Serena schaltet ihn aus.

Wir warten, die Uhr im Flur tickt, Serena zündet sich noch eine Zigarette an, ich steige ins Auto. Es ist Samstagmorgen, es ist September, wir haben noch ein Auto. Andere Leute mußten ihres verkaufen. Mein Name ist nicht Desfred, ich habe einen anderen Namen, den jetzt keiner mehr gebraucht, weil es verboten ist. Ich sage mir, daß es nichts ausmacht, ein Name ist wie eine Telefonnummer, nur für andere von Nutzen. Aber was ich mir da sage, stimmt nicht, es macht etwas aus. Ich bewahre die Erinnerung an diesen Namen wie etwas Verborgenes, wie einen Schatz, den auszugraben ich eines Tages zurückkommen werde. Ich betrachte diesen Namen als begraben. Dieser Name hat eine Aura um sich, wie ein Amulett, einen Zauber, der aus einer unvorstellbar fernen Vergangenheit übriggeblieben ist. Ich liege nachts in meinem Einzelbett, mit geschlossenen Augen, und der Name schwimmt dort hinter meinen Augen, beinahe in Reichweite, und leuchtet in der Dunkelheit.

Es ist ein Samstagmorgen im September, ich trage meinen leuchtenden Namen. Das kleine Mädchen, das jetzt tot ist, sitzt auf dem Rücksitz, mit ihren beiden liebsten Puppen, ihrem ausgestopften Hasen, der vor Alter und Liebe räudig ist. Ich weiß alle Einzelheiten. Es sind sentimentale Einzelheiten, aber ich kann es nicht ändern. Ich darf nur nicht zu viel an den Hasen denken, ich darf nicht anfangen zu weinen, nicht hier auf dem chinesischen Teppich, während ich den Rauch einatme, der in Serenas Körper gewesen ist. Nicht hier, nicht jetzt, ich kann es später tun.

Sie dachte, wir seien unterwegs zu einem Picknick, und tatsächlich steht ein Picknick-Korb neben ihr auf dem Rücksitz, mit richtigem Essen darin, hartgekochten Eiern, Thermosflasche und allem, was dazugehört. Sie sollte nicht wissen, wohin wir wirklich fuhren, wir wollten nicht, daß sie sich aus Versehen verplapperte, etwas verriet, falls wir angehalten würden. Wir wollten ihr nicht die Bürde unserer Wahrheit aufladen.

Ich trug meine Wanderstiefel, sie hatte ihre Turnschuhe an. Die Schnürsenkel der Turnschuhe hatten ein Muster aus kleinen Herzen, rot, lila, rosa und gelb. Es war warm für die Jahreszeit, die Blätter färbten sich teilweise schon. Luke fuhr, ich saß neben ihm, die Sonne schien, der Himmel war blau, die Häuser sahen im Vorbeifahren tröstlich und ganz gewöhnlich aus, und jedes Haus versank, während wir es hinter uns ließen, in die Vergangenheit, zerfiel in einem Augenblick, als hätte es nie existiert, weil ich es niemals wiedersehen würde. So jedenfalls dachte ich damals.

Wir haben fast nichts mitgenommen, wir wollten nicht den Anschein erwecken, als führen wir weit oder für immer fort. Wir haben die gefälschten Pässe, garantiert, ihren Preis wert. Wir konnten sie natürlich nicht mit Geld bezahlen oder über das Compukonto: wir hatten mit anderen Dingen bezahlt, mit Schmuck von meiner Großmutter und einer Briefmarkensammlung, die Luke von seinem Onkel geerbt hatte. Solche Dinge kann man in anderen Ländern gegen Geld tauschen. Wenn wir bis zur Grenze kommen, werden wir behaupten, wir wollten nur auf einen Tagesausflug hinüberfahren; die gefälschten Visa sind für einen Tag. Vorher werde ich ihr eine Schlaftablette geben, damit sie schläft, wenn wir die Grenze überqueren. So wird sie uns nicht verraten. Man kann von einem Kind nicht erwarten, daß es überzeugend lügt.

Und ich will auch nicht, daß sie Angst hat, daß sie die Angst spürt, die jetzt meine Muskeln anspannt, meine Wirbelsäule anspannt, mich so straff zieht, daß ich sicherlich zerspringen würde, wenn jemand mich berührte. Jeder Halt ist eine Qual. Wir werden die Nacht in einem Motel verbringen oder, besser noch, in einer Seitenstraße im Auto übernachten, damit gar nicht erst mißtrauische Fragen kommen können. Wir werden am Morgen die Grenze überqueren, über die Brücke fahren, ganz harmlos, als führen wir zum Supermarkt.

Wir fahren auf den Freeway, in Richtung Norden, fließen in nicht zu dichtem Verkehr. Seit der Krieg angefangen hat, ist das Benzin teuer und knapp. Außerhalb der Stadt kommen wir an den ersten Kontrollpunkt. Sie wollen nur den Führerschein sehen, Luke macht es gut. Der Führerschein stimmt mit dem Paß überein – daran haben wir gedacht.

Wieder auf der Straße drückt er meine Hand und schaut zu mir herüber. Du bist weiß wie ein Leintuch, sagt er.

So fühle ich mich auch: weiß, flach, dünn. Ich fühle mich durchsichtig. Sie werden bestimmt durch mich hindurchsehen können. Schlimmer noch, wie werde ich mich an Luke und an ihr festhalten können, wenn ich so flach, so weiß bin? Ich habe das Gefühl, als sei nicht viel von mir übriggeblieben; sie werden meinen Armen entschlüpfen, als wäre ich aus Rauch, als wäre ich eine Fata Morgana, die vor ihren Augen verblaßt. *Du darfst so etwas nicht denken,* würde Moira sagen. *Wenn du so etwas denkst, dann passiert es auch.*

Kopf hoch, sagt Luke. Er fährt jetzt eine Spur zu schnell. Das Adrenalin ist ihm zu Kopfe gestiegen. Jetzt singt er. Oh, was für ein wunderschöner Morgen, singt er.

Sogar wegen seines Singens mache ich mir Sorgen. Man hat uns geraten, nicht zu glücklich auszusehen.

KAPITEL FÜNFZEHN

Der Kommandant klopft an die Tür. Das Klopfen ist Vorschrift: das Wohnzimmer gilt als Serena Joys Territorium, er muß um Erlaubnis bitten, ehe er es betritt. Sie läßt ihn gern warten – eine Kleinigkeit, aber in diesem Haushalt bedeuten Kleinigkeiten viel. Heute abend ist ihr jedoch nicht einmal dieses Vergnügen vergönnt, denn noch bevor sie sprechen kann, tritt er schon ins Zimmer. Vielleicht hat er nur das Protokoll vergessen, aber vielleicht ist es auch Absicht. Wer weiß, was sie über den mit Silber gedeckten Eßtisch hinüber zu ihm gesagt hat. Oder nicht gesagt hat.

Der Kommandant trägt seine schwarze Uniform, in der er wie ein Museumswärter aussieht. Wie ein mehr oder weniger zurückgezogen lebender Mann, genial, aber vorsichtig, der sich die Zeit vertreibt. Allerdings nur auf den ersten Blick. Danach sieht er aus wie ein Bankdirektor aus dem mittleren Westen, mit seinem glatten, säuberlich gestriegelten silbernen Haar, seiner gesetzten Haltung, den leicht gebeugten Schultern. Und danach fällt einem sein ebenfalls silbriger Schnurrbart auf und danach sein Kinn, das man auf keinen Fall verfehlen kann. Wenn man bis zum Kinn hinuntergelangt, sieht er aus wie eine Wodka-Reklame in einer teuren Illustrierten vergangener Zeiten.

Sein Betragen ist sanft, seine Hände sind groß, mit dicken Fingern und besitzgierigen Daumen, seine blauen Augen sind wenig mitteilsam und von vorgetäuschter Harmlosigkeit. Er sieht uns an, als nähme er das Inventar auf. Eine kniende Frau in Rot, eine sitzende Frau in Blau, zwei in Grün, stehend, ein einzelner Mann mit schmalem Gesicht im Hintergrund. Es gelingt ihm, ein wenig verwirrt auszusehen, so als könnte er sich nicht genau erinnern, wie wir alle hier hergeraten sind. Als wären wir etwas, was er geerbt hat, eine viktorianische Blasebalgorgel zum Beispiel, und als wäre er sich noch nicht im klaren darüber, was er mit uns anfangen soll. Was wir wert sind.

Er nickt ungefähr in die Richtung von Serena Joy, die keinen Laut von sich gibt. Er geht hinüber zu dem großen Ledersessel, der für ihn reserviert ist, nimmt den Schlüssel aus seiner Tasche, macht sich an der messingverzierten, mit Leder bezogenen Schatulle zu schaffen, die auf dem Tisch neben dem Sessel steht. Er steckt den Schlüssel hinein, öffnet die Schatulle, nimmt die Bibel heraus, eine ganz normale Ausgabe mit schwarzem Einband und Goldschnitt. Die Bibel wird unter Verschluß gehalten, so wie die Herrschaft einst den Tee unter Verschluß hielt, damit die Bediensteten ihn nicht stahlen. Sie ist Zündstoff – wer weiß, was wir damit anstellen würden, wenn wir sie jemals in die Hände bekämen? Uns darf vorgelesen werden, von ihm, aber wir dürfen nicht selbst lesen. Unsere Köpfe wenden sich ihm zu, wir sind voller Erwartung, jetzt kommt unsere Gutenachtgeschichte.

Der Kommandant setzt sich und legt die Beine übereinander, von uns allen beobachtet. Die Buchzeichen sind an den richtigen Stellen. Er schlägt die Bibel auf. Er räuspert sich ein wenig, als sei er verlegen.

»Könnte ich einen Schluck Wasser haben?« sagt er in die Luft. »Bitte«, fügt er hinzu.

Hinter mir verläßt eine von ihnen, Cora oder Rita, ihre Stelle in dem lebenden Bild und tappt in die Küche. Der Kommandant sitzt da und blickt zu Boden. Der Kommandant seufzt, nimmt eine Lesebrille aus der Innentasche seiner Jacke, eine Brille mit Goldrand, und setzt sie auf. Jetzt sieht er aus wie ein Schuhmacher in einem alten Märchenbuch. Wird seiner Verkleidungen, seines Wohlwollens denn nie ein Ende sein?

Wir beobachten ihn: jeden Zoll, jedes Flattern.

Ein Mann zu sein, von Frauen beobachtet – das muß äußerst seltsam sein. Ertragen, daß sie einen die ganze Zeit beobachten. Ertragen, wie sie sich fragen: Was tut er jetzt? Ertragen, wie sie zusammenzucken, wenn er sich bewegt, selbst wenn es eine ganz harmlose Bewegung ist, der Griff nach einem Aschenbecher vielleicht. Ertragen, wie sie ihn taxieren. Ertragen, wie sie denken, er kann nicht, er wird es nicht tun, er wird es tun müssen, wird herhalten müssen, so, als wäre er ein Kleidungsstück, altmodisch oder zerschlissen, das aber noch angezogen werden muß, weil nichts anderes da ist.

Ertragen, wie sie ihn anlegen, ihn anprobieren, ihn ausprobieren, während er seinerseits sie anzieht, wie eine Socke über einen Fuß, über den Stummel seiner selbst, seinen zusätzlichen, sensitiven Daumen, sein Tentakel, sein empfindliches gestieltes Schneckenauge, das hinausstößt, sich dehnt, zusammenzuckt und in ihn zurückschrumpft, wenn es falsch angefaßt wird, wieder anwächst, sich dabei an der Spitze ein wenig bläht, sich vorschiebt wie auf einem Blatt, in sie hinein, begierig nach einer Vision. Um auf diese Weise einer Vision teilhaftig zu werden, auf dieser Reise in eine Dunkelheit, die aus Frauen besteht, aus einer Frau, die in der Dunkelheit sehen kann, während er selbst sich blind vorwärts müht.

Sie beobachtet ihn von drinnen. Wir beobachten ihn alle. Das ist etwas, was wir wirklich tun dürfen, und wir tun es nicht grundlos. Sollte er taumeln, scheitern oder sterben, was würde aus uns werden? Kein Wunder, daß er wie ein außen harter Stiefel ist, der einer breiigen Masse von Anfängertum Form gibt. Das ist nur ein Wunsch. Ich beobachte ihn seit einiger Zeit, und er hat noch kein Anzeichen von Weichheit erkennen lassen, nichts.

Aber sieh dich vor, Kommandant, sage ich in Gedanken zu ihm. Ich habe ein Auge auf dich. Eine falsche Bewegung, und ich bin tot.

Trotzdem, es muß die Hölle sein, ein Mann zu sein. So ein Mann.

Es muß richtig schön sein.

Es muß die Hölle sein.

Es muß eine sehr stille Angelegenheit sein.

Das Wasser kommt, der Kommandant trinkt es. »Danke«, sagt er. Cora raschelt zurück zu ihrem Platz.

Der Kommandant hält inne, blickt nach unten, überfliegt die Seite. Er nimmt sich Zeit, als hätte er uns vergessen. Er wirkt wie ein Mann, der mit seinem Steak herumspielt, am Fenster eines Restaurants, und so tut, als sähe er die Augen nicht, die ihn aus der hungrigen Dunkelheit knapp einen Meter von seinem Ellbogen entfernt beobachten. Wir richten uns auf ihn aus – wie Eisenfeilspäne auf ihren Magneten. Er hat etwas, was wir nicht haben, er hat das Wort. Wie wir es früher verschwendet haben!

Der Kommandant beginnt scheinbar widerstrebend zu lesen. Er macht seine Sache nicht sehr gut. Vielleicht ist er auch nur gelangweilt.

Es ist die übliche Geschichte, es sind die üblichen Geschichten: *Gott zu Adam. Gott zu Noah. Seid fruchtbar und mehret euch, und erfüllet die Erde.* Dann kommt das schimmlige alte Zeug von Rahel und Leah, das uns im Zentrum eingetrichtert wurde.

Schaffe mir Kinder, wo nicht, so sterbe ich. Bin ich doch nicht Gott, der dir deines Leibes Frucht nicht geben will. Siehe, da ist meine Magd Bilha: gehe zu ihr daß sie auf meinem Schoß gebäre, und ich doch durch sie aufgebaut werde. Und so weiter, und so fort. Das wurde uns jeden Morgen zum Frühstück verlesen, wenn wir in der High School-Cafeteria saßen und Haferbrei mit Sahne und braunem Zucker aßen. Ihr bekommt das Beste, ist euch das klar? sagte Tante Lydia. Wir sind im Krieg, alles ist rationiert. Ihr seid verwöhnte Mädchen, sagte sie und sah uns funkelnd an, als schelte sie ein Kätzchen. Unartige Muschi.

Zum Mittagessen gab es die Seligpreisungen. Selig sind diese, selig sind jene. Sie ließen eine Platte laufen, es war eine Männerstimme. *Selig sind, die da geistlich arm sind; denn das Himmelreich ist ihrer. Selig sind die Sanftmütigen. Selig sind, die da schweigen.* Ich wußte, daß sie das erfunden hatten, ich wußte, daß es so nicht in der Bibel stand und daß sie auch Dinge ausließen, aber es gab keine Möglichkeit, es nachzuprüfen. *Selig sind, die da Leid tragen; denn sie sollen getröstet werden.*

Keiner sagte wann.

Beim Nachtisch, Dosenpfirsiche mit Zimt, der mittägliche Einheitsnachtisch, schaue ich zur Uhr und dann hinüber zu Moiras Platz, zwei Tische weiter. Sie ist schon gegangen. Ich hebe die Hand, ich werde entlassen. Wir tun das nicht oft, und immer zu verschiedenen Tageszeiten.

In der Toilette gehe ich wie gewöhnlich zur zweitletzten Kabine.

Bist du da? flüstere ich.

In voller Lebensgröße und doppelt so häßlich, flüstert Moira zurück.

Was hast du gehört? frage ich sie.

Nicht viel. Ich muß hier raus, ich drehe durch.

Panische Angst überkommt mich. Nein, nein, Moira, sage ich. Versuch es nicht. Nicht allein.

Ich spiele einfach krank. Dann schicken sie einen Krankenwagen. Das habe ich schon gesehen.

Du kommst nicht weiter als bis zum Krankenhaus.

Das ist zumindest eine Abwechslung. Dann brauche ich mir wenigstens diese alte Schlampe nicht mehr anzuhören.

Sie werden dir auf die Schliche kommen.

Keine Sorge, ich kann das. Als ich noch zur Schule ging,

habe ich mein Vitamin C nicht genommen und Skorbut bekommen. In den frühen Stadien kann man diese Krankheit nicht diagnostizieren. Dann nimmst du wieder Vitamin C, und es geht dir wieder gut. Ich werde meine Vitamintabletten verstecken.

Moira, tu's nicht.

Ich konnte den Gedanken, sie nicht mehr hier zu haben, bei mir, für mich, nicht ertragen.

Die schicken zwei Typen mit im Krankenwagen. Überleg mal. Die müssen doch danach lechzen, Scheiße, die dürfen doch nicht einmal die Hände in die Tasche stecken, die Chance, daß...

He, ihr da drinnen! Die Zeit ist um, sagte Tante Elizabeth draußen von der Tür her. Ich stand auf und zog die Spülung. Zwei von Moiras Fingern kamen durch das Loch in der Wand. Es war gerade groß genug für zwei Finger. Ich legte rasch meine Finger auf die ihren, hielt sie fest. Ließ sie los.

»Und Leah sprach: Gott hat mir gelohnt, daß ich meine Magd meinem Manne gegeben habe«, sagt der Kommandant. Er läßt die Bibel zuklappen. Sie macht ein erschöpftes Geräusch, wie eine gepolsterte Tür, die sich in einiger Entfernung von selbst schließt – ein Lufthauch. Bei dem Geräusch ahne ich, wie weich die dünnen, zwiebelschalenfeinen Blätter sind, wie sie sich zwischen den Fingern anfühlen. Weich und trocken wie *papier poudre*, rosa und puderig, aus der Zeit davor, man bekam es in Abreißblöckchen, um den Glanz von der Nase zu entfernen, in den Geschäften, die Kerzen und Seife in der Form von Gegenständen anboten: Muscheln, Pilze. Wie Zigarettenpapier. Wie Blütenblätter.

Der Kommandant sitzt einen Moment lang mit geschlossenen Augen da, als sei er müde. Er arbeitet lange. Er trägt viel Verantwortung.

Serena hat angefangen zu weinen. Ich höre sie hinter mir. Es ist nicht das erste Mal. Sie tut es immer am Abend der Zeremonie. Sie versucht, keinen Laut von sich zu geben. Sie versucht, ihre Würde zu wahren, in unserer Gegenwart. Die Polster und Teppiche dämpfen ihre Stimme, aber wir können sie trotzdem deutlich hören. Die Spannung zwischen ihrem Mangel an Beherrschung und ihrem Versuch, es zu unterdrücken, ist schrecklich. Es ist wie ein Furz in der Kirche. Ich verspüre, wie immer, den Drang zu lachen, doch nicht, weil ich es komisch fände. Der Geruch ihres Weinens legt sich über uns, und wir versuchen ihn zu ignorieren.

Der Kommandant öffnet die Augen, nimmt wahr, runzelt die Stirn, hört auf wahrzunehmen. »Wir haben jetzt einen Augenblick für ein stilles Gebet«, sagt der Kommandant. »Wir wollen um den Segen bitten und um Gelingen aller unserer Unternehmungen.«

Ich neige den Kopf und schließe die Augen. Ich lausche auf den angehaltenen Atem, das fast unhörbare Ringen nach Luft, das Zittern hinter mir. Wie sie mich hassen muß, denke ich.

Ich bete still: *Hirundo maleficis evolat.* Ich weiß nicht, was es bedeutet, aber es klingt richtig, und es wird ausreichen müssen, denn ich weiß nicht, was ich sonst zu Gott sagen könnte. Jedenfalls jetzt. Nicht, wie man zu sagen pflegte, an dieser Nahtstelle. Die in meine Schrankwand eingeritzte Schrift, von einer unbekannten Frau mit dem Gesicht von Moira hinterlassen, verschwimmt mir vor den Augen. Ich sah, wie sie fortgebracht wurde, zum Krankenwagen, auf einer Bahre, von zwei Engeln getragen.

Was hat sie? Ich formte die Frage mit den Lippen, der Frau neben mir zugewandt – eine gänzlich ungefährliche Frage, außer wenn ich sie einer Fanatikerin stellte.

Fieber, formte sie mit den Lippen. Blinddarmentzündung heißt es.

Ich war beim Essen an jenem Abend, es gab Hackbällchen und Kartoffelpuffer. Mein Tisch war in der Nähe des Fensters, ich konnte hinausschauen, bis zum Eingangstor. Ich sah, wie der Krankenwagen zurückkam, ohne Sirene diesmal. Einer der Engel sprang heraus, sprach mit der Wache. Der Wächter ging ins Haus, der Krankenwagen blieb stehen, der Engel stand mit dem Rücken zu uns, wie man es ihn gelehrt hatte. Zwei der Tanten kamen mit dem Wächter aus dem Gebäude. Sie gingen um den Krankenwagen herum, zerrten Moira hinten heraus, schleppten sie durchs Tor und die Treppe vorm Haus herauf. Sie hielten sie unter den Achseln, eine auf jeder Seite. Moira konnte nur mit Mühe gehen. Ich hörte auf zu essen, ich konnte nicht mehr essen. Inzwischen starrten alle an meiner Tischseite aus dem Fenster. Das Fenster war grünlich von dem Maschendrahtgeflecht, das man früher in das Glas eingoß. Tante Lydia sagte: Eßt jetzt. Sie ging hinüber und zog das Rollo herunter.

Sie brachten sie in ein Zimmer, das früher das Physiklabor gewesen war. Es war ein Zimmer, in das keine von uns aus freien Stücken ging. Hinterher konnte sie eine Woche lang nicht gehen, ihre Füße paßten nicht in ihre Schuhe, sie waren zu sehr geschwollen. Die Füße nahmen sie sich immer vor bei einem Erstvergehen. Sie benutzten an den Enden ausgefranste Stahlkabel. Danach kamen die Hände an die Reihe. Es kümmerte sie nicht, wie sie die Füße oder Hände zurichteten, auch dann nicht, wenn es ein bleibender Schaden war. Denkt daran, sagte Tante Lydia. Für unsere Zwecke sind eure Füße und Hände nicht wichtig.

Moira lag auf ihrem Bett, ein warnendes Beispiel. Das hätte sie nicht ausprobieren dürfen, nicht bei den Engeln, sagte Alma vom Nachbarbett herüber. Wir mußten sie zum Unterricht tragen. Wir klauten bei den Mahlzeiten in der Cafeteria zusätzliche Zuckerpäckchen für sie und steckten sie ihr zu, heimlich, bei Nacht, von Bett zu Bett. Wahrscheinlich brauchte sie den Zucker gar nicht, aber er war das einzige, was wir für sie stehlen konnten. Ihr schenken konnten.

Ich bete immer noch, aber vor mir sehe ich jetzt Moiras Füße, wie sie aussahen, als man sie zurückbrachte. Ihre Füße sahen überhaupt nicht wie Füße aus. Sie sahen aus wie ertrunkene Füße, geschwollen und knochenlos, nur die Farbe war anders. Sie sahen aus wie Lungen.

O Gott, bete ich. *Hirundo maleficis evoltat.*

Hattest du dir das so vorgestellt?

Der Kommandant räuspert sich. Das tut er, um uns wissen zu lassen, daß es seiner Meinung nach an der Zeit ist, mit dem Beten aufzuhören. »Denn die Augen des Herrn sollen hingehen über die ganze Erde, auf daß er sich mächtig wisse im Namen jener, deren Herz wahrhaftig ist in seinem Angesicht«, sagt er.

Das ist das Zeichen zum Sendeschluß. Er steht auf. Wir sind entlassen.

KAPITEL SECHZEHN

Die Zeremonie verläuft wie üblich.

Ich liege auf dem Rücken, voll bekleidet, mit Ausnahme der gesunden weißen Baumwollunterhose. Was ich sehen würde, wenn ich die Augen aufschlüge, wäre der große weiße Baldachin von Serena Joys übergroßem Himmelbett im Kolonialstil, der wie eine absackende Wolke über uns hängt, eine Wolke, mit winzigen Tropfen silbrigen Regens besetzt, die sich, wenn man näher hinsähe, als vierblättrige Blümchen entpuppten. Ich würde nicht den Teppich sehen, der weiß ist, nicht die geblümten Gardinen oder den mit Rüschen verkleideten Frisiertisch, auf dem, in Silber gefaßt, die Bürste und der Spiegel liegen. Nur den Baldachin, der dank der Luftigkeit des Tuches und der nach unten gewölbten Erdenschwere das Kunststück fertigbringt, ätherisch und zugleich stofflich zu wirken.

Oder wie das Segel eines Schiffes. Von großbäuchigen Segeln war einst in Gedichten die Rede. Schwellend, ausbauchend. Vorwärts getrieben durch einen geschwollenen Bauch.

Der Duft von Maiglöckchen umgibt uns, kühl, fast herb. Es ist nicht warm in diesem Zimmer.

Über mir, am Kopfende des Bettes liegt Serena Joy ausgebreitet da. Ihre Beine sind gespreizt, ich liege zwischen ihnen, mit dem Kopf auf ihrem Magen, ihr Schambein liegt unter meinem Nacken, ihre Schenkel zu beiden Seiten von mir. Auch sie ist vollständig bekleidet.

Meine Arme sind erhoben; sie hält meine Hände – jede meiner Hände in einer von ihnen. Das soll bedeuten, daß wir ein Fleisch sind, ein Wesen. In Wirklichkeit bedeutet es, daß sie damit die Kontrolle hat, über den Vorgang und so auch über das Produkt. Sofern es eins gibt. Die Ringe ihrer linken Hand schneiden in meine Finger. Das mag Rache sein, oder auch nicht.

Mein roter Rock ist bis zur Taille, jedoch nicht höher, hochgezogen. Weiter unten fickt der Kommandant. Er fickt den unteren Teil meines Körpers. Ich sage nicht, daß er Liebe macht, denn das tut er nicht. Auch das Wort kopulieren wäre ungenau, denn es würde zwei Menschen voraussetzen, und hier ist nur einer beteiligt. Das Wort Vergewaltigung trifft auch nicht zu: hier geschieht nichts, wozu ich mich nicht verpflichtet habe. Viel Auswahl gab es nicht, aber doch eine gewisse, und eben das hier habe ich gewählt.

Deshalb liege ich still und stelle mir den ungesehenen Baldachin über mir vor. Ich erinnere mich an den Rat, den Königin Victoria ihrer Tochter gab. *Schließe die Augen und denke an England.* Aber wir sind nicht in England. Wenn er sich doch beeilte!

Vielleicht bin ich verrückt, und das hier ist eine neue Therapie.

Ich wünschte, es wäre so, dann würde sich mein Befinden vielleicht bessern, und das hier würde ein Ende haben.

Serena Joy hält meine Hände so fest, als wäre sie diejenige, nicht ich, die gefickt wird, so als fände sie es entweder lustvoll oder schmerzhaft, und der Kommandant fickt in einem gleichmäßigen Zweivierteltakt, unaufhörlich wie ein tropfender Wasserhahn. Er ist geistesabwesend, wie ein Mann, der unter der Dusche vor sich hinsummt, ohne zu merken, daß er summt; wie einer, der mit anderen Gedanken beschäftigt ist. Es ist, als wäre er woanders und wartete darauf, daß er kommt, und trommelte mit den Fingern auf den Tisch. Ungeduld ist jetzt in seinem Rhythmus. Ist das denn nicht eines jeden Mannes feuchter Traum, zwei Frauen auf einmal? Das sagte man früher immer. Aufregend, sagte man immer.

Was sich in diesem Zimmer unter Serena Joys silbrigem Baldachin abspielt, ist nicht aufregend. Es hat nichts zu tun mit Leidenschaft oder Liebe oder Liebesabenteuern oder irgendeiner der anderen Vorstellungen, mit denen wir uns früher einen Kitzel verschafften. Es hat auch nichts mit sexuellem Begehren zu tun, jedenfalls nicht für mich, und bestimmt nicht für Serena. Erregung und Orgasmus werden nicht mehr für notwendig erachtet; sie waren nur ein Symptom von Frivolität, wie Reizwäsche oder Schönheitspflästerchen: überflüssige Ablenkungen für die Flatterhaften. Veraltet. Es erscheint seltsam, daß Frauen einst so viel Zeit und Energie darauf verwandten, über solche Dinge zu lesen, an sie zu denken, sich Gedanken darüber zu machen, darüber zu schreiben. Sie dienen so offensichtlich dem bloßen Zeitvertreib.

Hier geht es nicht um Zeitvertreib, nicht einmal für den Kommandanten. Hier geht es um eine ernste Angelegenheit. Auch der Kommandant tut seine Pflicht.

Wenn ich die Augen nur einen Spaltbreit öffnete, könnte ich ihn sehen, sein nicht unangenehmes Gesicht, das über meinem Torso hängt, ein paar Strähnen seines silbrigen Haares, die ihm vielleicht in die Stirn fallen, angespannt, konzentriert auf seine innere Reise, auf das Ziel, zu dem er hineilt, und das zurückweicht, wie in einem Traum, mit der gleichen Geschwindigkeit, mit der er sich ihm nähert. Ich würde seine geöffneten Augen sehen.

Wenn er besser aussähe, würde es mir dann mehr Spaß machen?

Zumindest ist er eine Verbesserung gegenüber dem vorherigen, der wie eine Kirchengarderobe bei Regen roch; wie der Mund, wenn der Zahnarzt anfängt, zwischen den Zähnen herumzustochern; wie ein Nasenloch. Der Kommandant riecht statt dessen nach Mottenkugeln – oder ist dieser Geruch eine Strafe in Form eines Rasierwassers? Warum muß er diese alberne Uniform tragen? Aber würde mir sein weißer, mit Büscheln versehener roher Körper besser gefallen?

Küssen ist zwischen uns verboten. Das macht es erträglich. Man löst sich los. Man beschreibt.

Endlich kommt er, mit einem erstickten Ächzen – der Erleichterung, wie es scheint. Serena Joy, die den Atem angehalten hat, atmet aus. Der Kommandant, der sich die ganze Zeit auf seine Ellbogen gestützt hat, auf Distanz von unseren vereinigten Körpern, erlaubt sich nicht, auf uns herabzusinken. Er verharrt einen Augenblick, zieht sein Glied zurück, zieht sich zurück, zieht den Reißverschluß zu. Er nickt, dann dreht er sich um und verläßt das Zimmer, wobei er die Tür mit übertriebener Vorsicht hinter sich schließt, als wären wir beide seine kränkliche Mutter. Die Situation hat etwas Komisches, aber ich wage nicht zu lachen.

Serena Joy läßt meine Hände los. »Du kannst jetzt aufstehen«, sagt sie. »Steh auf und geh raus.« Eigentlich soll sie mich noch zehn Minuten ruhen lassen, mit hochgelegten Füßen, um die Chancen zu verbessern. Und für sie selber soll es eine Zeit stiller Meditation sein. Aber sie ist nicht in der richtigen Stimmung dafür. Abscheu schwingt in ihrer Stimme mit, als könne die Berührung mit meinem Körper sie krank machen, infizieren. Ich befreie mich von ihrem Körper und stehe auf; der Saft des Kommandanten läuft mir an den Beinen herunter. Bevor ich mich umdrehe, sehe ich noch, wie sie ihren blauen Rock glattstreicht, die Beine zusammenpreßt; sie bleibt auf dem Bett liegen, schaut empor, in den Baldachin über ihr, steif und gerade wie ein steinernes Bildnis.

Für wen von uns ist es schlimmer, für sie oder für mich?

KAPITEL SIEBZEHN

Und das tue ich, als ich wieder in meinem Zimmer bin:

Ich ziehe meine Kleider aus und ziehe mein Nachthemd an.

Ich schaue nach dem Butterstückchen in der Spitze meines rechten Schuhs, wo ich es nach dem Essen versteckt habe. Der Schrank war zu warm, die Butter ist halb geschmolzen. Ein großer Teil davon ist in die Papierserviette eingezogen, in die ich sie gewickelt hatte. Jetzt werde ich Butter im Schuh haben. Nicht zum erstenmal, denn immer, wenn es Butter gibt oder auch Margarine, hebe ich mir etwas davon auf diese Weise auf. Ich kann die Butter zum größten Teil aus dem Schuhfutter entfernen, mit einem Waschlappen oder etwas Toilettenpapier aus dem Badezimmer, morgen.

Ich reibe mir die Butter über das Gesicht, massiere sie mir in die Haut meiner Hände. Es gibt keine Handcreme und keine Gesichtslotion mehr, nicht für uns. Solche Dinge werden als Eitelkeiten angesehen. Wir sind Gefäße, nur das Innere unseres Körpers ist von Bedeutung. Das Äußere kann, von ihnen aus, ruhig hart und runzlig werden wie eine Nußschale. Es war eine von den Ehefrauen erwirkte Verfügung, daß es für uns keine Handcreme mehr gibt. Sie wollen nicht, daß wir attraktiv aussehen. Für sie ist so schon alles schlimm genug.

Das mit der Butter ist ein Trick, den ich im Rahel-und-Lea-Zentrum gelernt habe. Im Roten Zentrum, wie wir es nannten, weil dort so viel rot war. Meine Vorgängerin in diesem Zimmer, meine Freundin mit den Sommersprossen und dem munteren Lachen, muß es auch so gemacht haben. Wir alle tun es.

Solange wir das tun, solange wir uns mit Butter einreiben, um unsere Haut geschmeidig zu erhalten, können wir noch glauben, daß wir eines Tages herauskommen werden, daß wir wieder berührt werden, voller Liebe oder voller Verlangen. Wir haben unsere eigenen, unsere heimlichen Zeremonien.

Die Butter ist fettig, und sie wird ranzig werden, und ich werde wie alter Käse riechen. Aber jedenfalls ist es organisch, wie es früher immer hieß.

So tief sind wir gesunken.

Gebuttert liege ich auf meinem Einzelbett, flach wie ein Stück Toast. Ich kann nicht schlafen. Im Halbdunkel starre ich zu dem blinden Stuckauge an der Zimmerdecke hinauf, das seinerseits zu mir herunterstarrt, auch wenn es nicht sehen kann. Es regt sich kein Lüftchen, meine weißen Gardinen, die wie Mullbinden aussehen, hängen schlaff herunter, schimmern im Schein des Flutlichts, mit dem das Haus nachts angestrahlt wird, oder scheint der Mond?

Ich schlage die Decke zurück, stehe vorsichtig auf und gehe lautlos, barfuß, in meinem Nachthemd, ans Fenster, wie ein Kind: Ich möchte sehen. Der Mond auf der Brust des frisch gefallenen Schnees. Der Himmel ist klar, aber wegen des Flutlichts schwer zu erkennen; doch, richtig, an dem verdunkelten Himmel schwimmt wirklich ein Mond, ganz neu, ein Wunschmond, ein Splitter uralten Gesteins, eine Göttin, ein Augenzwinkern. Der Mond ist ein Stein, und der Himmel ist voll tödlichen Metalls, und doch, mein Gott, wie schön!

Ich sehne mich so sehr nach Luke. Ich möchte gehalten und bei meinem Namen genannt werden. Ich möchte geschätzt werden, auf eine Weise, wie ich es hier nicht werde, ich möchte mehr als nur wertvoll sein. Ich sage mir meinen früheren Namen vor, erinnere mich daran, was ich einst konnte, wie andere mich sahen.

Ich möchte etwas stehlen.

Im Flur ist das Nachtlicht an, der lange Raum schimmert zartrosa. Ich gehe, einen Fuß vorsichtig aufsetzend, dann den anderen, ohne daß es knarrt, den Läufer entlang, wie auf Waldboden, und schleiche mich mit jagendem Herzen durch das nächtliche Haus. Ich bin nicht an meinem Platz. Was ich hier tue, ist absolut ungesetzlich.

Weiter, am Fischauge an der Flurwand vorbei – ich sehe meine weiße Gestalt, meinen zeltumgebenen Körper, das Haar, das mir über den Rücken fällt, glänzende Augen. Was ich hier tue, gefällt mir. Ich tue etwas selbständig. Die Tatform, nicht die Leideform. Ich würde gern ein Messer stehlen, aus der Küche, aber so weit bin ich noch nicht.

Ich komme ans Wohnzimmer, die Tür ist angelehnt, ich schlüpfe hinein, lasse die Tür einen Spalt offen. Holz quietscht, aber wer ist nahe genug, es zu hören? Ich stehe im Zimmer, warte, daß meine Pupillen weit werden wie die einer Katze oder einer Eule. Altes Parfüm, Kleiderstaub füllen meine Nasenlöcher. Ein schwacher Lichtschein dringt durch die Ritzen um die geschlossenen Vorhänge, von dem Flutlicht draußen, wo jetzt mit Sicherheit zwei Männer patrouillieren, ich habe sie gesehen, von oben, durch meine Gardinen, dunkle Gestalten, Scherenschnitte. Jetzt erkenne ich Umrisse, hier und da einen Schimmer: vom Spiegel, von den Füßen der Lampen, den Vasen; da ist das Sofa, wie eine dräuende Wolke bei Sonnenuntergang.

Was soll ich nehmen? Etwas, das niemand vermissen wird. Im Wald um Mitternacht, eine Zauberblume. Eine verwelkte Narzisse, nicht eine aus dem Strauß getrockneter Blumen. Die Narzissen werden bald weggeworfen werden, sie fangen schon an zu riechen. Zusammen mit Serenas schalen Ausdünstungen, dem Geruch ihres Strickzeugs.

Ich taste umher, finde einen Beistelltisch, befühle ihn. Es klirrt, ich muß etwas umgestoßen haben. Ich finde die Narzissen, spröde an den Blumenrändern, wo sie schon verdorrt sind, schlaff zum Stengel hin, ich drücke sie mit den Fingern. Ich werde diese Blume irgendwo pressen. Unter der Matratze. Sie dort liegen lassen, für die nächste Frau, meine Nachfolgerin, damit sie etwas findet.

Da ist jemand. Hier im Zimmer, hinter mir.

Ich höre den Schritt, leise wie meinen, das Knarren desselben Dielenbretts. Die Tür hinter mir schließt sich mit einem leisen Klicken, schneidet das Licht ab. Ich erstarre: das Weiß war ein Fehler. Ich bin Schnee im Mondlicht, sogar im Dunkeln.

Dann ein Flüstern: »Nicht schreien. Es ist alles in Ordnung.«

Als würde ich schreien, als wäre alles in Ordnung. Ich drehe mich um: eine Gestalt, das ist alles, das dumpfe Glänzen eines Kinns, farblos.

Er kommt auf mich zu. Nick.

»Was tust du hier?«

Ich antworte nicht. Auch er ist illegal hier, bei mir, er kann mich nicht verraten. Ich ihn auch nicht; in diesem Augenblick sind wir Spiegel. Er legt die Hand auf meinen Arm, zieht mich an sich, seinen Mund auf meinen – was sonst kommt aus solcher Verweigerung? Ohne ein Wort. Beide zittern wir, wie gerne ich würde! In Serenas Salon, bei den getrockneten Blumen, auf dem chinesischen Teppich, sein dünner Körper. Ein mir gänzlich unbekannter Mann. Es wäre wie ein Schrei, es wäre wie jemanden erschießen. Meine Hand schiebt sich hinunter, wie wäre das, ich könnte aufknöpfen, und dann. Aber es ist zu gefährlich, er weiß es, wir schieben einander fort, nicht weit. Zuviel Vertrauen, zuviel Risiko, schon jetzt zu viel.

»Ich habe dich gesucht«, sagt er, haucht er, fast in mein Ohr. Ich möchte hinauffassen, seine Haut betasten, er macht mich hungrig. Seine Finger bewegen sich, befühlen meinen

Arm unter dem Ärmel des Nachthemds, als wollte seine Hand auf Vernunftgründe nicht hören. Es tut so gut, von jemanden berührt zu werden, so gierig befühlt zu werden, solche Gier zu spüren. Luke, du wüßtest, du würdest verstehen. Das bist du, hier, in einem anderen Körper.

Scheiße.

»Warum?« frage ich. Braucht er es so nötig, daß er es riskieren würde, nachts in mein Zimmer zu kommen? Ich denke an die Gehängten, die an der Mauer aufgehängt sind. Ich kann kaum aufrecht stehen. Ich muß loskommen, zurück zur Treppe, bevor ich völlig zerfließe. Seine Hand liegt jetzt auf meiner Schulter, er hält sie fest. Seine Hand liegt schwer auf mir, wie warmes Blei. Würde ich *dafür* sterben? Ich bin ein Feigling, ich halte den Gedanken an Schmerzen nicht aus.

»Er hat es mir aufgetragen«, sagt Nick. »Er will dich sprechen. In seinem Büro.«

»Was soll das heißen?« sage ich. Der Kommandant, es muß der Kommandant sein. Mich sprechen? Was meint er damit? Sprechen? Hat er noch nicht genug von mir?

»Morgen«, sagt er, kaum hörbar. In dem dunklen Salon gehen wir auseinander, langsam, wie von einer Kraft, von einem Strom zueinandergezogen und gleichzeitig von ebenso starken Händen auseinandergezogen.

Ich finde die Tür, drehe den Knauf, die Finger auf kühlem Porzellan. Offen. Mir bleibt nichts anderes übrig.

VII Nacht

KAPITEL ACHTZEHN

Immer noch zitternd liege ich im Bett. Wenn man den Rand eines Glases benetzt und mit dem Finger über den Rand fährt, gibt es einen Ton. So fühle ich mich, wie dieser Ton eines Glases. Ich fühle mich wie das Wort *zerspringen*. Ich möchte mit jemandem zusammensein.

Im Bett liegen, mit Luke, seine Hand auf meinem gerundeten Bauch. Wir drei im Bett, sie in mir, zappelnd, sich drehend. Ein Gewitter draußen vor dem Fenster, deshalb ist sie wach, sie können hören, sie schlafen, sie können erschrecken, selbst dort drinnen, unter der Beschwichtigung des Herzens, wie Wellen am Strand rings um sie herum. Ein Blitz, ganz dicht, Lukes Augen werden einen winzigen Moment lang weiß.

Ich habe keine Angst. Wir sind hellwach, jetzt prasselt der Regen, wir werden langsam und vorsichtig sein.

Wenn ich denken müßte, daß dies nie wieder geschehen kann, würde ich sterben.

Aber das stimmt nicht, niemand stirbt aus Mangel an Sex. Aus Mangel an Liebe sterben wir. Hier ist niemand, den ich lieben könnte, alle Menschen, die ich lieben könnte, sind tot oder anderswo. Wer weiß, wo sie sind oder wie sie jetzt heißen. Es kann genausogut sein, daß sie nirgendwo sind, so wie ich für sie nirgendwo bin. Ich bin eine vermißte Person.

Von Zeit zu Zeit sehe ich ihre Gesichter, sehe sie vor der Dunkelheit, flackernd wie Heiligenbilder in alten, fremden

Kathedralen im Licht zugiger Kerzen; Kerzen, die man anzündet, um dort zu beten, kniend, die Stirn an das Holzgeländer gelegt, auf eine Antwort hoffend. Ich kann sie heraufbeschwören, aber sie sind nur Trugbilder, sie bleiben nicht. Wer will es mir verübeln, daß ich einen wirklichen Körper möchte, um den ich meine Arme legen kann? Ohne einen solchen Körper bin auch ich körperlos. Ich kann dem Klopfen meines Herzens auf der Matratze lauschen, ich kann mich im Dunkeln selbst streicheln, unter den trockenen weißen Laken, aber ich bin selbst trocken und weiß, hart, körnig; es ist, als ließe ich meine Hand über einen Teller mit getrocknetem Reis gleiten; es ist wie Schnee. Mein Körper hat etwas Totes, etwas Verlassenes. Ich bin wie ein Zimmer, in dem sich einst etwas ereignete und jetzt nichts mehr, außer den Pollen des draußen vor dem Fenster sprießenden Unkrauts, die als Staub über den Fußboden geblasen werden.

Folgendes glaube ich:

Ich glaube, daß Luke mit dem Gesicht nach unten in einem Dickicht liegt, in einem Gewirr von Adlerfarn, den braunen Farnwedeln des letzten Jahres, unter den grünen, die sich eben entrollt haben, oder vielleicht in kriechendem Schirling allerdings ist es noch zu früh für die roten Beeren. Was von ihm übrig ist: sein Haar, die Knochen, das karierte Wollhemd, grün und schwarz, der Ledergürtel, die Arbeitsstiefel. Ich weiß genau, was er angehabt hat. Ich sehe seine Kleider vor meinem inneren Auge, leuchtend wie eine Lithografie oder eine bunte Anzeige in einer alten Zeitschrift, nicht jedoch sein Gesicht, jedenfalls nicht so deutlich. Sein Gesicht beginnt zu verblassen, vielleicht weil es nicht immer gleich war: sein Gesicht hatte verschiedene Ausdrucksformen, seine Kleider nicht.

Ich bete, daß das Loch, oder die zwei, drei Löcher – es fielen mehrere Schüsse, die dicht aufeinander folgten –, ich bete, daß zumindest ein Loch säuberlich, schnell und endgültig im Schädel sitzt, an der Stelle, wo all die Bilder waren, damit es nur diesen einen Blitz gegeben hat, von Dunkelheit oder Schmerz, dumpf, so hoffe ich, wie das Wort *Schlag,* nur den einen und dann Stille.

Ich glaube, daß es so war.

Ich glaube auch, daß Luke aufrecht dasitzt, in einem Rechteck, irgendwo, aus grauem Zement, auf einem Mauervorsprung oder der Kante von irgend etwas, einem Bett oder einem Stuhl. Gott weiß, was er anhat. Gott weiß, in was sie ihn gesteckt haben. Gott ist nicht der einzige, der es weiß, vielleicht gibt es also einen Weg, es herauszufinden. Er hat sich ein Jahr lang nicht rasiert, aber sie haben ihm das Haar kurzgeschoren wegen der Läuse, sagen sie. Ich muß mich berichtigen: Wenn sie ihm wegen der Läuse das Haar geschoren haben, dürften sie ihm auch den Bart abgeschnitten haben. Möchte man meinen.

Jedenfalls machen sie es nicht ordentlich, das Haar ist struppig, in seinem Nacken sind Schnittwunden, und das ist nicht einmal das Schlimmste, er sieht zehn Jahre älter aus, zwanzig, er ist gebeugt wie ein alter Mann, unter seinen Augen sind Tränensäcke, lila Äderchen brechen an seinen Wangen auf, eine Narbe, nein eine Wunde, sie ist noch nicht verheilt, sie hat die Farbe von Tulpen in Stengelnähe, sie zieht sich über die linke Seite seines Gesichts, wo vor kurzem das Fleisch aufgeplatzt ist. Der Körper ist so leicht zu beschädigen, läßt sich so leicht beseitigen, Wasser und chemische Verbindungen, aus mehr besteht er nicht, es ist kaum mehr daran als an einer Qualle, die auf Sand vertrocknet.

Er empfindet es als schmerzhaft, die Hände zu bewegen, schmerzhaft, sich zu bewegen. Er weiß nicht, wessen er angeklagt ist. Ein Problem. Es muß etwas geben, eine Anklage. Warum halten sie ihn sonst am Leben, warum ist er nicht schon tot? Er muß etwas wissen, was sie wissen wollen. Ich kann es mir nicht vorstellen. Ich kann mir nicht vorstellen, daß er es nicht schon gesagt hat, was immer es ist. Ich hätte es längst gesagt.

Er ist von einem Geruch umgeben, seinem eigenen, dem Geruch eines in einen schmutzigen Käfig gepferchten Tieres. Ich stelle ihn mir vor, wie er sich ausruht, weil ich es nicht ertrage, ihn mir zu einer anderen Zeit vorzustellen, ebenso wie ich mir nichts unterhalb seines Kragens oder oberhalb seiner Manschetten vorstellen kann. Ich will mir nicht ausmalen, was sie mit seinem Körper gemacht haben. Hat er Schuhe? Nein, und dabei ist der Boden kalt und naß. Weiß er, daß ich hier bin, lebend, daß ich an ihn denke? Ich muß es glauben. In beschränkten Lebensumständen muß man alles Mögliche glauben. Ich glaube jetzt an Gedankenübertragung, Schwingungen im Äther, all diesen Kram. Früher habe ich nie daran geglaubt.

Ich glaube auch, daß sie ihn am Ende doch nicht gefangen oder eingeholt haben, daß er es geschafft hat, daß er das Ufer erreichte, durch den Fluß schwamm, die Grenze überquerte, sich auf der anderen Seite ans Ufer geschleppt hat, auf eine Insel, mit klappernden Zähnen; daß er den Weg zu einem nahegelegenen Bauernhaus fand, hereingelassen wurde, mißtrauisch anfangs, doch dann, als sie begriffen, wer er war, waren sie freundlich, nicht die Sorte, die ihn ausliefern würde, vielleicht waren es Quäker, sie werden ihn landeinwärts schmuggeln, von Haus zu Haus, die Frau hat ihm einen heißen Kaffee gekocht und ihm Kleider von ihrem Mann gegeben. Ich male mir die Kleider aus. Es tröstet mich, ihn warm anzuziehen.

Er hat die Verbindung zu den anderen hergestellt, es muß eine Widerstandsbewegung geben, eine Exilregierung. Irgend jemand muß dort sein, der sich um die Dinge kümmert. Ich glaube an die Widerstandsbewegung, so wie ich glaube, daß es kein Licht ohne Schatten geben kann; oder vielmehr, keinen Schatten, wenn es nicht auch Licht gibt. Es muß eine Widerstandsbewegung geben, oder wo kämen sonst all die Straftäter im Fernsehen her?

Jeden Tag kann eine Botschaft von ihm kommen. Sie wird auf die unerwartetste Weise kommen, von der unwahrscheinlichsten Person, von jemandem, von dem ich es nie gedacht hätte. Unter meinem Teller, auf dem Essenstablett? In meine Hand geschoben, mit der ich in Alles Fleisch die Marken über den Ladentisch schiebe?

Die Botschaft wird besagen, daß ich Geduld haben soll: Früher oder später wird er mich herausholen, wir werden sie finden, dort, wo man sie hingesteckt hat. Sie wird sich an uns erinnern, und alle drei werden wir zusammen sein. In der Zwischenzeit muß ich ausharren, muß mich für später in Sicherheit halten. Was mit mir geschehen ist, was jetzt mit mir geschieht, wird für ihn keine Bedeutung haben, er liebt mich trotzdem, er weiß, daß es nicht meine Schuld ist. Auch das wird die Botschaft besagen. Diese Botschaft, die vielleicht niemals ankommen wird, hält mich am Leben. Ich glaube an die Botschaft.

Nicht alles, was ich glaube, kann wahr sein, aber eines davon muß wahr sein. Trotzdem glaube ich an alle, an alle drei Versionen über Luke gleichzeitig. Diese widersprüchliche Art zu glauben erscheint mir für den Augenblick der einzige Weg, überhaupt etwas zu glauben. Wie auch die Wahrheit sein mag, ich werde auf sie vorbereitet sein.

Auch das ist einer meiner Glaubenssätze. Auch dieser mag falsch sein.

Einer der Grabsteine auf dem Friedhof bei der ältesten Kirche trägt einen Anker und ein Stundenglas und die Worte: *In Hoffnung.*

In Hoffnung. Warum haben sie das über einen Toten gesagt? War der Leichnam voller Hoffnung, oder waren es die noch Lebenden?

Hofft Luke?

VIII Geburts-Tag

KAPITEL NEUNZEHN

Ich träume, daß ich wach bin.

Ich träume, daß ich aus dem Bett steige und durch das Zimmer gehe, nicht dieses Zimmer, und zur Tür hinausgehe, nicht zu dieser Tür. Ich bin zu Hause, in einem meiner Zuhause, und sie kommt mir entgegengelaufen, in ihrem kleinen grünen Nachthemd mit der Sonnenblume über der Brust, mit bloßen Füßen, und ich hebe sie hoch und spüre, wie ihre Arme und Beine sich um mich legen, und ich fange an zu weinen, weil ich jetzt weiß, daß ich nicht wach bin. Ich versuche aufzuwachen, und ich wache auf, sitze auf der Bettkante, und meine Mutter kommt herein, mit einem Tablett, und fragt mich, ob es mir besser geht. Wenn ich als Kind krank war, mußte sie zu Hause bleiben und konnte nicht zur Arbeit gehen. Aber auch diesmal bin ich nicht wach.

Nach diesen Träumen wache ich wirklich auf, und ich weiß, daß ich wirklich wach bin, weil dort an der Decke der Kranz ist und weil die Gardinen wie ertrunkenes weißes Haar hängen. Ich fühle mich wie unter Drogen. Ich ziehe es in Betracht: vielleicht setzen sie mich unter Drogen. Vielleicht ist das Leben, das ich zu leben glaube, ein paranoider Wahn.

Keine Hoffnung. Ich weiß, wo und wer ich bin, und welcher Tag heute ist. Das sind die Testfragen, und ich bin bei geistiger Gesundheit. Geistige Gesundheit ist ein wertvoller Besitz; ich horte ihn so, wie Menschen einst Geld gehortet haben. Ich spare sie, damit ich genug davon habe, wenn die Zeit kommt.

Trübes Grau dringt durch die Gardinen, dunstiges Licht, nicht viel Sonne heute. Ich stehe auf, gehe ans Fenster, knie mich auf den Fenstersitz, auf das harte kleine Kissen GLAUBE und schaue hinaus. Draußen ist nichts zu sehen.

Ich überlege, was wohl aus den anderen beiden Kissen geworden ist. Es muß einst drei gegeben haben. LIEBE und HOFFNUNG, wo sind diese zwei verstaut worden? Serena Joy ist eine ordentliche Frau. Sie würde nichts fortwerfen, was nicht völlig zerschlissen ist. Eins für Rita, eins für Cora?

Die Glocke läutet, ich bin schon vorher auf, vor der Zeit. Ich ziehe mich an, ohne an mir hinunterzuschauen.

Ich sitze auf dem Stuhl und denke über das Wort *Stuhl* nach. Es kann auch Vorsitz über etwas bedeuten: der Heilige Stuhl. Es kann auch eine Hinrichtungsform bedeuten: der elektrische Stuhl. Es ist der erste Teil des Wortes Stuhlgang. Keines dieser Dinge hat mit den anderen etwas zu tun.

Das sind die Litaneien, mit deren Hilfe ich mich zu fassen versuche.

Vor mir steht ein Tablett, und auf dem Tablett sind ein Glas Apfelsaft, eine Vitamintablette, ein Löffel, ein Teller mit drei Scheiben braunem Toast, ein Schüsselchen, das Honig enthält, und noch ein Teller mit einem Eierbecher darauf von der Sorte, die wie ein Frauentorso aussehen, mit Rock. Unter dem Rock ist das zweite Ei und wird dort warmgehalten. Der Eierbecher ist aus weißem Porzellan mit einem blauen Streifen.

Das erste Ei ist weiß. Ich verrücke den Eierbecher ein wenig, so daß er jetzt im wäßrigen Sonnenlicht steht, das durch das Fenster kommt und, heller werdend, verblassend und wieder heller werdend, auf das Tablett fällt. Die Eierschale ist glatt und zugleich körnig; kleine Kiesel von Kalzium werden vom Sonnenlicht herausgearbeitet, wie Krater auf dem Mond. Es ist eine kahle Landschaft, und doch ist sie perfekt; es ist eine Wüste wie jene, in die die Heiligen sich begaben, auf daß ihr Geist nicht vom Überfluß abgelenkt würde. Ich denke, so müßte Gott aussehen: wie ein Ei. Das Leben des Mondes ist vielleicht nicht an der Oberfläche, sondern innen.

Das Ei glüht jetzt, als hätte es seine eigene Energie. Das Ei anzusehen erfüllt mich mit intensivem Vergnügen.

Die Sonne geht fort, und das Ei verblaßt.

Ich nehme das Ei aus dem Eierbecher und befühle es einen Moment lang. Es ist warm. Frauen haben früher solche Eier zwischen den Brüsten getragen, um sie auszubrüten. Es muß sich schön angefühlt haben.

Das minimalistische Leben. Vergnügen ist ein Ei. Segnungen, die man zählen kann, an den Fingern einer Hand. Doch möglicherweise ist genau das die Reaktion, die von mir erwartet wird. Ich habe ein Ei, was will ich mehr?

Unter eingeschränkten Lebensbedingungen hängt sich der Wunsch zu leben an seltsame Objekte. Ich hätte gern ein Tier – einen Vogel, zum Beispiel, oder eine Katze. Etwas Vertrautes. Irgend etwas auch nur ein wenig Vertrautes. Zur Not würde eine Ratte genügen, aber daran ist gar nicht zu denken. Das Haus ist zu sauber.

Ich schneide mit dem Löffel den obersten Teil des Eis ab und esse den Inhalt.

Während ich das zweite Ei esse, höre ich die Sirene, zuerst weit entfernt, dann windet sie sich zwischen den großen Häusern und den gemähten Rasen hindurch in meine Richtung, ein dünnes Geräusch, wie das Summen eines Insekts; dann sich nähernd, sich öffnend, wie eine Geräuschblume, die sich zu einer Trompete öffnet. Eine Proklamation ist diese Sirene. Ich lege meinen Löffel hin, mein Herz geht schneller, ich gehe wieder zum Fenster: Wird es blau sein, und nicht für mich? Aber ich sehe, wie es um die Ecke biegt, die Straße entlangkommt, vor dem Haus hält, immer noch heulend, und es ist rot. Freude, die aller Welt widerfahren soll, ein seltenes Ereignis heutzutage. Ich lasse das zweite Ei halb aufgegessen stehen, eile zum Schrank, um meinen Umhang zu holen, und schon höre ich Schritte auf der Treppe und die rufenden Stimmen.

»Beeil dich«, sagt Cora, »die warten nicht den ganzen Tag.« Und sie hilft mir mit dem Umhang, sie lächelt sogar.

Ich renne fast den Flur entlang, die Treppe ist wie eine Abfahrt auf Skiern, die Haustür ist weit, heute darf ich sie benutzen, und der Wächter steht salutierend da. Es hat angefangen zu regnen, zu nieseln, und der trächtige Geruch von Erde und Gras erfüllt die Luft.

Das rote Geburtsmobil parkt in der Einfahrt. Die Hintertür ist offen, und ich klettere hinein. Der Teppich auf dem Boden ist rot, rote Vorhänge sind vor die Fenster gezogen. Drei Frauen sitzen schon drinnen, auf den Bänken, die sich zu beiden Seiten durch den Wagen ziehen. Der Wächter schließt die Doppeltür, sperrt sie ab und klettert vorn hinein neben den Fahrer; durch das mit Drahtglas vergitterte Innenfenster sehen wir ihre Köpfe von hinten. Wir fahren mit einem Ruck an, während über uns die Sirene kreischt: Platz da! Platz da!

»Wer ist es?« frage ich die Frau neben mir. Ich rufe es ihr ins Ohr oder dorthin, wo ihr Ohr sein muß unter der weißen Haube. Ich muß fast schreien, so laut ist die Sirene.

»Deswarren«, schreit sie zurück. Impulsiv ergreift sie meine Hand, drückt sie, während wir um die Ecke schleudern. Sie wendet sich mir zu, und ich sehe ihr Gesicht, Tränen laufen ihr die Wangen herunter, aber was sind das für Tränen? Tränen des Neids, der Enttäuschung? Doch nein, sie lacht, sie wirft ihre Arme um mich, ich habe sie noch nie gesehen, sie umarmt mich, sie hat große Brüste unter dem roten Gewand, sie wischt sich mit dem Ärmel übers Gesicht. An diesem Tag dürfen wir alles tun, was wir wollen.

Ich berichtige: innerhalb bestimmter Grenzen.

Uns gegenüber auf der anderen Bank betet eine Frau, mit geschlossenen Augen, die Hände zum Mund gehoben. Aber vielleicht betet sie auch gar nicht. Vielleicht kaut sie an ihren

Daumennägeln. Möglicherweise versucht sie, sich zu beruhigen. Die dritte Frau ist schon ruhig. Sie sitzt mit verschränkten Armen da, lächelt ein wenig. Die Sirene heult immer weiter. Das war früher der Ton des Todes, wie ihn Krankenwagen und Feuerwehr benutzten. Wer weiß, vielleicht wird es auch heute der Ton des Todes sein. Bald werden wir es wissen. Was wird Deswarren gebären? Ein Baby, wie wir alle hoffen? Oder etwas anderes, ein Unbaby, mit Stecknadelkopf oder einer Hundeschnauze oder mit zwei Körpern oder mit einem Loch im Herzen oder ohne Arme oder mit Schwimmhäuten zwischen Fingern und Zehen? Keiner kann es voraussagen. Früher ließ es sich vorhersagen, mit Hilfe von Instrumenten, aber das ist jetzt gesetzlich verboten. Was würde es auch nützen, wenn man es wüßte? Man darf es sich nicht herausnehmen lassen – was es auch ist, es muß ausgetragen werden.

Die Chancen stehen eins zu vier, das haben wir im Zentrum gelernt. Die Luft hat sich einst angereichert, mit chemischen Stoffen, mit Strahlen, mit Radioaktivität, das Wasser wimmelte von giftigen Molekülen, es dauert Jahre, all das zu bereinigen, und bis dahin kriecht es in unsere Körper, lagert sich in unseren Fettzellen ab. Wer weiß, vielleicht ist unser Fleisch schon verschmutzt, schmutzig wie ein Strand unter der Ölpest, der sichere Tod für Wasservögel und ungeborene Babys. Vielleicht würde ein Geier krepieren, wenn er von dir fräße. Vielleicht strahlst du schon in der Dunkelheit wie eine altmodische Uhr. Totenuhr. Das ist eine Käferart, sie vergraben Aas.

Manchmal kann ich nicht an mich, an meinen Körper denken, ohne das Skelett darunter zu sehen: wie ich für ein Elektron aussehen muß. Eine Wiege des Lebens, aus Knochen gemacht, und darin Gefahren, verzerrte Proteine, schlechte Kristalle, gezackt wie Glas. Die Frauen nahmen Medikamente ein, Tabletten, die Männer besprühten Bäume, Kühe fraßen das Gras, und die ganze konzentrierte Pisse floß in die Flüsse. Ganz zu schweigen von den Atomkraftwerken, die bei den

Erdbeben entlang der San Andreas Verwerfung explodierten – verwerflich, doch niemandes Schuld –, oder von der durch Mutation entstandenen Spielart der Syphilis, die kein Schimmelpilz mehr angreifen konnte. Manche machten es selbst, ließen sich mit Catgut abbinden oder mit Chemikalien verätzen. Wie konnten sie nur, sagte Tante Lydia, oh, wie konnten sie so etwas tun? Schamlos wie Jesebel! Verachten Gottes Gaben! Sie rang die Hände.

Ihr geht ein Risiko ein, sagte Tante Lydia, aber ihr seid die Stoßtrupps, ihr werdet vorausmarschieren, in gefährliches Gebiet. Je größer das Risiko, um so größer der Ruhm. Sie preßte die Hände aneinander, strahlend angesichts unseres geheuchelten Muts. Wir senkten die Augen, blickten auf unsere Tische. Das alles durchzumachen und dann für den Reißwolf gebären: das war kein angenehmer Gedanke. Wir wußten nicht genau, was mit den Babys geschehen würde, die nicht durchkamen, die zu Unbabys erklärt wurden. Aber wir wußten, daß sie fortgeschafft wurden, irgendwohin, schnell, fort.

Es gab nicht nur eine einzige Ursache, sagt Tante Lydia. Sie steht vorn im Raum, in ihrem Khakikleid, einen Zeigestock in der Hand. Vor der Tafel heruntergezogen, dort, wo früher eine Landkarte gehangen hätte, ist ein Schaubild, das die Geburtenrate pro tausend Einwohner zeigt, über viele Jahre hinweg: ein schlüpfriger Abhang, an der Null-Linie des Gleichgewichts zwischen Sterbe- und Geburtenziffern vorbei, und immer noch weiter abwärts.

Natürlich glauben einige Frauen, es gebe keine Zukunft, sie meinten, die Welt werde explodieren. Das war die Entschuldigung, die sie vorschoben, sagt Tante Lydia. Sie sagten, es habe keinen Sinn mehr, sich fortzupflanzen. Tante Lydias Nüstern werden eng: welche Verruchtheit. Es waren bequeme Frauen, sagt sie. Es waren Schlampen.

In meiner Tischplatte sind Initialen in das Holz eingeschnitten, und Daten. Die Initialen stehen manchmal in Zweiergruppen, verbunden durch das Wort *liebt*. J.H. liebt B.P 1954. O.R. liebt L.T. Sie erinnern mich an die Inschriften, von denen ich gelesen habe, die in die Steinwände von Höhlen eingeritzt oder mit einer Mischung aus Ruß und Tierfett gemalt worden sind. Sie kommen mir unglaublich alt vor. Die Tischplatte ist aus hellem Holz, sie ist schräg, und an der rechten Seite befindet sich eine Armlehne, auf die man sich stützen konnte, wenn man schrieb, auf Papier, mit einem Stift. In dem Pult konnte man Gegenstände aufbewahren: Bücher, Hefte. Solche Gewohnheiten früherer Zeiten kommen mir jetzt verschwenderisch vor, fast dekadent, unmoralisch wie die Orgien barbarischer Regimes. M. liebt G., 1972. Diese Einkerbung, mit einem Bleistift vorgenommen, der viele Male in den abgenutzten Lack des Pults hineingegraben wurde, hat etwas von dem Pathos aller vergangenen Kulturen. Sie ist wie ein Handabdruck auf Stein. Wer immer sie gemacht hat, er hat einmal gelebt.

Es gibt keine Daten mehr nach der Mitte der achtziger Jahre. Dies muß eine der Schulen gewesen sein, die damals wegen Mangels an Kindern geschlossen wurden.

Sie haben Fehler gemacht, sagt Tante Lydia. Wir haben nicht vor, diese Fehler zu wiederholen. Ihre Stimme ist fromm, herablassend, die Stimme jener, deren Pflicht es ist, uns zu unserem Besten Unerfreuliches zu sagen. Ich könnte sie erwürgen. Ich schiebe den Gedanken beiseite, sobald er in mir aufkommt.

Nur das wird geschätzt, sagt sie, was selten ist und schwer zu bekommen. Wir möchten, daß ihr geschätzt werdet, Mädels. Sie macht reichlich viele Pausen, die sie im Mund auskostet. Denkt euch, ihr seid Perlen. Wir, die wir mit niedergeschlagenen Augen in unseren Reihen sitzen, regen ihren moralischen Speichelfluß an. Wir sind ihr ausgeliefert; sie definiert uns, und wir müssen ihre Adjektive erleiden.

Ich denke über Perlen nach. Perlen sind erstarrter Austernspeichel. Das werde ich Moira erzählen, später – falls ich kann.

Wir werden euch hier schon auf Vordermann bringen, sagt Tante Lydia befriedigt und gutgelaunt.

Der Wagen hält, die hintere Tür wird geöffnet, der Wächter treibt uns hinaus. An der Haustür steht ein weiterer Wächter, mit einem dieser stumpfnasigen Maschinengewehre über der Schulter. Wir gehen im Gänsemarsch durch den Nieselregen zur Haustür, die Wächter salutieren. Der große Notdienstwagen, der mit den Geräten und den mobilen Ärzten, parkt in einiger Entfernung an der halbmondförmigen Einfahrt. Ich sehe einen der Ärzte aus dem Wagenfester herausschauen. Was sie da drinnen wohl tun, während sie warten? Höchstwahrscheinlich spielen sie Karten, oder lesen, irgendeine männliche Beschäftigung. Meistens werden sie gar nicht gebraucht; sie werden nur zugelassen, wenn es nicht anders geht.

Früher war es anders, da hatten sie, die Ärzte, die Verantwortung. Eine Schande war das, sagte Tante Lydia. Schändlich. Sie hatte uns gerade einen Film gezeigt, der in einem Krankenhaus der alten Zeit gedreht worden war: eine Schwangere, mit einem Apparat verdrahtet, überall kamen Elektroden aus ihr heraus, so daß sie wie ein kaputter Roboter aussah, einen Tropf mit Zuleitung in den Arm. Ein Mann, der mit einer Taschenlampe zwischen ihre Beine schaute, wo man sie rasiert hatte, dieses junge, bartlose Mädchen, ein Tablett voller blitzender sterilisierter Messer, und die Leute, alle mit Masken vor dem Gesicht. Eine kooperative Patientin. Früher haben sie die Frauen betäubt, die Wehen eingeleitet, sie aufgeschnitten, sie zugenäht. Jetzt nicht mehr. Es gibt nicht einmal mehr schmerzlindernde Mittel. Tante Elizabeth sagte, es sei besser für das Baby, aber auch: *Ich will dir viel Mühlsal schaffen, wenn du schwanger wirst; unter Schmerzen sollst du Kinder gebären.* Das bekamen wir mittags serviert, zu den mit Salat belegten Broten.

Während ich die Vortreppe hinaufgehe – breite Stufen mit je einer Urne aus Stein zu beiden Seiten – Deswarrens Kommandant muß einen höheren Status haben als unserer –, höre ich eine andere Sirene. Es ist das blaue Geburtsmobil für die Ehefrauen. Das dürfte Serena Joy sein, die mit großem Zeremoniell ankommt. Für die Ehefrauen sind keine Bänke vorgesehen, sie haben richtige Sitze, mit Polstern. Sie schauen nach vorn und sind nicht von der Fahrerkabine abgetrennt. Sie wissen, wohin sie fahren.

Wahrscheinlich ist Serena Joy früher schon einmal hier gewesen, zum Tee. Wahrscheinlich ist Deswarren, früher das ewig jammernde Miststück Janine, ihr und den anderen Ehefrauen vorgeführt worden, damit sie ihren Bauch sahen, ihn vielleicht sogar befühlen und der Ehefrau gratulieren konnten. Ein starkes Mädchen, gute Muskeln. Kein Agent Orange kommt in ihrer Familie vor, wir haben in den Unterlagen nachgesehen, man kann nicht vorsichtig genug sein. Und vielleicht eine der Netteren: Möchtest du ein Plätzchen, Liebes?

Nicht doch, du verwöhnst sie, zu viel Zucker ist schlecht für sie.

Aber eins macht doch nichts, nur dieses eine, Mildred.

Und Janine mit gespitztem Mündchen: O ja, bitte, Ma'am, darf ich?

So eine..., so wohlerzogen, nicht mürrisch wie manche von ihnen, die tun nur, was sie müssen, und fertig. Eher wie eine Tochter für dich, könnte man fast sagen. Als gehörte sie zur Familie. Zufriedenes Matronenlachen. Das war alles, Liebes, du kannst jetzt wieder in dein Zimmer gehen.

Und nachdem sie gegangen ist: Kleine Huren, alle miteinander, aber was soll's, man kann nicht wählerisch sein. Man nimmt, was sie einem geben, stimmt's, Mädels? Soweit die Ehefrau des Kommandanten.

Oh, du hast aber wirklich Glück gehabt! Manche von ihnen, also, die sind doch nicht einmal sauber. Und lächeln dich niemals an, hocken trübselig in ihrem Zimmer, waschen sich nicht die Haare – dieser *Geruch!* Ich muß die Marthas holen, damit sie es tun, sie müssen sie fast in der Badewanne festhalten, du mußt sie praktisch bestechen, um sie dazu zu bringen, daß sie überhaupt badet, drohen mußt du ihr.

Ich mußte bei meiner strenge Maßnahmen ergreifen, und jetzt ißt sie nicht mehr ordentlich. Und was das andere angeht: da tut sich gar nichts, und dabei waren wir so schön regelmäßig. Aber deine, auf die kannst du wirklich stolz sein. Und jetzt kann es jeden Tag passieren, oh, bist du nicht ganz aufgeregt, sie ist dick wie eine Tonne, ich wette, du kannst es kaum erwarten.

Noch etwas Tee? Vorsichtiger Themawechsel.

Ich weiß schon, was sich da abspielt.

Und Janine, oben in ihrem Zimmer, was tut sie? Sitzt noch mit dem Zuckergeschmack im Mund da und leckt sich die Lippen. Starrt aus dem Fenster. Atmet ein und aus. Streichelt ihre geschwollenen Brüste. Denkt an nichts.

KAPITEL ZWANZIG

Die Haupttreppe ist breiter als unsere, mit einem geschwungenen Geländer zu beiden Seiten. Von oben höre ich schon den Singsang der Frauen, die bereits da sind. Wir gehen die Treppe hinauf, im Gänsemarsch, sorgfältig darauf bedacht, einander nicht auf den schleppenden Kleidersaum zu treten. Die Flügeltüren zum Eßzimmer links sind zur Seite geklappt, und ich sehe drinnen den langen weißgedeckten Tisch, auf dem ein Buffet aufgebaut ist: Schinken, Käse, Orangen – sie haben Orangen! – und frisch gebackenes Brot und Kuchen. Wir für unser Teil werden später, auf einem Tablett, Milch und belegte Schnitten bekommen. Aber sie haben eine Kaffeemaschine und Weinflaschen, denn warum sollten sich die Ehefrauen an einem so triumphalen Tag nicht ein wenig besäuseln? Zuerst werden sie das Ergebnis abwarten, und dann werden sie sich austoben. Jetzt sind sie im Wohnzimmer auf der anderen Seite der Treppe versammelt und feuern die Frau dieses Kommandanten an, die Ehefrau von Warren. Eine kleine dünne Frau, sie liegt auf dem Boden in einem weißen Baumwollnachthemd, ihr ergrauendes Haar breitet sich wie Mehltau über dem Teppich aus; sie massieren ihr den winzigen Bauch, so als sei sie wirklich im Begriff, selbst zu gebären.

Der Kommandant ist natürlich nirgendwo zu sehen. Er ist dort, wohin sich die Männer bei solchen Gelegenheiten zurückziehen, in irgendeinem Versteck. Wahrscheinlich ist er schon dabei, sich auszurechnen, wann seine Beförderung ausgesprochen werden wird, falls alles gut geht. Er ist jetzt fest davon überzeugt, daß er befördert wird.

Deswarren ist im ehelichen Schlafzimmer, welch schöner Name: dort, wo der Kommandant und seine Ehefrau sich nächtlich zum Schlaf betten. Sie sitzt auf dem breiten Luxusbett der beiden, von Kissen gestützt: Janine, aufgeblasen und doch reduziert, ihres früheren Namens beraubt. Sie trägt ein weißes Hemd, das über ihre Schenkel hochgerutscht ist; ihr langes schmutzigblondes Haar ist zurückgekämmt und im Nacken zusammengebunden, damit es nicht im Weg ist. Sie hat die Augenlider zusammengepreßt, und so, wie sie da liegt, kann ich sie fast gern haben. Schließlich ist sie eine von uns – was hat sie je andres gewollt, als ihr Leben so angenehm wie möglich zu leben? Was sonst hätte jede von uns gewollt? Am Ende zählt doch nur, was möglich ist. Und unter den gegebenen Umständen hat sie es nicht schlecht gemacht.

Zwei Frauen, die ich nicht kenne, stehen zu beiden Seiten des Bettes und halten ihre Hände umklammert, oder sie hält die der Frauen. Eine dritte hebt das Nachthemd hoch, träufelt Babyöl auf ihren Hügelbauch, massiert nach unten hin. Zu ihren Füßen steht Tante Elizabeth in ihrem Khakikleid mit den militärischen Brusttaschen; sie war unsere Lehrerin für Gyn-Erz. Ich sehe von ihr nur den Kopf, das Profil, aber ich weiß, daß sie es ist, ich erkenne sie an der Himmelfahrtsnase und an dem hübschen, aber strengen Kinn. Neben ihr steht der Gebärstuhl mit dem Doppelsitz – der hintere erhebt sich wie ein Thron über den anderen. Sie werden Janine erst draufsetzen, wenn es so weit ist. Die Decken liegen bereit, das kleine Wännchen zum Baden, die Schale mit dem Eis zum Lutschen für Janine.

Die übrigen Frauen sitzen im Schneidersitz auf dem Teppich; es ist eine ganze Schar, alle aus diesem Wohnbezirk haben hierzusein. Es sind ungefähr fünfundzwanzig bis dreißig. Nicht jeder Kommandant hat eine Magd: manche ihrer

Ehefrauen bekommen selbst Kinder. Eine jegliche, sagt der Spruch, nach ihrem Vermögen; ein jeglicher wie er bedarf. Das mußten wir immer aufsagen, dreimal, nach dem Essen. Es war ein Spruch aus der Bibel, sagten sie jedenfalls. Wieder Paulus, in der Apostelgeschichte.

Ihr seid eine Übergangsgeneration, sagte Tante Lydia. Für euch ist es am schwersten. Wir wissen, welche Opfer von euch erwartet werden. Es ist schwer, wenn Männer euch schmähen. Für die, die nach euch kommen, wird es leichter sein. Sie werden ihre Pflichten willigen Herzens auf sich nehmen.

Sie sagte nicht: Weil sie keine Erinnerung daran haben, wie es anders war.

Sie sagte: Weil sie sich nicht mehr wünschen werden, was sie nicht kriegen können.

Einmal in der Woche sahen wir Filme, nach dem Mittagessen und vor unserer Ruhezeit. Wir saßen auf unseren kleinen grauen Matten auf dem Fußboden im Hauswirtschaftsraum und warteten, während Tante Helena und Tante Lydia mit dem Projektionsapparat kämpften. Wenn wir Glück hatten, fädelten sie den Film nicht verkehrt herum ein. Mich erinnerte es immer an die Geographiestunden in meiner High School vor Tausenden von Jahren, wo Filme aus der übrigen Welt gezeigt wurden: Frauen in langen Röcken oder billigen, bunt bedruckten Kleidern, die Holzbündel trugen oder Körbe oder Plastikeimer mit Wasser aus irgendeinem Fluß, mit Babys in umgebundenen Tüchern oder Netzen, die argwöhnisch oder ängstlich von der Leinwand auf uns herabschauten – sie wußten, daß ihnen von einer Maschine mit einem Glasauge irgend etwas angetan wurde, aber sie wußten nicht, was. Diese Filme waren tröstlich und eine Spur langweilig. Sie wirkten immer einschläfernd auf mich, auch wenn Männer auf der Leinwand erschienen, mit nackten Muskeln, Männer, die mit primitiven Hacken und Schaufeln auf die Erde einhackten, Felsbrocken schleppten. Besser gefielen mir die Filme, in denen Tänze vorkamen, Gesänge, Kultmasken, geschnitzte Instrumente zum Musikmachen: Federn, Messingknöpfe, Muschelschalen, Trommeln. Ich betrachtete diese Menschen gern, wenn sie glücklich waren, aber nicht, wenn es ihnen schlecht ging, wenn sie hungerten, ausgemergelt waren, sich für eine simple Sache zu Tode mühten, zum Beispiel, um einen Brunnen zu graben, für die Bewässerung von Land, Schwierigkeiten, die in den Industrienationen schon vor langer Zeit gelöst worden waren. Ich meinte, irgend jemand sollte ihnen das technische Wissen vermitteln und sie dann selbst machen lassen.

Solche Filme zeigte Tante Lydia nicht.

Manchmal war der vorgeführte Streifen ein alter Pornofilm aus den siebziger oder achtziger Jahren. Kniende Frauen, die an Penissen oder Pistolen lutschten, gefesselte oder angekettete Frauen, Frauen mit Hundehalsbändern, Frauen, die von Bäumen hingen oder mit dem Kopf nach unten, nackt, mit gespreizten Beinen, Frauen, die vergewaltigt wurden, geschlagen, getötet. Einmal mußten wir zuschauen, wie eine Frau nach und nach in Stücke gehackt wurde, die Finger und Brüste mit einer Gartenschere abgeschnitten, der Bauch aufgeschlitzt, die Eingeweide herausgezogen.

Bedenkt die Alternativen, sagte Tante Lydia. Seht ihr nun, wie alles war? So haben sie damals über Frauen gedacht! Ihre Stimme zitterte vor Empörung.

Moira sagte hinterher, das seien keine echten Aufnahmen, so etwas werde mit Modellen gemacht, aber das war nur schwer zu erkennen.

Manchmal waren es jedoch auch Filme, die Tante Lydia als Unfrauen-Dokumentation bezeichnete. Stellt euch vor, sagte Tante Lydia, so haben sie ihre Zeit verschwendet, wo sie doch etwas Nützliches hätten tun können! Damals verschwendeten die Unfrauen immer ihre Zeit. Und sie wurden auch dazu ermutigt. Sie bekamen sogar Geld von der Regierung, um eben das zu tun. Obwohl manche ihrer Ideen sogar ganz vernünftig waren, fuhr sie fort, mit der selbstgerechten Autorität eines Menschen, der durch seine Position in der Lage ist, Urteile zu fällen. Manche ihrer Ideen sollten wir ihnen zugutehalten, auch heute noch. Nur manche, wohlgemerkt, sagte sie in geziertem Ton und hob dabei drohend den Zeigefinger. Denn sie waren gottlos, und das kann das Bild sehr verändern, meint ihr nicht auch?

Ich sitze auf meiner Matte, mit gefalteten Händen, und Tante Lydia tritt zur Seite, fort von der Leinwand, und das Licht geht aus, und ich überlege, ob ich mich im Dunkeln, ohne gesehen zu werden, weit nach rechts hinüberbeugen und der Frau neben mir etwas zuflüstern kann. Was werde ich ihr zuflüstern? Ich werde fragen: Hast du Moira gesehen? Denn niemand hat sie gesehen, sie war nicht beim Frühstück. Der Raum ist jetzt abgedunkelt, aber nicht dunkel genug, deshalb zwinge ich meine Gedanken zu jener Art Stillstand, die als Aufmerksamkeit durchgehen kann. Bei Filmen wie diesem spielen sie den Ton nicht, wohl aber bei den Pornofilmen. Sie wollen, daß wir die Schreie und das Grunzen und das Quietschen hören, das entweder äußersten Schmerz oder äußerste Lust oder beides zugleich ausdrückt, aber sie wollen nicht, daß wir hören, was die Unfrauen sagen.

Zuerst kommen der Titel und einige Namen, die auf dem Film mit einem schwarzen Stift übermalt worden sind, damit wir sie nicht lesen können, und dann sehe ich meine Mutter. Meine junge Mutter, jünger als ich sie in meinen Erinnerungen sehe, so jung, wie sie einmal gewesen sein muß, ehe ich geboren wurde. Sie trägt die Kleidung, die, wie Tante Lydia uns gesagt hat, typisch war für die Unfrauen damals, eine Jeans-Latzhose und darunter ein grün und lila kariertes Hemd und an den Füßen Turnschuhe, so, wie Moira sie früher trug, so, wie ich selbst sie – ich kann mich noch gut daran erinnern – vor langer Zeit trug. Ihr Haar steckt unter einem lila Kopftuch, das im Nacken zusammengebunden ist. Ihr Gesicht ist sehr jung, sehr ernst, sogar hübsch. Ich hatte vergessen, daß meine Mutter einmal so hübsch und ernst war. Sie steht in einer Gruppe anderer Frauen, die alle nach der gleichen Mode gekleidet sind; sie hält einen Stock in der Hand, nein, es ist Teil eines Transparents, die eine Stange. Die Kamera schwenkt nach oben, und wir sehen die Schrift, Farbe, auf einem Stück Stoff, das einmal ein Bettlaken gewesen sein muß: NEHMT DIE NACHT ZURÜCK. Die Parole ist nicht geschwärzt, obwohl wir eigentlich nicht lesen dürfen. Die Frauen um mich her holen tief Luft, in dem Raum regt sich etwas, es ist wie ein Windhauch über Gras. Ist es ein Versehen, haben wir unbeabsichtigt etwas erhascht? Oder ist es etwas, das wir sehen sollten, damit wir uns an die alten Zeiten der fehlenden Sicherheit erinnern?

Hinter diesem Transparent sind andere, und die Kamera nimmt sie kurz wahr: FREIE ENTSCHEIDUNG. JEDES KIND EIN WUNSCHKIND. MEIN BAUCH GEHÖRT MIR. SOLL DER PLATZ EINER FRAU AUF DEM KÜCHENTISCH SEIN? Unter dem letzten Spruch ist mit einfachen Strichen ein Frauenkörper gezeichnet, der auf einem Tisch liegt und aus dem Blut tropft.

Jetzt kommt meine Mutter näher, sie lächelt, lacht, alle kommen näher, und jetzt heben sie ihre Fäuste in die Höhe. Die Kamera schwenkt hinauf zum Himmel, wo Hunderte von Luftballons aufsteigen, ihre Schnüre hinter sich herziehen: rote Ballons, mit einem aufgemalten roten Kreis, einem Kreis mit einem Stiel wie ein Apfel, und der Stiel ist ein Kreuz. Unten auf der Erde ist meine Mutter jetzt ein Teil der Menge, und ich kann sie nicht mehr erkennen.

Ich habe dich gekriegt, als ich siebenunddreißig war, sagte meine Mutter. Es war ein Risiko, du hättest eine Mißgeburt oder so etwas sein können. Du warst durchaus ein Wunschkind, und ich habe aus einigen Ecken mächtig was aufs Dach bekommen. Meine älteste Freundin, Tricia Foreman, hat mir vorgeworfen, ich stünde auf der Seite der Natalisten, das

Biest! Der reine Neid, so habe ich mir's erklärt. Ein paar von den anderen waren allerdings in Ordnung. Nur, als ich im siebten Monat war, fingen sie plötzlich an, mir Berge von diesen Artikeln über den jähen Anstieg der Geburtsschädenrate bei Müttern über fünfunddreißig zu schicken. Genau das, was ich brauchte. Und Sachen darüber, wie schwer es sei, alleinerziehende Mutter zu sein. Scheiß drauf, sagte ich zu ihnen, ich habe es angefangen, und jetzt mache ich es auch zu Ende. In der Klinik schrieben sie »Spätgebärende« auf die Karte, ich habe sie dabei ertappt. So nennen sie dich, wenn du mit über dreißig dein erstes Kind kriegst, über *dreißig*, um Gottes willen! Quatsch, habe ich zu ihnen gesagt, biologisch gesehen bin ich zweiundzwanzig, ich steck euch doch alle in die Tasche, wenn's drauf ankommt. Ich wäre imstande, Drillinge zu kriegen und hier rauszuspazieren, während ihr euch noch abmühtet, aus dem Bett hochzukommen.

Wenn sie das sagte hob sie jedesmal das Kinn. So habe ich sie in Erinnerung, mit erhobenem Kinn, und vor sich, auf dem Küchentisch einen Drink; nicht jung und ernst und hübsch, so wie sie in dem Film war, sondern drahtig und hitzig, der Typ von alter Frau, die einen in der Supermarktschlange nie vorlassen. Sie kam gern zu uns herüber und trank ihren Aperitif, während Luke und ich das Abendessen zubereiteten, und erzählte uns dabei, welche Fehler sie in ihrem Leben gemacht hatte, was am Ende darauf hinauslief, daß sie uns erzählte, was wir falsch machten. Ihr Haar war damals natürlich schon grau geworden. Sie wollte es nicht färben. Warum etwas vortäuschen, sagte sie. Und wozu auch, ich suche doch keinen Mann, wozu taugen die schon, außer für die zehn Sekunden für ein halbes Baby. Männer sind nur das strategische Mittel der Frauen, um weitere Frauen zu machen. Nicht daß dein Vater nicht ein netter Kerl gewesen wäre und alles, was du willst, aber er hat einfach nicht zum Vatersein getaugt. Was ich auch gar nicht von ihm erwartet habe. Tu jetzt deine männliche Pflicht, dann kannst du dich trollen, hab ich gesagt, ich hab ein ordentliches Gehalt, ich kann mir ein Tagesheim leisten. Da ist er dann ans Meer gezogen und hat immer zu Weihnachten eine Karte geschickt. Dabei hatte er wunderschöne blaue Augen. Aber irgend etwas fehlt ihnen, auch den netteren. So, als waren sie ständig geistesabwesend, als könnten sie sich nicht mehr genau daran erinnern, wer sie sind. Sie starren zu viel in die Luft. Sie verlieren den Kontakt mit ihren Füßen. Mit Frauen sind sie nicht zu vergleichen, außer daß sie besser Autos reparieren und Football spielen können – genau das, was wir für den Aufschwung der menschlichen Rasse brauchen, nicht?

Das war die Art, wie sie redete, auch in Lukes Gegenwart. Ihm machte es nichts aus, er zog sie auf, indem er sich als Macho gab und erklärte, Frauen seien unfähig, abstrakt zu denken, und dann goß sie sich noch ein Glas ein und grinste ihn an.

Chauvi-Schwein, sagte sie.

Ist sie nicht drollig, sagte Luke dann zu mir, und meine Mutter blickte schlau, fast verschlagen in die Runde.

Ich habe ein Recht darauf, sagte sie. Ich bin alt genug, ich hab mein Teil getan, es ist an der Zeit für mich, drollig zu sein. Du bist ja noch feucht hinter den Ohren. Ferkel hätte ich eigentlich sagen müssen!

Und du, sagte sie dann zu mir, du bist schlicht reaktionär! Reines Strohfeuer. Die Geschichte wird mich freisprechen.

Aber so was sagte sie immer erst nach dem dritten Drink.

Ihr jungen Leute, ihr wißt nichts mehr zu schätzen, sagte sie. Ihr wißt nicht, was wir durchmachen mußten, nur um euch so weit zu kriegen, wir ihr jetzt seid. Schau ihn dir an, wie er da die Möhren schnippelt. Du weißt wohl gar nicht, wie viele Frauenleben, wie viele Frauenkörper die Panzer erst einmal überrollen mußten, damit es wenigstens so weit kommen konnte?

Kochen ist mein Hobby, sagte Luke dann. Es macht mir Spaß.

Hobby – Schmobby, sagte meine Mutter. Du brauchst dich bei mir nicht zu entschuldigen. Es hat Zeiten gegeben, da hättest du so ein Hobby gar nicht haben dürfen, da hätten sie dich als schwul bezeichnet.

Na, Mutter, sagte ich. Wir wollen doch nicht wegen nichts und wieder nichts Streit anfangen.

Nichts und wieder nichts, sagte sie erbittert. Du nennst das nichts und wieder nichts. Du hast doch keine Ahnung, wirklich! Du hast doch keine Ahnung, wovon ich rede.

Manchmal weinte sie sogar. Ich war immer so allein, sagte sie. Ihr könnt euch nicht vorstellen, wie allein ich war. Dabei hatte ich Freunde, ich war ja noch glücklich dran, aber trotzdem war ich so allein.

Ich bewunderte meine Mutter in mancher Hinsicht, obwohl es zwischen uns nie ganz leicht war. Ich hatte das Gefühl, daß sie zu viel von mir erwartete. Sie erwartete, daß ich ihr Leben und die Entscheidungen, die sie getroffen hatte, vor ihr rechtfertige. Ich aber wollte kein Leben nach ihren Bedingungen führen. Ich wollte nicht das vorbildliche Kind sein, die Inkarnation ihrer Ideen. Und darüber stritten wir uns oft. Ich bin nicht die Rechtfertigung für deine Existenz! sagte ich einmal zu ihr.

Ich möchte sie wiederhaben. Ich möchte alles wiederhaben, so wie es war. Aber es nützt nichts, dieses Wünschen.

KAPITEL EINUNDZWANZIG

Es ist heiß hier drinnen und zu laut. Die Stimmen der Frauen steigen rings um mich auf, ein leiser Singsang, der mir trotzdem zu laut ist, nach den vielen Tagen der Stille. In der Zimmerecke liegt ein blutbeflecktes Laken, zusammengewickelt und dorthingeworfen, vom Blasensprung. Ich hatte es zuerst nicht gesehen.

Außerdem riecht es hier im Zimmer, die Luft ist stickig, sie sollten ein Fenster öffnen. Es ist der Geruch unserer eigenen Körper, ein organischer Geruch, Schweiß, mit einem Hauch von Eisen, von dem Blut auf dem Laken, und noch ein anderer Geruch, animalischer, der von Janine kommt, kommen muß: es riecht nach Fuchsbau, nach bewohnten Höhlen, es riecht wie die Wolldecke auf dem Bett, als die Katze darauf ihre Jungen bekam, damals, bevor sie sterilisiert wurde. Geruch nach Mutterboden.

»Und einatmen«, singen wir, wie es uns gelehrt wurde. »Anhalten, anhalten. Und ausatmen, ausatmen.« Wir singen immer und zählen dabei bis fünf. Fünf Schläge lang einatmen, fünf anhalten, und fünf Schläge lang ausatmen. Janine versucht, mit geschlossenen Augen ihren Atem zu verlangsamen. Tante Elizabeth fühlt die Wehen.

Jetzt wird Janine unruhig, sie möchte herumgehen. Die beiden Frauen helfen ihr vom Bett, stützen sie an beiden Seiten, während sie auf und ab geht. Eine Wehe überfällt sie, sie krümmt sich. Eine der Frauen kniet sich hin und massiert ihr den Rücken. Wir alle können das, wir haben es gelernt. Ich erkenne Desglen, meine Einkaufspartnerin, sie sitzt zwei Plätze von mir entfernt. Der leise Singsang hüllt uns ein wie eine Membran.

Eine Martha kommt herein mit einem Tablett: ein Krug mit Fruchtsaft, von der Sorte, die man aus Pulver anrührt, Traubensaft anscheinend, und ein Stapel Pappbecher. Sie setzt das Tablett vor den singenden Frauen auf dem Teppich ab. Desglen gießt ein, ohne einen Takt auszulassen, und die Pappbecher wandern die Reihe hinunter.

Ich bekomme einen Becher, beuge mich zur Seite, um ihn weiterzugeben, und die Frau neben mir sagt, leise, mir ins Ohr: »Suchst du jemand?«

»Moira«, sage ich genauso leise. »Dunkles Haar, Sommersprossen.«

»Nein«, sagt die Frau. Ich kenne diese Frau nicht, sie war nicht mit mir im Zentrum, aber ich habe sie schon beim Einkaufen gesehen. »Ich passe auf.«

»Wer bist du?« frage ich.

»Alma«, sagt sie. »Wie ist dein richtiger Name?«

Ich würde ihr gern erzählen, daß eine Alma mit mir im Zentrum war. Ich würde ihr gern meinen Namen sagen, aber Tante Elizabeth hebt den Kopf, schaut im Zimmer umher, sie muß eine Unterbrechung im Singsang gehört haben, deshalb ist jetzt keine Zeit mehr dafür. Manchmal kann man an Geburts-Tagen etwas herausfinden. Freilich würde es nichts bringen, nach Luke zu fragen. Er ist bestimmt nirgendwo, wo auch nur eine dieser Frauen ihn möglicherweise sehen könnte.

Der Singsang geht weiter, ich werde langsam in seinen Rhythmus gezogen. Es ist eine schwere Arbeit, und man soll sich ganz darauf konzentrieren. Identifiziert euch mit eurem Körper, hat Tante Elizabeth gesagt. Ich spüre schon einen leichten Schmerz in meinem Bauch, und meine Brüste sind schwer. Janine schreit, es ist ein Mittelding zwischen Schreien und Stöhnen.

»Sie kommt in die Austreibungsphase«, sagt Tante Elizabeth.

Eine der Helferinnen wischt mit einem feuchten Tuch über Janines Stirn. Janine schwitzt jetzt, ihr Haar rutscht in Strähnen unter dem elastischen Band hervor, etwas davon klebt auf ihrer Stirn und im Nacken. Ihr Körper ist heiß, feucht, naß, er glänzt.

»Hecheln, hecheln, hecheln!« singen wir.

»Ich möchte nach draußen«, sagt Janine. »Ich möchte spazierengehen. Mir geht es gut. Ich muß aufs Klo.«

Wir wissen alle, daß sie jetzt in der Austreibungsphase ist, sie weiß nicht, was sie tut. Welche ihrer Aussagen stimmt? Wahrscheinlich die letzte. Tante Elizabeth gibt ein Zeichen, zwei Frauen stellen sich neben den tragbaren Toilettenstuhl, Janine wird sacht hinuntergelassen. Noch ein weiterer Geruch mischt sich unter die Gerüche im Zimmer. Janine stöhnt wieder, ihr Kopf ist vornübergeneigt, so daß wir nur ihr Haar sehen können. Zusammengekauert, wie sie da hockt, wirkt sie wie eine Puppe, eine alte Puppe, die ausgezogen und weggeworfen worden ist, in eine Ecke, die Arme in die Seite gestemmt.

Janine ist wieder auf den Beinen und geht umher. »Ich möchte mich setzen«, sagt sie. Wie lange sind wir schon hier? Minuten oder Stunden? Ich schwitze jetzt, mein Kleid ist unter den Armen schweißnaß, ich schmecke Salz auf der Oberlippe, die falschen Schmerzen zerren an mir, die anderen spüren sie auch, ich sehe es daran, wie sie schwanken. Janine lutscht einen Eiswürfel. Dann, danach, Zentimeter entfernt oder Meilen, schreit sie: »Nein! O nein, O nein, O nein!« Es ist ihr zweites Kind, sie hat früher schon einmal ein Kind gehabt, das weiß ich aus der Zeit im Zentrum, wo sie nachts um ihr Kind geweint hat, wie wir anderen auch, nur lauter. Dann müßte sie sich doch daran erinnern können, wie es ist und wie es weitergeht. Aber wer kann sich an Schmerzen erinnern, wenn sie vorbei sind? Alles, was davon bleibt, ist ein Schatten, und nicht einmal in der Erinnerung, sondern im Körper. Der Schmerz zeichnet dich, aber zu tief, als daß du es sehen könntest. Aus den Augen aus dem Sinn.

Jemand hat einen Schuß Alkohol in den Traubensaft gegossen. Jemand hat unten eine Flasche geklaut. Das wäre nicht das erste Mal bei solch einer Versammlung. Aber sie werden ein Auge zudrücken. Auch wir brauchen unsere Orgien.

»Stellt das Licht schwächer«, sagt Tante Elizabeth. »Sagt ihr, daß es Zeit ist.«

Eine steht auf, geht zum Schalter an der Wand, das Licht im Zimmer wird schwächer, ist nur noch Zwielicht, und unsere Stimmen werden leiser, sind nur noch ein Chor von Quietschern, von heiserem Geflüster, wie Grashüpfer auf einem Feld bei Nacht. Zwei verlassen das Zimmer, zwei andere geleiten Janine zum Gebärstuhl, wo sie sich auf den niedrigeren der beiden Plätze setzt. Sie ist jetzt ruhiger, die Luft saugt sich gleichmäßig in ihre Lungen, wir beugen uns vor, angespannt, unsere Rücken- und Bauchmuskeln schmerzen von der Anstrengung. Es kommt, es kommt, wie ein Hornsignal, ein Ruf zu den Waffen, wie eine einstürzende Mauer, wir spüren es wie einen schweren Stein, der abwärts rollt, nach unten zieht in uns, wir haben das Gefühl, wir müßten zerspringen. Wir fassen einander an den Händen, wir sind nicht mehr einzelne.

Die Frau des Kommandanten kommt hereingeeilt in ihrem lächerlichen weißen Baumwollnachthemd, unter dem die spindeldürren Beine hervorschauen. Zwei der Ehefrauen in ihren blauen Kleidern und Schleiern halten sie an den Armen, als brauchte sie die Unterstützung; ein angespanntes kleines Lächeln liegt auf ihrem Gesicht, wie das einer Gastgeberin bei einer Gesellschaft, die sie lieber nicht gäbe. Sie muß wissen, was wir von ihr denken. Sie müht sich auf den Gebärstuhl, setzt sich auf den Platz hinter und über Janine, so daß Janine von ihr eingerahmt wird: die spindeldürren Beine hängen zu beiden Seiten herunter, wie Lehnen eines ausgefallenen Sessels. Komischerweise hat sie weiße

Baumwollsocken an und Pantoffeln, blau, aus einem pelzigen Material wie Toilettendeckelbezüge. Aber wir achten nicht auf die Ehefrau, wir nehmen sie kaum wahr, unsere Augen sind auf Janine gerichtet. Im Dämmerlicht schimmert sie in ihrem weißen Hemd wie der Mond hinter einer Wolke.

Sie grunzt jetzt angestrengt. »Pressen, pressen, pressen«, flüstern wir. »Entspannen. Hecheln. Pressen, pressen, pressen.« Wir sind bei ihr, wir sind das gleiche wie sie, wir sind trunken. Tante Elizabeth kniet sich mit einem ausgebreiteten Handtuch hin, um das Kind aufzufangen, hier ist die Krönung, die Herrlichkeit, der Kopf, lila und mit Joghurt verschmiert, noch einmal Pressen, und es rutscht heraus, naßglänzend von Fruchtwasser und Blut, in unser Warten hinein. O Lobpreis.

Wir halten den Atem an, während Tante Elizabeth es untersucht: ein Mädchen, das arme Ding. Aber so weit so gut, jedenfalls fehlt ihm nichts, soweit man sehen kann, Hände, Füße, Augen, wir zählen stumm, alles an seinem Platz. Tante Elizabeth, die das Baby hält, schaut zu uns auf und lächelt. Auch wir lächeln, wir sind ein einziges Lächeln, Tränen laufen uns über die Wangen, so glücklich sind wir.

Unser Glück besteht zum Teil aus Erinnerung. Ich erinnere mich an Luke, der mit mir in der Klinik war, der neben mir stand und meine Hand hielt, in dem grünen Kittel und mit der weißen Maske, die man ihm gegeben hatte. Oh, sagte er. O Gott. Als staunender Hauch kam es aus ihm heraus. In dieser Nacht konnte er überhaupt nicht schlafen, sagte er, so freudig erregt war er.

Tante Elizabeth wäscht das Neugeborene behutsam ab, es schreit nicht sehr, es hört auf. So leise wie möglich, um es nicht zu erschrecken, stehen wir auf und drängen uns um Janine, drücken sie, streicheln sie. Auch sie weint. Die beiden Ehefrauen in Blau helfen der dritten Ehefrau, der Ehefrau des Hauses, vom Gebärstuhl herunter und zum Bett hinüber, wo sie sie hinlegen und sorgfältig zudecken. Das Neugeborene, das jetzt gewaschen und still ist, wird ihr feierlich in die Arme gelegt. Jetzt drängen die Ehefrauen von unten herein, schieben sich zwischen uns, stoßen uns beiseite. Sie sprechen zu laut, einige halten noch ihre Teller in der Hand, ihre Kaffeetassen, ihre Weingläser, manche kauen noch. Sie scharen sich um das Bett, die Mutter und das Kind, gurren und gratulieren. Neid geht von ihnen aus, ich kann ihn riechen, leichte Schwaden säuerlichen Geruchs, vermischt mit ihren Parfüms. Die Ehefrau des Kommandanten schaut auf das Kind hinunter, als wäre es ein Blumenstrauß: etwas, was sie gewonnen hat, ein Tribut.

Die Ehefrauen sind hier, um Zeugen der Namensgebung zu sein. Denn hier geben die Ehefrauen den Namen.

»Angela«, sagt die Frau des Kommandanten.

»Angela, Angela«, wiederholen die Ehefrauen zwitschernd. »Was für ein reizender Name! Oh, ist sie nicht vollkommen? Oh, sie ist wunderschön!«

Wir stehen zwischen Janine und dem Bett, damit sie dies nicht mitansehen muß. Jemand gibt ihr ein Glas Traubensaft, ich hoffe, es ist Alkohol darin, sie hat immer noch Schmerzen, wegen der Nachgeburt, sie weint, hilflos, ausgebrannt, bittere Tränen. Trotzdem sind wir überglücklich, es ist ein Sieg für uns alle. Wir haben es geschafft.

Sie wird das Baby stillen dürfen, ein paar Monate lang, man hält hier viel von Muttermilch. Danach wird sie versetzt werden, und man wird sehen, ob sie es noch einmal schafft, mit einem anderen, der dann an der Reihe ist. Aber sie wird niemals in die Kolonien geschickt werden, sie wird niemals zur Unfrau erklärt werden. Das ist ihr Lohn.

Das Geburtsmobil wartet draußen, um uns zu unseren Haushalten zurückzubringen. Die Ärzte sitzen immer noch in ihrem Wagen; ihre Gesichter tauchen am Fenster auf, weiße formlose Kleckse, wie die Gesichter kranker Kinder, die ans Haus gefesselt sind. Einer von ihnen öffnet die Tür und kommt auf uns zu.

»Alles gutgegangen?« fragt er besorgt.

»Ja«, sage ich. Ich bin jetzt wie ausgewrungen, erschöpft. Meine Brüste schmerzen, sie feuchten ein wenig. Scheinmilch – das tritt bei manchen von uns auf. Wir sitzen auf unseren Bänken, einander gegenüber, während wir befördert werden. Wir sind jetzt stumpf, fast gefühllos, wir könnten Bündel aus rotem Stoff sein. Uns tut alles weh. Jede von uns hält ein Phantom in ihrem Schoß, ein Geisterbaby. Jetzt, nachdem die Aufregung vorüber ist, sehen wir uns unserem eigenen Versagen gegenüber. Mutter, denke ich. Wo immer du sein magst. Hörst du mich? Du wolltest eine Frauenkultur. Nun, hier ist eine. Nicht das, was du gemeint hast. Aber sie existiert. Seid dankbar für die kleinen Gnaden.

KAPITEL ZWEIUNDZWANZIG

Als das Geburtsmobil vor dem Haus ankommt, ist es später Nachmittag. Die Sonne dringt schwach durch die Wolken, der Geruch sich erwärmenden nassen Grases hängt in der Luft. Ich bin den ganzen Tag bei der Geburt gewesen; man verliert dabei das Zeitgefühl. Cora wird heute die Einkäufe gemacht haben, ich bin von allen Aufgaben befreit. Ich gehe die Treppe hinauf, schleppe mich mit schweren Füßen von einer Stufe zur anderen, ziehe mich am Geländer hinauf. Ich fühle mich, als wäre ich tagelang wach gewesen und heftig gerannt, meine Lunge tut mir weh. Meine Muskeln krampfen, als fehlte ihnen Traubenzucker. Ausnahmsweise preise ich die Einsamkeit.

Ich liege auf dem Bett. Ich möchte mich gern ausruhen, einschlafen, aber ich bin zu müde und gleichzeitig zu erregt, meine Augen wollen sich nicht schließen. Ich schaue an die Decke, folge dem Blattwerk des Kranzes. Heute erinnert es mich an einen Hut, an die breitkrempigen Hüte, die manche Frauen in einer bestimmten Phase der alten Zeiten trugen: Hüte wie riesige Heiligenscheine, mit Früchten und Blumen geschmückt oder mit den Federn exotischer Vögel; Hüte wie im Paradies, über dem Kopf schwebend, ein Materie gewordener Gedanke.

In wenigen Sekunden wird der Kranz sich verfärben, und ich werde anfangen, Dinge zu sehen. So müde bin ich: wie wenn man die ganze Nacht durchgefahren ist, in die Morgendämmerung hinein, aus irgendeinem Grund, über den ich jetzt nicht nachdenken will, und sich gegenseitig mit Geschichten wachgehalten und sich am Steuer abgewechselt hat. Wenn dann die Sonne langsam aufging, sah man Dinge in den Augenwinkeln: lila Tiere in den Büschen neben der Straße, die vagen Umrisse von Menschen, die verschwanden, wenn man sie direkt ansah.

Ich bin zu müde, um diese Geschichte weiter zu erzählen. Ich bin zu müde, um darüber nachzudenken, wo ich bin. Hier ist eine andere Geschichte, eine bessere. Ich erzähle jetzt, was Moira zugestoßen ist.

Einen Teil kann ich selbst beisteuern, einen Teil habe ich von Alma erfahren, die das, was sie wußte, von Dolores erfuhr, die es ihrerseits von Janine erfuhr. Janine hat es von Tante Lydia erfahren. Sogar an solchen Orten kann es Bündnisse geben, sogar unter solchen Umständen. Darauf kann man sich verlassen: es wird immer Bündnisse geben. Von der einen oder von der anderen Art.

Tante Lydia rief Janine in ihr Büro.

Gesegnet sei die Frucht, Janine, hatte Tante Lydia vermutlich gesagt, ohne von ihrem Schreibtisch aufzublicken, wo sie gerade etwas schrieb. Jede Regel hat ihre Ausnahme, auch darauf kann man sich verlassen: Die Tanten dürfen lesen und schreiben.

Möge der Herr uns öffnen, wird Janine vermutlich geantwortet haben, tonlos, mit ihrer durchsichtigen Stimme, einer Stimme wie klares Eiweiß.

Ich habe das Gefühl, daß ich mich auf dich verlassen kann, Janine, sagte Tante Lydia und hob dabei endlich die Augen von dem Blatt Papier und fixierte Janine mit dem ihr eigenen Blick durch die Brille, einem Blick, der es schaffte, sowohl drohend als auch flehentlich zu sein, beides zur gleichen Zeit. Hilf mir, sagte dieser Blick, wir sitzen alle im gleichen Boot. Du bist ein zuverlässiges Mädchen, fuhr sie fort, nicht so wie manche von den anderen.

Sie glaubte, Janines ewiges Gejammer und ihr reuiges Getue bedeute etwas, sie glaubte, Janine sei gebrochen, sie glaubte, Janine sei eine wahre Gläubige. Aber damals war Janine schon wie ein junger Hund, der zu oft getreten worden ist, von zu vielen Menschen, willkürlich: sie war bereit, für jeden zur Seite zu rücken, bereit, alles zu erzählen, nur um eines Augenblicks der Zustimmung willen.

Janine dürfte also gesagt haben: Das hoffe ich, Tante Lydia. Ich hoffe, daß ich Ihres Vertrauens wert geworden bin. Oder so ähnlich.

Janine, sagte Tante Lydia, etwas Schreckliches ist geschehen.

Janine schaute zu Boden. Was es auch war, sie wußte, daß ihr nicht die Schuld daran zugeschrieben werden würde, sie war untadelig. Doch was hatte ihr das in der Vergangenheit genützt, untadelig zu sein? So kam es, daß sie sich gleichzeitig schuldig fühlte und so, als würde sie gleich bestraft werden.

Weißt du etwas davon, Janine? fragte Tante Lydia mit sanfter Stimme.

Nein, Tante Lydia, sagte Janine. Sie wußte, daß es notwendig war, in diesem Augenblick aufzuschauen, Tante Lydia direkt in die Augen zu schauen. Und es gelang ihr fast auf Anhieb.

Denn falls du etwas davon weißt, werde ich sehr enttäuscht von dir sein, sagte Tante Lydia.

Der Herr ist mein Zeuge, sagte Janine mit einem Anflug von Inbrunst.

Tante Lydia gestattete sich eine ihrer Pausen. Sie spielte mit ihrem Schreiber. Moira ist nicht mehr bei uns, sagte sie schließlich.

Oh, sagte Janine. Ihr war das gleichgültig. Moira gehörte nicht zu ihren Freundinnen. Ist sie tot? fragte sie einen Augenblick später.

Da erzählte Tante Lydia ihr die Geschichte. Moira hatte während der Gymnastikstunde die Hand gehoben, um zur Toilette gehen zu dürfen. Sie war gegangen. Tante Elizabeth hatte Toilettendienst. Tante Elizabeth blieb draußen vor der Toilettentür stehen, wie gewöhnlich. Moira ging hinein. Einen Augenblick später rief Moira nach Tante Elizabeth: die Toilette sei verstopft und laufe über und ob Tante Elizabeth kommen und es in Ordnung bringen könne. Es stimmte, daß die Toiletten manchmal überliefen. Unbekannte Personen stopften ganze Bündel von Toilettenpapier hinein, um eben dies zu bewirken. Die Tanten hatten sich schon mit der Entwicklung einer narrensicheren Methode, dies zu verhindern, beschäftigt, aber die Geldmittel waren beschränkt, und vorerst mußten sie sich mit dem begnügen, was zur Verfügung stand, und sie hatten noch keine Idee gehabt, wie man das Toilettenpapier unter Verschluß halten konnte. Vielleicht sollten sie es draußen vor der Tür auf einem Tisch aufbewahren und jeder, die hineinging, ein oder mehrere Blatt aushändigen. Aber das war noch Zukunftsmusik. Es braucht immer eine Weile, bis man alles bedacht hat, wenn etwas neu ist.

Tante Elizabeth, die nichts Böses ahnte, ging in die Toilette. Tante Lydia mußte zugeben, daß das ein bißchen dumm von ihr gewesen war. Andererseits war sie bereits bei mehreren früheren Gelegenheiten hineingegangen und hatte Toiletten in Ordnung gebracht, ohne daß etwas passiert war.

Moira hatte nicht gelogen, tatsächlich lief Wasser über den Fußboden, und Brocken von sich auflösenden Fäkalien schwammen darin. Es war nicht sehr angenehm, und Tante Elizabeth war ärgerlich. Moira trat höflich zur Seite, und Tante Elizabeth eilte in die Kabine, auf die Moira gezeigt hatte, und beugte sich über die Spülanlage. Sie hatte vor, den Porzellandeckel zu heben und das Arrangement von Stopfen und Gewicht in Ordnung zu bringen. Sie hatte beide Hände an dem Deckel, als sie etwas Hartes, Scharfes, möglicherweise Metallisches hinten zwischen ihren Rippen fühlte. Keine Bewegung, sagte Moira, oder ich steche tiefer. Ich weiß genau wo, ich steche die Lunge an.

Später fand man heraus, daß sie das Innere eines Spülkastens auseinandergenommen und den langen dünnen spitzen Hebel, das Teil, das am einen Ende am Griff, und am anderen an der Kette befestigt ist, herausgenommen hatte. Das ist nicht weiter schwer, wenn man weiß, wie es geht, und Moira besaß handwerkliche Fähigkeiten, sie hatte früher auch ihr Auto immer selbst repariert, und ebenso all die kleineren Dinge. Bald darauf waren an den Spülkästen Ketten angebracht worden, um die Deckel zu befestigen, und wenn es eine Überschwemmung gab, dauerte es ziemlich lange, bis man sie aufbekam. Wir hatten auf diese Weise mehrere Überschwemmungen.

Tante Elizabeth konnte nicht sehen, was sich da in ihren Rücken bohrte. Sie sei eine unerschrockene Frau...

O ja, sagte Janine.

...aber nicht tollkühn, sagte Tante Lydia mit leicht gerunzelter Stirn. Janine hatte zu begeistert zugestimmt, was gelegentlich die Wirkung eines Widerspruchs hat. Sie tat, was Moira ihr befahl, fuhr Tante Lydia fort. Moira brachte ihren Stachelstock und ihre Pfeife an sich, indem sie Tante Elizabeth befahl, beides von ihrem Gürtel loszumachen. Dann schob sie Tante Elizabeth eilig die Treppen hinunter ins Untergeschoß. Sie waren im ersten Stock, nicht im zweiten, also waren nur zwei Treppen zu bewältigen. Der Unterricht war im Gange, deshalb war niemand in den Fluren. Sie sahen zwar eine andere Tante, aber die war am anderen Ende des Flurs und schaute nicht in ihre Richtung. Tante Elizabeth hätte schreien können, aber sie wußte, daß Moira meinte, was sie sagte. Moira hatte einen schlechten Ruf.

O ja, sagte Janine.

Moira führte Tante Elizabeth durch den Flur mit den leeren Schränken, an der Tür zur Turnhalle vorbei und in den Heizraum. Sie befahl Tante Elizabeth, alle Kleider auszuziehen...

Oh, hauchte Janine, wie um gegen dieses Sakrileg zu protestieren.

... und Moira zog ihre eigenen Kleider aus und zog die von Tante Elizabeth an, die ihr nicht genau, aber doch einigermaßen paßten. Sie war nicht übermäßig grausam zu Tante Elizabeth, sie erlaubte ihr, ihr, Moiras, rotes Kleid anzuziehen. Den Schleier zerriß sie in Streifen und fesselte damit Tante Elizabeth hinter dem Heizkessel. Sie stopfte ihr etwas von dem Stoff in den Mund und band ihn mit einem weiteren Stoffstreifen fest. Sie band einen Stoffstreifen um Tante Elizabeths Hals und band das andere Ende hinten an ihre Füße. Sie ist eine gerissene und gefährliche Frau, sagte Tante Lydia.

Janine sagte: Darf ich mich setzen? Als wäre das alles zu viel für sie gewesen. Endlich hatte sie etwas zum Tauschen – zumindest gegen eine Geste.

Ja, Janine, sagte Tante Lydia, etwas überrascht, doch ihr war klar, daß sie Janine die Bitte an dieser Stelle nicht verweigern konnte. Schließlich warb sie um Janines Aufmerksamkeit, um ihre Kooperation. Sie deutete auf den Stuhl in der Ecke. Janine zog ihn herüber.

Ich könnte Sie umbringen, das wissen Sie ja, sagte Moira, als Tante Elizabeth sicher und unsichtbar hinter dem Heizkessel verstaut war. Ich könnte Sie so schlimm zurichten, daß Sie sich nie wieder in ihrem Körper wohlfühlen. Ich könnte Sie hiermit fertigmachen, oder Ihnen dieses Ding in die Augen stechen. Denken Sie nur daran, daß ich es nicht getan habe, falls es je dazu kommen sollte.

Von diesem Teil der Geschichte erzählte Tante Lydia Janine nichts, aber ich vermute stark, daß Moira etwas in dieser Art gesagt hat.

Jedenfalls brachte sie Tante Elizabeth weder um, noch verstümmelte sie sie, und letztere war ein paar Tage später wieder im Dienst im Zentrum, nachdem sie sich von ihren sieben Stunden hinter dem Heizkessel und vermutlich von dem sich anschließenden Kreuzverhör erholt hatte – denn die Möglichkeit eines Schwindels wurde gewiß nicht ausgeschlossen, weder von den Tanten noch von allen anderen.

Moira richtete sich auf und schaute mit festem Blick nach vorn. Sie nahm die Schultern zurück, drückte die Wirbelsäule durch und preßte die Lippen zusammen. Das war nicht unsere übliche Haltung. Normalerweise gingen wir mit gesenktem Kopf, die Augen auf unsere Hände oder auf den Fußboden gerichtet. Moira sah Tante Elizabeth nicht sehr ähnlich, nicht einmal mit dem braunen Schleier, aber ihre aufrechte Haltung reichte anscheinend aus, um die diensttuenden Engel, die uns ohnehin nie sehr genau ansahen, auch die Tanten nicht oder vielleicht gerade die Tanten nicht, zu überzeugen; denn Moira marschierte geradewegs zur Haustür hinaus, in der Haltung eines Menschen, der weiß, wohin er will; man salutierte, sie bekam Tante Elizabeths Paß ausgehändigt, den zu prüfen sie sich nicht die Mühe machten, denn wer würde eine Tante solchermaßen beleidigen? Und entschwand.

Oh, sagte Janine. Aber wer weiß, was sie dabei empfand? Vielleicht hätte sie am liebsten Beifall geklatscht. Falls ja, so hütete sie sich, es zu zeigen.

So, Janine, sagte Tante Lydia. Ich möchte nun, daß du folgendes tust.

Janine riß die Augen weit auf und versuchte, unschuldig und aufmerksam auszusehen.

Ich möchte, daß du die Augen offen hältst. Vielleicht war eine der anderen mit im Spiel.

Ja, Tante Lydia, sagte Janine.

Und komm und erzähl es mir, ja, mein Liebes? Falls du etwas hörst.

Ja, Tante Lydia, sagte Janine. Sie wußte, sie würde nun nicht mehr vor der Klasse niederknien und sich anhören müssen, wie wir alle schrien, daß es ihre Schuld gewesen sei. Jetzt würde es eine Weile lang jemand anders sein. Sie war, für den Augenblick, aus dem Schneider.

Die Tatsache, daß sie Dolores alles über die Begegnung in Tante Lydias Büro erzählte, hatte nichts zu bedeuten. Es bedeutete nicht, daß sie nicht gegen uns aussagen würde, gegen jede von uns, falls sie Gelegenheit dazu hatte. Das wußten wir. Inzwischen behandelten wir sie so, wie die Leute früher beinlose Krüppel behandelten, die an Straßenecken Bleistifte verkauften. Wir mieden sie, wo wir konnten, zeigten uns ihr gegenüber mildtätig, wo es nicht anders ging. Sie war eine Gefahr für uns, das war uns klar.

Dolores klopfte ihr wahrscheinlich auf den Rücken und sagte, es sei ein feiner Zug von ihr, daß sie uns alles erzählt habe. Wo fand dieser Austausch statt? In der Turnhalle, wenn wir uns zum Schlafen fertig machten. Dolores hatte das Bett neben Janine.

Die Geschichte machte bei uns noch in der gleichen Nacht die Runde, im Halbdunkel, geflüstert, von Bett zu Bett.

Moira war irgendwo dort draußen. Sie war frei oder tot. Was würde sie tun? Die Überlegungen, was sie tun würde, wucherten, bis sie den ganzen Raum ausfüllten. Jeden Moment konnte es eine vernichtende Explosion geben, das Fensterglas würde nach innen fallen, die Türen würden auffliegen... Moira hatte jetzt Macht, sie war freigelassen, sie hatte sich selbst freigelassen. Sie war jetzt frei und los, ein loses Mädchen.

Ich glaube, wir fanden das erschreckend.

Moira war wie ein Fahrstuhl mit offenen Seitenwänden. Sie machte uns schwindeln. Schon verloren wir den Geschmack an der Freiheit, schon empfanden wir die Wände um uns herum als Schutz. In den höheren Bereichen der Atmosphäre würde man auseinanderfallen, sich in Luft auflösen, dort gäbe es keinen Druck mehr, der einen zusammenhielt.

Trotzdem war Moira unser Traum. Wir drückten sie an uns, sie war heimlich bei uns, ein Kichern; sie war Lava unter der Kruste des täglichen Lebens. Im Lichte von Moira waren die Tanten weniger furchterregend und eher absurd. Ihre Macht hatte schwache Stellen. Sie ließen sich in Toiletten unter Druck setzen. Die Kühnheit gefiel uns.

Wir erwarteten, daß man sie jeden Moment hereinschleppen würde, so wie das Mal zuvor. Wir konnten uns nicht vorstellen, was sie diesmal mit ihr machen würden. Es würde sehr schlimm sein, was immer es war.

Aber es geschah nichts. Moira erschien nicht wieder. Sie ist noch immer nicht wieder da.

KAPITEL DREIUNDZWANZIG

Dies ist eine Rekonstruktion. Alles ist Rekonstruktion. Es ist jetzt eine Rekonstruktion, in meinem Kopf, während ich flach auf meinem Einzelbett ausgestreckt liege und durchspiele, was ich hätte sagen oder nicht sagen sollen, was ich hätte tun oder nicht tun sollen, wie ich es hätte deichseln sollen. Falls ich jemals hier herauskomme...

Hier wollen wir lieber aufhören. Ich habe fest vor, hier herauszukommen. Es kann nicht ewig dauern. Andere Menschen haben auch schon so gedacht, in schlimmen Zeiten vor diesen, und sie hatten immer recht, sie sind auf die eine oder andere Weise herausgekommen, und es hat nicht ewig gedauert. Auch wenn es für sie die ganze Ewigkeit, die ihnen beschieden war, gedauert haben mag.

Wenn ich hier herauskomme, falls ich je in der Lage sein werde, dies in irgendeiner Form festzuhalten, und sei es in Form einer Stimme, die zu einer anderen spricht – auch dann wird es eine Rekonstruktion sein, noch um einen Grad ferner. Es ist unmöglich, etwas genau so zu sagen, wie es war, denn was man sagt, kann niemals genau sein, man muß immer etwas auslassen, es gibt zu viele Teile, Seiten, Gegenströmungen, Nuancen, zu viele Gesten, die dies oder jenes bedeuten könnten, zu viele Formen, die man niemals vollständig beschreiben kann, zu viele Geschmacksnoten, in der Luft oder auf der Zunge, Zwischentöne, zu viele. Doch solltest du ein Mann sein, irgendwann in der Zukunft, und es bis hierher geschafft haben, dann bedenke bitte: Du wirst niemals der Versuchung unterworfen sein, das Gefühl zu haben, daß du vergeben müßtest, einem Mann vergeben, als Frau. Es ist schwer, dieser Versuchung zu widerstehen, glaube mir. Aber bedenke, daß Vergeben auch Macht bedeutet. Darum zu bitten bedeutet Macht, und die Vergebung zu verweigern oder zu gewähren bedeutet auch Macht, vielleicht sogar die größte.

Vielleicht geht es bei alledem gar nicht um Herrschaft und Macht. Vielleicht geht es gar nicht darum, wer wen besitzen kann, wer wem ungestraft etwas antun kann, bis hin zum Tod. Vielleicht geht es gar nicht darum, wer sitzen darf und wer knien muß oder stehen oder sich hinlegen, mit geöffneten Beinen. Vielleicht geht es darum, wer wem was antun kann und dafür Vergebung erlangt. Sage ja niemand, das liefe auf das gleiche hinaus.

Ich möchte, daß du mich küßt, sagte der Kommandant.

Nun, natürlich kam vorher noch etwas. Solche Bitten kommen niemals aus heiterem Himmel.

Schließlich schlief ich doch ein, und ich träumte, daß ich Ohrringe trug und daß einer davon kaputt war – weiter nichts, das Gehirn ging nur seine Kartei von Vergangenem durch, und dann wurde ich von Cora mit dem Essenstablett geweckt, und die Zeit war wieder im Geleise.

»Ist es ein gesundes Kind?« fragt Cora, als sie das Tablett absetzt. Sie muß es schon wissen, sie haben eine Art Telegrafensystem von Mund zu Mund, von einem Haushalt zum andern. Aber es macht ihr trotzdem Freude, es noch einmal zu hören, als machten meine Worte es wirklicher.

»Es geht ihm gut«, sage ich. »Ein kräftiges Kind. Ein Mädchen.«

Cora lächelt mich an. Es ist ein Lächeln, das mich einbezieht. Dies sind anscheinend die Augenblicke, die ihr das, was sie tut, lohnend erscheinen lassen.

»Das ist gut«, sagt sie. Ihre Stimme klingt fast sehnsüchtig, und ich denke: Natürlich, sie wäre auch gern dabeigewesen. Es ist wie ein Fest, zu dem sie nicht gehen durfte.

»Vielleicht bekommen wir ja auch bald eins«, sagt sie schüchtern.

Mit *wir* meint sie mich. Es ist an mir, mich bei den anderen zu revanchieren, meine Verpflegung und Versorgung hier im Haus zu rechtfertigen, wie eine Ameisenkönigin mit Eiern. Es mag sein, daß Rita mich mißbilligt, aber Cora nicht. Sie verläßt sich vielmehr auf mich. Sie hofft, und ich bin das Vehikel ihrer Hoffnung.

Ihre Hoffnung ist von der einfachsten Art. Sie wünscht sich einen Geburts-Tag, hier, mit Gästen und Essen und Geschenken, sie wünscht sich ein kleines Kind, das sie in der Küche verwöhnen kann, für das sie Kleider bügeln, dem sie Kekse zustecken kann, wenn niemand herschaut. Und ich soll ihr diese Freuden verschaffen. Mir wäre die Mißbilligung lieber, weil ich das Gefühl habe, ich hätte sie eher verdient.

Zum Abendessen gibt es Rindereintopf. Es fällt mir schwer, meine Portion aufzuessen, weil mir nach der Hälfte wieder einfällt, was der Tag aus meinem Kopf ausradiert hatte. Es stimmt, was sie sagen, Gebären oder Dabeisein – es ist ein tranceartiger Zustand, man verliert sein übriges Leben aus den Augen, man richtet die Aufmerksamkeit nur auf diesen einen Augenblick. Aber jetzt fällt es mir wieder ein, und ich weiß, daß ich nicht darauf vorbereitet bin.

Die Uhr unten im Flur schlägt neun. Ich presse die Hände seitlich an meine Schenkel, atme ein, mache mich auf den Weg durch den Flur und gehe leise die Treppe hinunter. Serena Joy ist vielleicht noch in dem Haus, in dem die Geburt stattfand; das wäre ein glücklicher Zufall, das kann er nicht vorhergesehen haben. Heutzutage halten sich die Ehefrauen dort noch stundenlang auf, helfen die Geschenke auszupacken, klatschen, betrinken sich. Irgend etwas müssen sie ja tun, um ihren Neid zu zerstreuen. Ich gehe durch den Flur im Erdgeschoß nach hinten, an der Tür vorbei, die in die Küche führt und weiter zur nächsten Tür, der seinen. Ich stehe davor, und mir ist zumute wie einem Kind, das in der Schule zum Direktor bestellt worden ist. Was habe ich Böses getan?

Meine Anwesenheit hier verstößt gegen das Gesetz. Es ist uns verboten, mit den Kommandanten zusammen allein zu sein. Wir dienen zu Fortpflanzungszwecken. Wir sind keine Konkubinen, Geishas, Kurtisanen. Im Gegenteil: alles nur Mögliche ist getan worden, um uns aus dieser Kategorie herauszuhalten. Nichts an uns soll unterhaltsam sein, kein Raum darf dem Erblühen heimlicher Lüste gewährt werden, keine besonderen Vergünstigungen dürfen erschmeichelt werden, weder von ihnen noch von uns, es darf keine Anknüpfungspunkte für Liebesbeziehungen geben. Wir sind zweibeinige Schöße, mehr nicht: heilige Gefäße, wandelnde Kelche.

Warum also will er mich sehen, bei Nacht, allein?

Falls ich erwischt werde, bin ich Serena auf Gedeih und Verderb ausgeliefert. Er darf sich in solche Dinge, die der Haushaltsdisziplin unterliegen, nicht einmischen. Das ist Frauensache. Und danach kommt die Deklassifizierung. Ich könnte zur Unfrau gemacht werden.

Doch wenn ich mich weigerte, könnte es noch schlimmer kommen. Es gibt keinen Zweifel darüber, wer die Macht hat.

Es muß irgend etwas geben, was er von mir will. Wollen bedeutet, eine Schwäche haben. Diese Schwäche, welcher Art sie auch immer ist, reizt mich. Sie ist wie ein kleiner Riß in einer Mauer, die bisher undurchdringlich war. Wenn ich mein Auge darauf richte, auf diese seine Schwäche, gelingt es mir vielleicht, meinen Weg deutlich vor mir zu sehen.

Ich möchte wissen, was er will.

Ich hebe die Hand, klopfe an die Tür seines verbotenen Zimmers, in dem ich noch nie gewesen bin, in das Frauen nicht gehen. Nicht einmal Serena Joy hat hier Zugang, und geputzt wird von Wächtern. Welche Geheimnisse, welche männlichen Totems werden hier drinnen verborgen gehalten?

Ich werde aufgefordert, einzutreten. Ich öffne die Tür, trete ein.

Auf der anderen Seite der Tür: normales Leben. Ich sollte vielmehr sagen: Was auf der anderen Seite ist, sieht wie normales Leben aus. Da ist ein Schreibtisch, natürlich, mit einem Compusprech darauf, und einem schwarzen Ledersessel dahinter. Auf dem Schreibtisch eine Topfblume, ein Schreibset, Papiere. Ein Orientteppich liegt auf dem Fußboden, und es gibt einen Kamin, in dem kein Feuer brennt. Ein kleines Sofa, mit braunem Plüsch bezogen, ein Fernsehgerät, einen Beistelltisch, ein paar Stühle.

Aber ringsum an den Wänden stehen Bücherregale. Sie sind voller Bücher. Bücher, Bücher, Bücher, offen sichtbar, keine Schlösser, keine Schränke. Kein Wunder, daß wir nicht hier hereindürfen. Es ist eine Oase des Verbotenen. Ich versuche, nicht hinzustarren.

Der Kommandant steht vor dem feuerlosen Kamin, mit dem Rücken zur Feuerstelle, den einen Ellbogen auf dem holzgeschnitzten Aufsatz, die andere Hand in der Tasche. Es ist eine so einstudierte Pose, sie hat etwas Gutsbesitzerhaftes, etwas verstaubt Dandyhaftes aus einem Herrenmagazin. Er hat wahrscheinlich schon im voraus beschlossen, so dazustehen, wenn ich hereinkomme. Als ich klopfte, ist er wahrscheinlich zum Kamin hinübergestürzt und hat sich dort aufgebaut. Er sollte eine schwarze Binde über dem einen Auge tragen und eine Halsbinde mit Hufeisen darauf.

Es ist gut und schön, all das zu denken, schnell und stakkatohaft, ein Zucken des Gehirns. Ein inneres Hohnlachen. Aber es ist Panik. Tatsächlich bin ich zu Tode erschrocken.

Ich sage nichts.

»Mach die Tür hinter dir zu«, sagt er, nicht unfreundlich. Ich tue es und drehe mich wieder um.

»Hallo«, sagt er.

Der alte Gruß. Ich habe ihn lange nicht gehört, seit Jahren nicht. Unter den Umständen hier wirkt er fehl am Platze, sogar komisch, ein zeitlicher Sprung zurück, ein Trick. Mir fällt absolut keine passende Erwiderung ein.

Ich habe das Gefühl, daß ich in Tränen ausbrechen werde.

Er muß es bemerkt haben, denn er schaut mich an, verwirrt, runzelt die Stirn ein wenig, was ich als Besorgnis zu interpretieren beschließe, obwohl es vielleicht nur Gereiztheit ist. »Hier«, sagt er. »Du kannst dich setzen.« Er zieht einen Stuhl für mich heran, stellt ihn vor seinen Schreibtisch. Dann geht er um den Schreibtisch herum und setzt sich, langsam, und wie mir scheint umständlich. Der Vorgang zeigt mir, daß er mich nicht hierherholen ließ, um mich in irgendeiner Form gegen meinen Willen zu berühren. Er lächelt. Das Lächeln ist weder finster noch raubtierhaft. Es ist einfach nur ein Lächeln, ein formelles Lächeln, freundlich, aber ein wenig distanziert, als wäre ich ein junges Kätzchen auf einem Fenstersims. Das er betrachtet, aber nicht zu kaufen beabsichtigt.

Ich sitze kerzengerade auf dem Stuhl, die Hände im Schoß gefaltet. Ich habe das Gefühl, als berührten meine Füße in ihren flachen roten Schuhen nicht ganz den Boden. Aber sie tun es natürlich.

»Du mußt dies seltsam finden«, sagt er.

Ich sehe ihn nur an. Die Untertreibung des Jahres, wie meine Mutter in solchen Fällen sagt. Sagte.

Ich fühle mich wie Zuckerwatte: Zucker und Luft. Einmal fest drücken, und ich werde mich in einen kleinen gräßlichen feuchten Klumpen von weinendem Rosarot verwandeln.

»Wahrscheinlich ist es in der Tat ein wenig seltsam«, sagt er, als hätte ich geantwortet.

Ich denke, daß ich eigentlich einen Hut aufhaben müßte, der mit einer Schleife unter dem Kinn festgebunden ist.

»Ich will...«, sagt er.

Ich versuche, mich nicht nach vorn zu beugen. Ja? Ja? Ja? Was denn? Was will er? Aber ich werde sie nicht verraten, diese Begierde. Es ist eine geschäftliche Besprechung, es werden Dinge ausgetauscht werden. Wer nicht zögert, ist verloren. Ich gebe nichts umsonst weg, ich verkaufe nur.

»Ich hätte gern –«, sagt er. »Es wird komisch klingen.« Und er sieht wirklich verlegen aus, *befangen* war das Wort dafür, so wie Männer früher manchmal aussahen. Er ist alt genug, um sich daran zu erinnern, wie man ein solches Gesicht macht. Auch um sich daran zu erinnern, wie unwiderstehlich Frauen das manchmal fanden. Die jüngeren kennen diese Tricks nicht mehr. Sie haben sie nie anwenden müssen.

»Ich hätte gern, daß du Scrabble mit mir spielst«, sagt er.

Ich halte mich stocksteif. Ich mache ein unbewegtes Gesicht. Das ist es also, was in dem verbotenen Zimmer stattfindet! Scrabble! Ich würde am liebsten laut loslachen, schreien vor Lachen, vom Stuhl fallen. Scrabble war einst das Spiel alter Frauen, alter Männer, in der Sommerfrische oder in den Villen der Pensionierten, ein Spiel, das man spielte, wenn es nichts Gescheites im Fernsehen gab. Auch Jugendliche spielten es, früher, vor langer langer Zeit. Meine Mutter hatte ein Scrabble-Spiel, das hinten im Dielenschrank aufbewahrt wurde, bei den Pappschachteln mit dem Weihnachtsbaumschmuck. Einmal versuchte sie, mich dafür zu interessieren, als ich dreizehn war und das heulende Elend hatte und nichts mit mir anzufangen wußte.

Jetzt ist es natürlich etwas anderes. Jetzt ist es verboten, für uns jedenfalls. Jetzt ist es gefährlich. Jetzt ist es unschicklich. Jetzt ist es etwas, was er mit seiner Frau nicht tun darf. Jetzt ist es reizvoll. Jetzt hat er sich kompromittiert. Es ist, als hätte er mir Drogen angeboten.

»Also gut«, sage ich, als sei es mir gleichgültig. In Wirklichkeit kann ich kaum sprechen.

Er sagt nicht, warum er mit mir Scrabble spielen will. Ich frage ihn nicht. Er nimmt nur eine Schachtel aus einer der

Schubladen in seinem Schreibtisch und öffnet sie. Da sind die plastiküberzogenen hölzernen Spielmarken, an die ich mich erinnere, das in Quadrate aufgeteilte Brett, die kleinen Leisten, in die man die Buchstaben legt. Er schüttet die Spielmarken auf seinen Schreibtisch und fängt an, sie umzudrehen. Nach einer Weile helfe ich ihm dabei.

»Du weißt, wie man es spielt?« fragt er.

Ich nicke.

Wir spielen zwei Spiele. *Larynx,* lege ich. *Valenz. Quitte. Zygote.* Ich halte die glänzenden Spielmarken mit ihren glatten Kanten in der Hand, betaste die Buchstaben. Es ist ein wollüstiges Gefühl. Dies ist die Freiheit, oder doch ein Hauch von ihr. *Limbus,* lege ich. *Galle.* Was für ein Luxus! Die Spielmarken sind wie Bonbons, aus Pfefferminz gemacht und ebenso kühl. *Humbugs* hießen sie. Ich würde sie gern in den Mund stecken. Sie würden auch nach Limonen schmecken. Der Buchstabe C. Frisch, eine Spur scharf auf der Zunge, köstlich.

Ich gewinne das erste Spiel, lasse ihn das zweite gewinnen. Noch habe ich nicht herausgefunden, welches die Bedingungen sind, was ich mir als Gegenleistung erbitten kann.

Schließlich sagt er, daß es jetzt Zeit für mich sei, nach Hause zu gehen. Das sind die Worte, die er benutzt: nach Hause gehen. Er meint: in mein Zimmer. Er fragt mich, ob ich gut hinkommen werde, als ob die Treppe eine dunkle Straße wäre. Ich sage ja. Wir öffnen seine Zimmertür, nur einen Spalt, und horchen auf Geräusche in der Diele.

Es ist wie eine Verabredung mit einem Jungen. Wie wenn man sich nach Stunden zurück ins Studentenwohnheim schleicht.

Es ist eine Verschwörung.

»Danke«, sagt er. »Für das Spiel.« Dann sagt er: »Ich möchte, daß du mich küßt.«

Ich denke daran, wie ich den Spülkasten auseinandernehmen könnte, den Spülkasten in meinem Badezimmer, an einem Badeabend, schnell und leise, so daß Cora draußen auf dem Stuhl mich nicht hören würde. Ich könnte den spitzen Hebel herausholen und ihn in meinem Ärmel verstecken, und ich könnte ihn in das Arbeitszimmer des Kommandanten schmuggeln, nächstes Mal, denn nach einer Bitte wie dieser gibt es immer ein nächstes Mal, ob du ja oder nein sagst. Ich denke daran, wie ich mich dem Kommandanten nähern könnte, um ihn zu küssen, hier, allein. Ich könnte ihm die Jacke ausziehen, wie um ihn zu mehr zu ermutigen oder aufzufordern, zu einer Annäherung an wahre Liebe, und die Arme um ihn legen, den Hebel aus dem Ärmel gleiten lassen und ihm das spitze Ende plötzlich zwischen die Rippen bohren. Ich denke an das Blut, das aus ihm herausfließt, heiß wie Suppe, sexuell, über meine Hände.

In Wirklichkeit denke ich nichts dergleichen. Ich lege es erst nachträglich hinein. Vielleicht hätte ich in dem Augenblick all das denken sollen, aber ich habe es nicht getan. Wie gesagt, dies ist eine Rekonstruktion.

»Also gut«, sage ich. Und ich gehe auf ihn zu und lege meine Lippen geschlossen auf seine. Ich rieche das Rasierwasser, die übliche Marke, den Hauch von Mottenkugeln, der mir so vertraut ist. Aber der Kommandant ist wie jemand, den ich gerade erst kennengelernt habe.

Er weicht zurück, schaut auf mich herunter. Da ist das Lächeln wieder, das befangene. Diese Aufrichtigkeit! »Nicht so«, sagt er. »So, als wenn es von Herzen käme.«

Er war so traurig.

Auch dies ist eine Rekonstruktion.

IX Nacht

KAPITEL VIERUNDZWANZIG

Ich gehe zurück, durch die dunkle Diele, die gedämpfte Treppe hinauf, und schleiche mich in mein Zimmer. Dort setze ich mich auf den Stuhl, ohne das Licht anzumachen, in meinem roten Kleid. Man kann nur angezogen klar denken.

Ich brauche eine Perspektive. Die Illusion der Tiefe, geschaffen durch einen Rahmen, durch die Anordnung von Formen auf einer ebenen Oberfläche. Perspektive ist notwendig. Sonst gibt es nur zwei Dimensionen. Sonst lebst du, das Gesicht an eine Mauer gedrückt, und alles ist riesiger Vordergrund: Details, Nahaufnahmen, Haare, das Webmuster des Lakens, die Moleküle des Gesichts. Deine eigene Haut wie eine Landkarte, ein Diagramm der Vergeblichkeit, gefurcht von winzigen Straßen, die nirgendwo hinführen. Sonst lebst du im Augenblick. Und gerade dort möchte ich nicht sein.

Aber genau dort bin ich, und es gibt kein Entrinnen. Die Zeit ist eine Falle, ich bin darin gefangen. Ich muß meinen heimlichen Namen und alle Wege zurück vergessen. Ich heiße jetzt Desfred, und hier, hier und jetzt, lebe ich.

Lebt in der Gegenwart, macht das Beste daraus, es ist alles, was ihr habt.

Zeit, Bestandsaufnahme zu machen.

Ich bin dreiunddreißig Jahre alt. Ich habe braunes Haar. Ich bin eins-siebzig groß, ohne Schuhe. Es fällt mir schwer, mich daran zu erinnern, wie ich früher ausgesehen habe. Ich habe funktionstüchtige Eierstöcke. Ich habe noch eine Chance.

Aber etwas hat sich geändert, jetzt, heute abend. Die Umstände haben sich geändert.

Ich kann etwas fordern. Vielleicht nicht viel, aber etwas.

Männer sind Sexmaschinen, sagte Tante Lydia, und nicht viel mehr. Sie wollen nur das eine. Ihr müßt lernen, sie zu manipulieren, zu eurem eigenen Vorteil. Führt sie an der Nase herum; das ist eine Metapher. Es ist die naturgegebene Möglichkeit. Es ist Gottes Trick. So ist es nun einmal.

Tante Lydia hat das nicht wortwörtlich gesagt, aber es schwang unausgesprochen mit in allem, was sie sagte. Es schwebte über ihrem Haupt, wie die goldenen Worte über den Heiligen aus den noch dunkleren Zeiten des Mittelalters. Und wie die Heiligen war auch sie eckig und fleischlos.

Aber wie paßt der Kommandant in dieses Bild, so wie er in seinem Arbeitszimmer existiert, mit seinen Wortspielen und seinen Sehnsüchten – wonach? Daß man mit ihm spielt, ihn zärtlich küßt, als käme es von Herzen.

Ich weiß, ich muß es ernst nehmen, sein Verlangen. Es könnte wichtig sein, es könnte ein Paß sein, es könnte mein Sturz sein. Ich muß mich ernsthaft damit auseinandersetzen, ich muß darüber nachdenken. Aber einerlei, was ich tue, wie ich hier so im Dunkeln sitze, während das Flutlicht von draußen das Rechteck meines Fensters erhellt, durch die Gardinen, die hauchdünn wie ein Brautkleid, wie Ektoplasma sind, die eine Hand in der anderen, ein wenig hin und her schaukelnd, einerlei, was ich tue, es ist etwas Komisches daran.

Er wollte, daß ich mit ihm Scrabble spielte und ihn küßte, als käme es von Herzen.

Dies ist so ungefähr das Absonderlichste, was mir jemals zugestoßen ist.

Der Zusammenhang ist alles.

Ich erinnere mich an eine Fernsehsendung, die ich einmal gesehen habe, eine Wiederholung eines Films, der Jahre vorher gedreht worden war. Ich muß sieben oder acht gewesen sein, zu jung, um ihn zu verstehen. Es war die Art Sendung, die meine Mutter gern sah: historisch, erzieherisch. Hinterher versuchte sie mir den Film zu erklären, mir klarzumachen, daß alles, was darin gezeigt wurde, wirklich geschehen war, aber für mich war es nur eine Geschichte. Ich dachte, jemand hätte sich das alles ausgedacht. Wahrscheinlich denken das alle Kinder über alle historischen Ereignisse vor ihrer eigenen Geschichte. Wenn es nur ein Märchen ist, verliert es etwas von seinem Schrecken.

Es war ein Dokumentarfilm über einen jener Kriege. Menschen wurden befragt, Ausschnitte aus alten Filmen wurden gezeigt, schwarz-weiß, und einzelne Fotos. Ich kann mich nicht mehr an viele Einzelheiten erinnern, aber ich erinnere mich an die Qualität der Bilder, daran, wie alles mit einer Mischung aus Sonnenlicht und Staub bedeckt schien, und daran, wie dunkel die Schatten unter den Augenbrauen und um die Wangenknochen der Menschen waren.

Die Gespräche mit den Menschen, die noch lebten, waren in Farbe. Das, woran ich mich am besten erinnere, war ein Gespräch mit einer Frau, die die Geliebte eines der Aufseher in einem der Lager gewesen war, in die sie die Juden brachten, ehe sie sie töteten. In Öfen, sagte meine Mutter; aber es wurden keine Bilder von den Öfen gezeigt, deshalb setzte sich in mir die undeutliche Vorstellung fest, daß diese Tötungen in Küchen stattgefunden hatten. Für ein Kind hat eine solche Vorstellung etwas besonders Erschreckendes. Öfen waren für mich Backöfen, und das Backen geht dem Essen voraus. Ich glaubte also, diese Menschen seien gegessen worden. Was in gewisser Weise ja wohl auch stimmte.

Aus den Gesprächen ging hervor, daß der Mann grausam und brutal gewesen war. Die Geliebte – meine Mutter erklärte mir das Wort *Geliebte,* sie hielt nichts von Verschleierungstaktiken, und ich besaß schon mit vier Jahren ein Aufklappbilderbuch über die Geschlechtsorgane – die Geliebte war früher einmal sehr schön gewesen. Ein Schwarzweiß-Foto von ihr und einer anderen Frau wurde gezeigt: beide in zweiteiligen Badeanzügen und mit Plateausohlenschuhen und den breitkrempigen Hüten der damaligen Zeit, sie hatten Schmetterlingssonnenbrillen auf und saßen in Liegestühlen an einem Schwimmbecken. Das Schwimmbecken befand sich neben dem Haus, in dem sie wohnten – ganz in der Nähe des Lagers mit den Öfen. Die Frau sagte, sie hätte nichts bemerkt, was ihr ungewöhnlich vorgekommen sei. Sie behauptete, nichts von den Öfen gewußt zu haben.

Zur Zeit des Gesprächs, vierzig oder fünfzig Jahre später, litt die Frau an einem unheilbaren Emphysem. Sie hustete viel und war sehr dünn, fast ausgemergelt, aber sie war immer noch stolz auf ihre äußere Erscheinung. (Sieh dir das an, sagte meine Mutter halb vorwurfsvoll, halb bewundernd: Sie ist immer noch stolz auf ihre äußere Erscheinung.) Sie war sorgfältig zurechtgemacht, mit viel Tusche auf den Wimpern und Rouge auf den Wangenknochen, über denen sich die Haut dehnte wie ein straff gezogener Gummihandschuh. Sie trug Perlen.

Er war kein Unmensch, sagte sie. Die Leute sagen, er war ein Unmensch, aber das war er nicht.

Was für Gedanken konnte sie sich gemacht haben? Nicht viele, nehme ich an, nicht damals, nicht zu der Zeit. Sie machte sich Gedanken darüber, wie man sich keine Gedanken macht. Die Zeiten waren ungewöhnlich. Sie war stolz auf ihre äußere Erscheinung. Sie glaubte nicht, daß er ein Unmensch war. Er war kein Unmensch, nicht in ihren Augen. Wahrscheinlich hatte er irgendeinen liebenswerten Zug gehabt: vielleicht pfiff er unter der Dusche, falsche Töne, vielleicht hatte er eine Schwäche für Trüffel, vielleicht nannte er seinen Hund *Liebchen* und ließ ihn Männchen machen und um kleine Stücke rohen Steaks betteln. Wie leicht es ist, irgendeiner beliebigen Person einen menschlichen Zug anzudichten. Welche wohlfeile Versuchung. Ein großes Kind, hatte sie wahrscheinlich bei sich gesagt. Und dann schmolz ihr Herz, sie strich ihm das Haar aus der Stirn, küßte ihn aufs Ohr, und das nicht nur, um irgend etwas von ihm zu erschmeicheln. Es war der Drang, zu beschwichtigen, zu trösten. Ist ja schon gut, sagte sie dann, als erwachte er aus einem Alptraum. Du hast es so schwer. Und all das hatte sie tatsächlich geglaubt, denn wie hätte sie sonst weiterleben können? Sie war sehr gewöhnlich unter ihrer Schönheit. Sie glaubte an die Anständigkeit, sie war nett zu dem jüdischen Dienstmädchen, oder doch einigermaßen nett, netter als sie hätte sein müssen.

Ein paar Tage, nachdem das Gespräch mit ihr aufgenommen worden war, brachte sie sich um. Das wurde in der Fernsehsendung mitgeteilt.

Keiner fragte sie, ob sie ihn geliebt hatte oder nicht.

Das, woran ich mich jetzt am deutlichsten erinnere, ist das Make-up.

Ich stehe auf, im Dunkeln, und knöpfe mein Kleid auf. Da höre ich etwas, in meinem Körper. Ich bin zerbrochen, etwas ist gesprungen – das muß es sein. Ein Geräusch dringt herauf, dringt heraus, aus der zerbrochenen Stelle, in mein Gesicht. Völlig unerwartet: ich habe weder an hier noch an dort noch an irgend etwas gedacht. Wenn ich das Geräusch herauslasse, in die Luft, wird Gelächter daraus, zu laut und zu lange, und irgend jemand wird es hören, und dann werden eilige Schritte kommen und Befehle und wer weiß was noch? Urteil: Emotionen, der Gelegenheit unangemessen. Die wandelnde Gebärmutter, pflegten sie zu denken. Hysterie. Und dann eine Nadel, eine Tablette. Sie könnte tödlich sein.

Ich presse beide Hände vor den Mund, als wäre ich drauf und dran, mich zu übergeben. Ich falle auf die Knie. Das Lachen brodelt wie Lava in meinem Hals. Ich krieche in den Schrank, ziehe die Knie an, ich werde noch daran ersticken. Meine Rippen schmerzen, ich kann mich nicht halten vor

Lachen, es schüttelt mich, ich bäume mich auf, ein Erdbeben, ein Vulkan, es wird mich zerreißen. Rot das Innere des Schrankes, Gelächter reimt sich auf Schlächter, oh, an Lachen zu sterben.

Ich ersticke es in den Falten des im Schrank hängenden Umhangs, ich presse meine Augen, aus denen Tränen fallen, fest zusammen. Versuche mich zu fassen.

Nach einer Weile vergeht es wie ein epileptischer Anfall. Da sitze ich nun im Wandschrank. *Hirundo maleficis evoltat.* Ich kann es in der Dunkelheit nicht sehen, aber ich fahre mit den Fingerspitzen die winzige eingekratzte Schrift nach, als wäre es eine Mitteilung in Blindenschrift. Es klingt in meinem Kopf jetzt weniger wie ein Gebet, sondern mehr wie ein Befehl. Doch was tun? Nutzlos für mich, so oder so. Eine uralte Hieroglyphe, zu der der Schlüssel verloren ist. Warum hat sie es geschrieben, warum hat sie sich die Mühe gemacht? Kein Weg führt hier heraus.

Ich liege auf dem Boden, ich atme zu schnell, dann langsamer, ich versuche gleichmäßig zu atmen, wie bei den Vorübungen für die Geburt. Jetzt höre ich nur noch den Laut meines eigenen Herzens, das sich öffnet und schließt, öffnet und schließt, öffnet.

X Seelenrollen

KAPITEL FÜNFUNDZWANZIG

Als erstes hörte ich am nächsten Morgen einen Schrei und ein Krachen: Cora, die das Frühstückstablett hatte fallen lassen. Ich wachte davon auf. Ich lag immer noch halb im Schrank, den Kopf auf dem zusammengedrückten Umhang. Ich mußte ihn vom Bügel gezogen haben und darauf eingeschlafen sein. Einen Augenblick lang wußte ich nicht, wo ich war. Cora kniete neben mir, ich spürte, wie ihre Hand meinen Rücken berührte. Als ich mich bewegte, schrie sie wieder auf.

Was ist? fragte ich. Ich drehte mich um und setzte mich auf.

Oh, sagte sie. Ich dachte.

Was dachte sie?

Wie... sagte sie.

Das Ei lag zerbrochen auf dem Fußboden, zwischen Orangensaft und Glasscherben.

Ich werde ein neues holen müssen, sagte sie. So eine Verschwendung. Was machst du denn da auf dem Fußboden? Sie zog und zerrte an mir, um mich aufzurichten und anständig auf die Füße zu bekommen.

Ich wollte ihr nicht erzählen, daß ich überhaupt nicht im Bett gewesen war. Es gab keine Möglichkeit, es ihr zu erklären. Ich sagte ihr, ich müsse wohl ohnmächtig geworden sein. Aber das war fast genauso schlimm, sie griff es sofort auf.

Das ist eins der frühen Anzeichen, sagte sie erfreut. Das und Erbrechen. Sie hätte wissen müssen, daß noch gar nicht genügend Zeit verstrichen war; aber sie war nun einmal sehr hoffnungsvoll.

Nein, das ist es nicht, sagte ich. Ich saß auf dem Stuhl. Das ist es bestimmt nicht. Mir war nur schwindlig. Ich stand einfach nur da, und plötzlich war alles dunkel.

Das muß die Anstrengung gewesen sein, sagte sie, von gestern und alles. Das macht dich fertig.

Sie meinte die Geburt, und ich stimmte zu. Inzwischen saß ich auf dem Stuhl, und sie kniete auf dem Boden und hob die Glasscherben und die Eireste auf und legte alles auf das Tablett. Dann tupfte sie etwas von dem Orangensaft mit der Papierserviette auf.

Ich muß einen Lappen holen, sagte sie. Wahrscheinlich wollen sie dann wissen, warum ich noch zwei Eier will. Außer wenn du darauf verzichtest. Sie blickte seitwärts zu mir hoch, verschlagen, und ich sah ein, daß es besser war, wenn wir beide so taten, als hätte ich mein Frühstück gegessen. Wenn sie erzählte, daß sie mich auf dem Fußboden vorgefunden hätte, würde es zu viele Fragen geben. Für die Glasscherben würde sie sich in jedem Fall rechtfertigen müssen; aber Rita würde bestimmt übellaunig reagieren, wenn sie ein zweites Frühstück zubereiten müßte.

Ich kann auf die Eier verzichten, sagte ich. So hungrig bin ich nicht. Das war gut, es paßte zu dem Schwindelgefühl. Aber den Toast könnte ich gut vertragen, sagte ich. Ich wollte nicht ganz ohne Frühstück bleiben.

Er hat aber auf dem Boden gelegen, sagte sie.

Das macht nichts, sagte ich. Ich saß da und aß die Scheibe braunen Toast, während sie ins Badezimmer ging und die Überreste von dem Ei, die nicht mehr zu retten waren, die Toilette hinunterspülte. Dann kam sie zurück.

Ich werde sagen, daß ich das Tablett auf dem Weg nach draußen habe fallen lassen, sagte sie.

Es freute mich, daß sie bereit war, für mich zu lügen, wenn auch nur in einer so kleinen Angelegenheit, wenn auch nur um ihres eigenen Vorteils willen. Es war etwas, das uns verband.

Ich lächelte sie an. Hoffentlich hat dich niemand gehört, sagte ich.

Hab ich vielleicht einen Schreck gekriegt, sagte sie, als sie mit dem Tablett in der Tür stand. Zuerst dachte ich, es wären nur deine Kleider. Dann habe ich mir gesagt: Was tun die da auf dem Fußboden? Ich dachte, du wärst vielleicht...

Weggelaufen, sagte ich.

Na ja. Aber, sagte sie. Aber dann warst du es.

Ja, sagte ich. Ich war es.

Und ich war es tatsächlich, und sie ging mit dem Tablett hinaus und kam mit einem Tuch zurück, um den verschütteten Orangensaft aufzuwischen, und am Nachmittag machte Rita eine murrische Bemerkung über Leute mit zwei linken Händen. Den Kopf zu voll, gucken nicht, wo sie hintreten, sagte sie, und danach machten wir weiter, als wäre nichts geschehen.

Das war im Mai. Den Frühling haben wir inzwischen hinter uns. Die Tulpen haben ihren großen Moment gehabt und sind verwelkt, werfen ihre Blütenblätter einzeln ab, wie Zähne. Eines Tages überraschte ich Serena Joy, wie sie auf einem Kissen im Garten kniete, ihren Stock neben sich im Gras. Sie schnitt mit einer Gartenschere die Blütenstände ab. Ich beobachtete sie von der Seite, während ich mit meinem Korb voll Orangen und Lammkoteletts vorbeiging. Sie zielte, legte die Schneiden der Schere an und schnitt dann mit einem krampfartigen Ruck. War es die aufsteigende Arthritis? Oder ein Blitzkrieg, ein Kamikazeeinsatz, gegen die schwellenden Genitalien der Blumen? Der reifende Körper. Das Abschneiden der Samenstände soll die Zwiebel veranlassen, Energie zu speichern.

Die heilige Serena, auf den Knien, büßend.

Ich amüsierte mich oft auf diese Weise mit kleinen gemeinen, bitteren Witzen über sie; doch nie lange. Es gehört sich nicht, Serena Joy von hinten zu beobachten.

Was ich begehrte, war die Gartenschere.

Ja. Und dann hatten wir die Schwertlilien, die sich schön und kühl auf ihren hohen Stengeln reckten, wie geblasenes Glas, wie pastellfarbenes Wasser, für einen Augenblick nur in einem Spritzer gefroren, hellblau, hellviolett, und die dunkleren, samtig und purpurrot, schwarzes Ferkelkraut in der Sonne, indigoblauer Schatten, und die Tränenden Herzen, so weiblich in ihrer Form – erstaunlich, daß sie nicht längst ausgerissen worden waren. Er hat etwas Subversives, dieser Garten von Serena, als gäbe es hier lauter begrabene Dinge, die nach oben hervorbrechen, wortlos, ans Licht, wie um zu mahnen, wie um zu sagen: Was zum Schweigen gebracht wurde, wird tosen, um gehört zu werden, und sei es stumm. Ein Tennyson-Garten, schwer von Duft, träge; die Wiederkehr des Wortes Verzückung. Licht strömt von der Sonne nieder auf ihn, gewiß, doch es steigt auch Hitze auf, von den Blumen selbst, man spürt sie: als hielte man die Hand einen Zentimeter über einen Arm, über eine Schulter. Er atmet in der Wärme, er atmet sich selbst ein. Wenn ich in diesen Tagen der Pfingstrosen und der Nelken hindurchgehe, schwirrt mir der Kopf.

Die Weide steht in vollem Gefieder und hilft mir auch nicht mit ihrem einschmeichelnden Geflüster. *Rendezvous* sagt sie, *Terrassen,* und der Zischlaut läuft mir die Wirbelsäule hinauf, ein Schaudern wie im Fieber. Das Sommerkleid raschelt an der Haut meiner Schenkel, das Gras wächst unter meinen Füßen, in meinen Augenwinkeln sind Bewegungen im Gezweig – Federn, pfeilschnelle Flügel, anmutige Klänge, ein Baum, der sich in einen Vogel verwandelt, wildgewordene Metamorphose. Göttinnen könnten jetzt erscheinen, und die Luft ist erfüllt von Sehnsucht. Sogar die Ziegelsteine des Hauses erweichen sich, laden zur Berührung ein; wenn ich mich an sie lehnte, wären sie warm und nachgiebig. Es ist erstaunlich, was Verweigerung bewirken kann. War es der Anblick meiner Fessel, was ihn unvorsichtig, was ihn schwach werden ließ, gestern, am Kontrollpunkt, als ich meinen Paß fallen ließ und erlaubte, daß er ihn mir aufhob? Kein Taschentuch, kein Fächer, ich benutze, was gerade zur Hand ist.

Der Winter ist nicht so gefährlich. Ich brauche Härte, Kälte, Starrheit; nicht diese Schwere, als wäre ich eine Melone an einem Stengel, diese fließende Reife.

Der Kommandant und ich haben eine Übereinkunft. Es ist nicht die erste Übereinkunft dieser Art in der Menschheitsgeschichte, auch wenn die Form, die sie angenommen hat, nicht die übliche ist.

Ich besuche den Kommandanten an zwei oder drei Abenden in der Woche, immer nach dem Abendessen, aber nur, wenn ich das Zeichen bekomme. Das Zeichen ist Nick. Wenn er das Auto poliert, wenn ich zum Einkaufen aufbreche oder wenn ich zurückkomme, und wenn seine Mütze schief sitzt oder er sie gar nicht aufhat, dann gehe ich. Wenn er nicht da ist oder die Mütze gerade aufhat, bleibe ich wie normalerweise in meinem Zimmer. An den Abenden der Zeremonie gilt das alles natürlich nicht.

Das Problem ist die Ehefrau, wie immer. Nach dem Abendessen geht sie in das gemeinsame Schlafzimmer der beiden. Dort könnte sie mich denkbarerweise hören, wenn ich durch die Diele schleiche, obwohl ich mir Mühe gebe, sehr leise zu sein. Oder sie bleibt im Wohnzimmer, um an ihren endlosen Engelschals weiterzustricken, um Meter um Meter komplizierter und nutzloser Wollmännchen zu produzieren: ihre Form der Fortpflanzung, so muß es wohl sein. Die Wohnzimmertür bleibt gewöhnlich angelehnt, wenn sie dort drinnen sitzt, und ich wage nicht, daran vorbeizugehen. Wenn ich das Zeichen bekommen habe, es aber nicht schaffe, die Treppe hinunter oder durch die Diele zu gehen, am Wohnzimmer vorbei, versteht der Kommandant das. Er kennt meine Situation, niemand kennt sie besser. Er kennt alle Regeln.

Manchmal jedoch ist Serena Joy außer Hause und besucht eine andere Kommandantenfrau, zum Beispiel eine, die krank ist; das ist das einzige, wohin sie abends allein gehen kann. Sie nimmt etwas zu essen mit, einen Kuchen oder eine Pastete oder einen Laib Brot, den Rita gebacken hat, oder ein Glas Gelee aus den Minzeblättern, die in ihrem Garten wachsen. Diese Kommandantenfrauen werden oft krank. Das macht ihr Leben interessanter. Wir dagegen, die Mägde und sogar die Marthas, wir vermeiden es, krank zu werden. Die Marthas wollen sich nicht zwingen lassen, in den Ruhestand zu treten, denn wer weiß, wo sie dann hinkommen? Man sieht längst nicht mehr so viele alte Frauen. Und für uns wäre jede wirkliche Krankheit, jedes schleichende Leiden, jede Schwäche, jeder Verlust an Gewicht oder Appetit, jeder Haarausfall, jedes Drüsenversagen das Ende. Ich erinnere mich daran, wie Cora, zu Beginn des Frühlings, trotz einer Grippe herumlief, und wie sie sich an den Türrahmen hielt, wenn sie glaubte, daß niemand sie sähe, und wie sie darauf achtete, daß sie nicht hustete. Eine kleine Erkältung, sagte sie, wenn Serena sie fragte.

Auch Serena selbst nimmt sich gelegentlich ein paar Tage frei und packt sich ins Bett. Dann ist sie diejenige, die den Besuch empfängt, die Ehefrauen, die die Treppe hinaufraschein, gackernd und fröhlich; sie bekommt dann die Kuchen und Pasteten, das Gelee, die Blumensträuße aus den Gärten der Frauen.

Sie wechseln sich ab. Es gibt eine unsichtbare, ungeschriebene Liste. Jede achtet darauf, daß sie nicht mehr als ihr Teil an Aufmerksamkeit einheimst.

An den Abenden, an denen zu erwarten ist, daß Serena außer Haus sein wird, werde ich mit Sicherheit gerufen.

Das erste Mal war ich verwirrt. Ich hatte keine Ahnung von seinen Bedürfnissen. Was ich dann davon wahrnahm, schien mir lächerlich, geradezu lachhaft, wie Fetischismus für Schnürschuhe.

Auch war es in gewisser Weise eine Enttäuschung gewesen. Was hatte ich das erste Mal hinter der verschlossenen Tür erwartet? Etwas Unaussprechliches: auf allen vieren vielleicht, Perversionen, Peitschen, Verstümmelungen? Zu allermindest eine kleinere sexuelle Manipulation, irgendeine der Vergangenheit angehörende harmlose Sünde, die ihm jetzt verwehrt war, vom Gesetz verboten und mit Amputation bestraft. Statt dessen aufgefordert zu werden, Scrabble zu spielen, als wären wir ein altes Ehepaar oder zwei Kinder, schien mir extrem schrullig – und zugleich eine Verletzung eigener Art. Als Bitte von ihm war es unverständlich.

Als ich das Zimmer verließ, war mir deshalb immer noch nicht klar, was er wollte, oder warum, oder ob ich irgendeinen seiner Wünsche würde erfüllen können. Wenn ein Handel stattfinden soll, müssen die Tauschbedingungen auf den Tisch gelegt werden. Das jedoch hatte er eindeutig nicht getan. Ich glaubte, er spiele vielleicht ein Spielchen, irgendeine Katz-und-Maus-Nummer, aber jetzt glaube ich, daß seine Motive und Wünsche nicht einmal ihm selbst klar waren. Sie waren noch nicht bis zu der Ebene der Worte vorgedrungen.

Der zweite Abend begann auf die gleiche Art wie der erste. Ich ging zur Tür, die geschlossen war, klopfte, wurde aufgefordert einzutreten. Es folgten die gleichen beiden Spiele mit den glatten beigefarbenen Spielmarken. *Prolog, Quarz, Quanten, Sylphe, Rhythmus* – all die alten Tricks mit den Konsonanten, die ich mir einfallen ließ oder an die ich mich wieder erinnern konnte. Meine Zunge fühlte sich vor lauter Anstrengung beim Buchstabieren pelzig an. Es war, als benutzte ich eine Sprache, die ich einmal beherrscht, inzwischen aber nahezu vergessen hatte, eine Sprache, die mit Gebräuchen zu tun hatte, die schon vor langer Zeit aus der Welt verschwunden waren: *café au lait* an einem Tischchen im Freien, mit einer Brioche, Absynth in einem hohen Glas, oder Krabben in einer aus Zeitungen gefalteten spitzen Tüte, Dinge, von denen ich einst gelesen, die ich aber nie gesehen hatte. Es war wie der Versuch, ohne Krücken zu gehen, wie die rührseligen Szenen in alten Fernsehfilmen. *Du schaffst es. Ich weiß, daß du es schaffst.* So torkelten und stolperten meine Gedanken zwischen scharfen r's und t's und schlidderten über die eiförmigen Vokale wie über Kieselsteine.

Der Kommandant war geduldig, wenn ich zögerte oder ihn nach der richtigen Schreibweise fragte. Wir können ja im Wörterbuch nachschauen, sagte er. Er sagte *wir*. Das erste Mal, so wurde mir jetzt klar, hatte er mich absichtlich gewinnen lassen.

Ich erwartete an diesem Abend, daß alles genauso sein würde, den Gutenacht-Kuß eingeschlossen. Aber als wir das zweite Spiel beendet hatten, lehnte er sich in seinem Stuhl zurück. Er legte die Ellbogen auf die Armlehnen des Stuhls, die Fingerspitzen aneinander und sah mich an.

Ich habe ein kleines Geschenk für dich, sagte er.

Er lächelte ein wenig. Dann zog er die oberste Schreibtischschublade auf und nahm etwas heraus. Er hielt es einen Augenblick in der Hand, eher beiläufig, zwischen Daumen und Zeigefinger, als entscheide er, ob er es mir geben sollte oder nicht. Obwohl es aus meiner Perspektive verkehrtherum war, erkannte ich, was es war. Einst waren sie ziemlich bekannt gewesen. Es war eine Zeitschrift, eine Frauenzeitschrift dem Titelbild nach, ein Mannequin auf Hochglanzpapier, die Haare im Wind, ein Schal um den Hals, Lippenstiftmund – die Herbstmode. Ich hatte geglaubt, alle diese Zeitschriften seien vernichtet worden, aber hier war eine übriggeblieben, im privaten Arbeitszimmer eines Kommandanten, wo man dergleichen am wenigsten erwartete. Er schaute auf das Mannequin hinunter – für ihn war es richtig herum und lächelte immer noch sein sehnsüchtiges Lächeln. Es war ein Blick, mit dem man ein fast ausgestorbenes Tier im Zoo betrachten würde.

Ich starrte auf die Zeitschrift, die wie ein Fischköder vor mir baumelte. Ich wollte sie haben. Ich wollte sie mit einer Kraft, die meine Fingerspitzen schmerzen ließ. Gleichzeitig empfand ich dieses Bedürfnis als trivial und absurd, denn früher hatte ich solche Zeitschriften nicht weiter ernst genommen. Ich hatte sie beim Zahnarzt im Wartezimmer gelesen und manchmal im Flugzeug; ich hatte sie gekauft, um sie mit ins Hotel zu nehmen, damit ich etwas hatte, womit ich die Zeit totschlagen konnte, wenn ich auf Luke wartete. Nachdem ich sie durchgeblättert hatte, warf ich sie fort, denn sie waren unbegrenzt fortwerfbar, und einen oder zwei Tage später wußte ich nicht mehr, was darin gestanden hatte.

Doch jetzt erinnerte ich mich daran. Versprechungen standen darin. Sie befaßten sich mit Verwandlungen; sie verhießen eine endlose Abfolge von Möglichkeiten, die sich wie Bilder in zwei einander gegenüberstehenden Spiegeln wiederholten und immer weiter ausdehnten, Ebenbild um Ebenbild, bis zum Punkt ihrer Auflösung. Sie versprachen ein Abenteuer nach dem andern, eine Garderobe nach der andern, eine Verbesserung nach der andern, einen Mann nach dem andern. Sie versprachen Verjüngung, überwundenen und transzendierten Schmerz, endlose Liebe. Das eigentliche Versprechen in ihnen war Unsterblichkeit.

Das war es, was er in der Hand hielt, ohne es zu wissen. Er blätterte die Seiten halb auf. Ich spürte, wie ich mich nach vorn beugte.

Sie ist alt, sagte er, eine Art Kuriosum. Aus den siebziger Jahren, glaube ich. Eine *Vogue.* Dies wie ein Weinkenner, der einen Namen fallenläßt. Ich dachte, du hast vielleicht Lust, einen Blick hineinzuwerfen.

Ich zögerte. Vielleicht wollte er mich testen, wollte sehen, wie tief die Indoktrinierung bei mir wirklich reichte. Das ist nicht erlaubt, sagte ich.

Hier drinnen wohl, sagte er mit ruhiger Stimme. Ich verstand, was er meinte. Ich hatte das Haupttabu gebrochen, warum sollte ich dann vor einem weiteren, einem geringeren zurückschrecken? Und vor einem weiteren und noch einem – wer konnte schon sagen, wo es aufhören würde? Hinter dieser speziellen Tür lösten sich alle Tabus auf.

Ich nahm die Zeitschrift von ihm entgegen und drehte sie herum. Da waren sie wieder, die Bilder meiner Kindheit: kühn, schwungvoll, selbstbewußt, die Arme nach außen geworfen, wie um Raum zu fordern, die Beine auseinander, die Füße fest auf der Erde. Ein Hauch von Renaissance umgab diese Pose, aber ich mußte dabei an Prinzen denken, nicht an Jungfrauen mit Hauben und Löckchen. Diese unschuldigen Augen, zwar mit Make-up beschattet, gewiß, doch wie die Augen von Katzen, die zum Sprung ansetzen. Kein Zagen, kein Sich-Anklammern, nicht in diesen Capes und groben Tweed-Stoffen, diesen Stiefeln, die bis an die Knie reichten. Piraten, diese Frauen, mit ihren damenhaften Aktentaschen für die Beute und ihren raubgierigen Pferdezähnen.

Ich spürte, wie der Kommandant mich beobachtete, während ich die Seiten umschlug. Ich wußte, daß ich etwas tat, was ich besser nicht getan hätte, und daß er Vergnügen daran fand, mir dabei zuzusehen. Ich hätte mir böse vorkommen müssen – nach Tante Lydias Erkenntnissen war ich böse. Aber ich kam mir nicht böse vor. Ich kam mir vielmehr vor wie auf einer alten anzüglichen Ansichtskarte vom Meer: *unanständig*. Was würde er mir als nächstes geben? Einen Strumpfbandgürtel?

Wieso haben Sie so etwas? fragte ich ihn.

Manche von uns, sagte er, haben sich eine gewisse Vorliebe für die alten Dinge erhalten.

Aber diese Sachen sollten doch alle verbrannt werden, sagte ich. Es gab Hausdurchsuchungen, Bücherverbrennungen...

Was in den Händen der Massen gefährlich ist, sagte er, vielleicht mit einer Spur Ironie, ist absolut ungefährlich für diejenigen, deren Motive...

...über allen Tadel erhaben sind, sagte ich.

Er nickte ernst. Es war nicht festzustellen, ob er es wirklich meinte oder nicht.

Aber warum zeigen Sie es mir? sagte ich, und dann kam ich mir dumm vor. Was konnte er darauf schon sagen? Daß er sich auf meine Kosten amüsierte? Denn er mußte wissen, wie schmerzlich es für mich war, an die alten Zeiten erinnert zu werden.

Ich war nicht vorbereitet auf das, was er wirklich sagte. Wem könnte ich es sonst zeigen? sagte er. Und da war sie wieder, diese Traurigkeit.

Sollte ich noch weiter gehen? überlegte ich. Schließlich wollte ich ihn nicht drängen, nicht zu weit, zu schnell. Ich wußte, daß ich entbehrlich war. Trotzdem sagte ich mit zu sanfter Stimme: Vielleicht Ihrer Frau?

Er schien darüber nachzudenken. Nein, sagte er. Sie würde das nicht verstehen. Sie redet sowieso nicht mehr viel mit mir im Augenblick. Wir scheinen zur Zeit nicht mehr viel gemeinsam zu haben.

Jetzt war es heraus, lag offen zutage: Seine Frau verstand ihn nicht.

Dafür war ich also da. Immer das gleiche alte Lied. Es war zu banal, um wahr zu sein.

In der dritten Nacht bat ich ihn um ein bißchen Handlotion. Ich wollte nicht, daß es so klang, als bettelte ich, aber ich wollte haben, was ich kriegen konnte.

»Ein bißchen was?« fragte er, höflich wie immer. Er saß auf der anderen Seite des Schreibtischs. Er berührte mich nicht viel, von dem obligatorischen Kuß einmal abgesehen. Kein Betatschen, kein schweres Atmen, nichts dergleichen; es wäre irgendwie deplaziert gewesen, für ihn ebenso wie für mich.

Handlotion, sagte ich. Oder Gesichtslotion. Unsere Haut

wird sehr trocken. Aus irgendeinem Grund sagte ich *unsere* statt *meine*. Ich hätte auch gern um etwas Badeöl gebeten, in diesen kleinen bunten Kügelchen, die man früher kaufen konnte und die mir wie Zauberkugeln vorkamen, daheim, in der runden Glasschale im Badezimmer meiner Mutter. Aber ich dachte, er wüßte vielleicht nicht, was das war. Und wahrscheinlich wurden sie auch längst nicht mehr hergestellt.

Trocken? fragte der Kommandant, als hätte er noch niemals darüber nachgedacht. Was tut ihr dagegen?

Wir nehmen Butter, sagte ich. Wenn wir welche kriegen. Oder Margarine. Sehr oft ist es Margarine.

Butter, sagte er nachdenklich. Sehr schlau. Butter! Er lachte.

Ich hätte ihn ohrfeigen können.

Ich glaube, ich könnte so etwas bekommen, sagte er, als ginge es darum, einem Kind den Wunsch nach Bubble Gum zu gewähren. Aber meine Frau könnte es riechen.

Ich fragte mich, ob diese Angst aus einer Erfahrung der Vergangenheit kam. Einer lange zurückliegenden Vergangenheit: Lippenstift am Kragen, Parfüm an den Manschetten, eine Szene spät in der Nacht, in irgendeiner Küche oder einem Schlafzimmer. Ein Mann, der solche Erfahrungen nicht gemacht hat, würde daran nicht denken. Es sei denn, er ist raffinierter als er aussieht.

Ich würde aufpassen, sagte ich. Außerdem kommt sie nie so nahe an mich heran.

Manchmal doch, sagte er.

Ich senkte die Augen. Daran hatte ich nicht gedacht. Ich spürte, wie ich errötete. An diesen Abenden werde ich es dann eben nicht benutzen, sagte ich.

Am vierten Abend gab er mir die Handlotion, in einem Plastikfläschchen ohne Etikett. Es war keine sehr gute Qualität; sie roch schwach nach Salatöl. Kein Maiglöckchenduft für mich. Vielleicht war es eine Lotion, die zum Gebrauch in Krankenhäusern hergestellt wurde, für Patienten, die sich wundgelegen hatten. Aber ich bedankte mich trotzdem bei ihm.

Das Problem ist, sagte ich, daß ich nichts habe, wo ich so etwas aufbewahren kann.

In deinem Zimmer, sagte er, als läge das auf der Hand.

Sie würden es dort finden, sagte ich. Irgend jemand würde es finden.

Warum? fragte er, als wüßte er es wirklich nicht. Vielleicht wußte er es nicht. Es wäre nicht der erste Beweis dafür gewesen, daß er die wahren Bedingungen, unter denen wir lebten, nicht kannte.

Sie suchen, sagte ich. Sie durchsuchen alle unsere Zimmer.

Wonach? sagte er.

Ich glaube, an dieser Stelle verlor ich ein wenig die Beherrschung. Nach Rasierklingen, sagte ich. Nach Büchern, Schreibzeug, Schwarzmarktkäufen. Nach all den Dingen, die wir nicht haben dürfen. Mein Gott, Sie müßten das doch wissen. Meine Stimme war ärgerlicher, als ich beabsichtigt hatte, aber er zuckte nicht einmal mit der Wimper.

Dann wirst du es hier aufbewahren müssen, sagte er.

Und das tat ich.

Er sah mir zu, wie ich es mir über die Hände strich und dann über mein Gesicht – mit dem gleichen Ausdruck, mit dem man durch die Gitterstäbe eines Käfigs blickt. Ich hätte ihm gern den Rücken zugekehrt – es war, als wäre er mit mir zusammen im Badezimmer –, wagte es aber nicht.

Für ihn, das darf ich nicht vergessen, bin ich nur eine Laune.

KAPITEL SECHSUNDZWANZIG

Als zwei oder drei Wochen später der Abend der Zeremonie wieder herannahte, merkte ich, daß sich etwas geändert hatte. Jetzt herrschte eine Verlegenheit, die es zuvor nicht gegeben hatte. Früher hatte ich es als eine Pflicht betrachtet, eine unerfreuliche Pflicht, die man am besten so schnell wie möglich vollzog, damit man sie hinter sich hatte. Beiß die Zähne zusammen, pflegte meine Mutter vor Prüfungen zu sagen, die mir bevorstanden, oder ehe ich zum Schwimmen ins kalte Wasser ging. Damals hatte ich nie weiter darüber nachgedacht, was dieser Satz bedeutete, aber er hatte etwas damit zu tun, daß ich mich wappnen sollte, und das tat ich, ich biß die Zähne zusammen.

Ich tat so, als wäre ich nicht da, nicht leibhaftig.

Dieser Zustand der Abwesenheit, des Existierens außerhalb des eigenen Körpers, hatte auch für den Kommandanten gegolten, das wußte ich jetzt. Vermutlich dachte er die ganze Zeit an andere Dinge, während er mit mir zusammen war – mit uns, denn natürlich war Serena Joy an diesen Abenden immer dabei. Vielleicht hatte er darüber nachgedacht, was er tagsüber tat, oder über das Golfspiel, oder darüber, was er zum Abendessen gegessen hatte. Der Geschlechtsakt, den er mechanisch vollzog, muß für ihn weitgehend ein unbewußter Vorgang gewesen sein – so wie wenn er sich gekratzt hätte.

Aber an diesem Abend, dem ersten seit Beginn dieser neuen Übereinkunft zwischen uns – wie immer sie geartet war, ich hatte keinen Namen dafür –, fühlte ich mich ihm gegenüber gehemmt. Zum einen spürte ich, daß er mich tatsächlich ansah, und das gefiel mir nicht. Das Licht war an, wie gewöhnlich, denn Serena Joy vermied stets alles, was die Andeutung einer romantischen oder erotischen Atmosphäre hätte schaffen können: Deckenbeleuchtung, hart, unbarmherzig, trotz des Baldachins. Es war, als läge ich auf einem Operationstisch, im gleißenden Licht, als wäre ich auf einer Bühne. Mir war bewußt, daß meine Beine behaart waren, struppig wie Beine, die früher einmal rasiert worden und deren Haare wieder nachgewachsen sind. Ich war mir auch meiner Achselhöhlen bewußt, obwohl er sie natürlich nicht sehen konnte. Ich kam mir plump vor. Der Akt der Paarung, der Befruchtung vielleicht, der nicht mehr für mich hätte sein dürfen als eine Biene für eine Blume, war für mich etwas Unschickliches geworden, ein peinlicher Verstoß gegen Sitte und Anstand, und das war er vorher nicht gewesen.

Der Kommandant war für mich keine Sache mehr. Das war das Problem. Ich erkannte es an jenem Abend, und diese Erkenntnis ist mir geblieben. Sie macht alles komplizierter.

Auch Serena Joy hatte sich für mich verändert. Früher hatte ich sie nur gehaßt, für ihren Anteil an dem, was mir angetan wurde – und weil sie auch mich haßte und mir meine Anwesenheit übelnahm, und weil sie diejenige war, die mein Kind aufziehen würde, falls ich schließlich doch imstande wäre, eines zu bekommen. Jetzt haßte ich sie zwar immer noch, und zwar am meisten, wenn sie meine Hände so fest packte, daß ihre Ringe sich in meine Finger einschnitten, und dabei meine Hände auch noch nach hinten riß, was sie bestimmt absichtlich tat, um es mir so unbequem wie nur möglich zu machen, doch war der Haß jetzt nicht mehr rein und einfach. Ich war bis zu einem gewissen Grade eifersüchtig auf sie. Aber wie konnte ich auf eine Frau eifersüchtig sein, die so offenkundig ausgetrocknet und unglücklich war? Man kann nur auf jemanden eifersüchtig sein, der etwas besitzt, wovon man glaubt, daß man es selber besitzen sollte. Trotzdem war ich eifersüchtig.

Aber ich hatte ihr gegenüber auch Schuldgefühle. Ich kam mir wie ein Eindringling vor auf einem Gebiet, das von Rechts wegen ihres war. Jetzt, da ich mich heimlich mit dem Kommandanten traf, wenn auch nur, um seine Spiele mit ihm zu spielen und ihm zuzuhören, wenn er sprach, waren unsere Funktionen nicht mehr so klar getrennt, wie sie es theoretisch hätten sein sollen. Ich nahm ihr etwas weg, auch wenn sie es nicht wußte. Ich stahl ihr etwas. Auch wenn es etwas war, was sie offenbar nicht wollte oder wofür sie keine Verwendung hatte, was sie sogar zurückgewiesen hatte. Trotzdem, es gehörte ihr, und wenn ich es ihr fortnahm, dieses mysteriöse »es«, das ich nicht recht definieren konnte – denn der Kommandant liebte mich nicht, ich weigerte mich zu glauben, daß er etwas so Extremes für mich empfand –, was bliebe ihr dann noch?

Warum sollte ich mir Gedanken darüber machen? sagte ich mir. Sie bedeutet mir nichts, sie mag mich nicht, sie würde mich binnen einer Minute aus dem Haus werfen oder Schlimmeres, wenn ihr nur ein Grund einfiele. Wenn sie es herausfände, zum Beispiel. Er würde gar nicht in der Lage sein, einzugreifen, um mich zu retten; die Übertretungen der Frauen im Hauswesen, ob Martha oder Magd, unterliegen allein der Zuständigkeit der Ehefrauen. Sie war eine boshafte und rachsüchtige Frau, das wußte ich. Und doch konnte ich diese kleinen Gewissensbisse ihr gegenüber nicht einfach abschütteln.

Und außerdem: ich hatte jetzt Macht über sie, in gewisser Weise, auch wenn sie es nicht wußte. Und das genoß ich. Warum sollte ich es verheimlichen? Ich genoß es ungemein.

Dabei konnte der Kommandant mich so leicht verraten, durch einen Blick, eine Geste, einen winzigen Ausrutscher, der jedem Zuschauer offenbarte, daß zwischen uns etwas war. Er hätte es fast getan, am Abend der Zeremonie. Er hob die Hand, als wollte er mein Gesicht streicheln; ich drehte den Kopf zur Seite, um ihn zu warnen, in der Hoffnung, daß Serena Joy es nicht bemerkt hatte, und er zog seine Hand zurück, zog sich in sich selbst zurück, auf seine zielstrebige Reise.

Tu das nicht wieder, sagte ich zu ihm, als wir das nächste Mal allein waren.

Was? fragte er.

Versuchen, mich zu streicheln, wenn wir... wenn sie dabei ist.

Habe ich das getan? fragte er.

Damit kannst du erreichen, daß ich in die Verbannung geschickt werde, sagte ich. In die Kolonien. Du weißt das ganz genau. Oder daß mir noch Schlimmeres geschieht. Ich meinte, er solle in der Öffentlichkeit auch weiterhin so tun, als wäre ich eine große Vase oder ein Fenster: ein Teil des Hintergrunds, unbelebt oder durchsichtig.

Es tut mir leid, sagte er. Das wollte ich nicht. Aber ich finde es so...

Wie? fragte ich, als er nicht fortfuhr.

Unpersönlich, sagte er.

Und wie lange hast du gebraucht, um das herauszufinden? fragte ich. An der Art, wie ich mit ihm sprach, kann man sehen, daß wir schon ein anderes Verhältnis hatten.

Für die kommenden Generationen, sagte Tante Lydia, wird es sehr viel besser sein. Die Frauen werden in Harmonie zusammenleben, alle in einer Familie; ihr werdet wie Töchter für sie sein, und wenn die Bevölkerungszahl sich normalisiert hat, werden wir euch nicht von einem Haus zum andern versetzen müssen, weil es dann genug für alle gibt. Es kann Bande wahrer Zuneigung geben, sagte sie und zwinkerte uns einschmeichelnd zu, unter solchen Bedingungen. Frauen, zu einem gemeinsamen Ziel vereint! Einander bei den täglichen Pflichten behilflich, während sie zusammen den Pfad des Lebens beschreiten und jede die ihr zugewiesene Aufgabe verrichtet.

Warum soll man von einer Frau erwarten, daß sie alle Funktionen erfüllt, die zur heiteren Führung eines Haushalts gehören? Das ist weder vernünftig noch menschlich. Eure Töchter werden größere Freiheiten haben. Das Ziel, auf das wir hinarbeiten, ist ein kleiner Garten für jede, jede von euch – wieder die gefalteten Hände, die hauchende Stimme –, und das ist nur eines, nur *ein* Beispiel. Der erhobene Zeigefinger, der uns droht. Aber wir dürfen nicht gierig sein wie die Schweine und zu viel verlangen, bevor es soweit ist, nicht wahr?

Tatsache ist, daß ich seine Geliebte bin. Männer an der Spitze haben immer Mätressen gehabt, warum sollte es jetzt anders sein? Die Arrangements sind nicht ganz die gleichen, zugegeben. Früher wurde die Mätresse in einem eigenen bescheideneren Häuschen oder in einer Wohnung gehalten, und jetzt ist alles fusioniert. Aber unter dieser Oberfläche ist es das gleiche. Mehr oder weniger. *Außenfrauen* wurden sie früher in manchen Ländern genannt. Ich bin die Außenfrau. Es ist meine Aufgabe, das zu bieten, was sonst fehlen würde. Das Scrabble gehört dazu. Es ist eine absurde und zugleich eine schmähliche Position.

Manchmal denke ich, daß sie es weiß. Manchmal denke ich, daß sie eine geheime Absprache haben. Manchmal denke ich, daß sie ihn darauf gebracht hat und über mich lacht – so wie ich, von Zeit zu Zeit, und mit Ironie, über mich lache. Laß sie ruhig die Last tragen, kann sie sich sagen. Vielleicht hat sie sich mehr oder weniger vollständig von ihm zurückgezogen; vielleicht ist das ihre Version von Freiheit.

Aber trotz allem und törichterweise bin ich glücklicher als vorher. Zum einen gibt es mir etwas zu tun. Es ist etwas, um die Zeit totzuschlagen, abends, statt allein in meinem Zimmer zu sitzen. Es ist etwas Neues, worüber ich nachdenken kann. Ich liebe den Kommandanten nicht, nicht im entferntesten, aber er ist von Interesse für mich, er nimmt Raum ein, er ist mehr als ein Schatten.

Und ich für ihn. Für ihn bin ich nicht mehr nur ein benutzbarer Körper. Für ihn bin ich nicht einfach nur ein Boot ohne Ladung, ein Kelch ohne Wein darin, ein Backofen – grob gesagt – ohne hineingeschobenes Brot. Für ihn bin ich nicht nur leer.

KAPITEL SIEBENUNDZWANZIG

Ich gehe mit Desglen die sommerliche Straße entlang. Es ist warm, feucht; früher wäre dies das richtige Wetter für ein Sonnenkleid und Sandalen gewesen. In jedem unserer beiden Körbe sind Erdbeeren – es ist jetzt Erdbeerzeit, also werden wir Erdbeeren essen und essen, bis uns schlecht wird – und ein Stück eingewickelter Fisch. Den Fisch haben wir bei Brote und Fische bekommen, in dem Laden mit dem hölzernen Schild: ein lächelnder Fisch mit Augenwimpern. Brote werden dort allerdings nicht verkauft. Die meisten Haushalte backen ihr Brot selbst, obwohl man bei Täglich Brot auch vertrocknete Brötchen und altbackene Doughnuts kaufen kann, wenn man nicht mehr genug hat. Brote und Fische ist nur selten geöffnet. Warum sich die Mühe machen, zu öffnen, wenn es nichts zu verkaufen gibt? Die Hochseefischerei ist vor mehreren Jahren eingestellt worden; die wenigen Fische, die es jetzt gibt, kommen aus Fischzuchten und schmecken schlammig. In den Nachrichten heißt es, daß die Küstengebiete sich »erholen« müssen. An Seezunge erinnere ich mich, und an Schellfisch, an Schwertfisch, Kammuscheln, Thunfisch, an Hummer, gefüllt und gebacken, an Lachs, rosa und fett, in Steaks gegrillt. Konnten alle diese Fische ausgestorben sein, wie die Wale? Ich habe dieses Gerücht gehört, es wurde mir in lautlosen Worten weitergegeben, von Lippen, die sich kaum bewegten, während wir draußen in der Schlange standen und darauf warteten, daß der Laden öffnete, angelockt von dem

Bild der saftigen weißen Filets im Fenster. Sie stellen das Bild ins Fenster, wenn sie etwas anzubieten haben, und nehmen es heraus, wenn es nichts gibt. Zeichensprache.

Desglen und ich gehen heute langsam; uns ist heiß in unseren langen Kleidern, wir sind naß unter den Armen, müde. Jedenfalls tragen wir bei dieser Hitze keine Handschuhe. Früher war hier ein Eisladen, irgendwo in dieser Häuserzeile. Ich kann mich nicht an den Namen erinnern. Alles ändert sich so schnell, Gebäude werden abgerissen oder vollständig umgebaut, da ist es schwer, sie so im Kopf zu behalten, wie sie einmal waren. In dem Eisladen bekam man Doppelkugeln, und wenn man wollte, streuten sie Schokoladenstreusel darüber. Sie hatten den Namen eines Mannes. Hießen sie Johnnies? Oder Jackies? Ich kann mich nicht mehr erinnern.

Wir gingen dort immer hin, als sie klein war, und ich hielt sie hoch, damit sie durch die Glasscheibe der Theke schauen konnte, wo die Behälter mit dem Eis ausgestellt waren, so zart gefärbt, blaßorange, blaßgrün, blaßrosa, und dann las ich ihr die Namen vor, damit sie sich aussuchen konnte. Sie suchte aber nicht nach dem Namen aus, sondern nach der Farbe. Ihre Kleider und Latzhosen waren auch in diesen Farben. Eiscreme-Pastelltöne.

Jimmies, so hießen sie.

Desglen und ich fühlen uns jetzt wohler miteinander, wir haben uns aneinander gewöhnt. Siamesische Zwillinge. Wir halten uns nicht mehr lange bei den Formalitäten auf, wenn wir uns begrüßen; wir lächeln und setzen uns in Bewegung, hintereinander, durchziehen ruhig unsere tägliche Bahn. Hin und wieder verändern wir die Route, nichts spricht dagegen, solange wir innerhalb der Sperren bleiben. Einer Ratte in einem Irrgarten steht es frei, überall hinzulaufen, solange sie innerhalb des Irrgartens bleibt.

Wir sind schon in den Geschäften gewesen und bei der Kirche; jetzt sind wir an der Mauer. Heute ist nichts daran, sie lassen die Leichen im Sommer nicht so lange hängen wie im Winter, wegen der Fliegen und wegen des Geruchs. Unser Land war einst das Land der Duftsprays, Fichtennadel und Blütenduft, und die Leute haben sich den Geschmack dafür bewahrt; besonders die Kommandanten, die Reinheit in allen Dingen predigen.

»Hast du alles von deiner Liste?« fragt mich Desglen, obwohl sie genau weiß, daß ich alles habe. Unsere Listen sind nie lang. Sie hat in letzter Zeit etwas von ihrer Passivität, etwas von ihrer Melancholie abgestreift. Oft spricht sie als erste.

»Ja«, sage ich.

»Laß uns dort herum gehen«, sagt sie. Sie meint nach unten, auf den Fluß zu. Wir sind eine ganze Weile lang nicht in diese Richtung gegangen.

»Schön«, sage ich. Ich wende mich jedoch nicht sofort um, sondern bleibe stehen, wo ich bin, und werfe einen letzten Blick auf die Mauer. Da sind die roten Ziegelsteine, da sind die Scheinwerfer, da ist der Stacheldraht, da sind die Haken. Irgendwie ist die Mauer noch bedrohlicher, wenn sie leer ist, so wie heute. Wenn dort jemand hängt, weiß man wenigstens das Schlimmste. Aber leer ist sie auch eine Möglichkeit, wie ein heranziehender Sturm. Wenn ich die Leichen sehe, die wirklichen Leichen, wenn ich an Größe und Gestalt erkenne, daß Luke nicht darunter ist, dann kann ich auch glauben, daß er noch am Leben ist.

Ich weiß nicht, warum ich erwarte, daß er an dieser Mauer erscheint. Es gibt Hunderte von anderen Stellen, wo sie ihn hätten umbringen können. Aber ich werde die Vorstellung nicht los, daß er dort drinnen ist, hinter den nackten roten Ziegelsteinen.

Ich versuche mir vorzustellen, in welchem Gebäude er sich befindet. Ich erinnere mich daran, wo die Gebäude innerhalb der Mauer sind – wir konnten dort frei umhergehen, als es noch eine Universität war. Wir gehen immer noch hin und wieder hinein, zu den Frauen-Errettungen. Auch die meisten Gebäude sind aus roten Ziegelsteinen; manche haben Türen mit Rundböden, ein romanisch anmutendes Element aus dem neunzehnten Jahrhundert. Jetzt dürfen wir nicht mehr in die Gebäude hinein; aber wer würde dort auch hineingehen wollen? Diese Gebäude gehören jetzt den Augen.

Vielleicht ist er in der Bibliothek. Irgendwo in den Gewölben. Den Magazinen.

Die Bibliothek ist wie ein Tempel. Eine lange Flucht weißer Stufen führt zu der Reihe der Eingangstüren. Dann, drinnen, eine weitere weiße Treppe, die nach oben führt. Zu beiden Seiten der Treppe an der Wand sind Engel zu sehen. Auch kämpfende Männer sind dort, oder Männer, die im Begriff sind, zu kämpfen, sauber und edel sehen sie aus, nicht schmutzig und blutbefleckt und stinkend, wie sie in Wirklichkeit ausgesehen haben müssen. Die Siegesgöttin steht an der einen Seite des inneren Eingangs und führt sie an, der Tod auf der anderen. Es ist ein Wandgemälde, das irgendeinen Krieg verherrlicht. Die Männer auf der Seite des Todes leben noch. Sie ziehen in den Himmel. Der Tod ist eine schöne Frau mit Flügeln und einer fast entblößten Brust; oder ist das der Sieg? Ich weiß es nicht mehr.

Das werden sie nicht zerstört haben.

Wir kehren der Mauer den Rücken zu, wenden uns nach links. Hier befinden sich mehrere leere Ladenfronten, die Schaufenster mit Seife beschmiert. Ich versuche mich zu erinnern, was früher in diesen Läden verkauft wurde. Kosmetika? Schmuck? Die meisten Geschäfte, die Waren für Männer führen, sind nach wie vor geöffnet; nur die, die mit dem handelten, was sie als Eitelkeiten bezeichnen, sind geschlossen worden.

An der Ecke befindet sich der Laden, der unter dem Namen Seelenrollen bekannt ist. Es ist ein Franchise-Geschäft: in jedem Stadtzentrum gibt es Seelenrollen und in jedem Vorort, das wird jedenfalls behauptet. Die Kette muß hohe Gewinne machen.

Das Schaufenster von Seelenrollen ist aus bruchsicherem Glas. Dahinter stehen Drucker, eine Reihe hinter der anderen; diese Apparate werden Holy Rollers genannt, aber nur unter uns, es ist ein respektloser Spitzname. Die Apparate drucken Gebete aus, Rolle um Rolle, endlos ausgespuckte Gebete. Sie werden über das Compuphon bestellt, ich habe gehört, wie die Frau des Kommandanten ihre Bestellung aufgegeben hat. Bei Seelenrollen Gebete zu bestellen, gilt angeblich als ein Zeichen von Frömmigkeit und Treue gegenüber dem Regime, deshalb geben die Frauen der Kommandanten natürlich eine Menge Bestellungen auf. Es dient den Karrieren ihrer Ehemänner.

Es gibt fünf verschiedene Gebete: um Gesundheit, um Wohlstand, angesichts eines Todesfalls, einer Geburt, einer Sünde. Man sucht sich aus, welches man möchte, gibt die Nummer ein, dann gibt man die eigene Nummer ein, damit das Konto belastet wird, und dann gibt man eine Zahl ein, nämlich wie oft man das Gebet wiederholt haben möchte.

Die Apparate sprechen, während sie die Gebete ausdrucken; wenn man möchte, kann man hineingehen und ihnen zuhören, den gleichförmigen metallischen Stimmen, die immer wieder dasselbe sagen. Wenn die Gebete ausgedruckt und gesprochen worden sind, rollt das Papier durch einen weiteren Schlitz zurück und wird zu neuem Papier aufbereitet. In dem Gebäude arbeiten keine Menschen: die Apparate laufen von allein. Von draußen kann man die Stimmen nicht hören, nur ein Gemurmel, ein Summen wie von einer knienden gläubigen Menge. Jeder Apparat ist an der Seite mit einem aufgemalten goldenen Auge und zwei kleinen goldenen Flügeln rechts und links davon versehen.

Ich versuche mich zu erinnern, was in diesem Geschäft verkauft wurde, als es noch ein richtiger Laden war, bevor es zu der Seelenrollen-Filiale umgebaut wurde. Ich glaube es war ein Geschäft für Damenunterwäsche. Rosa und silberne Schachteln, bunte Strumpfhosen, Spitzenbüstenhalter, Seidentücher? Etwas Verlorenes.

Desglen und ich stehen vor Seelenrollen und schauen durch die bruchsicheren Schaufensterscheiben, sehen zu, wie die Gebete aus den Maschinen quellen und wieder durch den Schlitz verschwinden, zurück in den Bereich des Ungesagten. Jetzt verändere ich die Einstellung meines Blicks und sehe nicht mehr die Maschinen, sondern Desglen, wie sie vom Glas des Schaufensters gespiegelt wird. Sie sieht mich direkt an.

Wir können einander in die Augen sehen. Es ist das erstemal, daß ich Desglens Augen sehe, direkt und stetig, nicht schräg von der Seite. Ihr Gesicht ist oval, rosa, füllig, aber nicht dick, ihre Augen sind rund.

Sie hält meinem Blick in der Scheibe stand, gleichmäßig, unbewegt. Jetzt ist es schwer, wegzusehen. Es ist ein Schock, sich so zu sehen; es ist, wie wenn man jemanden zum erstenmal nackt sieht. Gefahr hängt in der Luft zwischen uns, wo vorher keine gewesen ist. Sogar die Begegnung unserer Augen bedeutet Gefahr. Obwohl niemand in der Nähe ist.

Schließlich spricht Desglen. »Glaubst du, daß Gott diesen Maschinen zuhört?« fragt sie. Sie flüstert, wie wir es im Zentrum gewohnt waren.

In der Vergangenheit wäre dies eine ziemlich banale Bemerkung gewesen, eine Art gelehrter Spekulation. Jetzt ist es Verrat.

Ich könnte schreien. Ich könnte davonlaufen. Ich könnte mich schweigend von ihr abwenden, um ihr zu zeigen, daß ich eine solche Bemerkung in meiner Gegenwart nicht dulde. Subversion, Aufwiegelung, Blasphemie, Ketzerei, alles zusammen.

Ich nehme mich zusammen. »Nein«, sage ich.

Sie atmet aus, ein tiefer Seufzer der Erleichterung. Wir haben gemeinsam die unsichtbare Linie überschritten. »Ich auch nicht«, sagt sie.

»Obwohl ich annehme, daß es eine Art Glauben ist«, sage ich. »Wie die tibetanischen Gebetsmühlen.«

»Was ist das?« fragt sie.

»Ich habe nur darüber gelesen«, sage ich. »Sie wurden vom Wind bewegt. Sie sind inzwischen abgeschafft worden.«

»Wie alles«, sagt sie. Erst jetzt hören wir auf, einander anzusehen.

»Sind wir hier sicher?« flüstere ich.

»Ich nehme an, es ist der sicherste Platz«, sagt sie. »Wir sehen aus, als würden wir beten, weiter nichts.«

»Und was ist mit ihnen?«

»Ihnen?« fragt sie, immer noch flüsternd. »Man ist draußen immer am sichersten. Keine Wanzen. Und warum sollten sie hier auch welche anbringen. Bestimmt denken sie, kein Mensch würde es wagen. Aber wir haben lange genug hier gestanden. Es hat keinen Sinn, daß wir zu spät nach Hause kommen.« Wir wenden uns gemeinsam ab.

»Halt den Kopf beim Gehen gesenkt«, sagt sie, »und dreh dich ein bißchen zu mir her. Dann kann ich dich besser verstehen. Sag nichts, wenn jemand kommt.«

Wir gehen, die Köpfe gesenkt, wie gewöhnlich. Ich bin so aufgeregt, daß ich kaum atmen kann, aber ich gehe mit gleichmäßigen Schritten. Jetzt muß ich es mehr denn je vermeiden, Aufmerksamkeit auf mich zu ziehen.

»Ich dachte, du wärst eine wahre Gläubige«, sagt Desglen.

»Das habe ich von dir auch gedacht«, sage ich.

»Du warst immer so stinkfromm.«

»Du aber auch«, erwidere ich. Und am liebsten würde ich lachen, schreien, sie umarmen.

»Du kannst dich uns anschließen«, sagt sie.

»Uns?« frage ich. Dann gibt es also ein *uns,* dann gibt es ein *wir.* Ich wußte es.

»Du hast doch nicht etwa gedacht, daß ich die einzige sei«, sagt sie.

Das habe ich nicht gedacht. Mir geht durch den Kopf, daß

sie eine Spionin sein könnte, ein Spitzel, eingesetzt, um mich in die Falle zu locken – das ist der Boden, auf dem wir wachsen. Aber ich kann es nicht glauben. Hoffnung steigt in mir auf wie Saft in einem Baum. Blut in einer Wunde. Wir haben eine Bresche geschlagen.

Ich würde sie gern fragen, ob sie Moira gesehen hat, ob jemand herausfinden kann, was aus Luke geworden ist, aus meinem Kind, auch aus meiner Mutter, aber jetzt ist nicht mehr viel Zeit. Zu schnell nähern wir uns der Ecke der Hauptstraße, der vor der ersten Straßensperre. Dort werden zu viele Leute sein.

»Sag kein Wort«, warnt mich Desglen, auch wenn es nicht nötig gewesen wäre. »Über nichts.«

»Natürlich nicht«, sage ich. Wem könnte ich es auch erzählen?

Wir gehen die Hauptstraße entlang, schweigend, an Lilien vorbei, an Alles Fleisch vorbei. Heute nachmittag sind mehr Menschen auf den Bürgersteigen als gewöhnlich: das warme Wetter muß sie herausgelockt haben. Frauen in Grün, Blau, Rot, in Streifen. Auch Männer, manche in Uniform, manche nur in Zivil. Die Sonne ist gratis, sie darf noch genossen werden. Wenn auch keiner mehr darin badet, jedenfalls nicht öffentlich.

Es sind auch mehr Autos unterwegs, Whirlwinds mit ihren Chauffeuren und ihren gepolsterten Insassen, weniger wichtige Autos, von weniger wichtigen Männern gesteuert.

Etwas passiert: in dem Schwarm der Autos entsteht eine Bewegung, eine Unruhe. Einige fahren zur Seite, wie um den Weg freizugeben. Ich schaue kurz hoch: es ist ein schwarzer Wagen mit dem weißgeflügelten Auge an der Seite. Die Sirene ist nicht eingeschaltet, aber die anderen Autos weichen ihm trotzdem aus. Er gleitet langsam die Straße hinunter, wie auf der Suche nach etwas: ein Hai auf der Suche nach Beute.

Mich friert, Kälte durchfährt mich, bis hinunter in meine Füße. Es müssen doch Mikrophone dort gewesen sein, sie haben uns gehört.

Desglen greift im Schutz ihres Ärmels nach meinem Ellbogen. »Geh weiter«, flüstert sie. »Tu so, als ob du nichts siehst.«

Aber ich kann nicht umhin zu sehen. Unmittelbar vor uns hält der Wagen an. Zwei Augen, in grauen Anzügen, springen aus der sich öffnenden Doppeltür an der Rückseite. Sie ergreifen einen Mann, der die Straße entlanggeht, einen Mann mit einer Aktenmappe, einen ganz gewöhnlich aussehenden Mann, stoßen ihn rückwärts gegen die schwarze Wagenseite. Einen Augenblick lang steht er da, ausgebreitet vor der Metallwand, als klebte er daran; dann bewegt sich einer der Augen auf ihn zu, macht etwas Scharfes und Brutales, so daß der Mann sich krümmt, zu einem schlaffen Bündel zusammensinkt. Sie heben ihn auf und hieven ihn hinten in den Wagen, wie einen Postsack. Dann sind sie selber drinnen. Schon sind die Türen geschlossen, und der Wagen fährt weiter.

Es ist vorüber, in Sekundenschnelle, und der Verkehr auf der Straße strömt weiter, als wäre nichts geschehen.

Ich fühle nur Erleichterung. Es hat nicht mir gegolten.

KAPITEL ACHTUNDZWANZIG

Ich habe heute nachmittag keine Lust, ein Schläfchen zu machen, mein Adrenalinspiegel ist noch zu hoch. Ich sitze auf dem Fenstersitz und schaue durch die fast durchsichtigen Gardinen hinaus. Weißes Nachthemd. Das Fenster ist so weit wie möglich geöffnet, eine leichte Brise geht, heiß im Sonnenschein, und der weiße Stoff weht mir ins Gesicht. Von draußen muß ich aussehen wie ein Kokon, ein Gespenst, das Gesicht so verhüllt, daß nur die Umrisse zu sehen sind, Nase, verbundener Mund, blinde Augen. Aber ich mag das Gefühl, den weichen Stoff, der über meine Haut streichelt. Es ist, als schwebte man in einer Wolke.

Man hat mir einen kleinen elektrischen Ventilator gegeben, das hilft bei der feuchtheißen Luft. Er surrt auf dem Fußboden, in der Ecke, die Propellerflügel hinter Gittern eingeschlossen. Wenn ich Moira wäre, wüßte ich, wie man ihn auseinandernimmt, ihn auf seine scharfen Kanten reduziert. Ich habe keinen Schraubenzieher, aber wenn ich Moira wäre, könnte ich es ohne Schraubenzieher tun. Ich bin nicht Moira.

Was würde sie wegen des Kommandanten zu mir sagen, wenn sie hier wäre? Wahrscheinlich würde sie es mißbilligen. Sie mißbilligte auch Luke, damals. Nicht Luke, aber die Tatsache, daß er verheiratet war. Sie sagte, ich wildere auf dem Terrain einer anderen Frau. Ich sagte, Luke sei kein Fisch und auch kein Stück Dreck, er sei ein menschliches Wesen und könne seine Entscheidungen selbst treffen. Sie sagte, ich würde nur rationalisieren. Ich sagte, ich liebte ihn. Sie sagte, das sei keine Entschuldigung. Moira war immer logischer als ich.

Ich sagte, sie hätte dieses Problem eben nicht mehr, seit sie beschlossen habe, Frauen den Vorzug zu geben, und soweit ich sehen könne, habe sie keinerlei Skrupel, sie sich zu stehlen oder auszuleihen, wenn ihr danach zumute sei. Sie sagte, das sei etwas anderes, weil das Machtgleichgewicht zwischen Frauen ausgeglichen sei und Sex deshalb eine Transaktion von Möse zu Möse. Ich sagte, das sei eine sexistische Formulierung, ob sie das so gemeint habe, und außerdem sei dieses Argument völlig veraltet. Sie sagte, ich hätte das Problem trivialisiert, und wenn ich glaubte, daß es veraltet sei, dann würde ich den Kopf in den Sand stecken.

Das alles sagten wir in meiner Küche, wo wir an meinem Küchentisch saßen und Kaffee tranken. Wir sprachen beide mit leiser, eindringlicher Stimme, wie wir es uns für solche Auseinandersetzungen angewöhnt hatten, seit wir Anfang zwanzig waren – ein Überbleibsel vom College. Die Küche befand sich in einer heruntergekommenen Wohnung in einem mit Schindeln verkleideten Haus nahe am Fluß. Es war eines jener Häuser, die drei Stockwerke und hinten eine klapprige Außentreppe hatten. Ich wohnte im ersten Stock, was bedeutete, daß ich Lärm von oben und unten abbekam, von zwei unerwünschten Stereoplattenspielern, die bis spät in die Nacht dröhnten. Studenten, wie ich wußte. Ich hatte damals noch meinen ersten Job, der nicht viel Geld einbrachte: ich arbeitete bei einer Versicherungsgesellschaft am Computer. Die Hotels mit Luke bedeuteten deshalb nicht nur Liebe oder auch nur Sex für mich. Sie bedeuteten auch Abstand von den Küchenschaben, dem lecken Spülbecken, dem Linoleum, das sich in Fetzen vom Fußboden löste, und von meinen eigenen Versuchen, mit dem Anheften von Plakaten an der Wand und dem Aufhängen von Prismen in den Fenstern das Ganze etwas freundlicher zu gestalten. Ich hatte auch Topfpflanzen, doch sie bekamen regelmäßig Spinnmilben oder gingen ein, weil sie nicht gegossen wurden. Ich ging mit Luke fort und vernachlässigte sie.

Ich sagte, es gebe mehr als eine Art, den Kopf in den Sand zu stecken, und falls Moira dächte, sie könne Utopia herbeischaffen, indem sie sich in einer Enklave einschließe, in der nur Frauen zugelassen seien, so befinde sie sich in einem bedauerlichen Irrtum. Die Männer würden nicht einfach von der Bildfläche verschwinden, sagte ich. Man könne sie nicht ignorieren.

Das ist, wie wenn du sagen würdest, daß man losziehen und sich die Syphilis holen soll, nur weil sie nun einmal existiert, sagte Moira.

Willst du damit sagen, daß Luke eine Geschlechtskrankheit ist? sagte ich.

Moira lachte. Hör uns bloß mal zu, sagte sie. Scheiße. Wir reden wie deine Mutter.

Da lachten wir beide, und als sie ging, umarmten wir uns wie gewöhnlich. Es gab eine Zeit, da umarmten wir uns nicht – es war, nachdem sie mir erzählt hatte, daß sie lesbisch sei; aber dann sagte sie, ich würde sie sowieso nicht anturnen, was mich beruhigte, und daraufhin umarmten wir uns wieder. Wir konnten uns streiten und zanken und beschimpfen, aber unter der Oberfläche veränderte das gar nichts. Sie war trotzdem meine beste Freundin.

Ist.

Danach bekam ich eine bessere Wohnung, in der ich dann die zwei Jahre wohnte, die Luke brauchte, um sich loszulösen. Ich zahlte die Miete selbst, mit meinem neuen Job. Ich arbeitete in einer Bibliothek, nicht in der großen mit dem Tod und dem Sieg, sondern in einer kleineren.

Meine Arbeit bestand darin, Bücher auf Computerdisketten zu übertragen, um Lager- und Wiederbeschaffungskosten zu senken, hieß es. Diskettierer nannten wir uns. Die Bibliothek nannten wir Diskothek – einer unserer Witze. Nachdem die Bücher übertragen worden waren, sollten sie eigentlich in den Reißwolf wandern, aber manchmal nahm ich welche mit nach Hause. Mir gefiel, wie sie sich anfühlten und wie sie aussahen. Luke sagte, ich hätte das Zeug zu einem Antiquar. Ihm gefiel das, er selber mochte auch alte Dinge gern.

Jetzt ist es merkwürdig, daran zu denken, wie es war, Arbeit zu haben, zur Arbeit, ins Büro, ins Geschäft zu gehen. Geschäft – ein komischer Ausdruck. Geschäftsmann, Geschäftemacherei. Mach dein Geschäftchen, sagte man früher zu Kindern, wenn sie zur Sauberkeit erzogen wurden. Oder von Hunden: Er hat sein Geschäft auf dem Teppich gemacht. Dann sollte man ihnen mit einer zusammengerollten Zeitung einen Klaps geben, sagte meine Mutter. Ich kann mich an die Zeit erinnern, als es Zeitungen gab, aber einen Hund habe ich nie gehabt, nur Katzen.

Geschäftsunfähig.

All die Frauen, die ins Geschäft gingen – wie schwer, sich das heute vorzustellen. Und doch: Tausende gingen arbeiten, Millionen. Es wurde als völlig normal angesehen. Jetzt ist es wie eine Erinnerung an die Zeit, als es noch Papiergeld gab. Meine Mutter hob ein paar Scheine auf, klebte sie mit frühen Fotos in ein Album. Damals war das Papiergeld schon veraltet, man konnte nichts mehr damit kaufen. Wertloses Papier, das sich weich und fettig anfühlte, grün, mit Bildern auf beiden Seiten, einem alten Mann mit einer Perücke und auf der anderen Seite eine Pyramide mit einem Auge darüber. Und mit den Worten: *Auf Gott vertrauen wir*. Meine Mutter erzählte, manche Leute hätten neben ihrer Ladenkasse ein Schild gehabt, als Witz: *Auf Gott vertrauen wir alle anderen zahlen bar*. Das wäre heutzutage Blasphemie.

Man mußte solche Papierfetzen mitnehmen, wenn man einkaufen ging, obwohl zu der Zeit, als ich neun oder zehn war, die meisten Leute schon Plastikkarten benutzten. Allerdings nicht für Lebensmittel, das kam später. Es wirkt so primitiv, geradezu totemistisch, wie Muschelgeld. Ich muß diese Art Geld auch noch benutzt haben, eine Zeitlang, bevor alles von der Compubank eingezogen wurde.

So, nur so, nehme ich an, konnten sie es überhaupt durchführen, ganz plötzlich, ohne daß irgend jemand vorher davon wußte. Hätte es noch bares Geld gegeben, wäre es schwieriger gewesen.

Es war nach der Katastrophe, als der Präsident erschossen und der ganze Kongreß mit Maschinengewehren niedergemäht wurde und die Armee den Notstand erklärte. Die Schuld wurde damals den islamischen Fanatikern zugeschoben.

Ruhe bewahren, hieß es im Fernsehen. Alles ist unter Kontrolle.

Ich war wie betäubt. Allen ging es so, das weiß ich noch. Es war kaum zu fassen. Die ganze Regierung, einfach so weggefegt. Wie sind die nur reingekommen, wie ist es passiert?

Und dann wurde die Verfassung aufgehoben. Es hieß, das sei nur eine vorübergehende Maßnahme. Und es gab nicht einmal Aufstände. Die Leute blieben abends zu Hause, sahen fern, suchten nach einer neuen Richtung. Es gab nicht einmal einen Feind, auf den man mit dem Finger zeigen konnte.

Paß auf, sagte Moira zu mir am Telefon. Jetzt kommt's.

Was kommt jetzt? fragte ich.

Wart's nur ab, sagte sie. Die haben das ganz systematisch geplant. Du und ich, wir stehen jetzt mit dem Rücken an der Wand, Baby. Sie zitierte einen Ausspruch meiner Mutter, aber sie hatte nicht die Absicht, komisch zu sein.

Die Lage blieb mehrere Wochen in diesem Schwebezustand, in dem das Leben stillzustehen schien, obwohl einiges geschah. Die Zeitungen wurden zensiert, und einige mußten ihr Erscheinen einstellen, aus Sicherheitsgründen, wie es hieß. Die ersten Straßensperren waren plötzlich da, und die Identipässe wurden eingeführt. Alle hielten das für sinnvoll, da es offenkundig war, daß man gar nicht vorsichtig genug sein konnte. Es hieß, es würden Neuwahlen abgehalten werden, aber die Vorbereitungen würden noch einige Zeit dauern. Das, worauf es jetzt ankomme, hieß es, sei, so weiterzumachen wie gewöhnlich.

Die Pornozentren wurden allerdings geschlossen; es kreisten auch keine Sexmobile und Häschen auf Rädern mehr auf dem Square. Sehr traurig war ich nicht, als sie verschwanden. Wir wußten alle, was für eine Landplage sie gewesen waren.

Es ist höchste Zeit, daß mal jemand etwas unternimmt, sagte die Verkäuferin in dem Laden, in dem ich normalerweise meine Zigaretten kaufte. Es war an der Ecke, ein Kiosk, der zu einer Kette gehörte: Zeitungen, Süßigkeiten, Zigaretten. Die Frau war älter und hatte graues Haar – die Generation meiner Mutter.

Haben sie sie einfach nur geschlossen, oder was? fragte ich.

Sie zuckte mit den Schultern. Wer weiß, und wen interessiert das auch, sagte sie. Vielleicht haben sie sie nur irgendwoandershin gebracht. Zu versuchen, sie ganz loszuwerden, ist doch, als wollte man versuchen, die Mäuse auszurotten, verstehen Sie? Sie gab meine Compunummer in den Kassenautomaten, fast ohne hinzuschauen: ich war inzwischen Stammkundin. Es haben sich Leute beschwert, sagte sie.

Am nächsten Morgen ging ich auf meinem morgendlichen Weg zur Bibliothek in dasselbe Geschäft, um eine neue Packung Zigaretten zu kaufen, denn ich hatte keine mehr. Ich rauchte damals mehr, es war die Spannung, man spürte sie wie ein unterirdisches Summen, obwohl alles so ruhig schien. Ich trank auch mehr Kaffee als sonst und hatte Schlafschwierigkeiten. Alle waren kribbelig. Im Radio gab es sehr viel mehr Musik als sonst und weniger Textbeiträge.

Das war zu der Zeit, als wir schon verheiratet waren, schon jahrelang, wie es mir damals vorkam. Sie war drei oder vier und tagsüber im Kinderhort.

Wir waren alle wie gewöhnlich aufgestanden und hatten gefrühstückt, Granola-Flocken, erinnere ich mich, und Luke hatte sie zum Kindergarten gefahren in ihrem kleinen Anzug, den ich ihr erst vor wenigen Wochen gekauft hatte, gestreifte Latzhose und blaues T-Shirt. Welcher Monat war es? Es muß September gewesen sein. Es gab einen Fahrdienst, von dem die Kinder abgeholt werden sollten, aber aus irgendeinem Grund wollte ich, daß Luke sie hinfuhr, ich machte mir allmählich sogar Sorgen wegen des Fahrdienstes. Kein Kind ging mehr zu Fuß zur Schule, es hatte zu viele Vermißtenanzeigen gegeben.

Als ich zu dem Eckgeschäft kam, war die übliche Frau nicht da. Statt dessen stand ein Mann hinter dem Ladentisch, ein junger Mann, der nicht viel älter sein konnte als zwanzig.

Ist sie krank? fragte ich, als ich ihm meine Karte gab.

Wer? fragte er, in aggressivem Ton, wie mir schien.

Die Frau, die sonst hier ist, sagte ich.

Woher soll ich das wissen, sagte er. Er tippte meine Nummer ein, wobei er jede Zahl genau studierte und mit einem Finger eintippte. Offenbar hatte er das noch nie getan. Ich trommelte mit den Fingern auf den Ladentisch, ungeduldig nach einer Zigarette, und überlegte, ob ihm wohl schon einmal jemand gesagt hatte, daß man gegen die Pickel an seinem Hals etwas tun konnte. Ich erinnere mich sehr deutlich daran, wie er aussah: groß, ein wenig krumm, dunkles, kurz geschnittenes Haar, braune Augen, die einen Punkt zwei Zentimeter hinter meinem Nasenrücken zu fixieren schienen, und diese Akne. Wahrscheinlich hängt es mit dem, was er als nächstes sagte, zusammen, daß ich mich so deutlich an ihn erinnere.

Tut mir leid, sagte er. Diese Nummer ist nicht gültig.

Das ist lächerlich, sagte ich. Sie muß gültig sein, ich habe Tausende auf meinem Konto. Gerade vor zwei Tagen habe ich den Auszug bekommen. Versuchen Sie es noch einmal.

Sie ist ungültig, wiederholte er halsstarrig. Sehen Sie das rote Licht? Das bedeutet: ungültig.

Sie müssen einen Fehler gemacht haben, sagte ich. Versuchen Sie's noch einmal.

Er zuckte mit den Achseln und warf mir ein überdrüssiges Lächeln zu, aber er versuchte es tatsächlich noch einmal. Diesmal beobachtete ich seine Finger bei jeder Ziffer und prüfte die Zahlen, die im Fenster erschienen. Es war wirklich meine Nummer, aber wieder kam das rote Licht.

Sehen Sie? sagte er wieder, immer noch mit diesem Lächeln, als wüßte er einen unanständigen Witz, den er mir aber nicht erzählen würde.

Ich werde vom Büro aus anrufen, sagte ich. Das System hatte schon gelegentlich verrückt gespielt, aber ein paar Anrufe brachten normalerweise alles ins reine. Trotzdem war ich ärgerlich, so, als wäre ich zu Unrecht einer Sache angeklagt, von der ich nichts wußte. Als hätte ich selbst den Fehler gemacht.

Tun Sie das, sagte er gleichgültig. Ich ließ die Zigaretten auf dem Ladentisch liegen, da ich sie nicht bezahlt hatte. Ich nahm an, daß ich mir bei der Arbeit ein paar ausleihen könnte.

Ich rief vom Büro aus an, aber ich bekam nur ein Tonband zu hören. Die Leitungen seien überbeansprucht, hieß es auf dem Tonband. Ob ich freundlicherweise später anrufen könnte.

Die Leitungen blieben den ganzen Vormittag überbeansprucht, soweit ich feststellen konnte. Ich rief noch mehrere Male an, hatte aber kein Glück. Doch auch das war noch nicht ungewöhnlich.

Gegen zwei Uhr, nach dem Mittagessen, kam der Direktor in den Diskettenraum.

Ich muß Ihnen etwas mitteilen, sagte er. Er sah erschreckend aus, das Haar zerzaust, die Augen gerötet und unstet, als hätte er getrunken.

Wir schauten alle hoch, stellten unsere Computer ab. Wir müssen zu acht oder zehn in dem Raum gewesen sein.

Es tut mir leid, sagte er, aber es ist gesetzliche Vorschrift. Es tut mir wirklich leid.

Was denn? fragte jemand.

Ich muß Sie gehen lassen, sagte er. Es ist gesetzlich vorgeschrieben, ich muß es tun. Ich muß Sie alle gehen lassen. Er sagte es fast sanft, als wären wir Tiere aus der freien Natur, Frösche, die er gefangen hatte, in einem Glas, so als verhielte er sich nun besonders menschlich.

Wir werden gefeuert? fragte ich und stand auf. Warum denn?

Nicht gefeuert, sagte er. Wir lassen Sie gehen. Sie dürfen hier nicht mehr arbeiten, das ist gesetzliche Vorschrift. Er fuhr sich mit den Händen durchs Haar, und ich dachte, er wäre verrückt geworden. Der Streß sei zuviel für ihn gewesen und ihm seien die Sicherungen durchgebrannt.

Sie können das nicht einfach so machen, sagte die Frau, die neben mir saß. Es klang falsch, unwahrscheinlich, wie etwas, was man im Fernsehen sagen würde.

Es liegt nicht an mir, sagte er. Sie verstehen mich nicht. Bitte gehen Sie jetzt. Seine Stimme wurde lauter. Ich will keinen Ärger. Wenn es Schwierigkeiten gibt, gehen womöglich die Bücher verloren, oder irgend etwas geht kaputt... Er blickte über seine Schulter. Sie sind draußen, sagte er, in meinem Büro. Wenn Sie jetzt nicht gehen, werden sie selber kommen. Sie haben mir zehn Minuten Zeit gegeben. Er hörte sich jetzt noch verrückter an als zuvor.

Der Mann ist durchgedreht, sagte jemand laut. Es war das, was wir wohl alle dachten.

Aber ich konnte in den Flur hinausschauen, und dort standen zwei Männer, in Uniform, mit Maschinengewehren. Es war zu theatralisch, um wahr zu sein, und doch standen sie dort: unerwartete Erscheinungen, wie Marsmenschen. Sie hatten etwas Traumartiges an sich; sie waren zu grell, zu sehr im Kontrast mit ihrer Umgebung.

Lassen Sie die Computer nur stehen, sagte er, während wir unsere Sachen zusammenpackten und der Reihe nach hinausgingen. Als hätten wir sie mitnehmen können.

Wir standen in einer Traube draußen auf den Stufen vor

der Bibliothek. Wir wußten nicht, was wir zu einander sagen sollten. Da keine von uns begriff, was geschehen war, gab es nicht viel zu sagen. Wir sahen einander ins Gesicht und sahen Bestürzung und eine gewisse Beschämung, als waren wir bei etwas ertappt worden, was wir nicht durften.

Es ist empörend, sagte eine Frau, doch ohne Überzeugung. Was an der Sache vermittelte uns das Gefühl, daß wir es verdienten?

Als ich nach Hause kam, war niemand da. Luke war noch bei der Arbeit, meine Tochter noch im Kindergarten. Ich war müde, todmüde, aber kaum hatte ich mich hingesetzt, stand ich schon wieder auf, ich konnte anscheinend nicht stillsitzen. Ich wanderte durchs Haus, von Zimmer zu Zimmer. Ich erinnere mich daran, daß ich Gegenstände anfaßte, nicht einmal bewußt, ich legte einfach nur die Hände darauf, auf Dinge wie den Toaster, die Zuckerdose, den Aschenbecher im Wohnzimmer. Nach einer Weile nahm ich die Katze auf den Arm und trug sie mit mir herum. Ich wünschte, Luke käme nach Hause. Ich dachte, ich müsse etwas tun, Schritte unternehmen. Aber ich wußte nicht, welche Schritte ich unternehmen konnte.

Ich versuchte noch einmal, bei der Bank anzurufen, aber ich bekam wieder nur dieselbe Tonbandaufnahme. Ich goß mir ein Glas Milch ein – ich sagte mir, ich sei zu kribbelig, um noch mehr Kaffee zu trinken –, ging ins Wohnzimmer, setzte mich aufs Sofa und stellte das Glas mit der Milch auf den Couchtisch, vorsichtig, ohne davon zu trinken. Ich hielt die Katze vor meine Brust, so daß ich ihr Schnurren an meinem Hals spürte.

Nach einer Weile rief ich meine Mutter in ihrer Wohnung an, aber es nahm niemand ab. Sie war inzwischen seßhafter geworden, sie hatte aufgehört, alle paar Jahre umzuziehen; sie wohnte auf der anderen Seite des Flusses, in Boston. Ich wartete eine Weile und rief dann Moira an. Auch sie war nicht da, aber als ich es eine halbe Stunde später noch einmal probierte, war sie zu Hause. Zwischen diesen Anrufen saß ich einfach nur auf dem Sofa. Ich dachte an das Schulbrot, das ich meiner Tochter immer mitgab. Ich dachte, daß ich ihr vielleicht zu oft Brote mit Erdnußbutter mitgegeben hatte.

Ich bin gefeuert worden, sagte ich zu Moira, als ich sie am Apparat hatte. Sie sagte, sie würde zu mir kommen. Damals arbeitete sie schon für ein Frauenkollektiv, in der Verlagsabteilung. Dort wurden Bücher über Familienplanung und Vergewaltigung und ähnliche Themen herausgebracht, obwohl die Nachfrage nach solchen Büchern nicht mehr so groß war wie früher.

Ich komme gleich rüber, sagte sie. Sie mußte an meiner Stimme gehört haben, daß ich das gerne wollte.

Kurze Zeit später war sie da. So, sagte sie. Sie warf ihre Jacke von sich und machte es sich in dem riesigen Sessel bequem. Erzähl. Aber zuerst trinken wir einen.

Sie stand auf, ging in die Küche, goß uns beiden einen Scotch ein, kam zurück und setzte sich, und ich versuchte ihr zu erzählen, was mir passiert war. Als ich fertig war, fragte sie: Hast du heute schon probiert, etwas mit der Compukarte zu kaufen?

Ja, sagte ich. Und ich erzählte ihr auch davon.

Sie haben die Guthaben eingefroren, sagte sie. Meines auch. Die vom Kollektiv auch. Alle Konten mit einem W anstelle von einem M. Sie brauchten nur ein paar Knöpfe zu drücken. Wir sind abgeschnitten.

Aber ich habe über zweitausend Dollar auf der Bank, sagte ich, als sei mein Konto das einzig Wichtige.

Frauen dürfen keinen Besitz mehr haben, sagte sie. Das ist ein neues Gesetz. Hast du den Fernseher heute schon angehabt?

Nein, sagte ich.

Da bringen sie es, sagte sie. Auf allen Sendern. Sie war nicht so betäubt wie ich. Sie war auf eine seltsame Art heiter, als hätte sie das alles schon seit einiger Zeit erwartet und als sei sie nun bestätigt worden. Sie sah sogar noch energischer, noch entschlossener aus. Luke darf an deiner Stelle dein Compukonto benutzen, sagte sie. Sie werden deine Nummer auf ihn übertragen, das haben sie jedenfalls gesagt. Auf den Ehemann oder den nächsten männlichen Verwandten.

Und was ist mit dir? fragte ich. Sie hatte niemanden.

Ich gehe in den Untergrund, sagte sie. Ein paar von den Schwulen können unsere Nummern übernehmen und uns Sachen kaufen, die wir brauchen.

Aber warum? fragte ich. Warum haben sie das getan?

Es ist nicht an uns, zu ergründen, warum, sagte Moira. Sie mußten es so machen – die Compukonten und die Arbeitsstellen gleichzeitig. Stell dir mal vor, wie es sonst jetzt auf den Flughäfen aussähe. Sie wollen nicht, daß wir anderswohin gehen, darauf kannst du dich verlassen.

Ich fuhr los, um meine Tochter vom Kindergarten abzuholen. Ich fuhr mit übertriebener Vorsicht. Als Luke nach Hause kam, saß ich schon wieder am Küchentisch. Sie malte mit Filzstiften an ihrem eigenen kleinen Tisch in der Ecke, wo ihre Gemälde neben dem Kühlschrank aufgehängt wurden.

Luke kniete sich neben mich und legte die Arme um mich. Ich habe es gehört, sagte er, im Autoradio, auf der Heimfahrt. Mach dir keine Sorgen, ich bin sicher, das ist nur vorübergehend.

Haben sie gesagt, warum? fragte ich. Er antwortete nicht. Wir werden es überstehen, sagte er, und umarmte mich.

Du kannst dir nicht vorstellen, wie das ist, sagte ich. Ich habe das Gefühl, als hätte mir jemand die Füße abgeschnitten. Ich weinte nicht. Aber ich konnte auch nicht die Arme um ihn legen.

Es ist nur ein Job, sagte er und versuchte mich zu besänftigen. Ich nehme an, du kriegst all mein Geld, sagte ich. Und dabei bin ich noch nicht einmal tot. Es sollte ein Witz sein, aber was herauskam, klang nur makaber.

Schon gut, sagte er. Er kniete immer noch auf dem Fußboden. Du weißt doch, daß ich immer für dich sorgen werde.

Ich dachte: Schon fängt er an, den Vormund zu spielen. Dann dachte ich: Schon fängst du an, paranoid zu reagieren.

Ich weiß, sagte ich. Ich liebe dich.

Später, als sie im Bett war und wir zu Abend aßen und ich mich nicht mehr so zittrig fühlte, erzählte ich ihm von dem, was am Nachmittag geschehen war. Ich beschrieb ihm, wie der Direktor hereingekommen und mit seiner Nachricht herausgeplatzt war. Es hätte komisch sein können, wäre es nicht so schrecklich gewesen, sagte ich. Zuerst dachte ich, er wäre betrunken. Vielleicht war er es sogar. Militär war da, und alles.

Dann erinnerte ich mich an etwas, das ich zu dem Zeitpunkt gesehen, aber nicht wahrgenommen hatte: Es war nicht *das* Militär. Es war ein anderes Militär.

Es gab natürlich Demonstrationen, viele, von Frauen und ein paar Männer. Aber sie waren kleiner, als man hätte meinen sollen. Ich nehme an, die Leute waren verängstigt. Und als dann bekannt wurde, daß die Polizei oder die Armee, oder wer immer es war, das Feuer eröffnen würde, sobald sich ein Demonstrationszug auch nur in Bewegung setzte, hörten die Demonstrationen ganz auf. Ein paar Gebäude wurden gesprengt, Postämter, Untergrundbahnhöfe. Aber man wußte nicht einmal genau, wer dahintersteckte. Vielleicht das Militär selbst, um die Computerfahndungen und die anderen Durchsuchungen, die Hausdurchsuchungen, zu rechtfertigen.

Ich ging zu keiner der Demonstrationen. Luke sagte, es sei vergeblich, ich müsse an meine Familie denken, an ihn und an sie. Also dachte ich an meine Familie. Ich fing an, mehr Hausarbeit zu machen, mehr zu backen. Ich gab mir Mühe, bei den Mahlzeiten nicht zu weinen. Ich hatte inzwischen angefangen, oft von einem Moment zum anderen in Tränen auszubrechen und mich dann ans Schlafzimmerfenster zu setzen und hinauszustarren. Ich kannte nicht viele von unseren Nachbarn, und wenn wir uns trafen, draußen auf der Straße, waren wir darauf bedacht, nicht mehr als die üblichen Grußformeln auszutauschen. Keiner wollte wegen Illoyalität gemeldet werden.

Wenn ich daran zurückdenke, muß ich an meine Mutter denken. Es war Jahre vorher. Ich muß vierzehn oder fünfzehn gewesen sein, jedenfalls in dem Alter, in dem Töchter sich am meisten für ihre Mütter genieren. Ich erinnere mich daran, wie sie in eine unserer vielen Wohnungen zurückkam, mit einer Gruppe anderer Frauen, einem Teil ihres ständig wechselnden Freundeskreises. Sie hatten an diesem Tag an einem Demonstrationszug teilgenommen. Es war die Zeit der Pornounruhen – oder ging es um Abtreibung? Beide folgten zeitlich dicht aufeinander. Damals gab es viele Bombenanschläge: auf Kliniken, Videoläden – es war schwer, auf dem laufenden zu bleiben.

Meine Mutter hatte einen blauen Fleck im Gesicht und ein bißchen Blut. Du kannst nicht mit der Faust durch eine Fensterscheibe, ohne dich zu schneiden, war alles, was sie dazu sagte. Dreckige Schweine.

Dreckige Bluter, sagte eine ihrer Freundinnen. Sie nannten die andere Seite die *Bluter*, nach den Transparenten, die sie trugen: *Laßt sie bluten.* Es müssen also die Abtreibungsunruhen gewesen sein.

Ich ging ins Schlafzimmer, um ihnen auszuweichen. Sie redeten mir zu viel und zu laut. Sie ignorierten mich, und ich ärgerte mich über sie. Meine Mutter und ihre pöbelhaften Freundinnen. Ich sah nicht ein, warum sie sich so anziehen mußte – Latzhosen, als wäre sie ein junges Mädchen – und warum sie so viel fluchen mußte.

Du bist so prüde, sagte sie manchmal zu mir, in einem Ton, als ob sie sich im Grunde genommen darüber freute. Es gefiel ihr, empörter und rebellischer zu sein als ich. Jugendliche sind immer so prüde.

Ein Teil meiner Mißbilligung war sicherlich bloß eine mechanische Reaktion, Routine. Aber ich wünschte mir auch ein rituelleres Leben, weniger provisorisch, weniger auf Abbruch ausgerichtet.

Du warst ein Wunschkind, weiß Gott, sagte sie zu anderen Zeiten, wenn sie über den Fotoalben saß, in denen sie mich eingerahmt hatte; diese Alben waren voller Babys, aber meine Ebenbilder wurden spärlicher, je größer ich wurde, so als sei die Bevölkerung meiner Duplikate von einer Seuche dahingerafft worden. Sie sagte es ein wenig bedauernd, als sei ich nicht ganz so geraten, wie sie es erwartet hatte. Keine Mutter ist jemals genau so, wie ein Kind sich eine Mutter vorstellt, und andersherum ist es wahrscheinlich genau so. Aber trotz allem kamen wir immer ganz gut miteinander aus, so gut wie die meisten anderen.

Jemand kommt aus dem Haus. Ich höre, wie in einiger Entfernung eine Tür geschlossen wird, drüben, um die Ecke herum, dann Schritte auf dem Weg. Es ist Nick, jetzt kann ich ihn sehen; er ist vom Weg auf den Rasen getreten, um die feuchte Luft einzuatmen, die nach Blumen stinkt, nach schleimigem Wachstum, nach Pollen, der mit vollen Händen in den Wind geworfen wurde, wie Austernlaich ins Meer. All diese Verschwendung bei der Fortpflanzung. Er streckt sich in der Sonne, ich spüre, wie die Bewegung der Muskeln ihn durchläuft, wie wenn eine Katze einen Buckel macht. Er ist in Hemdsärmeln, bloße Arme kommen schamlos unter dem aufgekrempelten Stoff zum Vorschein. Wo hört die Sonnenbräune auf? Ich habe seit jener einen Nacht, seit der Traumlandschaft in dem monderfüllten Wohnzimmer, nicht mit ihm gesprochen. Er ist nur meine Flagge, mein Signalmast. Körpersprache.

Jetzt eben hat er die Mütze schräg auf dem Kopf. Es wird also nach mir geschickt.

Was bekommt er dafür, für seine Rolle als Page? Wie ist ihm

zumute, wenn er auf diese zweideutige Weise für den Kommandanten kuppelt? Erfüllt es ihn mit Abscheu, oder bewirkt es, daß er sich mehr von mir wünscht, mich mehr begehrt? Denn er hat ja keine Ahnung, was sich dort drinnen, zwischen den Büchern, wirklich abspielt. Perversitäten, muß er doch annehmen. Der Kommandant und ich, wie wir einander mit Tinte beschmieren, um sie danach wieder abzulecken, oder wie wir uns auf Stapeln verbotener Zeitungen lieben. Nun, damit würde er nicht ganz falsch liegen.

Aber keine Sorge, auch für ihn springt etwas dabei heraus. Jeder sahnt etwas ab, auf die eine oder andere Weise. Zusätzliche Zigaretten? Zusätzliche Freiheiten, die der breiten Masse nicht gewährt werden? Und im übrigen, was kann er schon beweisen? Sein Wort steht gegen das des Kommandanten, es sei denn, er will ein Polizeiaufgebot anführen. Tür eintreten, und was habe ich gesagt? In flagranti ertappt, beim sündigen Scrabbeln.

Schnell, mach diese Worte ungesagt.

Vielleicht schätzt er einfach nur die Genugtuung, ein Geheimnis zu wissen. Etwas gegen mich in der Hand zu haben, wie man früher zu sagen pflegte. Es ist die Art von Macht, die man nur einmal nützen kann.

Ich würde gern besser von ihm denken.

In der Nacht, nachdem ich meine Arbeit verloren hatte, wollte Luke, daß wir uns liebten. Warum wollte ich es nicht? Allein schon die Verzweiflung hätte mich dazu treiben sollen. Aber ich war immer noch wie betäubt. Ich spürte kaum seine Hände auf mir.

Was ist los? fragte er.

Ich weiß nicht, sagte ich.

Wir haben doch immer noch... sagte er. Aber er fuhr nicht fort, er sagte nicht, was wir immer noch hatten. Mir kam in den Sinn, daß er besser nicht *wir* sagen sollte, da ihm meines Wissens nichts weggenommen worden war.

Wir haben immer noch einander, sagte ich. Das stimmte. Warum hörte es sich dann, auch in meinen eigenen Ohren, so gleichgültig an?

Da küßte er mich, so als könne jetzt, da ich das gesagt hatte, alles wieder seinen normalen Gang gehen. Doch irgend etwas hatte sich verschoben, irgendein Gleichgewicht. Ich kam mir geschrumpft vor, so daß ich klein wie eine Puppe war, als er die Arme um mich legte und mich hochhob. Ich spürte, wie die Liebe weiterging ohne mich.

Ihm macht das nichts aus, dachte ich. Ihm macht das überhaupt nichts aus. Vielleicht gefällt es ihm sogar. Wir gehören nicht einander, nicht mehr. Vielmehr gehöre ich jetzt ihm.

Unwürdig, ungerecht, unwahr. Aber genau so geschah es.

Also, Luke, was ich dich jetzt fragen möchte, was ich unbedingt wissen muß: Hatte ich recht? Denn wir sprachen nie darüber. Zu der Zeit, als ich darüber hätte sprechen können, hatte ich Angst davor. Ich konnte es mir nicht leisten, dich zu verlieren.

KAPITEL NEUNUNDZWANZIG

Ich sitze im Büro des Kommandanten, ihm gegenüber an seinem Schreibtisch, in der Position des Klienten, als wäre ich ein Bankkunde, der über einen dicken Kredit verhandelt. Doch abgesehen von dem mir im Zimmer zugewiesenen Platz ist nur noch wenig von jener Förmlichkeit zwischen uns. Ich sitze nicht mehr mit steifem Hals und steifem Rücken da, die Füße wie beim Antreten nebeneinander auf dem Boden, die Augen zum Salut bereit. Vielmehr ist meine Haltung jetzt locker, geradezu bequem. Die roten Schuhe habe ich ausgezogen, meine Beine unter mich auf den Stuhl gezogen, umgeben zwar von einem Bollwerk aus rotem Rock, aber immerhin hochgezogen, wie an einem Lagerfeuer in früheren, picknickfreundlicheren Zeiten. Wenn im Kamin ein Feuer brenne, würde sein Schein auf den blankpolierten Oberflächen funkeln, warm auf der Haut schimmern. Ich denke mir den Schein des Feuers dazu.

Was den Kommandanten betrifft, so ist er heute abend bis an die Grenze des Erlaubten lässig. In Hemdsärmeln die Ellbogen auf dem Schreibtisch. Fehlt nur noch ein Zahnstocher im Mundwinkel, und er könnte als Reklamefigur für eine ländliche Demokratie herhalten. Wie auf einer alten Radierung. Bedeckt mit Fliegendreck, in einem alten, nun verbrannten Buch.

Die Quadrate auf dem Brett vor mir füllen sich nach und nach: Ich bin bei meinem vorletzten Spiel an diesem Abend.

Zwilch lege ich, ein passendes einsilbiges Wort mit einem kostbaren Z.

»Ist das ein Wort?« fragt der Kommandant.

»Wir können es nachschlagen«, sage ich. »Es ist veraltet.«

»Ich schenke es dir«, sagt er lächelnd. Der Kommandant mag es gern, wenn ich mich auszeichne, Frühreife zeige, wie ein aufmerksames Haustier, mit aufgestellten Ohren und begierig, sich zu produzieren. Sein Beifall umhüllt mich wohlig wie ein warmes Bad. Bei ihm spüre ich nichts von der Feindseligkeit, die ich bei Männern zu spüren pflegte, manchmal sogar bei Luke. Er sagt nicht im stillen *Miststück*. Tatsächlich ist er ausgesprochen papihaft. Er hat gern das Gefühl, daß ich mich gut unterhalte. Und ich tue es, ich tue es.

Flink addiert er mit Hilfe seines Taschenrechners den endgültigen Punktstand. »Du führst bei weitem«, sagt er. Ich habe den Verdacht, daß er mogelt, um mir zu schmeicheln, um mich in gute Laune zu versetzen. Aber warum? Die Frage bleibt offen. Was hat er davon, wenn er sich auf diese Art anbiedert? Es muß einen Grund haben.

Er lehnt sich zurück, die Fingerspitzen aneinandergelegt, eine Geste, die mir inzwischen vertraut ist. Wir haben ein ganzes Repertoire solcher Gesten, solcher Vertrautheiten zwischen uns aufgebaut. Er sieht mich an, nicht unfreundlich, eher neugierig, als sei ich ein Rätsel, das es zu lösen gilt.

»Was möchtest du heute abend lesen?« fragt er. Auch das ist Routine geworden. Bisher habe ich eine *Mademoiselle* gelesen, einen alten *Esquire* aus den achtziger Jahren, eine *Ms.*, eine Zeitschrift, an die ich mich vage erinnere, weil sie in den diversen Wohnungen meiner Mutter herumlag, während ich heranwuchs, und ein *Reader's Digest*-Heft. Er hat sogar Romane. Ich habe einen Raymond Chandler gelesen, und im Augenblick bin ich gerade halb durch *Harte Zeiten* von Charles Dickens. Ich lese schnell bei diesen Gelegenheiten, verschlinge die Seiten, überfliege sie fast, um vor der nächsten langen Hungerperiode so viel wie möglich in meinen Kopf zu stopfen. Ginge es um Nahrung, wäre es die Gier einer Verhungernden, ginge es um Sex, wäre es ein eiliger, verstohlener Stehfick irgendwo in einer dunklen Gasse.

Während ich lese, sitzt der Kommandant da und sieht mir zu: Er sagt nichts, wendet aber auch die Augen nicht vor mir ab. Dieses Zuschauen hat seltsamerweise etwas von einem sexuellen Akt an sich, und ich komme mir dabei wie ausgezogen vor. Ich wünschte, er würde mir den Rücken kehren, im Zimmer auf und ab gehen, selbst etwas lesen, dann könnte ich mich vielleicht mehr entspannen, mir mehr Zeit lassen. So dagegen hat mein unerlaubtes Lesen immer etwas von einer Vorführung.

»Ich glaube, ich würde lieber einfach nur reden«, sage ich und bin selber überrascht, während ich mich das sagen höre.

Er lächelt wieder. Er scheint nicht überrascht. Möglicherweise hat er eben dies oder dergleichen erwartet. »Ach ja?« sagt er. »Worüber möchtest du reden?«

Ich zögere. »Egal, worüber, nehme ich an. Na ja, über dich, zum Beispiel.«

»Über mich?« Er lächelt immer noch. »Oh, über mich gibt es nicht viel zu sagen. Ich bin nur ein ganz normaler Typ.«

Diese falsche Aussage und dazu noch die falsche Sprache – »Typ«? – verschlägt mir die Sprache. Ganz normale Typen werden nicht Kommandanten. »Es muß doch etwas geben, was du besonders gut kannst«, sage ich. Ich weiß, daß ich ihm damit ein Stichwort gebe, ihm einen Ball zuspiele, ihn aus der Reserve locke, und ich hasse mich dafür, daß ich es tue, es ist wahrhaft ekelerregend. Aber wir sind dabei, miteinander zu fechten. Entweder redet er, oder ich tue es. Ich weiß es, ich spüre, wie der Redefluß sich in mir staut, es ist schon so lange her, seit ich mit jemandem wirklich gesprochen habe. Der kurze geflüsterte Wortwechsel mit Desglen heute auf unserem Spaziergang zählt kaum. Aber er war ein Anreiz, ein Vorspiel. Nachdem ich gespürt habe, wieviel Erleichterung mir dieses bißchen Sprechen brachte, will ich mehr.

Und wenn ich mit ihm spreche, werde ich einen Fehler machen, irgend etwas verraten. Ich spüre schon, wie er naht, der Verrat an mir selbst. Ich möchte nicht, daß er zuviel erfährt.

»Oh, anfangs war ich in der Marktforschung tätig«, sagt er schüchtern. »Später habe ich dann sozusagen meinen Tätigkeitsbereich ausgeweitet.«

Mir wird plötzlich etwas bewußt: Ich weiß zwar, daß er Kommandant ist, aber nicht, wovon. Was kontrolliert er, welches ist sein »Gebiet«, wie man früher sagte? Die Kommandanten haben keine spezifischen Titel.

»Aha«, sage ich und versuche, daß es so klingt, als hätte ich verstanden.

»Man könnte sagen, daß ich so etwas wie ein Wissenschaftler bin«, sagt er. »In Grenzen, versteht sich.«

Danach sagt er eine Weile nichts, und auch ich sage nichts. Wir warten, um zu sehen, wer das Schweigen länger aushält.

Ich bin diejenige, die es zuerst bricht. »Aber vielleicht kannst du mir etwas erklären, worüber ich mir Gedanken gemacht habe.«

Er zeigt Interesse. »Was könnte das sein?«

Ich steuere auf die Gefahr zu, aber ich kann jetzt nicht mehr zurück. »Es ist ein Satz, an den ich mich von irgendwoher erinnere.« Lieber nicht sagen, woher. »Ich glaube, es ist Latein, und ich dachte, vielleicht...« Ich weiß, daß er ein lateinisches Wörterbuch hat. Er hat alle möglichen Wörterbücher im obersten Regalfach links vom Kamin.

»Sag es mir«, sagt er. Distanziert, aber wacher, oder bilde ich mir das nur ein?

»*Hirundo maleficis evoltat*«, sage ich.

»Was?« fragt er.

Ich habe es sicher nicht richtig ausgesprochen. Ich weiß nicht, wie man es ausspricht. »Ich könnte es buchstabieren«, sage ich. »Oder aufschreiben.«

Er zögert bei dieser ungewöhnlichen Idee. Möglicherweise erinnert er sich nicht daran, daß ich schreiben kann. Ich habe in diesem Zimmer noch nie einen Kugelschreiber oder Bleistift in der Hand gehabt, nicht einmal um die Punkte zu addieren. Frauen können nicht addieren, hat er einmal gesagt, im Scherz. Als ich ihn fragte, wie er das meinte, sagte er: Für sie ist eins und eins und eins und eins nicht vier.

Und was ist es für sie? fragte ich und erwartete, fünf oder drei.

Einfach nur eins und eins und eins und eins, sagte er.

Aber jetzt sagt er: »Na schön,« und wirft mir seinen Kugelschreiber fast trotzig über den Tisch zu, als nähme er eine Herausforderung an. Ich sehe mich suchend nach etwas um, worauf ich schreiben kann, und er gibt mir den Scrabble-Block, einen Notizblock für den Schreibtisch mit einem eingedruckten kleinen lachenden Knopfgesicht oben auf der Seite. Diese Dinger werden also immer noch hergestellt.

Ich schreibe den Satz sorgfältig in Druckbuchstaben auf, schreibe ihn ab aus meinem Kopf, aus meinem Wandschrank. *Hirundo maleficis evoltat.* Hier, in dieser Umgebung, ist es weder Gebet noch Befehl, sondern ein trauriges Graffito, einmal hingekritzelt und schon aufgegeben. Der Stift zwischen meinen Fingern hat etwas Sinnliches, ist fast lebendig, ich spüre seine Macht, die Macht der Worte, die er enthält. Penisneid pflegte Tante Lydia zu sagen, eine weitere Zentrum-Parole zitierend, die uns vor solchen Gegenständen warnen sollte. Und sie hatten recht, es ist Neid. Allein schon ihn zu halten, bedeutet Neid. Ich beneide den Kommandanten um seinen Stift. Noch etwas, was ich gern stehlen würde.

Der Kommandant nimmt mir das Blatt mit dem Knopfflächeln aus der Hand und schaut es an. Dann fängt er an zu lachen, und – wird er nicht rot? »Das ist kein Latein«, sagt er. »Das ist nur ein Witz.«

»Ein Witz?« frage ich. Und jetzt bin ich verwirrt. Es kann nicht nur ein Witz sein. Habe ich dieses Risiko auf mich genommen und nach der Erkenntnis gegriffen, um nicht mehr als einen Witz zu erlangen? »Was für ein Witz?«

»Du weißt doch, wie Schuljungen sind«, sagt er. Sein Lachen klingt wehmütig, es ist, wie mir jetzt deutlich wird, ein Lachen, das Nachsicht gegenüber seinem früheren Ich ausdrückt. Er steht auf, geht zu dem Bücherregal hinüber und entnimmt dem Schatz ein Buch, nicht jedoch das Wörterbuch. Es ist ein altes Buch, wie ein Schulbuch sieht es aus, mit Eselsohren und Tintenflecken. Bevor er es mir zeigt, blättert er es durch, versonnen, in Erinnerungen versunken. Dann sagt er: »Hier«, und legt es offen vor mich auf den Schreibtisch.

Als erstes sehe ich ein Bild: die Venus von Milo auf einem Schwarzweißfoto, plump verziert mit Schnurrbart, schwarzem Büstenhalter und Haaren in den Achselhöhlen. Auf der Seite daneben das Kolosseum in Rom, mit einer Bildunterschrift in Englisch, und darunter eine Konjugation: *sum es est, sumus estis sunt.* »Da«, sagt er, und deutet mit dem Finger darauf. Und ich sehe es, am Rand, mit derselben Tinte gekritzelt wie das Haar an der Venus. *Hirundo maleficis evoltat.*

»Es ist ein bißchen schwer zu erklären, warum das komisch ist, wenn du kein Latein kannst«, sagt er. »Wir haben alle möglichen Sprüche dieser Art geschrieben. Ich weiß nicht, woher wir sie hatten, vielleicht von älteren Jungen.« Mich und sich selbst vergessend blättert er weiter. »Schau, hier«, sagt er. Das Bild heißt: *Die Sabinerinnen.* Und an den Rand ist gekritzelt: *Pimmel, pisse, pißt, primus, pisset, pint.* »Da gab es noch einen«, sagt er: »*Mieze, Muschi, Mö-*...« Er hält inne, kehrt verlegen in die Gegenwart zurück. Wieder lächelt er; diesmal könnte man es ein Grinsen nennen. Ich stelle mir Sommersprossen an ihm vor, eine Haartolle über der Stirn. In diesem Augenblick mag ich ihn fast.

»Aber was hat es bedeutet?« frage ich.

»Was?« fragt er. »Ach so, es bedeutet: ›Die Schwalbe entflieht den Bösewichtern.‹ Ich glaube, wir kamen uns damals mächtig schlau vor.«

Ich zwinge mich zu einem Lächeln, aber jetzt wird mir alles klar.

Ich verstehe, warum sie es geschrieben hat, an die Schrankwand, aber mir wird auch klar, daß sie es gelernt haben muß, hier, in diesem Zimmer. Wo sonst? Sie ist nie ein Schuljunge gewesen. Von ihm, in einer früheren Periode der Jugenderinnerungen, der ausgetauschten Vertraulichkeiten. Ich bin also nicht die erste. Nicht die erste, die sein Schweigen betreten, kindische Buchstabenspiele mit ihm gespielt hat.

»Was ist aus ihr geworden?« frage ich.

Ihm entgeht keine Regung. »Hast du sie etwa gekannt?«

»Ein bißchen«, sage ich.

»Sie hat sich aufgehängt«, sagt er, nachdenklich, nicht traurig. »Deshalb haben wir die Lüsterhalterung entfernen lassen. In deinem Zimmer.« Er hält inne. »Serena ist dahintergekommen«, sagt er, als sei das eine Erklärung. Und es ist eine.

Wenn dein Hund stirbt, schaff dir einen neuen an.

»Womit?« frage ich.

Er will mich nicht auf irgendwelche Ideen bringen. »Spielt das eine Rolle?« fragt er.

Ein in Streifen gerissenes Bettuch, nehme ich an. Ich habe die Möglichkeiten schon erwogen.

»Ich nehme an, Cora hat sie gefunden«, sage ich. Deshalb hat sie so geschrien.

»Ja«, sagt er. »Die Arme.« Er meint Cora.

»Vielleicht sollte ich nicht mehr hierherkommen«, sage ich.

»Ich dachte, es macht dir Spaß«, sagt er leichthin, beobachtet mich aber mir aufmerksamen, glänzenden Augen. Wenn ich es nicht besser wüßte, würde ich glauben, es sei Angst. »Ich wünschte, es würde dir Spaß machen.«

»Du willst mir das Leben erträglich machen« sage ich. Es kommt nicht wie eine Frage heraus, sondern platt, wie eine Feststellung, platt und ohne Dimension. Wenn mein Leben erträglich ist, ist vielleicht das, was sie tun, in Ordnung.

»Ja«, sagt er. »Das will ich. Das wäre mir lieber.«

»Also gut«, sage ich. Die Situation hat sich verändert. Ich habe jetzt etwas gegen ihn in der Hand. Was ich gegen ihn in der Hand habe, ist die Möglichkeit meines eigenen Todes. Was ich gegen ihn in der Hand habe, ist sein schlechtes Gewissen. Endlich.

»Was möchtest du haben?« fragt er, immer noch mit jener Leichtigkeit, als ginge es lediglich um eine Geldtransaktion, und dazu eine geringfügige: Süßigkeiten, Zigaretten.

»Außer Handlotion, meinst du«, sage ich.

»Außer Handlotion«, stimmt er zu.

»Ich möchte...« sage ich. »Ich möchte gern wissen.« Es klingt unentschlossen, sogar dumm. Ich sage es, ohne darüber nachgedacht zu haben.

»Wissen? Was?« fragt er.

»Was es zu wissen gibt«, sage ich. Aber das ist zu leichtfertig hingesagt. »Was vor sich geht.«

XI Nacht

KAPITEL DREISSIG

Die Nacht bricht herein. Oder ist hereingebrochen. Wie kommt es, daß die Nacht hereinbricht, statt heraufzusteigen wie die Morgendämmerung? Wenn man bei Sonnenuntergang nach Osten schaut, sieht man, wie die Nacht heraufsteigt und nicht hereinbricht; Dunkelheit, die sich in den Himmel hebt, vom Horizont aufwärts, wie eine schwarze Sonne hinter einer Wolkenbank. Wie Rauch von einem unsichtbaren Feuer, einem Feuerstreifen dicht unter dem Horizont, einem Buschfeuer oder einer brennenden Stadt. Vielleicht bricht die Nacht herein, weil sie schwer ist, ein dichter Vorhang, der vor die Augen gezogen wird. Eine Wolldecke. Ich wünschte, ich könnte in der Dunkelheit sehen, besser als ich es kann.

Die Nacht ist also hereingebrochen. Ich spüre, wie sie mich niederdrückt. Wie ein Stein. Kein Lüftchen. Ich sitze an dem spaltbreit geöffneten Fenster. Die Gardinen habe ich zur Seite gezogen, denn dort draußen ist niemand – kein Grund, mich zurückzuhalten in meinem Nachthemd, das langärmelig ist, auch im Sommer, um uns vor den Versuchungen unseres eigenen Fleisches zu bewahren, um uns davor zu bewahren, daß wir unsere bloßen Arme um uns selber legen. Nichts regt sich im Suchlicht des Mondlichts. Der Duft vom Garten steigt empor wie Hitze von einem Körper, es muß dort Blumen geben, die in der Nacht blühen, der Duft ist so stark. Ich kann ihn fast sehen, ein rotes Strahlen, das aufwärts wabert wie das Flimmern über Landstraßenasphalt um die Mittagszeit.

Dort unten auf dem Rasen taucht jemand aus der Pfütze von Dunkelheit unter der Weide auf, geht durch das Licht. Sein langer Schatten heftet sich scharf an seine Fersen. Ist es Nick, oder ist es jemand anders, jemand ohne Bedeutung? Er bleibt stehen, schaut herauf zu diesem Fenster, und ich sehe das weiße Oval seines Gesichts. Nick. Wir sehen einander an. Ich habe keine Rose, die ich ihm hinunterwerfen könnte, er hat keine Laute. Aber es ist der gleiche Hunger.

Dem ich mich nicht überlassen darf. Ich ziehe die linke Gardine zu, so daß sie zwischen uns fällt, vor mein Gesicht, und einen Augenblick später geht er weiter, in die Unsichtbarkeit jenseits der Ecke.

Was der Kommandant gesagt hat, stimmt. Eins und eins und eins und eins ist nicht gleich vier. Jedes einzelne bleibt einzigartig, es gibt keinen Weg, sie zusammenzubringen. Man kann sie nicht tauschen, den einen gegen den anderen. Der eine kann den anderen nicht ersetzen. Nick statt Luke oder Luke statt Nick. *Sollte* paßt nicht.

Man kann nichts für seine Gefühle, hat Moira einmal gesagt, aber man kann etwas für sein Verhalten.

Was ja schön und gut ist.

Der Zusammenhang ist alles – oder ist es das Reifsein? Das eine oder das andere.

In der Nacht, bevor wir das Haus verließen, damals, das letzte Mal, ging ich durch die Zimmer. Nichts war gepackt, denn wir wollten nicht viel mitnehmen. Auch zu diesem Zeitpunkt konnten wir es uns nicht leisten, den geringsten Anschein von Flucht zu erwecken. Ich ging also nur durch die Zimmer, hierhin und dorthin, schaute einzelne Sachen an, schaute an, wie wir uns gemeinsam eingerichtet hatten, für unser Leben. Ich hatte die vage Vorstellung, ich würde später in der Lage sein, mich daran zu erinnern, wie es ausgesehen hatte.

Luke war im Wohnzimmer. Er legte die Arme um mich. Uns war beiden elend zumute. Wie hätten wir wissen können, daß wir selbst in diesem Augenblick noch glücklich dran waren? Denn wir hatten zumindest dies: Arme, um uns.

Die Katze, sagte er.

Katze? sagte ich, in die Wolle seines Pullovers hinein.

Wir können sie nicht einfach hierlassen.

Ich hatte nicht an die Katze gedacht. Wir hatten beide nicht an die Katze gedacht. Unser Entschluß war plötzlich gewesen, und dann hatten wir alles planen müssen. Ich werde wohl gedacht haben, sie würde mit uns kommen. Aber das konnte sie nicht – man nimmt keine Katze auf einen Tagesausflug über die Grenze mit.

Warum nicht draußen? sagte ich. Wir könnten sie einfach dalassen.

Sie würde um die Wohnung streichen und an der Tür miauen. Man würde merken, daß wir fortgegangen sind.

Wir könnten sie verschenken, sagte ich. Einem der Nachbarn. Doch schon während ich es sagte, wußte ich, wie töricht das wäre.

Ich werde mich darum kümmern, sagte Luke. Und weil er *darum* sagte statt *um sie,* wußte ich, daß er meinte: Ich werde sie töten. Genau das mußt du tun, bevor du tötest, dachte ich: Du mußt ein *es* erschaffen, wo es vorher keines gegeben hat. Das tust du zuerst im Kopf, und dann führst du es aus. So also machen sie es, dachte ich.

Luke suchte die Katze, die sich unter dem Bett versteckt hatte. Sie wissen es immer. Er ging mit ihr in die Garage. Ich weiß nicht, was er getan hat, und ich habe ihn auch nie gefragt. Ich saß im Wohnzimmer, die Hände im Schoß gefaltet. Ich hätte hinausgehen sollen, mit ihm, um diese kleine Verantwortung mit ihm zu teilen. Zumindest hätte ich ihn hinterher danach fragen sollen, damit er es nicht allein tragen mußte. Denn dieses kleine Opfer, dieses Auslöschen einer Liebe, wurde auch für mich gebracht.

Das gehört zu ihren Methoden. Sie zwingen dich, zu töten, etwas in dir selbst.

Vergeblich, wie sich herausstellte. Ich möchte wissen, wer es gemeldet hat. Es könnte ein Nachbar gewesen sein, der beobachtete, wie am Morgen unser Auto aus der Einfahrt fuhr, der ihnen aus einem Verdacht heraus den Tip gegeben hat – für einen goldenen Stern auf irgend jemandes Liste. Vielleicht ist es sogar der Mann gewesen, der uns die Pässe besorgt hat. Warum sich nicht doppelt bezahlen lassen? Das sähe ihnen ähnlich, selber Paßfälscher einzusetzen, eine Falle für Ahnungslose. Die Augen Gottes sind überall auf Erden.

Denn sie wußten, daß wir kamen, und warteten schon. Der Augenblick des Verrats ist der schlimmste, der Augenblick, wenn du weißt, ohne jeden Zweifel weißt, daß du verraten worden bist, daß ein anderes menschliches Wesen dir so etwas Schlimmes gewünscht hat.

Es war, als wäre man in einem Fahrstuhl, ganz oben, und jemand hätte das Seil gekappt. Fallen, fallen, und nicht wissen, wann der Aufprall kommt.

Ich versuche zu zaubern, meine eigenen Geister heraufzubeschwören von dort, wo sie sind. Ich muß mich daran erinnern, wie sie aussehen. Ich versuche, sie festzuhalten hinter meinen Augen, ihre Gesichter, wie Fotos in einem Album. Aber sie wollen nicht stillhalten für mich, sie bewegen sich. Da ist ein Lachen, und schon ist es verschwunden, ihre Gesichtszüge kräuseln sich und biegen sich, als brenne das Papier, als würden sie von der Schwärze verzehrt. Ein kurzer Blick, ein blasser Schimmer in der Luft, ein Glühen, eine Aurora, tanzende Elektronen, dann wieder ein Gesicht, Gesichter. Aber sie entschwinden, obwohl ich die Arme nach ihnen ausstrecke, sie entschlüpfen mir, Geister bei Tagesanbruch. Zurück an den Ort, wo sie waren. Bleibt bei mir, möchte ich rufen. Aber sie tun es nicht.

Es ist meine Schuld. Ich vergesse zu viel.

Heute abend will ich meine Gebete sprechen.

Nicht mehr kniend am Fußende des Bettes, die Knie auf dem harten Holzfußboden der Turnhalle, während Tante Elizabeth mit verschränkten Armen an der Doppeltür steht, den Viehtreiberstachelstock am Gürtel, und Tante Lydia die Reihen der in ihren Nachthemden knienden Frauen abschreitet, wobei sie uns leicht auf den Rücken oder die Füße oder den Po oder die Arme schlägt, eine kurze Berührung nur, ein leichter Streich mit ihrem hölzernen Zeigestock, wenn wir krumm sitzen oder erlahmen. Sie wollte, daß wir unsere Köpfe richtig geneigt, unsere Zehen geschlossen und gestreckt, unsere Ellbogen im angemessenen Winkel hielten. Ihr Eifer war zu einem Teil ästhetischer Natur: der Anblick gefiel ihr. Wir sollten angelsächsisch aussehen, wie in Stein gehauen auf einem Grabmal, oder wie Engel auf Weihnachtskarten, aufgereiht in unseren Gewändern der Reinheit. Aber sie wußte auch von dem geistlichen Wert körperlicher Strenge, der Muskelanspannung: ein wenig Schmerz reinigt den Geist, pflegte sie zu sagen.

Wir beteten um Leere, auf daß wir es wert seien, erfüllt zu werden mit Gnade, Liebe und Selbstverleugnung, mit Samen und Kindern.

O Gott, König des Universums, ich danke dir dafür, daß du mich nicht als Mann geschaffen hast.

O Gott, lösche mich aus. Mache mich fruchtbar. Martere mein Fleisch, auf daß ich mich vermehre. Laß mich erfüllt werden...

Manche von ihnen gerieten dabei in Verzückung. Die Ekstase der Erniedrigung. Manche von ihnen stöhnten und schrien.

Es nützt dir nichts, dich derart aufzuspielen, Janine, sagte Tante Lydia.

Ich bete, wo ich bin. Ich bleibe am Fenster sitzen und schaue durch die Gardine hinaus in den leeren Garten. Ich schließe nicht einmal die Augen. Ob dort draußen oder in meinem Kopf, es ist die gleiche Dunkelheit. Oder das gleiche Licht.

Mein Gott. Der Du bist im Königreich des Himmels, das in mir ist.

Ich wünschte, Du sagtest mir Deinen Namen, den wahren, meine ich. Aber Du wirst Dich auch darum nicht scheren.

Ich wünschte, ich wüßte, worauf Du hinauswillst. Was immer es sein mag, hilf mir, es hinter mich zu bringen, bitte. Auch wenn es vielleicht nicht Deine Wille ist; ich glaube nicht eine Sekunde lang, daß das, was da draußen vor sich geht, so von Dir gemeint war.

Täglich Brot habe ich ausreichend, deshalb möchte ich darauf keine Zeit verschwenden. Das ist nicht das Hauptproblem. Das Problem ist, es hinunterzuwürgen, ohne daran zu ersticken.

Jetzt kommen wir zur Vergebung. Halte Dich nicht damit auf, mir jetzt im Augenblick irgend etwas zu vergeben. Es gibt Wichtigeres zu tun. Zum Beispiel: Bewahre die anderen vor Gefahr, falls sie in Sicherheit sind. Laß sie nicht zu sehr leiden. Und wenn sie sterben müssen, laß es schnell geschehen. Vielleicht könntest Du ihnen sogar einen Himmel anbieten. Dazu brauchen wir Dich. Die Hölle können wir uns selbst machen.

Ich nehme an, ich müßte jetzt sagen, daß ich all denen vergebe, die dies angerichtet haben, und daß ich ihnen alles vergebe, was sie gegenwärtig tun. Ich will mir Mühe geben, aber es ist nicht leicht.

Versuchung kommt als nächstes an die Reihe. Im Zentrum galt als Versuchung alles, was über Essen und Schlafen hinausging. Wissen war eine Versuchung. Was du nicht weißt, macht dich nicht heiß, pflegte Tante Lydia zu sagen.

Vielleicht will ich in Wirklichkeit gar nicht wissen, was vorgeht. Vielleicht möchte ich es lieber nicht wissen. Vielleicht könnte ich es gar nicht ertragen, wenn ich es wüßte. Der Sündenfall war ein Fallen aus der Unschuld ins Wissen.

Ich denke zu viel an den Kronleuchter, obwohl er jetzt fort ist. Aber man könnte einen Haken im Schrank benützen. Ich habe die Möglichkeiten erwogen. Man braucht sich, wenn man sich festgebunden hat, nur mit dem ganzen Gewicht nach vorn zu lehnen, ohne sich zu wehren.

Erlöse uns von dem Übel.

Dann kommen noch Reich, Kraft und Herrlichkeit. Es ist viel verlangt, ausgerechnet jetzt daran zu glauben. Aber ich will es trotzdem versuchen. Hoffend und harrend, wie es auf manchen Grabsteinen heißt.

Du mußt dir doch ziemlich übers Ohr gehauen vorkommen. Ich nehme an, es ist nicht das erste Mal.

Wenn ich Du wäre, hätte ich es satt bis obenhin. Es würde mich ankotzen. Ich nehme an, das ist der Unterschied zwischen uns.

Ich komme mir sehr unwirklich vor, wenn ich so mit Dir spreche. Ich komme mir so vor, als spräche ich zu einer Wand. Ich wünschte, Du würdest antworten. Ich bin so allein.

All alone by the telephone. Nur, daß ich das Telefon nicht benutzen darf. Und wenn ich es benutzen dürfte, wen könnte ich anrufen?

O Gott. Das soll kein Witz sein. O Gott o Gott. Wie soll ich weiterleben?

XII Jesebel

KAPITEL EINUNDDREISSIG

Jeden Abend, wenn ich zu Bett gehe, denke ich: Morgen werde ich in meinem eigenen Haus aufwachen, und alles wird wieder so sein, wie es früher war.
 Auch heute morgen ist es nicht passiert.

Ich ziehe mich an, Sommerkleider, es ist immer noch Sommer; der Jahreslauf scheint im Sommer stehengeblieben zu sein. Juli, seine atemlosen Tage und Sauna-Nächte, in denen es schwer ist, Schlaf zu finden. Ich lege Wert darauf, auf dem laufenden zu bleiben. Ich sollte Striche in die Wand kratzen, einen für jeden Wochentag, und einen Querstrich durchziehen, wenn ich sieben beisammenhabe. Aber was nützte es, ich verbüße keine Gefängnisstrafe, und es gibt hier keine Zeit, die ich absitzen könnte und dann hinter mir hätte. Außerdem brauche ich nur zu fragen, wenn ich wissen will, welcher Tag es ist. Gestern war der vierte Juli, früher der Unabhängigkeitstag, bevor sie ihn abgeschafft haben. Der erste September wird der Tag der Arbeit sein, den haben sie beibehalten. Obwohl er mit Müttern nie das geringste zu tun gehabt hat.
 Aber ich verfolge die Zeit mit Hilfe des Monds. Lunarzeit, nicht Solarzeit.

Ich bücke mich, um meine roten Schuhe zu schließen; leichtere in dieser Zeit, mit diskret geschnittenen Schlitzen, doch nicht im entferntesten so gewagt wie Sandalen. Es strengt an, sich zu bücken; trotz der Gymnastikübungen spüre ich, wie mein Körper sich allmählich versteift, sich verweigert. Da ich eine Frau bin, habe ich mir so immer das Altsein vorgestellt. Ich merke, daß ich sogar so gehe: vornübergebeugt, die Wirbelsäule zu einem Fragezeichen verkrümmt, die Knochen ausgelaugt, ohne Kalzium, und porös wie Kalkstein. Wenn ich mir, als ich jünger war, das Alter vorstellte, dachte ich immer: Vielleicht lerne ich die Dinge mehr schätzen, wenn mir nicht mehr viel Zeit bleibt. Ich vergaß, den Verlust an Energie zu bedenken. Es gibt Tage, an denen ich die Dinge mehr zu schätzen weiß, Eier, Blumen, aber dann komme ich zu dem Schluß, daß ich nur unter einem Anfall von Sentimentalität leide, daß mein Gehirn allmählich pastellfarben wird, Technicolor, wie die Ansichtskarten mit den herrlichen Sonnenuntergängen, von denen in Kalifornien so viele gedruckt wurden. Hochglanzherzen.

Die Gefahr liegt im grauen Einerlei.

Ich hätte Luke gern hier, in diesem Schlafzimmer, während ich mich anziehe, damit ich mich mit ihm streiten könnte. Absurd, aber genau darauf habe ich Lust. Einen Streit darüber, wer das Geschirr in die Spülmaschine stellen soll, wer an der Reihe ist, die Wäsche zu sortieren, das Klo zu reinigen – irgend etwas Alltägliches und Unwichtiges im großen Plan der Dinge. Wir könnten uns sogar darüber streiten, was *unwichtig* und was *wichtig* ist. Was für ein Luxus! Nicht, daß wir uns viel gestritten hätten. Aber zur Zeit erfinde ich ganze Streitdialoge – und ebenso die Versöhnungen danach.

Ich sitze auf meinem Stuhl, der Kranz an der Decke schwebt über meinem Kopf wie ein erstarrter Heiligenschein, eine Null. Ein Loch im Weltraum, wo ein Stern explodiert ist. Ein Ring auf dem Wasser, wo ein Stein hineingeworfen wurde. Alles weiß und rund. Ich warte darauf, daß der Tag sich entrollt, daß die Erde sich dreht, dem runden Zifferblatt der unerbittlichen Uhr entsprechend. Die geometrischen Tage, die immerfort im Kreis gehen, glatt und wie geölt. Bereits mit Schweiß auf der Oberlippe warte ich auf die Ankunft des unvermeidlichen Frühstückseis, das lauwarm sein wird wie das Zimmer, mit einem grünen Film um den Dotter, und leicht nach Schwefel schmecken wird.

Heute, später, mit Desglen auf unserem Einkaufsgang:
   Wir gehen wie gewöhnlich zur Kirche und betrachten die Gräber. Dann zur Mauer. Nur zwei hängen heute dort: ein Katholik, aber kein Priester, mit einem auf den Kopf gestellten Kreuz gekennzeichnet, und jemand von einer anderen Sekte, die ich nicht kenne. Die Leiche ist nur mit einem J markiert, in Rot. Es bedeutet nicht Jude, denn Juden wären mit gelben Sternen gekennzeichnet. Ohnehin hat es nicht viele Juden gegeben. Sie wurden nämlich zu Söhnen Jakobs erklärt und damit zu etwas Besonderem, und sie hatten die Wahl: Sie konnten konvertieren oder nach Israel emigrieren. Viele von ihnen sind emigriert, wie man gern glauben wird. Ich habe im Fernsehen eine ganze Schiffsladung von ihnen gesehen: sie beugten sich über die Reling in ihren schwarzen Mänteln und Hüten und mit ihren langen Bärten und versuchten, so jüdisch wie möglich auszusehen – in Kleidern aus der Vergangenheit, die sie irgendwo hervorgeholt hatten, die Frauen mit Tüchern um den Kopf, lächelnd und winkend, wenn auch ein wenig steif, als stünden sie Modell; und ein anderes Bild von den reicheren, die anstanden, um ein Flugzeug zu erwischen. Desglen sagt, es seien auch etliche andere Leute auf diese Weise entkommen, indem sie vorgaben, daß sie Juden seien, aber leicht war das nicht, wegen der Tests, denen man sich unterziehen mußte, und inzwischen sind die Bedingungen noch verschärft.
   Man wird jedoch nicht aufgehängt, nur weil man Jude ist. Man wird aufgehängt, weil man ein umtriebiger Jude ist, der sich nicht entscheiden will. Oder weil man nur vortäuscht,

daß man konvertiert ist. Auch das kam im Fernsehen: nächtliche Razzien, geheime Anhäufungen jüdischer Dinge, die unter Betten hervorgezogen worden, Schriften, Gebetsmäntel, Davidsterne. Und die Besitzer, verstockt, unbußfertig, von den Augen an die Schlafzimmerwand gestellt, während die kummervolle Stimme des Sprechers uns aus dem Off über ihre Tücke und ihre Undankbarkeit berichtet.

Das J steht also nicht für Jude. Was könnte es bedeuten? Zeuge Jehovas? Jesuit? Was es auch bedeutet hat, er ist nicht minder tot.

Nach dem Besichtigungsritual setzen wir unseren Weg fort. Wir streben gewöhnlich auf einen offenen Platz zu, den wir queren können, damit wir miteinander sprechen können. Wenn man es Sprechen nennen kann, dieses abgehackte Geflüster, das wir durch die Trichter unserer weißen Flügel schicken. Es ist mehr wie Telegrafieren, eine verbale Zeichensprache. Amputierte Sprache.

Wir dürfen nie lange an ein und derselben Stelle stehen bleiben. Schließlich wollen wir nicht wegen Herumlungerns aufgegriffen werden.

Heute wenden wir uns in die entgegengesetzte Richtung von Seelenrollen, dort gibt es einen Park, mit einem großen alten Gebäude: reich verzierte späte Viktorianik mit Buntglasfenstern. Früher wurde es Memorial Hall genannt, aber ich habe nie gewußt, wofür es eine Gedenkstätte war. Für irgendwelche Toten.

Moira hat mir einmal erzählt, daß dort die Studenten zu essen pflegten, in den früheren Tagen der Universität. Wenn eine Frau dort hineinging, warfen sie mit Brötchen nach ihr, sagte sie.

Warum? fragte ich. Moira war im Laufe der Jahre eine wandelnde Sammlung solcher Anekdoten geworden. Ich mochte dieses Grollen gegenüber der Vergangenheit nicht so gern.

Damit sie wieder rausging, sagte Moira.

Vielleicht war es eher so, wie wenn man Erdnüsse nach einem Elefanten wirft, sagte ich.

Moira lachte; das brachte sie jederzeit fertig. Exotische Monster, sagte sie.

Wir standen da und betrachteten dieses Gebäude, das von der Form her mehr oder weniger einer Kirche ähnelte, einer Kathedrale. Desglen sagt: »Ich habe gehört, daß hier die Augen ihre Bankette abhalten.«

»Wer hat dir das gesagt?« frage ich. Es ist niemand in der Nähe, wir können freier sprechen, aber aus Gewohnheit halten wir die Stimmen gesenkt.

»Es ist mir zu Ohren gekommen«, sagt sie. Sie hält inne, sieht mich von der Seite an, ich sehe den weißen Fleck, als ihre Flügel sich bewegen. »Es gibt eine Losung«, sagt sie.

»Eine Losung?« frage ich. »Wofür?«

»Damit man merkt«, sagt sie, »wer dazugehört und wer nicht.«

Obwohl ich nicht verstehe, was es mir nützen soll, frage ich: »Und wie heißt sie?«

»Mayday«, sagt sie, »ich habe es einmal bei dir ausprobiert«.

»Mayday«, wiederhole ich. Ich erinnere mich an den Tag. *M'aidez.*

»Benutze sie nur, wenn unbedingt nötig«, sagt Desglen. »Es ist nicht gut für uns, von zu vielen anderen im Netzwerk zu wissen. Für den Fall, daß man geschnappt wird.«

Ich finde es schwer, an diese Flüstereien, diese Offenbarungen zu glauben, obwohl ich es im ersten Augenblick immer tue. Danach jedoch kommen sie einem unwahrscheinlich vor, sogar kindisch, wie etwas, was man nur so aus Spaß macht; wie ein Mädchenbund, wie Geheimnisse in der Schule. Oder wie die Spionageromane, die ich an Wochenenden immer las, wenn ich eigentlich meine Hausaufgaben hätte fertig machen sollen, oder wie das Spätprogramm im Fernsehen. Losungen, Dinge, die man nicht sagen darf, Menschen mit falschen Papieren, dunklen Verbindungen: Es kommt mir nicht so vor, als ob das die wahre Gestalt der Welt sein dürfte. Aber das ist meine persönliche Illusion, ein Überrest von einer Version der Realität, die ich in früheren Zeiten gelernt habe.

Und Netzwerke. Netzwerkarbeit, einer der alten Ausdrücke meiner Mutter, verstaubter Slang von vorgestern. Noch als sie schon über sechzig war, tat sie etwas, was sie so nannte, auch wenn es, soweit ich es beurteilen konnte, nur bedeutete, mit einer anderen Frau mittagessen zu gehen.

Ich verlasse Desglen an der Ecke. »Bis später«, sagt sie und gleitet auf dem Bürgersteig davon, während ich den Weg zum Haus hinaufgehe. Nick ist da, die Mütze schief auf dem Kopf. Heute schaut er mich nicht einmal an. Er muß jedoch auf mich gewartet haben, um seine stumme Botschaft zu übermitteln, denn sobald er weiß, daß ich ihn gesehen habe, fährt er ein letztes Mal mit dem Polierleder über den Whirlwind und geht dann rasch in Richtung der Garagentür.

Ich gehe über den Kies, zwischen den übergrünen Rasenflächen. Serena Joy sitzt auf ihrem Stuhl unter der Weide, den Stock an den Ellbogen gelehnt. Ihr Kleid ist aus frischer kühler Baumwolle. Ihre Farbe ist blau, ein Wasserfarbenblau, nicht dieses Rot wie bei mir, das die Hitze ansaugt und gleichzeitig vor Hitze glüht. Ihr Profil ist mir zugewandt, sie strickt. Wie kann sie es ertragen, bei dieser Hitze die Wolle zu berühren? Aber möglicherweise ist ihre Haut taub geworden; möglicherweise spürt sie gar nichts, wie jemand, der sich früher einmal verbrüht hat.

Ich senke die Augen auf den Weg, gleite an ihr vorbei, in der Hoffnung, unsichtbar zu sein, in der Gewißheit, unbeachtet zu bleiben. Doch diesmal kommt es anders.

»Desfred«, sagt sie.

Ich halte unsicher inne.

»Ja, du.«

Ich wende ihr meinen scheuklappenbewehrten Blick zu.

»Komm herüber. Ich brauche dich.«
Ich gehe übers Gras und stehe vor ihr, blicke zu Boden.
»Du kannst dich setzen«, sagt sie. »Hier, nimm das Kissen.
Ich brauche dich, damit du mir die Wolle hältst.« Sie hat eine
Zigarette, der Aschenbecher steht auf dem Rasen neben ihr,
und eine Tasse mit etwas, Tee oder Kaffee. »Es ist verdammt
schwül da drinnen. Man braucht ein wenig Luft«, sagt sie. Ich
setze mich, stelle meinen Korb ab, wieder Erdbeeren, wieder
Hähnchen, und mir fällt das »verdammt« auf, das ist etwas
Neues. Sie legt mir den Wollstrang über meine ausgestreck-
ten Hände und fängt an, die Wolle aufzuwickeln. Ich bin an
die Leine gelegt, so sieht es aus, mit Handschellen gefesselt.
Ich bin von Spinnweben umgarnt – das kommt der Sache näher. Die Wolle ist grau und hat Feuchtigkeit aus der Luft auf-
gesogen, sie ist wie eine naßgemachte Babydecke und riecht
leicht nach feuchten Schafen. Wenigstens bekommen meine
Hände so etwas Lanolin ab.

Serena wickelt, die Zigarette im Mundwinkel, wo sie
schwelt und verführerischen Rauch aussendet. Sie wickelt
langsam und schwerfällig, wegen ihrer allmählich verkrüp-
pelnden Hände, aber entschlossen. Vielleicht muß sie zum
Stricken eine gewisse Willenskraft aufbieten, vielleicht tut es
ihr sogar weh. Vielleicht ist es ihr aber auch vom Arzt ver-
schrieben: zehn Reihen am Tag glatt rechts, zehn Reihen
kraus. Obwohl sie bestimmt noch mehr strickt. Ich sehe jetzt
die immergrünen Bäume und die geometrischen Jungen und
Mädchen in einem neuen Licht: Beweis ihrer Hartnäckigkeit,
und nicht gänzlich verachtenswert.

Meine Mutter hat nie gestrickt oder andere Handarbeiten gemacht. Aber immer, wenn sie Kleider von der Reinigung ab-
holte, ihre guten Blusen, Wintermäntel, hob sie die Sicher-
heitsnadeln auf und machte eine Kette daraus. Dann steckte
sie die Kette irgendwohin, an ihr Bett, an das Kopfkissen, an
einen Stuhlrücken, an den Topflappen in der Küche – um sie

nicht zu verlieren. Dann vergaß sie sie. Ich fand sie, hier und da im Haus, in den verschiedenen Häusern; Spuren ihrer Gegenwart, Überbleibsel einer vergessenen Absicht, wie Wegweiser an einer Straße, die am Ende doch nirgendwohin führt. Rückschritte in die Häuslichkeit.

»Und?« sagt Serena. Sie hört auf zu wickeln, und ich sitze mit von Tierhaaren umwundenen Händen da, während sie die Zigarettenkippe aus dem Mund nimmt, um sie auszudrücken. »Noch nichts?«

Ich weiß, wovon sie spricht. Es gibt nicht viele Themen, über die wir sprechen könnten. Wir haben nicht viel gemeinsam, ausgenommen diese mysteriöse, dem Zufall unterworfene Sache.

»Nein«, sage ich. »Nichts.«

»Zu schade«, sagt sie. Es ist schwer, sie sich mit einem Baby vorzustellen. Aber hauptsächlich würden sich ja die Marthas darum kümmern. Trotzdem sähe sie mich gern schwanger, ein für alle Mal und dann Schluß und weg, keine demütigenden verschwitzten Knäuel mehr, keine Dreiecke aus Körpern mehr unter ihrem sternenbesäten Baldachin mit den Silberblumen. Friede und Ruhe. Ich kann mir nicht vorstellen, daß sie aus irgendeinem anderen Grund mir dieses Glück wünschen würde.

»Deine Zeit geht zu Ende«, sagt sie. Keine Frage, eine Tatsache.

Ja«, sage ich unbeteiligt.

Sie zündet sich wieder eine Zigarette an, müht sich mit dem Feuerzeug ab. Ihre Hände werden deutlich schlimmer. Aber es wäre ein Fehler, ihr anzubieten, es für sie zu tun, sie würde sich beleidigt fühlen. Ein Fehler, eine Schwäche bei ihr zu bemerken.

»Vielleicht kann er nicht«, sagt sie.

Ich weiß nicht, wen sie meint. Meint sie den Kommandanten oder Gott? Wenn sie Gott meint, müßte sie sagen: »will er nicht«. So oder so, es ist ketzerisch. Es gibt nur Frauen, die nicht können, die hartnäckig geschlossen bleiben, die schadhaft sind, defekt.

»Mag sein«, sage ich. »Vielleicht kann er nicht.«

Ich schaue zu ihr auf. Sie schaut herunter. Zum erstenmal seit sehr langer Zeit sehen wir einander in die Augen. Seit wir uns zum erstenmal begegneten. Der Augenblick dehnt sich zwischen uns, kahl und gerade. Sie versucht zu erkennen, ob ich der Realität ins Auge sehen kann oder nicht.

»Vielleicht«, sagt sie, und hält die Zigarette in der Hand, die anzuzünden ihr nicht gelungen ist. »Vielleicht solltest du es anders versuchen.«

Meint sie auf allen vieren? »Wie anders?« frage ich. Ich muß ernst bleiben.

»Mit einem anderen Mann«, sagt sie.

»Sie wissen doch, daß ich das nicht darf«, sage ich, darauf bedacht, mir meine Gereiztheit nicht anmerken zu lassen. »Es ist gegen das Gesetz. Sie wissen, welche Strafe darauf steht.«

»Ja,« sagt sie. Sie ist darauf vorbereitet, sie hat es durchdacht. »Ich weiß, daß du es offiziell nicht darfst. Aber es kommt vor. Frauen tun es häufig. Ständig.«

»Mit Ärzten, meinen Sie?« frage ich und denke an die teilnahmsvollen braunen Augen, die handschuhlose Hand. Als ich das letzte Mal hinging, war es ein anderer Arzt. Vielleicht hat jemand den früheren erwischt, oder eine Frau hat ihn angezeigt. Nicht daß sie einer Frau glauben würden, ohne Beweise.

»Manche tun das«, sagt sie, jetzt in fast leutseligem Ton, wenn auch distanziert. Es ist, als sprächen wir über die Wahl eines Nagellacks. »So hat Deswarren es gemacht. Die Ehefrau wußte es natürlich.« Sie hält inne, um ihre Worte wirken zu lassen. »Ich würde dir helfen. Ich würde aufpassen, daß nichts schiefgeht.«

Ich denke darüber nach. »Nicht mit einem Arzt«, sage ich.

»Nein«, stimmt sie zu, und zumindest diesen Augenblick

lang sind wir Busenfreundinnen, dies könnte ein Küchentisch sein, und das Gespräch könnte sich um eine Verabredung mit einem Jungen drehen, um ein Backfischkomplott voller List und Liebelei. »Manchmal erpressen sie einen. Aber es braucht kein Arzt zu sein. Es könnte jemand sein, dem wir vertrauen.«

»Wer?« frage ich.

»Ich hatte an Nick gedacht«, sagt sie, und ihre Stimme klingt fast sanft. »Er ist schon so lange bei uns. Er ist loyal. Ich könnte es mit ihm verabreden.«

Er ist es also, der die kleinen Schwarzmarktbesorgungen für sie macht. Ist dies der Lohn, den er immer bekommt, als Gegengabe?

»Und der Kommandant?« frage ich.

»Nun«, sagt sie mit Bestimmtheit – nein, mehr als das, mit einem geballten Blick, wie eine Handtasche, die zuschnappt. »Wir erzählen es ihm einfach nicht, nicht wahr?«

Der Gedanke hängt zwischen uns, fast sichtbar, fast greifbar: schwer, formlos, dunkel; eine Art geheimes Einverständnis, eine Art Betrug. Sie will das Kind wirklich.

»Es ist ein Risiko«, sage ich. »Mehr als das.« Mein Leben steht auf dem Spiel; aber früher oder später wird es ohnehin auf dem Spiel stehen, auf diese oder jene Weise, ob ich es tue oder nicht. Das wissen wir beide.

»Dann kannst du es ebensogut tun«, sagt sie – genau das, was ich auch denke.

»Gut«, sage ich. »Ja«.

Sie beugt sich vor. »Vielleicht kann ich dir etwas besorgen», sagt sie. Dafür, daß ich brav gewesen bin. »Etwas, was du gern haben möchtest«, fügt sie hinzu, fast schmeichelnd.

»Was denn?« frage ich. Ich kann mir nichts denken, was ich wirklich möchte und was sie mir geben würde oder könnte.

»Ein Bild«, sagt sie, als böte sie mir irgendeine Kinderbelohnung an, ein Eis oder einen Zoobesuch. Ich schaue noch einmal zu ihr hoch, verwirrt.

»Von ihr«, sagt sie. »Deinem kleinen Mädchen.«

Dann weiß sie also, wo sie sie hingebracht haben, wo sie sie versteckt halten. Sie weiß es schon die ganze Zeit. Etwas würgt in meiner Kehle. Dieses Miststück, mir das nicht zu sagen, mir keine Nachrichten zu bringen, nichts. Und sich nicht einmal zu verplappern. Sie ist aus Holz, oder aus Eisen, sie kann sich so etwas nicht vorstellen. Aber das darf ich nicht sagen, ich darf nichts aus dem Auge verlieren, nicht einmal eine solche Kleinigkeit. Ich darf die Hoffnung nicht fahren lassen. Ich darf nicht sprechen.

Sie lächelt doch tatsächlich und sogar ein wenig kokett! Eine Andeutung ihrer früheren Bildschirm-Mannequin-Allüren flimmert über ihr Gesicht, wie eine vorübergehende atmosphärische Störung. »Es ist zu heiß dafür, verdammt, findest du nicht?« Und sie nimmt die Wolle von meinen Händen, wo ich sie die ganze Zeit gehalten habe. Dann nimmt sie die Zigarette, mit der sie herumgespielt hat, und drückt sie mir ein wenig ungeschickt in die Hand und schließt meine Finger darum. »Besorg dir ein Streichholz«, sagt sie. »Sie sind in der Küche, du kannst Rita um eins bitten. Du kannst ihr sagen, daß ich es erlaubt habe. Aber nur eins«, fügt sie schelmisch hinzu. »Wir wollen nicht, daß du dir deine Gesundheit ruinierst!«

KAPITEL ZWEIUNDDREISSIG

Rita sitzt am Küchentisch. Vor ihr steht eine Glasschüssel mit darin schwimmenden Eiswürfeln. Radieschen, zu Blumen geschnitten, Rosen oder Tulpen, hüpfen darin auf und ab. Auf dem Brettchen vor ihr schneidet sie weitere Blumen mit einem Schälmesser. Ihre großen Hände arbeiten flink und gleichgültig. Ihr übriger Körper bewegt sich nicht, und auch ihr Gesicht nicht. Als vollführte sie diesen Messertrick im Schlaf. Auf der weißen Emaillefläche liegt ein Häufchen Radieschen, gewaschen, aber noch ungeschnitten. Kleine Azteken-Herzen.

Sie macht sich kaum die Mühe aufzuschauen, als ich hereinkomme. »Hast du alles, he?« sagt sie nur, als ich die Päckchen zu ihrer Begutachtung herausnehme.

»Könnte ich ein Streichholz haben?« bitte ich sie. Es überrascht mich, wie sehr sie mir das Gefühl vermittelt, ein kleines bettelndes Kind zu sein, nur durch ihr Stirnrunzeln, ihre Stumpfheit: Wie aufdringlich dieses Gewinsel!

»Streichhölzer?« sagt sie. »Wozu willst du Streichhölzer?«

»Sie hat gesagt, ich darf eins haben«, sage ich, weil ich nichts von der Zigarette sagen möchte.

»Wer hat das gesagt?« Sie macht weiter mit den Radieschen. »Hast kein Recht, Streichhölzer zu besitzen. Könntest das Haus niederbrennen.«

»Du kannst ja hingehen und sie fragen, wenn du willst«, sage ich. »Sie sitzt draußen auf dem Rasen.«

Rita dreht die Augen zur Decke, als befragte sie stumm eine Gottheit dort oben. Dann seufzt sie, erhebt sich schwerfällig und wischt demonstrativ die Hände an ihrer Schürze ab, um mir zu zeigen, wieviel Umstände ich ihr mache. Sie geht zum Schrank über dem Ausguß, läßt sich viel Zeit, findet endlich ihren Schlüsselbund in ihrer Tasche, schließt die Schranktür auf. »Hab sie hier drinnen, im Sommer«, sagt sie wie zu sich selbst. »Keinen Bedarf an Feuer bei dem Wetter.« Vom April her erinnere ich mich daran, daß gewöhnlich Cora bei kühlem Wetter die Kamine anzündet.

Die Streichhölzer sind aus Holz, in einer Pappschachtel zum Aufschieben, von der Art, wie ich sie mir als Kind erbat, um Puppenkommoden daraus zu basteln. Sie öffnet die Schachtel, späht hinein, wie um zu entscheiden, welches sie mir geben will. »Ist ja ihre Sache«, murmelt sie. »Die läßt sich ja doch nichts sagen.« Sie senkt ihre große Hand, wählt ein Streichholz und gibt es mir. »Daß du mir ja nichts anzündest«, sagt sie. »Auch nicht die Gardinen in deinem Zimmer. Ist eh schon zu heiß.«

»Ich hab nichts dergleichen vor«, sage ich. »Dafür ist das Streichholz nicht.«

Sie läßt sich nicht herab zu fragen, wofür es ist. »Mir doch egal, ob du's runterschluckst oder was«, sagt sie. »Sie hat gesagt du sollst eins haben, also gebe ich dir eins, das ist alles.«

Sie setzt sich wieder an den Tisch. Dann angelt sie einen Eiswürfel aus der Schüssel und steckt ihn sich in den Mund. Das ist ungewöhnlich für sie. Ich habe sie noch nie bei der Arbeit etwas knabbern sehen. »Du kannst auch einen haben«, sagt sie. »Eine Schande, dich mit all diesen Kissenbezügen auf dem Kopf rumlaufen zu lassen, bei diesem Wetter.«

Ich bin überrascht: normalerweise bietet sie mir nichts an. Vielleicht hat sie das Gefühl, wenn mein Status dermaßen gestiegen ist, daß mir ein Streichholz gegeben wird, daß sie sich dann ihre eigene kleine Geste erlauben darf. Bin ich plötzlich eine von denen geworden, die man bei Laune halten muß?

»Danke«, sage ich. Ich verstaue das Streichholz sorgfältig in meinem mit Reißverschluß versehenen Ärmel, dort, wo die Zigarette ist, damit es nicht naß wird, und nehme mir einen Eiswürfel. »Die Radieschen sind aber hübsch«, sage ich, als Gegenleistung für das Geschenk, das sie mir aus freien Stücken gemacht hat.

»Ich mach halt Sachen gern ordentlich«, sagte sie, jetzt wieder brummig. »Hat sonst ja keinen Sinn.«

Ich gehe durch den Gang, die Treppe hinauf, ich eile. In dem gewölbten Dielenspiegel husche ich vorbei, eine rote Gestalt am Rande meines eigenen Gesichtsfelds, eine Erscheinung aus rotem Rauch. Auch in meinen Gedanken ist der Rauch, ist spüre ihn schon im Mund, hinuntergezogen in meine Lunge, spüre, wie er mich mit einem langen, vollen, schmutzigen Zimtseufzer erfüllt, und dann das Brausen, wenn das Nikotin ins Blut strömt.

Nach der langen Zeit könnte mir schlecht davon werden. Es würde mich nicht überraschen. Doch sogar dieser Gedanke ist mir willkommen.

Ich gehe den Flur entlang, wo soll ich es machen? Im Badezimmer, und dabei das Wasser laufen lassen, um die Luft zu reinigen? Im Schlafzimmer, keuchende Wölkchen zum offenen Fenster hinaus? Wer wird mich dabei ertappen? Wer weiß es?

Aber noch während ich so in der Zukunft schwelge, die Vorfreude in meinem Mund umherrolle, fällt mir etwas anderes ein.

Ich brauche diese Zigarette nicht zu rauchen.

Ich könnte sie zerkrümmeln und die Toilette hinunterspülen. Oder ich könnte sie essen und auf diese Weise high werden, das funktioniert sicher auch, immer nur ein bißchen, und den Rest aufheben.

So könnte ich das Streichholz sparen. Ich könnte ein kleines Loch in die Matratze bohren, das Streichholz vorsichtig hineinstecken. Ein so dünner Gegenstand würde nie bemerkt werden.

Da würde es dann liegen, nachts, unter mir, während ich im Bett läge. Darauf schliefe.

Ich könnte das Haus niederbrennen. So ein schöner Gedanke, er macht mich schaudern.

Ein Entrinnen, schnell und knapp.

Ich liege auf meinem Bett und tue so, als schliefe ich.

Der Kommandant gestern abend, die Finger aneinandergelegt. Wie er mich betrachtete, während ich dasaß und mir die ölige Lotion in die Hände rieb! Komisch, ich dachte daran, ihn um eine Zigarette zu bitten, entschied mich aber dagegen. Ich bin klug genug, nicht zu viel auf einmal zu erbitten. Ich möchte nicht, daß er denkt, ich nutze ihn aus. Außerdem will ich ihn auch nicht unterbrechen.

Gestern abend hat er etwas getrunken. Scotch und Wasser. Er hat sich angewöhnt, in meiner Gegenwart zu trinken, um sich nach dem Tag zu entspannen, wie er sagt. Ich soll daraus schließen, daß er unter Druck steht. Mir jedoch bietet er nie etwas zu trinken an, und ich bitte nicht darum: wir wissen beide, wozu mein Körper da ist. Wenn ich ihn zum Abschied küsse, so, als ob es von Herzen käme, riecht sein Atem nach Alkohol, und ich sauge ihn ein wie Rauch. Ich gebe zu, daß ich diesen Hauch von Ausschweifung genieße.

Manchmal wird er nach ein paar Gläsern albern und mogelt beim Scrabble. Er ermuntert mich, es auch zu tun, und wir nehmen zusätzliche Buchstaben und legen Wörter, die es gar nicht gibt, Wörter wie *Schmurz* und *Tisse* und kichern darüber. Manchmal schaltet er sein Kurzwellenradio ein und führt mir ein, zwei Minuten lang Radio Free America vor, um mir zu zeigen, daß er es kann. Dann schaltet er es wieder aus. Verdammte Kubaner, sagt er. All dieses Geschwätz über universelle Tagesbetreuung.

Manchmal setzt er sich, wenn wir zu Ende gespielt haben, auf den Fußboden neben meinen Stuhl und hält meine Hand. Sein Kopf ist dann ein wenig unter meinem, so daß er, wenn er zu mir hochschaut, dies aus einem jugendlichen Blickwinkel tut. Seine gespielte Unterwürfigkeit muß ihn amüsieren.

Er ist ein hohes Tier, sagt Desglen. Er ist an der Spitze, und damit meine ich die oberste Spitze.

In solchen Augenblicken ist es schwer, sich das vorzustellen.

Gelegentlich versuche ich, mich in seine Lage zu versetzen. Ich tue das aus taktischen Gründen, um schon im voraus zu erahnen, wie ich beeinflussen kann, daß er sich mir gegenüber ordentlich benimmt. Es fällt mir schwer zu glauben, daß ich Macht über ihn habe. Aber das habe ich – wenn auch Macht von zweifelhafter Art. Manchmal meine ich, mich selbst so sehen zu können, wie er mich sieht, wenn auch verschwommen. Es gibt Dinge, die er mir beweisen will, Geschenke, die er mir machen will, Dienste, die er mir leisten will, Zärtlichkeiten, zu denen er mich ermutigen will.

Er entbehrt etwas, das stimmt. Besonders nach ein paar Gläsern.

Manchmal wird er nörgelig, zu anderen Zeiten philosophisch; oder er möchte Dinge erklären, um sich zu rechtfertigen. Wie gestern abend.

Nicht nur die Frauen hatten Probleme, sagt er. Das größte Problem hatten die Männer. Für sie blieb nichts mehr.

Nichts? sage ich. Aber sie hatten doch...

Es gab nichts für sie zu tun, sagt er.

Sie konnten immerhin Geld verdienen, sage ich, eine Spur gehässig. Jetzt, in diesem Augenblick habe ich keine Angst vor ihm. Es ist schwer, vor einem Mann Angst zu haben, der dasitzt und dir zusieht, wie du dich mit Handlotion einreibst. Dieses Fehlen von Furcht ist gefährlich.

Das ist nicht genug, sagt er. Das ist zu abstrakt. Ich meine, es gab einfach nichts, was sie mit Frauen anfangen konnten.

Was soll das heißen? frage ich. Und was war mit all den Pornoecken? Die gab es doch auf Schritt und Tritt, man hatte sie sogar motorisiert.

Ich spreche nicht von Sex, sagt er. Das war mit ein Grund: der Sex war zu einfach. Jeder konnte ihn kaufen. Es gab nichts, wofür man arbeiten, nichts, wofür man kämpfen mußte. Wir haben die Statistiken aus der Zeit damals. Weißt du, worüber sie sich am meisten beklagten? Über die Unfähigkeit, etwas zu empfinden. Die Männer hatten sogar von Sex die Nase voll. Sie hatten die Nase voll von der Ehe.

Und können sie jetzt etwas empfinden? frage ich.

Ja, sagt er und schaut mich an. Das können sie. Er steht auf, kommt um den Schreibtisch herum zu dem Stuhl, auf dem ich sitze. Er legt seine Hände auf meine Schultern, von hinten. Ich kann ihn nicht sehen.

Ich möchte gern wissen, was du denkst, sagt seine Stimme hinter mir.

Ich denke nicht viel, sage ich leichthin. Er möchte gern Intimität, aber die kann ich ihm nicht geben.

Es hat nicht viel Sinn, daß ich denke, nicht wahr? sage ich. Was ich denke, zählt nicht.

Was der einzige Grund ist, warum er mir seine Geschichten erzählen kann.

Nun komm schon, sagt er und drückt ein wenig mit den Händen. Mich interessiert deine Meinung. Du bist intelligent, du mußt doch eine Meinung haben.

Worüber? frage ich.

Über das, was wir getan haben. Wie die Dinge sich entwickelt haben.

Ich zwinge mich, ganz ruhig zu bleiben. Ich versuche, alle meine Gedanken zu verscheuchen. Ich denke an den Himmel, bei Nacht, wenn der Mond nicht scheint. Ich habe keine Meinung, sage ich.

Er seufzt, lockert den Griff seiner Hände, läßt sie aber auf meinen Schultern. Er weiß schon, was ich denke.

Man kann kein Omelett machen, ohne Eier zu zerschlagen, sagt er. Wir dachten, wir könnten es besser machen.

Besser? sage ich mit leiser Stimme. Wie kann er glauben, daß dies besser sei?

Besser bedeutet nie, besser für alle, sagt er. Es bedeutet immer, schlechter für manche.

Ich liege flach, die feuchte Luft über mir ist wie ein Deckel. Wie Erde. Ich wünschte, es würde regnen. Noch besser ein Gewitter, schwarze Wolken, Blitze, ohrenbetäubendes Krachen. Der Strom würde vielleicht ausfallen. Dann könnte ich hinuntergehen, in die Küche, sagen, daß ich Angst habe, mit Rita und Cora am Küchentisch sitzen, sie würden meine Angst zulassen, da es eine Angst ist, die sie teilen, sie würden mich ins Vertrauen ziehen. Kerzen würden brennen, wir würden beobachten, wie unsere Gesichter im Flackern kämen und wieder vergingen, im weißen Aufblitzen des gezackten Lichts draußen vor dem Fenster. O Herr, würde Cora sagen. O Herr, errette uns.

Danach würde die Luft klar sein, und leichter.

Ich schaue zur Decke hinaus, zu dem runden Kreis aus Stuckblumen. Zeichne einen Kreis, stell dich hinein, und er wird dich beschützen. Von der Mitte hing der Kronleuchter herab, und von dem Kronleuchter ein zusammengedrehtes Stück Bettlaken. Dort schwang sie, ganz leicht, wie ein Pendel; so wie du als Kind schwingen konntest, die Hände an einen Ast geklammert. Da war sie schon in Sicherheit, beschirmt und beschützt, als Cora die Tür öffnete. Manchmal denke ich, sie ist noch hier drinnen, bei mir.

Ich komme mir begraben vor.

KAPITEL DREIUNDDREISSIG

Später Nachmittag, der Himmel trüb, das Sonnenlicht diffus, aber lastend und allgegenwärtig, wie Bronzestaub. Ich gleite mit Desglen den Bürgersteig entlang; wir beide, und vor uns noch ein Paar, und auf der anderen Straßenseite noch eines. Wir müssen aus der Ferne hübsch aussehen: malerisch, wie holländische Milchmädchen auf einem Tapetenfries, wie ein Bord voller Salz- und Pfefferstreuer aus Keramik, Gestalten in Kostümen aus verschiedenen Zeiten, wie eine Flottille von Schwänen oder von irgend etwas anderem, was sich doch immerhin mit einem Minimum an Anmut und ohne Abweichung wiederholt. Wohltuend für das Auge, die Augen, die AUGEN, denn ihnen gilt diese Show.

Wir sind unterwegs zur Betvaganza, um zu demonstrieren, wie gehorsam und fromm wir sind.

Nicht ein Löwenzahn ist hier zu sehen, die Rasenflächen sind sauber ausgestochen. Ich sehne mich nach einem, nur einem: wertlos und geradezu unverschämt willkürlich und schwer ausrottbar und Jahr um Jahr gelb wie die Sonne. Fröhlich und plebejisch, für alle gleichermaßen leuchtend. Ringe machten wir aus ihnen, und Kronen und Ketten, Flecken von der bitteren Milch an unseren Fingern. Oder ich hielt ihr eine Blüte ans Kinn: *Magst du Butter?* Und wenn sie dann daran roch, hatte sie Pollen an der Nase. (Oder waren das die Butterblumen?) Oder wenn sie sich in Samen verwandelt hatten: ich sehe sie noch vor mir, wie sie über den Rasen lief, den Rasen hier direkt vor mir, zwei oder drei Jahre alt, und eine Pusteblume schwenkte, wie eine Wunderkerze, einen kleinen Stab weißen Feuers, während die Luft sich mit winzigen Fallschirmen füllte. *Löwenzahn, ach sag mir doch, wieviel Jahre leb ich noch?* All die Jahre, die mit dem Sommerlüftchen fortgeblasen werden. Wenn es um Liebe ging, waren es allerdings Gänseblümchen, das spielten wir auch.

Wir stellen uns auf, um uns am Kontrollpunkt abfertigen zu lassen, immer zwei und zwei und zwei, wie Schülerinnen einer privaten Mädchenschule, die spazierengegangen und zu lange ausgeblieben sind. Viele Jahre zu lange, so daß alles überwuchert ist, Beine, Körper, Kleider, alles miteinander. Wie verzaubert. Ein Märchen – würde ich gern glauben.

Doch wir werden durchgelassen, in unseren Zweierreihen, und gehen weiter.

Nach einer Weile biegen wir nach rechts ab und gehen an Lilien vorbei und hinunter zum Fluß. Ich wünschte, ich könnte ganz bis ans Wasser gehen, dorthin, wo die breiten Uferböschungen sind, wo wir in der Sonne lagen, wo die Brücken sich hinüberwölben. Wenn wir lange genug am Fluß entlanggingen und seinen sehnigen Windungen folgten, kämen wir ans Meer. Aber was könnten wir dort tun? Muscheln sammeln, uns auf öligen Steinen rekeln.

Wir gehen jedoch nicht zum Fluß, wir werden nicht die kleinen Kuppeln der Gebäude an dem Weg dort unten sehen, weiß mit blauen und goldenen Rändchen, welch eine keusche Fröhlichkeit! Wir biegen bei einem moderneren Gebäude ab. Über dem Portal ist ein riesiges Spruchband drapiert: HEUTE FRAUEN-BETVAGANZA! Das Spruchband verdeckt den früheren Namen des Gebäudes, den Namen eines toten Präsidenten, der erschossen wurde. Unter der roten Schrift befindet sich eine Zeile in kleineren, schwarzen Druckbuchstaben, mit der Silhouette eines geflügelten Auges zu beiden Seiten: GOTT IST EINE NATIONALE ENERGIEQUELLE. Zu beiden Seiten des Eingangs stehen die unvermeidlichen Wächter, zwei Paare, also vier insgesamt, mit Waffen an den Hüften, die Augen geradeaus gerichtet. Sie sehen fast wie Schaufensterpuppen aus mit ihrem ordentlich gekämmten Haar, ihren gebügelten Uniformen und den gipsharten jungen Gesichtern. Keine pickligen heute.

Jedem hängt ein Maschinengewehr griffbereit über der Schulter – für die gefährlichen oder subversiven Akte, die wir ihrer Meinung nach drinnen begehen könnten.

Die Betvaganza soll auf dem überdachten Hof abgehalten werden. Es ist ein rechteckiger Platz mit einem Oberlicht als Dach. Es ist keine stadtweite Betvaganza – die fände auf einem Football-Platz statt. Es ist eine Betvaganza für diesen Bezirk. Reihen hölzerner Klappstühle sind an der rechten Seite aufgestellt worden, für die Ehefrauen und die Töchter der höheren Beamten oder Offiziere – so viele Unterschiede gibt es da nicht. Die Galerien darüber mit ihren Betonbrüstungen sind für die niedriger rangierenden Frauen, die Marthas, die Ökonofrauen in ihren vielfarbig gestreiften Kleidern. Die Anwesenheit bei den Betvaganzas ist für sie keine Pflicht, insbesondere dann nicht, wenn sie im Dienst sind oder kleine Kinder haben. Aber die Galerien scheinen sich trotzdem zu füllen. Ich nehme an, für sie ist es eine Form der Unterhaltung, wie eine Show oder ein Zirkus.

Etliche Ehefrauen sitzen bereits, in ihren besten bestickten blauen Kleidern. Wir spüren ihre auf uns gerichteten Augen, als wir in unseren roten Kleidern, immer zu zweit, zu der Seite ihnen gegenüber gehen. Wir werden betrachtet, taxiert, über uns wird geflüstert: Wir spüren es – wie winzige Ameisen, die über unsere nackte Haut laufen.

Hier gibt es keine Stühle. Unsere Seite ist mit einem seidig glänzenden gedrehten scharlachroten Seil abgesperrt, wie man sie früher in Kinos hatte, um die Besucher zurückzuhalten. Dieses Seil trennt uns ab, isoliert uns, bewahrt die anderen vor Ansteckung durch uns, schafft einen Korral für uns oder einen Pferch. Also marschieren wir hinein, stellen uns in Reihen auf, was wir sehr gut können, und knien uns dann auf den Betonboden.

»Geh möglichst weit nach hinten«, murmelt Desglen an meiner Seite. »Da können wir besser reden.« Und als wir mit leicht gebeugtem Kopf knien, höre ich rings um uns ein Surren wie das Rascheln von Insekten in hohem trockenem Gras: eine Wolke von Gewisper. Hier können wir freier Nachrichten austauschen, sie weitergeben von einer zur anderen. Es ist schwer für sie, eine einzelne von uns herauszuholen oder zu verstehen, was gesagt wird. Und sie würden auch die Zeremonie nicht unterbrechen wollen, nicht vor den Fernsehkameras.

Desglen stößt mich mit dem Ellbogen in die Seite, um meine Aufmerksamkeit zu erregen, und ich schaue hoch, langsam und verstohlen. Von dem Platz, an dem wir knien, haben wir eine gute Sicht auf den Eingang zum Hof, wo ständig Leute hereinströmen. Sie muß Janine gemeint haben, die ich sehen sollte, denn dort kommt sie, zusammen mit einer neuen Frau, nicht der früheren, einer, die ich nicht erkenne. Janine muß also in einen anderen Haushalt versetzt worden sein, an eine neue Stelle. Es ist ziemlich früh dafür, ist vielleicht irgend etwas schiefgegangen mit ihrer Milch? Das wäre der einzige Grund, aus dem man sie versetzen würde, es sei denn, es hätte Kämpfe um das Baby gegeben, was öfter vorkommt, als man denken sollte. Vielleicht hat sie sich, als sie es hatte, geweigert, es wegzugeben. Ich könnte mir das vorstellen. Ihr Körper unter dem roten Kleid wirkt sehr dünn, fast mager, und sie hat auch ihr schwangeres Leuchten verloren. Ihr Gesicht ist weiß und spitz, als wäre ihr das Blut ausgesogen worden.

»Es war nicht gut, verstehst du«, sagt Desglen dicht neben meinem Kopf. »Es war ein Baby für den Reißwolf.«

Sie meint Janines Baby, das Baby, das durch Janine hindurchging auf seinem Weg irgendwo anders hin. Das Baby Angela. Es war falsch, ihm so früh einen Namen zu geben.

Ich spüre eine Übelkeit in der Magengrube. Nicht eine Übelkeit, eine Leere. Ich will nicht wissen, was mit ihm nicht in Ordnung war. »Mein Gott«, sage ich. Das alles durchzumachen, für nichts und wieder nichts. Schlimmer als für nichts und wieder nichts.

»Es ist schon ihr zweites«, sagt Desglen. »Wenn man ihr eigenes, von früher, nicht zählt. Sie hatte eine Fehlgeburt im achten Monat, wußtest du das nicht?«

Wir beobachten, wie Janine das mit dem Seil abgesperrte Gebiet betritt, mit ihrem Schleier der Unberührbarkeit, des Pechs. Sie sieht mich, sie muß mich sehen, aber sie sieht durch mich hindurch. Ohne ein triumphierendes Lächeln diesmal. Sie dreht sich um, kniet nieder, und jetzt sehe ich nur noch ihren Rücken und die schmalen gebeugten Schultern.

»Sie glaubt, daß es ihre Schuld ist«, flüstert Desglen. »Zweimal hintereinander. Weil sie sündig gewesen ist. Sie hat einen Arzt benutzt, heißt es. Es war gar nicht von ihrem Kommandanten.«

Ich darf nicht sagen, daß ich das weiß, sonst wird Desglen sich fragen, woher ich es weiß. Sie ist der Meinung, daß sie meine einzige Quelle für solche Informationen ist, von denen sie eine überraschende Menge besitzt. Wie sie wohl das mit Janine erfahren hat? Durch die Marthas? Janines Einkaufspartnerin? Durch Lauschen an geschlossenen Türen, wenn die Ehefrauen bei Tee und Wein ihre Fäden spinnen? Wird Serena Joy auch so über mich reden, wenn ich das tue, was sie wünscht? *Sie war auf der Stelle bereit dazu, es war ihr völlig egal, alles was zwei Beine hat und einen guten Ihr-wißt-schon-Was, kommt der gerade recht. Die sind nicht zimperlich, die haben nicht die gleichen Gefühle wie wir.* Und die anderen beugen sich in ihren Sesseln nach vorn: *Meine Güte!* Ganz Entsetzen und Geilheit. Wie konnte sie nur? Wo? Wann?

Genau so, wie sie es zweifellos bei Janine angestellt haben. »Das ist schrecklich«, sage ich. Allerdings sieht es Janine ähnlich, daß sie alles auf sich nimmt, daß sie zu dem

Schluß kommt, alle Makel des Babys seien allein ihr selbst zuzuschreiben. Aber die Menschen geben eben nicht gern zu, daß ihr Leben keine Bedeutung hat. Oder vielmehr keinen Sinn. Keinen Plan.

Eines Morgens, als wir uns anzogen, fiel mir auf, daß Janine noch ihr weißes Baumwollnachthemd anhatte. Sie saß einfach nur da, auf ihrer Bettkante.

Ich schaute hinüber zur Doppeltür der Turnhalle, wo normalerweise die Tante stand, um zu sehen, ob sie es bemerkt hatte, aber die Tante war nicht da. Inzwischen hatten sie mehr Vertrauen zu uns; manchmal ließen sie uns minutenlang unbeaufsichtigt im Klassenzimmer und sogar in der Kantine. Wahrscheinlich hatte sie sich auf eine Zigarette oder eine Tasse Kaffee verdrückt.

Schau mal, sagte ich zu Alma, die das Bett neben mir hatte. Alma sah Janine an. Dann gingen wir beide zu ihr. Zieh dich an, Janine, sagte Alma zu Janines weißem Rücken. Wir wollen nicht wegen dir noch zusätzliche Gebete beten müssen. Aber Janine rührte sich nicht.

Inzwischen war auch Moira herübergekommen. Es war, bevor sie zum zweitenmal ausbrach. Sie hinkte immer noch, eine Folge von dem, was sie ihren Füßen angetan hatten. Sie ging um das Bett herum, so daß sie Janines Gesicht sehen konnte.

Kommt her, sagte sie zu Alma und mir. Die anderen fingen auch an, zusammenzulaufen, es war ein richtiger kleiner Auflauf. Geht weg, los, sagte Moira zu ihnen. Macht keine Geschichte daraus. Was ist, wenn *sie* reinkommt?

Ich sah Janine an. Ihre Augen waren offen, aber sie sah mich nicht. Sie waren groß und rund und weit, und ihre Zähne waren zu einem gefrorenen Lächeln entblößt. Durch das Lächeln hindurch, durch ihre Zähne, sprach sie flüsternd mit sich selbst. Ich mußte mich zu ihr herunterbeugen.

Hallo, sagte sie, aber nicht zu mir. Ich heiße Janine. Ich

bin heute morgen Ihre Bedienung. Darf ich Ihnen erst einmal einen Kaffee bringen?

O Gott, sagte Moira neben mir.

Fluch nicht, sagte Alma.

Moira packte Janine an den Schultern und schüttelte sie. Komm zu dir, Janine, sagte sie grob. Und sag dieses Wort nicht.

Janine lächelte. Schönen Tag noch, sagte sie.

Moira schlug ihr ins Gesicht, zweimal, von der einen und von der anderen Seite.

Komm zurück, sagte sie. Sieh zu, daß du wieder hierherkommst. Du kannst nicht *dort* bleiben. Du bist nicht mehr *dort*... Das ist alles vorbei.

Janines Lächeln verging. Sie hob die Hand an die Wange. Warum haben Sie mich geschlagen? sagte sie. War er nicht gut? Ich kann Ihnen einen neuen bringen. Deshalb brauchten Sie mich nicht zu schlagen.

Weißt du denn nicht, was sie mit dir machen werden? sagte Moira. Ihre Stimme war leise, aber hart, eindringlich. Sieh mich an. Ich heiße Moira, und wir sind hier im Roten Zentrum. Sieh mich an.

Janines Augen begannen, sich auf ihre Umgebung einzustellen. Moira? sagte sie. Ich kenne keine Moira.

Die schicken dich nicht in die Krankenstation, bilde dir das bloß nicht ein, sagte Moira. Die verschwenden ihre Zeit nicht damit, daß sie versuchen, dich zu kurieren. Die werden sich nicht einmal die Mühe machen, dich in die Kolonien zu verschiffen. Wenn du es zu weit treibst, nehmen sie dich einfach rauf ins Chemielabor und erschießen dich. Und dann verbrennen sie dich mit dem Müll, wie eine Unfrau. Also vergiß das alles.

Ich will nach Hause, sagte Janine. Sie fing an zu weinen.

Jesus Maria, sagte Moira. Jetzt reicht's aber. Sie wird in einer Minute hiersein, das schwöre ich dir. Zieh dich an, verdammt, und halt's Maul!

Janine wimmerte weiter, aber sie stand dabei auf und fing an, sich anzuziehen.

Wenn sie das wieder tut und ich bin nicht da, sagte Moira zu mir, dann mußt du ihr einfach eine runterhauen. Man darf sie nicht abrutschen lassen. Diese Krankheit ist ansteckend.

Sie muß damals also schon dabeigewesen sein zu planen, wie sie ausbrechen würde.

KAPITEL VIERUNDDREISSIG

Die Stühle auf der einen Seite des Hofes sind jetzt besetzt. Wir rascheln und warten. Endlich betritt der Kommandant, der den Gottesdienst leiten wird, den Hof. Er hat eine Glatze, ist kräftig gebaut und sieht aus wie ein alternder Football-Trainer. Er trägt seine Uniform, schlicht schwarz, mit den Reihen seiner Insignien und Orden. Es ist schwer, sich nicht beeindrucken zu lassen, aber ich gebe mir alle Mühe: Ich versuche, ihn mir im Bett vorzustellen, zusammen mit seiner Frau und seiner Magd, die er wie verrückt befruchtet, wie ein brünstiger Lachs, während er so tut, als ob er kein Vergnügen dabei empfände. Hat der Herr diesen Mann gemeint, als er sagte: Seid fruchtbar und mehret euch?

Der Kommandant steigt die Stufen zum Podium hinauf. Es ist mit rotem Stoff drapiert, der mit einem großen weißgeflügelten Auge bestickt ist. Er läßt den Blick über den Raum schweifen, und unsere leisen Stimmen ersterben. Er braucht nicht einmal die Hand zu heben. Dann geht seine Stimme ins Mikrophon und kommt durch die Lautsprecher wieder heraus, ihrer tieferen Töne beraubt, so daß sie scharf metallen klingt, als würde sie nicht von seinem Mund, von seinem Körper, sondern von den Lautsprechern selbst hervorgebracht. Seine Stimme hat die Farbe von Metall und die Form eines Horns.

»Heute ist ein Tag des Danksagens«, beginnt er, »ein Tag des Lobpreisens.«

Ich schalte ab während seiner Rede über Sieg und Opfer. Dann folgt ein langes Gebet, über unwürdige Gefäße, dann ein Choral: »Gilead, gib dich zufrieden.«

Gilead, laß mich in Frieden, sang Moira immer.

Jetzt kommt der Hauptteil. Die zwanzig Engel kommen herein, frisch von der Front, frisch dekoriert, begleitet von ihrer Ehrengarde. So marschieren sie eins-zwei eins-zwei auf den offenen Platz in der Mitte. Stillgestanden, rührt euch. Und jetzt kommen die zwanzig verschleierten Töchter in Weiß schüchtern nach vorn, von ihren Müttern am Ellbogen gehalten. Die Mütter, nicht die Väter, geben heutzutage die Töchter weg und helfen beim Arrangieren der Ehen. Natürlich sind die Ehen arrangiert. Diese Mädchen durften schon jahrelang nicht mehr mit einem Mann allein sein; so viele Jahre lang, wie wir alle dies schon tun.

Sind sie alt genug, um sich an irgend etwas aus der Zeit davor zu erinnern? Wie sie Baseball spielten, in Jeans und Turnschuhen, Fahrrad fuhren? Bücher lasen, ganz allein? Obwohl manche von ihnen nicht älter als vierzehn sind – *Früh übt sich,* heißt die Taktik, *kein Augenblick ist zu verlieren* – , werden sie sich doch erinnern. Und auch die nach ihnen werden sich erinnern, noch drei oder vier oder fünf Jahre lang. Aber danach nicht mehr. Sie werden immer in Weiß, immer in Mädchengruppen, immer stumm gewesen sein.

Wir haben ihnen mehr gegeben, als wir ihnen genommen haben, sagte der Kommandant. Denk an die lästigen Dinge, die es vorher gab. Erinnerst du dich nicht an die Bars für Singles, die unwürdigen Blind Dates in der High School? An den Fleischmarkt? Erinnerst du dich nicht mehr an die schreckliche Kluft zwischen denen, die leicht einen Mann bekamen, und denen, die es nicht schafften? Manche von ihnen waren verzweifelt, sie hungerten sich dünn oder pumpten sich die Brüste mit Silikon voll oder ließen sich die Nasen abschneiden. Denk an das menschliche Elend.

Er deutete mit der Hand auf seine Stapel von alten Zeitschriften. Sie haben sich immer beklagt. Probleme hier, Probleme da. Erinnerst du dich noch an die Anzeigen in den Spalten *Bekanntschaften? Kluge attraktive Frau, Mitte dreißig...* Auf diese Weise kriegten sie alle einen Mann, keine ging leer aus. Und wenn sie dann heirateten, konnte es ihnen passieren, daß sie mit einem Kind, zwei Kindern sitzengelassen wurden, der Ehemann brauchte es nur satt zu haben und abzuhauen, verschwinden, und sie mußten dann Sozialhilfe beziehen. Oder er blieb da und verprügelte sie. Und wenn die Frau einen Job hatte, mußte sie die Kinder in ein Tagesheim geben oder bei einer brutalen, ahnungslosen Frau lassen, und das mußte sie auch noch selbst bezahlen, von ihrem erbärmlichen niedrigen Lohn. Geld war der einzige Wertmaßstab für alle, als Mütter genossen sie keinen Respekt. Kein Wunder, daß sie die ganze Geschichte aufgaben. In unserem System sind sie geschützt, können sie in Frieden ihre biologische Bestimmung erfüllen. Mit voller Unterstützung und Ermutigung. So, jetzt sag mir mal. Du bist intelligent, ich möchte gern hören, was du denkst. Was haben wir übersehen?

Die Liebe, sagte ich.

Die Liebe? sagte der Kommandant. Welche Art Liebe?

Das Verliebtsein, sagte ich.

Der Kommandant sah mich mit seinen unschuldigen Jungenaugen an. O ja, sagte er. Ich habe in den Zeitschriften gelesen, dafür haben sie Reklame gemacht, nicht wahr? Aber sieh dir die Statistiken an, meine Liebe. Hat es sich wirklich gelohnt, dieses *Sich-Verlieben?* Arrangierte Ehen haben immer genau so gut funktioniert, wenn nicht besser.

Liebe sagte Tante Lydia mit Widerwillen. Laßt euch ja nicht dabei ertappen. Kein Schmachten und Schwärmen gibt's hier, Mädels. Und sie drohte uns mit dem Zeigefinger. Um *Liebe* geht es nicht.

Jene Jahre waren, historisch gesehen, einfach eine Anomalie, sagte der Kommandant. Ein Zufall. Wir haben nichts anderes getan, als die Dinge wieder der Norm der Natur anzupassen.

Die Betvaganzen der Frauen sind normalerweise der Rahmen für Gruppenhochzeiten wie diese. Bei denen der Männer werden militärische Siege gefeiert. Das sind die Ereignisse, die wir am meisten bejubeln sollen. Manchmal geht es für die Frauen allerdings auch um eine Nonne, die widerruft. Das geschah früher häufiger, als sie systematisch zusammengetrieben wurden, doch auch jetzt werden immer noch welche ausgehoben, aus dem Untergrund geholt, wo sie sich versteckt gehalten haben, wie Maulwürfe. So sehen sie auch ein wenig aus: schwachsichtig, überwältigt von zu viel Licht. Die alten werden schnurstracks in die Kolonien geschickt, aber die jungen, fruchtbaren versucht man zu konvertieren, und wenn dieser Versuch Erfolg hat, kommen wir alle hierher, um zuzuschauen, wie sie sich der Zeremonie unterziehen, ihr Zölibat widerrufen, es dem Wohl der Gemeinschaft opfern. Sie knien, und der Kommandant betet, und dann nehmen sie den roten Schleier, wie wir anderen es auch getan haben. Sie dürfen allerdings keine Ehefrauen werden; sie gelten nach wie vor als zu gefährlich für solche Machtpositionen. Ein Geruch von Hexe haftet ihnen an, etwas Rätselhaftes und Exotisches; es bleibt – trotz des Schrubbens und der Striemen an ihren Füßen und der Zeit, die sie in Einzelhaft verbracht haben. Stets haben sie diese Striemen, das ist etwas, was sie immer durchgemacht haben: Das Gerücht sagt, sie lösen sich nicht leicht. Viele von ihnen entscheiden sich statt dessen für die Kolonien. Keine von uns bekommt gern eine von ihnen als Einkaufspartnerin zugeteilt. Sie sind stärker gebrochen als wir; es ist schwer, sich in ihrer Gegenwart wohl zu fühlen.

Die Mütter haben die weißverschleierten Mädchen zu ihrem Platz geleitet und sind zu ihren Stühlen zurückgekehrt. Ein paar Tränen, gegenseitiges Tätscheln und Händehalten, und der demonstrative Gebrauch von Taschentüchern. Der Kommandant fährt mit dem Gottesdienst fort:

»So will ich nun, daß die Weiber in zierlichem Kleid mit Scham und Zucht sich schmücken«, sagt er, »nicht mit Zöpfen oder Gold oder Perlen oder köstlichem Gewand.

Sondern, wie sich's ziemt den Weibern, die da Gottseligkeit beweisen wollen durch gute Werke.

Ein Weib lerne in der Stille mit *aller* Untertänigkeit.« Hier schaut er über uns hin. »Mit aller«, wiederholt er.

»Einem Weibe aber gestatte ich nicht, daß sie lehre, auch nicht, daß sie des Mannes Herr sei, sondern stille sei.

Denn Adam ist am ersten gemacht, darnach Eva.

Und Adam ward nicht verführt; das Weib aber ward verführt und hat die Übertretung eingeführt.

Sie wird aber selig werden durch Kinderzeugen, so sie bleiben im Glauben und in der Liebe und in der Heiligung samt der Zucht.«

Selig werden durch Kinderzeugen, denke ich. Was haben wir in der Zeit davor geglaubt, was uns selig machen würde?

»Das sollte er den Ehefrauen erzählen«, murmelt Desglen, »wenn sie sich über den Sherry hermachen.« Sie meint den Teil über die Zucht. Es ist jetzt wieder ungefährlich, zu reden, der Kommandant hat das Hauptritual beendet, und sie tauschen jetzt die Ringe, wobei sie die Schleier heben. Ha! denke ich bei mir. Schaut nur gut hin, jetzt ist es zu spät. Die Engel werden berechtigt sein, Mägde zu haben, später, vor allem, wenn ihre neuen Ehefrauen keinen Nachwuchs hervorbringen können. Aber ihr Mädchen sitzt jetzt drin. Das, was ihr jetzt seht, das habt ihr nun, mitsamt den Pickeln. Aber es wird auch nicht von euch erwartet, daß ihr ihn liebt. Das werdet ihr noch früh genug herausfinden. Tut ihr nur schweigend eure Pflicht. Wenn ihr Zweifel habt, während ihr flach auf dem Rücken liegt, könnt ihr an die Decke schauen. Wer weiß, was ihr da oben alles seht? Beerdigungskränze und Engel, Staubkonstellationen, stellare oder andere, die von Spinnen hinterlassenen Rätsel. Es gibt immer etwas, um die fragenden Gedanken zu beschäftigen.

Ist irgendwas nicht in Ordnung, Liebes? hieß es in dem alten Witz.
Nein, warum?
Du hast dich bewegt.
Bewegt euch eben nicht.

Was wir anstreben, sagt Tante Lydia, ist ein Geist der Kameradschaftlichkeit unter den Frauen. Wir müssen alle an einem Strang ziehen.

Kameradschaftlichkeit! Scheiße! sagt Moira durch das Loch in der Toilettenkabine. Nur weiter so, Tante Lydia, du geiler Feger, wie man früher sagte. Wetten, daß sie Janine schon in die Knie gezwungen hat? Was glaubst du, was die da treiben, in ihrem Büro? Ich wette, die läßt sie ordentlich rummachen an ihrer vertrockneten haarigen alten verblühten –«

Moira! sage ich.

Moira was? flüstert sie. Du weißt, daß du das auch schon gedacht hast.

Es hilft nichts, so zu reden, sage ich und spüre trotzdem den Impuls zu kichern. Aber damals sagte ich mir immer noch, daß wir versuchen sollten, so etwas wie Würde zu bewahren.

Du warst schon immer so ein Waschlappen, sagt Moira, aber sie sagt es in liebevollem Ton. Dabei tut es so gut. Wirklich.

Und sie hat recht, das weiß ich jetzt, während ich auf diesem unleugbar harten Boden knie und zuhöre, wie die Zeremonie weiter dahinsummt. Es hat etwas Machtvolles, das Flüstern von Obszönitäten über diejenigen, die an der Macht sind. Es hat etwas Genußvolles, etwas Freches, Heimlichtuerisches, Verbotenes. Aufregendes. Es ist wie ein Zauberspruch. Es läßt die Luft aus ihnen heraus, es reduziert sie zu dem gemeinsamen Nenner, auf dem man mit ihnen fertig werden kann. In die Ölfarbe der Toilettenkabine hatte jemand gekratzt: *Tante Lydia lutscht.* Es war wie eine Fahne, die rebellisch auf einer Bergspitze geschwenkt wird. Die bloße Vorstellung, daß Tante Lydia so etwas tat, hatte schon etwas Aufmunterndes.

Deshalb stelle ich mir jetzt zwischen diesen Engeln und ihren blutleeren weißen Bräuten ein sekundenlanges Grunzen und Schwitzen vor, feuchte pelzige Begegnungen. Oder, besser noch, schmähliches Scheitern, Schwänze wie drei Wochen alte Karotten, gequältes Gefummel an Fleisch, das kalt und leblos ist wie ungekochter Fisch.

Als es endlich vorüber ist und wir hinausgehen, sagt Desglen in ihrem hohen, durchdringenden Flüsterton zu mir: »Wir wissen, daß du dich allein mit ihm triffst.«

»Mit wem?« sage ich und widerstehe dem Drang, sie anzusehen. Ich weiß mit wem.

»Mit deinem Kommandanten«, sagt sie. »Wir wissen, daß du bei ihm gewesen bist.«

Ich frage sie, woher.

»Wir wissen es eben«, sagt sie. »Was will er? Perversen Sex?«

Es wäre schwer, ihr zu erklären, was er wirklich will, denn ich habe immer noch keinen Namen dafür. Wie kann ich beschreiben, was wirklich zwischen uns vorgeht? Sie würde bestimmt lachen. Es ist leichter für mich zu sagen: »So eine Art.« Das hat zumindest die Würde einer Nötigung.

Sie denkt darüber nach. »Du wärst überrascht«, sagt sie, »wie viele von ihnen das tun.«

»Ich kann nichts machen«, sage ich. »Ich kann nicht sagen, daß ich nicht zu ihm kommen will.« Das müßte sie eigentlich wissen.

Wir gehen jetzt auf dem Bürgersteig, und es ist nicht ungefährlich, hier zu reden, wir sind zu dicht bei den anderen, und das schützende Flüstern der Menschenmenge umgibt uns nicht mehr. Wir gehen schweigend weiter, bleiben etwas zurück, bis sie schließlich den Eindruck hat, daß sie sagen kann: »Natürlich nicht. Aber frag ihn, und erzähl es uns dann.«

»Was soll ich ihn fragen?« sage ich.

Ich spüre ihre leichte Kopfwendung mehr, als daß ich sie sehe. »Alles, was du kannst.«

KAPITEL FÜNFUNDDREISSIG

Jetzt muß ein Raum ausgefüllt werden in der zu warmen Luft meines Zimmers, und auch eine bestimmte Zeit: ein Zeit-Raum zwischen hier und jetzt und dort und dann, unterbrochen durch das Abendessen. Der Ankunft des Tabletts, die Treppe hinaufgetragen wie für einen Invaliden – eine Behinderte, einen Menschen ohne gültigen Paß und ohne Ausweg.

Und das geschah an dem Tag, an dem wir versuchten, die Grenze zu überqueren, mit unseren neuen Pässen, die behaupteten, wir seien, wer wir gar nicht waren, zum Beispiel, daß Luke niemals geschieden worden war, und daß wir deshalb rechtmäßig zusammen seien, rechtmäßig nach dem neuen Gesetz.

Der Mann ging mit unseren Pässen hinein, nachdem wir erklärt hatten, daß wir picknicken wollten, und nachdem er ins Auto geschaut und unsere Tochter schlafend inmitten ihres Zoos räudiger Tiere gesehen hatte. Luke streichelte meinen Arm und stieg aus, wie um sich die Beine zu vertreten und beobachtete den Mann durch das Fenster des Einreisebüros. Ich blieb im Auto. Ich zündete mir eine Zigarette an, um ruhiger zu werden, und inhalierte den Rauch, einen langen Atemzug gefälschter Entspannung. Ich beobachtete die beiden Soldaten in den unvertrauten Uniformen, die uns inzwischen schon vertraut zu werden begannen: sie standen müßig an der gelb und schwarz gestreiften Schranke. Sie hatten nicht viel zu tun. Einer von ihnen beobachtete eine Schar Vögel, Möwen, die aufflogen, durcheinanderflatterten und sich dann auf dem Brückengeländer auf der anderen Seite niederließen. Indem ich ihn beobachtete, beobachtete ich zugleich die Möwen. Alles hatte die Farben, die es normalerweise hat, nur leuchtender.

Es wird alles gutgehen, sagte ich, betete ich innerlich. Oh, laß es gutgehen. Laß uns hinüberkommen, laß uns hinüberkommen. Nur dieses eine Mal, und ich will auch alles tun. *Was* ich tun zu können glaubte für den, der mir möglicherweise zuhörte, und was zugleich für ihn auch nur von geringstem Nutzen oder Interesse sein könnte, werde ich niemals wissen.

Dann stieg Luke wieder ein, zu schnell und drehte den Zündschlüssel und fuhr rückwärts. Er hat den Hörer abgenommen, sagte er. Und dann fing er an, sehr schnell zu fahren, und danach kamen die unbefestigte Straße und der Wald, und wir sprangen aus dem Auto und fingen an zu laufen. Eine Hütte, ein Versteck, ein Boot, ich weiß nicht, was wir dachten. Er hatte gesagt, die Pässe seien narrensicher, und wir hatten so wenig Zeit gehabt, zu planen. Vielleicht hatte er einen Plan, eine Art Landkarte im Kopf. Ich für mein Teil, lief einfach nur: fort, fort.

Ich möchte diese Geschichte nicht erzählen.

Ich brauche sie auch nicht zu erzählen. Ich brauche überhaupt nichts zu erzählen, weder mir selbst noch irgendeinem anderen Menschen. Ich könnte einfach nur ganz friedlich dasitzen. Ich könnte mich zurückziehen. Es ist möglich, so tief in sich hineinzugehen, so weit hinunter und zurück, daß sie einen nie wieder herausholen könnten.

Hirundo maleficis evoltat. Hat ihr mächtig was genützt.

Warum kämpfen?

Das wird niemals ausreichen.

Liebe? sagte der Kommandant.

Das ist besser. Das ist etwas, worüber ich Bescheid weiß. Darüber können wir reden.

Sich verlieben, sagte ich. Sich der Liebe überlassen, das haben wir alle damals getan, auf die eine oder andere Art. Wie konnte er sich nur so lustig darüber machen? Sogar darüber spotten? Als wäre es für uns trivial gewesen, eine Harmlosigkeit, eine Laune. Es war ja im Gegenteil etwas Schweres. Es war die zentrale Sache; es war die entscheidende Möglichkeit, sich selbst zu verstehen; wenn es einem niemals passierte, gar nie, dann mußte man wohl wie ein durch Mutation entstandenes Wesen sein, ein Wesen aus dem Weltraum. Das wußte jeder.

Sich verlieben, *sich verknallen,* sagten wir. *Ich bin ihm verfallen.* Wir waren fallende Frauen. Wir glaubten an sie, diese abwärts gerichtete Bewegung: so wunderschön, wie das Fliegen, und doch zugleich so schrecklich, so extrem, so unwahrscheinlich. Gott ist die Liebe, hieß es früher, aber wir kehrten es um, und die Liebe war – wie der Himmel – immer gleich um die Ecke. Je schwieriger es war, gerade den Mann an unserer Seite zu lieben, um so mehr glaubten wir an die Liebe, eine abstrakte und alles umfassende Liebe. Wir warteten immer auf ihre Inkarnation. Das Wort, Fleisch geworden.

Und manchmal passierte es für eine Zeit. Diese Art Liebe kommt und geht, und es ist schwer, sich später zu erinnern, so schwer wie an Schmerz. Eines Tages sahst du den Mann an und dachtest: Ich habe dich geliebt. Und die Zeitform war Vergangenheit, und du warst erfüllt von einem Gefühl der Verwunderung, weil es so erstaunlich und fragwürdig und blöde war, was du da getan hattest. Und dann wußtest du auch, warum die Freundinnen, solange es gedauert hatte, so ausweichend gewesen waren.

Sehr tröstlich, sich das jetzt in Erinnerung zu rufen!

Und manchmal, auch wenn du noch verliebt warst, noch fielst, wachtest du mitten in der Nacht auf, wenn das Mondlicht durch das Fenster auf sein schlafendes Gesicht fiel und die Schatten in seinen Augenhöhlen noch dunkler und unergründlicher als am Tage waren, und dann dachtest du: Wer weiß, was er tut, wenn er allein oder mit anderen Männern zusammen ist? Wer weiß, was er sagt oder wo er wahrscheinlich hingeht? Wer kann sagen, wer er in Wirklichkeit ist? Unter seiner Täglichkeit.

Und wahrscheinlich dachtest du bei solchen Gelegenheiten: Was, wenn er mich nicht liebt?

Oder du erinnertest dich an Geschichten, die du gelesen hattest in der Zeitung, über Frauen – oft Frauen, aber manchmal waren es auch Männer, oder Kinder, was am schlimmsten war –, die in Straßengräben oder Wäldern oder Kühlschränken in verlassenen Untermieterzimmern gefunden worden waren, in ihren Kleidern oder ausgezogen, sexuell mißbraucht oder nicht, und auf jeden Fall tot. Es gab Gegenden, in die du nicht gern gingst, Vorsichtsmaßnahmen, die mit Schlössern an Fenstern und Türen zu tun hatten, Wohnungen, wo du Vorhänge zuzogst oder Lichter brennen ließest. Diese Dinge waren wie Gebete – du verrichtetest sie und hofftest, daß sie dich retteten. Und meistens taten sie es dann auch. Oder etwas anderes rettete dich – du konntest es an der Tatsache ablesen, daß du noch lebtest.

Aber all das bezog sich nur auf die Nacht und hatte nichts zu tun mit dem Mann, den du liebtest, zumindest nicht bei Tageslicht. Du wolltest, daß es mit diesem Mann gutging, funktionierte. Funktionieren war auch etwas, was du machtest, um den eigenen Körper in Form zu halten, du machtest Gymnastik für den Körper, wegen des Mannes. Wenn der Körper gut genug funktionierte, würde es mit dem Mann vielleicht auch funktionieren. Vielleicht würde es dir gelingen, daß ihr zueinander *paßtet*, so als wärt ihr beide zusammen ein Puzzle-Spiel, das man lösen könnte; wenn es nicht gelang, machte sich meist einer von beiden davon, mit größerer Wahrscheinlichkeit der Mann, auf einer eigenen Flugbahn und nahm seinen suchtig machenden Körper einfach mit und ließ dich mit schlimmen Entzugserscheinungen zurück, denen du wiederum mit sportlicher Betätigung begegnen konntest. Wenn es zwischen dir und dem anderen nicht funktionierte, lag das daran, daß einer von euch beiden die falsche Einstellung hatte. Alles, was sich in deinem Leben abspielte, ging, so glaubtest du, auf irgendeine positive oder negative Macht zurück, die im Kopf war und von dort ausströmte.

Wenn es dir nicht paßt, mußt du es ändern, sagten wir zueinander und zu uns selbst. Und so tauschten wir den Mann gegen einen anderen. Veränderung, davon waren wir überzeugt, war immer Veränderung zum Besseren. Wir waren Revisionisten, und der Gegenstand unserer Revision waren wir selbst.

Es ist seltsam, sich daran zu erinnern, wie wir damals dachten – so als stünde uns alles zur Verfügung, als gäbe es keine Ungewißheiten, keine Grenzen; als wären wir frei, auf immer und ewig die sich ständig erweiternden Kreise unseres Lebens zu formen und neu zu formen. Ich war auch so. Ich tat das auch. Luke war nicht mein erster Mann, und vielleicht wäre er nicht der letzte gewesen. Wenn er nicht auf diese Weise erstarrt wäre. Plötzlich gestoppt in der Zeit, mitten in der Luft, zwischen den Bäumen dort, damals, im Augenblick des Fallens.

In früheren Zeiten schickten sie einem ein kleines Paket mit den Habseligkeiten; mit dem, was er bei sich getragen hatte, als er starb. So machten sie es zu Kriegszeiten, sagte meine Mutter. Wie lange wurde von einem erwartet, daß man trauerte? Und wie sagten sie doch? Weihe dein Leben dem Gedenken des Geliebten. Und das war er: der Geliebte. Der, einer.

Ist, sage ich. *Ist, ist,* nur drei Buchstaben, du blödes Ding, bringst du es nicht fertig, das zu behalten, so ein kleines Wörtchen?

Ich wische mir mit dem Ärmel übers Gesicht. Früher hätte ich das nicht getan, aus Angst mich zu verschmieren, aber jetzt ist nichts da, was abfärben könnte. Der Ausdruck, der daraufliegt, welcher es auch sein mag, von mir ungesehen, ist der wirkliche.

Ihr werdet mir vergeben müssen. Ich bin ein Flüchtling aus der Vergangenheit, und wie andere Flüchtlinge lasse ich noch einmal die Sitten und Gebräuche des Lebens Revue passieren, das ich hinter mir gelassen habe oder zwangsweise hinter mir ließ, und alles erscheint mir genauso seltsam, von hier aus betrachtet, und ich bin genauso besessen davon. Wie ein Weißrusse, der im zwanzigsten Jahrhundert ausgesetzt, in Paris Tee trinkt, wandere ich zurück, versuche, jene fernen Pfade wiederzugewinnen; ich werde zu sentimental, verliere mich. Weine. Es ist ein Weinen, kein Heulen. Ich sitze auf diesem Stuhl und tropfe wie ein Schwamm.

Also: Weiter warten. Wie im Wartesaal auf den Zug. Aber das Warten selbst ist zugleich ein Raum: wo immer du wartest. Für mich ist dieses Zimmer das Wartezimmer. Ich bin hier eine Leerstelle, hier, zwischen Klammern. Zwischen anderen Menschen.

Das erwartete Klopfen an meiner Tür. Cora mit dem Tablett.

Aber es ist nicht Cora. »Ich habe es dir gebracht«, sagt Serena Joy.

Und dann schaue ich auf und umher und stehe von meinem Stuhl auf und gehe auf sie zu. Sie hält es in der Hand, einen Polaroidabzug, quadratisch und glänzend. Also stellen sie solche Kameras noch her. Dann gibt es sicher auch noch Familienfotoalben, mit allen Kindern darin – aber nicht mit den Mägden. Aus dem Blickwinkel künftiger Zeiten wird diese Gattung, werden wir, unsichtbar sein. Aber die Kinder werden bestimmt darinsein – etwas zum Anschauen für die Ehefrauen, unten, während sie etwas vom Büfett essen und auf die Geburt warten.

»Du darfst es nur einen Augenblick behalten«, sagt Serena Joy, und ihre Stimme ist leise und verschwörerisch. »Ich muß es zurückbringen, ehe sie merken, daß es fehlt.«

Eine der Marthas muß es ihr besorgt haben. Dann gibt es also auch ein Netzwerk unter den Marthas, bei dem auch für sie etwas herausspringt. Schön zu wissen.

Ich nehme es aus ihren Händen, drehe es um, damit ich es richtig herum ansehen kann. Ist sie das, sieht sie so aus? Mein Schatz.

So groß und verändert. Jetzt mit einem kleinen Lächeln – nach so kurzer Zeit – und in ihrem weißen Kleidchen, wie zur Erstkommunion früher.

Die Zeit hat nicht stillgestanden. Sie ist über mich hinweggespült, hat mich fortgespült, als wäre ich nichts weiter als eine Frau aus Sand, von einem sorglosen Kind zu dicht am Wasser gebaut. Ich bin für sie ausgelöscht. Ich bin jetzt nur noch ein Schatten, weit hinter der glitschig-glänzenden Oberfläche dieses Fotos. Der Schatten eines Schattens, so wie tote Mütter Schatten werden. Man sieht es in ihren Augen: Ich bin nicht da.

Aber es gibt sie, in ihrem weißen Kleid. Sie wächst und lebt. Ist das nicht eine gute Sache? Ein Segen?

Und doch kann ich es nicht ertragen, so ausgetilgt worden zu sein. Ach, hätte sie mir lieber nichts gebracht!

Ich sitze an dem kleinen Tisch und esse mit einer Gabel Maisbrei. Ich habe eine Gabel und einen Löffel, aber niemals ein Messer. Wenn es Fleisch gibt, schneiden sie es mir im voraus, als fehlten mir die manuellen Fähigkeiten oder die Zähne. Dabei besitze ich beides. Deshalb wird mir kein Messer zugestanden.

KAPITEL SECHSUNDDREISSIG

Ich klopfe an seine Tür, höre seine Stimme, setze die richtige Miene auf, gehe hinein. Er steht am Kamin; in der Hand hält er ein fast leeres Glas. Normalerweise wartet er mit den harten Sachen, bis ich da bin, aber ich weiß, daß sie zum Abendessen Wein trinken. Sein Gesicht ist leicht gerötet. Ich versuche abzuschätzen, wie viele Gläser er schon getrunken hat.

»Sei gegrüßt«, sagt er. »Wie geht's der schönen Kleinen heute abend?«

Einige – ich sehe es an der Umständlichkeit, mit der er sein Lächeln aufsetzt und zu mir herüberschickt. Er befindet sich in der ritterlichen Phase.

»Mir geht's gut«, sage ich.

»Bereit für eine kleine Aufregung?«

»Wie bitte?« frage ich. Hinter dieser Nummer spüre ich Verlegenheit, die Unsicherheit, wie weit er bei mir gehen kann, und in welche Richtung.

»Heute abend habe ich eine kleine Überraschung für dich«, sagt er. Er lacht; es ist mehr ein Kichern. Mir fällt auf, daß heute abend alles *klein* ist. Er möchte alles verniedlichen, mich eingeschlossen. »Etwas, was dir gefallen wird.«

»Und was?« frage ich. »Mensch ärgere dich nicht?« Ich kann mir solche Freiheiten nehmen; er scheint Spaß daran zu haben, besonders nach ein paar Drinks. Frivol mag er mich lieber.

»Etwas besseres«, sagt er und versucht, mich auf die Folter zu spannen.

»Ich kann's kaum erwarten.«

»Gut«, sagt er. Und er geht zu seinem Schreibtisch, hantiert an einer Schublade herum. Dann kommt er auf mich zu, die eine Hand hinter dem Rücken.

»Rate«, sagt er.

»Tierreich, Pflanzenreich oder Mineralreich?« frage ich.

»Oh, Tierreich«, sagt er mit gespieltem Ernst. »Eindeutig Tierreich, würde ich sagen.« Er nimmt die Hand hinter dem Rücken hervor. Er hält eine Handvoll Federn, wie es scheint fliederfarben und rosa. Jetzt schüttelt er es auseinander. Es ist offensichtlich ein Kleidungsstück, und zwar für eine Frau: da sind die Schalen für die Brüste, mit lila Pailletten bedeckt. Die Pailletten sind winzige Sterne. Die Federn säumen die Beinöffnungen und den Ausschnitt. So unrecht hatte ich nicht mit dem Strumpfgürtel.

Wo er das wohl gefunden hat. Alle solche Kleidung sollte eigentlich vernichtet werden. Ich erinnere mich daran, das in den Fernsehnachrichten gesehen zu haben, in Clips, die in einer Stadt nach der anderen gefilmt worden waren. In New York hieß es Manhattan-Säuberungsaktion. Es gab große Feuer auf dem Times Square, singende Menschenmengen tanzten um sie herum, Frauen warfen dankbar die Arme in die Luft, wenn sie fühlten, daß die Kameras auf sie gerichtet waren, zackige junge Männer mit steinernen Gesichtern warfen Sachen in die Flammen. Arme voller Seide und Nylon und Synthetikpelze, limonengrün, rot, violett; schwarzer Satin, Goldlamé, glitzerndes Silber; Bikinischlüpfer, durchsichtige Büstenhalter mit aufgenähten rosa Satinherzen, die die Brustwarzen bedecken sollten. Und die Hersteller und Importeure und Geschäftsleute auf den Knien, wie sie in der Öffentlichkeit Reue zeigten, mit komischen Papierhüten wie Narrenkappen auf dem Kopf, auf die in Rot das Wort SCHANDE gedruckt war.

Aber ein paar Sachen müssen die Verbrennungen überlebt haben, sie konnten unmöglich alles erfaßt haben. Er muß an diesen Fummel auf die gleiche Weise gekommen sein wie an die Zeitschriften, nicht auf ehrlichem Wege: es riecht nach Schwarzmarkt. Und es ist auch nicht neu, es ist schon getragen, der Stoff ist unter den Armen zerknittert und eine Spur fleckig vom Schweiß einer anderen Frau.

»Ich mußte deine Größe raten«, sagt er. »Ich hoffe, es paßt.«

»Und du erwartest, daß ich das anziehe?« sage ich. Ich weiß, daß meine Stimme prüde klingt, mißbilligend. Und doch, die Vorstellung hat etwas Reizvolles. Ich habe noch nie etwas angehabt, was dem nur im entferntesten ähnlich gewesen wäre, so glitzernd und theatralisch – und das muß es wohl auch sein, ein ehemaliges Theaterkostüm oder ein Trikot aus einer früheren Nachtclubnummer. Was diesem Ding am nächsten kam, waren Badeanzüge und ein Spitzen-Mieder-Set, pfirsichfarben, das Luke einst für mich kaufte. Trotzdem, es ist etwas Verlockendes daran. Und es wäre so auffällig, die reinste Verhöhnung der Tanten, so sündig, so frei. Freiheit ist, wie alles im Leben, relativ.

»Na«, sage ich, um nicht zu begierig zu erscheinen. Ich möchte, daß er das Gefühl hat, ich täte ihm einen Gefallen. Jetzt kommen wir seinen tiefsten, wahren Sehnsüchten vielleicht ein Stück näher. Hat er hinter der Tür eine Pferdepeitsche versteckt? Wird er Lederstiefel hervorzaubern und sich oder mich über den Schreibtisch legen?

»Es ist eine Verkleidung«, sagt er. »Du wirst auch dein Gesicht anmalen müssen. Ich habe das Zeug dafür besorgt. Ohne das kommst du nicht rein.«

»Rein? Wo?« frage ich.

»Heute abend führe ich dich aus.«

»Aus?« Das ist ein geradezu archaischer Ausdruck. Bestimmt gibt es doch nichts mehr, wohin ein Mann eine Frau führen, ausführen kann.

»Fort von hier«, sagt er.

Ohne daß es mir gesagt wird, weiß ich, daß das, was er vorschlägt, riskant ist, für ihn, aber vor allem für mich; trotzdem möchte ich mitgehen. Ich möchte alles, was die Monotonie durchbricht, die allgemeine, respektable Ordnung der Dinge umstößt.

Ich sage ihm, ich wolle nicht, daß er zusehe, wenn ich dieses Ding anzöge. Ich bin ihm gegenüber immer noch gehemmt, was meinen Körper angeht. Er sagt, er will sich solange umdrehen, und er tut es auch, und ich ziehe meine Schuhe und Strümpfe und meine baumwollne Unterhose aus und streife mir unter dem Zelt meines Kleides die Federn über. Dann ziehe ich das Kleid aus und schiebe die schmalen paillettenbesetzten Träger über die Schultern. Schuhe sind auch dabei, lila Schuhe mit absurd hohen Absätzen. Nichts paßt richtig; die Schuhe sind ein bißchen zu groß, der Anzug ist in der Taille zu eng, aber es wird gehen.

»So«, sage ich, und er dreht sich um. Ich komme mir blöde vor; ich würde mich gern in einem Spiegel sehen.

»Entzückend«, sagt er. »Und jetzt das Gesicht.«

Er hat nur einen Lippenstift, alt und weich und nach künstlichen Trauben riechend, einen Eyeliner und Wimperntusche. Keinen Lidschatten, kein Rouge. Einen Augenblick lang denke ich, daß ich gar nicht mehr weiß, wie man das alles macht, und mein erster Versuch mit dem Eyeliner hinterläßt ein verschmiertes schwarzes Lid, als wäre ich in einer Schlägerei gewesen; aber ich wische es mit der Salatöl-Handlotion wieder ab und versuche es noch einmal. Ich reibe mir etwas von dem Lippenstift über die Wangenknochen. Während ich das alles tue, hält er mir einen großen Handspiegel mit silbernem Rücken vors Gesicht. Ich erkenne ihn, es ist der von Serena Joy. Er muß ihn aus ihrem Zimmer geholt haben.

Mit meinem Haar ist nichts zu machen.

»Irre«, sagt er. Inzwischen ist er schon ziemlich aufgeregt; es ist, als zögen wir uns für eine Party an.

Er geht an den Schrank und nimmt einen Umhang heraus, mit Kapuze. Er ist hellblau, die Farbe der Ehefrauen. Auch der Umhang muß Serena gehören.

»Zieh dir die Kapuze ins Gesicht«, sagt er. »Versuch, das Make-up nicht zu verschmieren. Es ist nötig, um durch die Kontrollen zu kommen.«

»Aber was ist mit meinem Paß?« sage ich.

»Mach dir keine Sorgen«, sagt er. »Ich habe einen für dich.«

Und so machen wir uns auf den Weg.

Wir gleiten zusammen durch die dunkel werdenden Straßen. Der Kommandant hält meine rechte Hand, als wären wir Jugendliche im Kino. Ich ziehe das himmelblaue Cape eng um mich, wie es sich für eine gute Ehefrau gehört. Durch den Tunnel, den die Kapuze freiläßt, sehe ich Nicks Hinterkopf. Seine Mütze sitzt gerade, er sitzt gerade, sein Hals ist gerade, er ist durch und durch gerade. Seine Haltung drückt Mißbilligung aus, oder bilde ich mir das nur ein? Weiß er, was ich unter diesem Umhang anhabe, hat er es besorgt? Und falls ja, ärgert es ihn oder macht es ihn lüstern oder neidisch oder irgend etwas? Wir haben doch etwas gemeinsam: von uns beiden wird erwartet, daß wir unsichtbar sind, beide sind wir Funktionäre. Ich frage mich, ob er das weiß. Als er den Wagenschlag für den Kommandanten aufriß und im Anschluß daran auch für mich, versuchte ich, seinen Blick aufzufangen, ihn dazu zu bringen, mich anzuschauen, aber er tat, als sähe er mich nicht. Warum wohl nicht? Weil es ein leichter Job für ihn ist, kleine Besorgungen zu machen, kleine Gefallen zu tun, und er will ihn auf keinen Fall gefährden.

Die Kontrollpunkte sind kein Problem, alles geht so glatt, wie der Kommandant es vorausgesagt hat, trotz des heftigen Klopfens, trotz des Drucks in meinem Kopf. Schiß, würde Moira sagen.

Hinter dem zweiten Kontrollpunkt sagt Nick: »Hier, Sir?« Und der Kommandant sagt: »Ja.«

Das Auto fährt an den Straßenrand, und der Kommandant sagt: »Jetzt muß ich dich bitten, daß du dich auf den Boden des Wagens legst.«

»Auf den Boden?« sage ich.

»Wir müssen durch das Tor«, sagt er, als ob mir das irgend etwas sagen würde. Ich habe versucht, aus ihm herauszubringen, wohin wir fahren, aber er hat gesagt, daß er mich überraschen wolle. »Ehefrauen dürfen nicht hinein.«

Also lege ich mich flach auf den Boden, und das Auto fährt wieder los, und die nächsten paar Minuten sehe ich gar nichts. Unter dem Umhang ist es stickig heiß. Es ist ein Winterumhang, kein sommerlicher aus Baumwolle, und er riecht nach Mottenkugeln. Er muß ihn aus dem Lagerraum geholt haben, weil er wußte, daß sie es dann nicht merken würde. Er hat höflicherweise seine Füße beiseitegerückt, damit ich mehr Platz habe. Trotzdem liegt meine Stirn fast an seinen Schuhen. Ich bin noch nie so dicht an seinen Schuhen gewesen. Sie fühlen sich hart an, unnachgiebig, wie die Panzer von Käfern: schwarz, poliert, unerforschlich. Sie scheinen nichts mit Füßen zu tun zu haben.

Wir passieren einen weiteren Kontrollpunkt. Ich höre die Stimmen, unpersönlich, respektvoll, und das Fenster, das sich elektrisch senkt und hebt. Die Pässe werden vorgezeigt. Diesmal wird er meinen nicht vorzeigen, den, der als meiner gilt, da ich in diesem Moment nicht offiziell existiere.

Dann fährt das Auto los, und dann hält es wieder, und der Kommandant hilft mir auf.

»Wir werden uns beeilen müssen«, sagt er. »Dies ist ein Hintereingang. Du solltest den Umhang bei Nick lassen. Zur gleichen Stunde, wie üblich«, sagt er zu Nick. Auch das hat er also schon einmal getan.

Er hilft mir aus dem Umhang; die Autotür wird geöffnet. Ich spüre Luft an meiner fast bloßen Haut und merke, daß ich geschwitzt habe. Als ich mich umdrehe, um die Autotür hinter mir zu schließen, sehe ich, daß Nick mich durch die

Scheibe hindurch anschaut. Jetzt sieht er mich. Ist es Verachtung, was ich in seinem Blick lese, oder Gleichgültigkeit? Hat er nichts anderes von mir erwartet?

Wir sind in einem Hof hinter einem Gebäude, roter Backstein und eher modern. Neben der Tür steht eine Reihe von Mülleimern, und der Geruch von schlechtgewordenen Brathähnchen hängt in der Luft. Der Kommandant hat einen Schlüssel für die Tür, die unauffällig und grau ist und glatt mit der Wand abschließt, eine Stahltür, wie ich annehme. Drinnen ist ein Gang mit Betonblockwänden, der von fluoreszierenden Deckenleuchten erhellt wird, eine Art funktionaler Tunnel.

»Hier«, sagt der Kommandant. Er streift mir ein Anhängerschildchen ums Handgelenk, lila, an einem Gummi, wie die Schildchen für Fluggepäck. »Wenn jemand fragt, sag, du bist für den Abend gemietet«, sagt er. Dann faßt er mich an meinem nackten Oberarm und steuert mich vorwärts. Ich könnte einen Spiegel gebrauchen, um zu sehen, ob mein Lippenstift in Ordnung ist, ob die Federn nicht zu lächerlich aussehen, zu ordinär. In dieser Beleuchtung muß ich gespenstisch aussehen. Aber jetzt ist es zu spät.

Idiot, sagt Moira.

KAPITEL SIEBENUNDDREISSIG

Wir gehen den Gang entlang und durch eine andere flache graue Tür, und dann einen weiteren Gang entlang, der diesmal mit mildem Licht beleuchtet und mit Teppichboden in einer Pilzfarbe, bräunlich-rosa, ausgelegt ist. Türen gehen davon ab, mit Zahlen darauf, einhunderteins, einhundertzwei, so wie man bei einem Gewitter zählt, um zu sehen, wie nahe man daran ist, vom Blitz getroffen zu werden. Dann ist es also ein Hotel. Aus einer der Türen kommt Gelächter, von einem Mann und auch einer Frau. Es ist lange her, seit ich zum letzten Mal jemanden lachen hörte.

Wir kommen in einen Innenhof. Er ist weitläufig und auch sehr hoch: er reicht über mehrere Stockwerke hinauf bis zu einem Oberlicht. In der Mitte steht ein Springbrunnen, ein runder, Wasser sprühender Brunnen, in der Form einer Pusteblume. Pflanzen und Bäume grünen hier und da, von den Balkongittern hängen Schlingpflanzen herunter. Gläserne Fahrstühle mit ovalen Seiten, die wie riesige Mollusken aussehen, schweben an den Wänden hinauf und herab.

Ich weiß, wo ich bin. Ich bin schon öfter hier gewesen: mit Luke, nachmittags, vor langer Zeit. Damals war es ein Hotel. Jetzt ist es voller Frauen.

Ich bleibe stehen und starre sie an. Hier kann ich starren, um mich schauen, keine weißen Flügel halten mich davon ab. Mein von ihnen befreiter Kopf kommt mir seltsam leicht vor, als wäre ein Gewicht von ihm genommen, oder Substanz.

Die Frauen sitzen, räkeln sich, spazieren umher, lehnen sich aneinander. Männer sind unter sie gemischt, viele Männer, aber in ihren dunklen Uniformen oder Anzügen, die einander so ähnlich sehen, bilden sie nur eine Art Kulisse. Die Frauen dagegen sind tropisch: sie tragen alle möglichen festlichen bunten Kostüme. Manche von ihnen haben Anzüge an wie ich, Federn und Glimmer, mit hohem Bein- und tiefem Brustausschnitt. Manche sind in Dessous aus alten Zeiten gehüllt, kurze Nachthemdchen, Baby-Doll-Schlafanzüge, einige in ein durchsichtiges Negligé. Manche haben Badeanzüge an, einteilige oder Bikinis; eine trägt, wie ich sehe, ein gehäkeltes Etwas mit großen Seemuscheln, die ihre Brüste bedecken. Manche tragen Joggingshorts und ärmellose Sonnentops, manche Gymnastikanzüge wie die, die früher im Fernsehen zu sehen waren, hauteng, mit gestrickten pastellfarbenen Legwarmers. Es gibt sogar ein paar in Cheerleader-Kostümen: kurze Faltenröckchen und mit riesigen Buchstaben quer über der Brust. Wahrscheinlich mußten sie auf ein buntes Sammelsurium zurückgreifen, alles das, was sie irgendwo schnorren oder retten konnten. Alle tragen Make-up, und ich merke, wie ungewohnt es mir geworden ist, das an Frauen zu sehen, denn ihre Augen erscheinen mir zu groß, zu dunkel und glänzend, ihre Münder zu rot, zu naß, blutgetränkt und glänzend – oder aber zu clownshaft.

Auf den ersten Blick hat die Szene etwas Fröhliches. Es ist wie eine Faschingsparty – sie wirken wie zu groß geratene Kinder, die in Truhen Klamotten aufgestöbert und sich damit verkleidet haben. Ob es ihnen Spaß macht? Das könnte schon sein, aber haben sie es freiwillig gemacht? Das kann man vom bloßen Anschauen nicht erkennen.

Es gibt so viele Hintern in diesem Raum. Daran bin ich nicht mehr gewöhnt.

»Es ist wie ein Spaziergang in die Vergangenheit«, sagt der Kommandant. Seine Stimme klingt erfreut, ja sogar entzückt. »Findest du nicht?«

Ich versuche, mich daran zu erinnern, ob die Vergangenheit genau so war. Ich bin da jetzt nicht mehr sicher. Ich weiß, daß sie diese Dinge enthielt, aber irgendwie ist die Mischung anders. Ein Film über die Vergangenheit ist nicht dasselbe wie die Vergangenheit.

»Ja«, sage ich. Dabei empfinde ich überhaupt nichts. Ganz bestimmt bin ich nicht entsetzt über diese Frauen, nicht schockiert. Ich erkenne sie als pflichtvergessene Schwänzerinnen. Das offizielle Glaubensbekenntnis leugnet sie, leugnet ihre Existenz, und doch sind sie hier. Das ist zumindest etwas.

»Starr nicht so«, sagt der Kommandant. »Sonst verrätst du dich. Verhalte dich ganz natürlich.« Wieder schiebt er mich vorwärts. Ein anderer Mann hat ihn entdeckt, ihm zugenickt und setzt sich in unsere Richtung in Bewegung. Der Griff des Kommandanten an meinem Oberarm wird fester. »Ganz ruhig«, flüstert er. »Verlier die Nerven nicht.«

Du brauchst nur den Mund zu halten, sage ich mir, und ein dummes Gesicht zu machen. So schwer dürfte das nicht sein.

Der Kommandant besorgt die Unterhaltung für mich bei diesem Mann und bei den anderen, die noch kommen. Er sagt nicht viel über mich, das braucht er gar nicht. Er sagt, ich bin neu, und sie schauen mich an, und dann beachten sie mich nicht weiter und sprechen über andere Dinge. Meine Verkleidung erfüllt ihren Zweck.

Er hält meinen Arm fest, und während er spricht, richtet sich sein Rückgrat unmerklich auf, seine Brust weitet sich, seine Stimme nimmt immer mehr die Munterkeit und Ausgelassenheit der Jugend an. Mir wird klar, daß er angibt. Er gibt mit mir an vor ihnen, und sie verstehen das. Sie sind durchaus anständig, sie behalten ihre Hände bei sich, aber sie inspizieren meine Brüste, meine Beine, als gäbe es keinen Grund, es nicht zu tun. Doch gibt er auch vor mir an. Er demonstriert mir seine Überlegenheit über die Welt. Er bricht vor den Augen der anderen das Gesetz, macht ihnen eine lange Nase und kommt ungestraft davon. Vielleicht hat er jenen Zustand der Berauschtheit erreicht, den Macht angeblich auslöst, den Zustand, in dem man glaubt, man sei unentbehrlich und könne sich deshalb alles leisten, absolut alles, wozu man gerade Lust hat, überhaupt alles. Zweimal, als er denkt, daß niemand herschaut, zwinkert er mir zu.

Es ist ein unreifes Protzen, das ganze Theater und mitleiderregend; aber es ist etwas, was ich verstehen kann.

Als er es genügend ausgekostet hat, führt er mich wieder fort, zu einem weichen geblümten Sofa, wie sie früher in Hotelhallen standen – in dieser Halle hat es sogar ein Blumenmuster, an das ich mich noch erinnere, dunkelblauer Grund, rosa Jugendstilblumen. »Ich dachte, deine Füße werden vielleicht müde«, sagt er, »in diesen Schuhen.« Er hat recht, und ich bin ihm dankbar. Er setzt mich hin und setzt sich selbst neben mich. Er legt den Arm um meine Schultern. Der Stoff seines Ärmels kratzt an meiner Haut, die in letzter Zeit an Berührungen nicht mehr gewöhnt ist.

»Na?« sagt er. »Was hältst du von unserem kleinen Klub?«

Ich schaue mich wieder um. Die Männer sind doch nicht so gleichartig, wie ich zunächst gedacht hatte. Drüben beim Springbrunnen steht eine Gruppe von Japanern in hellgrauen Anzügen, und weit hinten in der Ecke ist ein weißer Farbklecks: Araber, in diesen langen Bademänteln, die sie immer anhaben, mit ihren Kopfbedeckungen und den gestreiften Schweißbändern.

»Ist es ein Klub?« sage ich.

»Na ja, jedenfalls nennen wir es so unter uns: Der Klub.«

»Ich dachte, so etwas sei streng verboten«, sage ich.

»Nun ja, offiziell«, sagt er. »Aber schließlich hat jeder menschliche Regungen.«

Ich warte darauf, daß er näher ausführt, wie er das meint, aber er tut es nicht. Deshalb frage ich: »Was bedeutet das?«

»Es bedeutet, daß man die Natur nicht betrügen kann«, sagt

er. »Die Natur verlangt Vielfalt, für Männer jedenfalls. Das ist doch klar, es ist ein Teil der Fortpflanzungsstrategie. Es ist der Plan der Natur.« Ich sage nichts, und so fährt er fort: »Die Frauen wissen das ganz instinktiv. Warum hätten sie sonst so viele verschiedene Kleider gekauft, in den alten Zeiten? Um die Männer glauben zu machen, daß sie mehrere, verschiedene Frauen seien. Jeden Tag eine neue Frau.«

Er sagt das so, als glaube er es selbst, aber er sagt vieles so. Vielleicht glaubt er es, vielleicht auch nicht, und vielleicht tut er beides gleichzeitig. Unmöglich zu sagen, was er nun wirklich glaubt.

»So daß jetzt, wo wir keine verschiedenen Kleider mehr haben«, sage ich, »statt dessen ihr einfach verschiedene Frauen habt.« Es ist ironisch gemeint, aber das nimmt er nicht wahr.

»Es löst eine Menge Probleme«, sagt er, ohne mit der Wimper zu zucken.

Ich erwidere nichts darauf. Ich habe ihn allmählich satt. Ich hätte Lust, ihm die kalte Schulter zu zeigen, den Rest des Abends in schmollender Wortlosigkeit zu verbringen. Aber das kann ich mir nicht leisten, und ich weiß es. Was das hier auch sei, es ist immerhin ein Abend außer Hause.

Wirklich gern würde ich mit den Frauen sprechen. Aber die Chancen, die ich sehe, sind sehr gering.

»Wer sind die Leute hier?« frage ich ihn.

»Der Club ist nur für Offiziere«, sagt er. »Von allen Truppengattungen. Und für mittlere Beamte. Und für Handelsdelegationen natürlich. Es stimuliert die Geschäfte. Man kann hier Leute kennenlernen. Ohne so etwas kann man nicht gut Geschäfte machen. Wir versuchen, den Leuten zumindest das zu bieten, was ihnen woanders auch geboten wird. Außerdem hört man hier so manches, bekommt Informationen. Männer erzählen einer Frau manchmal etwas, was sie einem anderen Mann nicht erzählen würden.«

»Nein«, sage ich, »ich meine die Frauen.«

»Ach so«, sagt er. »Na ja, manche sind richtige Profis. Prostis« – er lacht – »aus der Zeit davor. Sie konnten nicht angepaßt werden. Und die meisten ziehen das hier auch vor.«

»Und die anderen?«

»Die anderen?« sagt er. »Na, da haben wir eine ganze Sammlung. Die da drüben, die in Grün, das ist eine Soziologin. Oder war es einmal. Die dort war Juristin, die dort war Geschäftsfrau, in leitender Position, irgendeine Schnellrestaurant-Kette, aber vielleicht waren es auch Hotels. Ich habe gehört, daß man sich sehr gut mit ihr unterhalten kann, wenn einem nur nach Reden zumute ist. Ihnen gefällt das hier auch besser.«

»Als was?« frage ich.

»Als die Alternativen«, sagt er. »Vielleicht würdest du es sogar dem, was du hast, vorziehen.« Er sagt das in affektiertem Ton, er möchte Widerspruch, er möchte Komplimente hören. Der ernste Teil der Unterhaltung ist jetzt beendet.

»Ich weiß nicht«, sage ich, als zöge ich es in Betracht. »Vielleicht ist es sehr anstrengend.«

»Du müßtest jedenfalls auf deine Linie aufpassen, so viel ist sicher«, sagt er. »Da sind sie ganz streng. Nimm zehn Pfund zu, und sie stecken dich in Einzelhaft.« Macht er einen Witz? Sehr wahrscheinlich, aber ich will es nicht einmal wissen.

»Und jetzt«, sagt er, »um dich ein bißchen in Stimmung zu bringen, wie wärs mit einem kleinen Drink?«

»Ich darf nicht«, sage ich. »Das weißt du doch.«

»Einmal wird nichts schaden«, sagt er. »Und es würde auch nicht gut aussehen, wenn du es nicht tätest. Es gibt hier kein Nikotin- und Rauchtabu! Du siehst, man hat hier einige Vorteile.«

»Gut«, sage ich. Insgeheim gefällt mir die Idee, ich habe seit Jahren nichts mehr getrunken.

»Was soll es denn sein?« fragt er. »Es gibt hier alles. Importiert.«

»Ein Gin-Tonic«, sage ich. »Aber bitte schwach. Ich will dir keine Schande machen.«

»Das wirst du nicht«, sagt er grinsend. Er steht auf, dann nimmt er überraschend meine Hand und küßt sie, auf die Handfläche. Dann geht er fort, in Richtung der Bar. Er hätte eine Bedienung herwinken können, es gibt ein paar, in identischen schwarzen Miniröcken, mit Pompons auf den Brüsten, aber sie sind offensichtlich sehr beschäftigt und schwer herbeizuwinken.

Dann sehe ich sie. Moira. Sie steht mit zwei anderen Frauen drüben an dem Springbrunnen. Ich muß noch einmal hinschauen, ganz genau, um mich zu vergewissern, ob sie es wirklich ist. Ich tue es in Etappen, indem ich meine Blicke mehrmals kurz hinüberhuschen lasse, damit niemand es merkt.

Sie ist absurd gekleidet: ein schwarzer Dress aus einst glänzendem Satin, der abgetragen und schäbig aussieht. Das Kleid ist schulterfrei und von innen mit Draht verstärkt, damit es die Brüste hebt, aber es paßt Moira nicht richtig, es ist zu groß, so daß die eine Brust halb herausgedrückt wird und die andere nicht. Sie zupft abwesend an dem Oberteil, zieht es hoch. Hinten ist ein Wattebausch aufgenäht, ich sehe es, als sie sich halb umdreht, der Wattebausch sieht wie eine Monatsbinde aus, die wie Popcorn aufgeplatzt ist. Mir geht auf, daß es ein Schwanz sein soll. An ihrem Kopf sind zwei Ohren befestigt, Hasen- oder Rehohren, es ist schwer zu erkennen, bei dem einen fehlt die Verstärkung oder der Draht, so daß es halb herunterhängt. Sie trägt eine schwarze Fliege um den Hals, schwarze Netzstrümpfe und schwarze Stöckelschuhe. Sie hat hohe Absätze immer gehaßt.

Das ganze Kostüm, antiquiert und verrückt, erinnert mich an irgend etwas aus der Vergangenheit, aber mir fällt nicht ein, woran. Ein Theaterstück, ein Musical? Mädchen, für Ostern in Häschenkostüme gekleidet? Was hat es hier für eine Bedeutung, warum gelten Hasen als sexuell attraktiv für Männer? Wie kann dieses abgewrackte Kostüm irgend jemanden ansprechen?

Moira raucht eine Zigarette. Sie nimmt einen Zug und gibt sie dann an die Frau zu ihrer Linken weiter, die in rotem Flitter steckt, mit einem langen spitzen Schwanz und silbernen Hörnern – ein Teufels-Kostüm. Jetzt hat sie die Arme unter ihren vom Draht angehobenen Brüsten verschränkt. Sie steht auf dem einen Fuß, dann auf dem anderen, die Füße müssen ihr wehtun; das Rückgrat ist leicht gekrümmt. Sie schaut ohne Interesse und ohne Absichten im Raum umher. Es muß ihr eine vertraute Umgebung sein.

Ich will, daß sie mich anschaut, mich sieht, aber ihre Augen gleiten über mich hinweg, als wäre ich nur eine weitere Palme, ein weiterer Sessel. Sie muß sich unbedingt umdrehen, ich will es so fest, sie muß mich ansehen, bevor einer der Männer zu ihr herüberkommt, bevor sie verschwindet. Die andere Frau, die bei ihr stand, die Blondine in dem kurzen rosa Bettjäckchen mit dem schäbigen Pelzbesatz, ist schon in Besitz genommen worden, hat den Glasaufzug bestiegen und ist emporgefahren, meinen Blicken entschwunden. Moira dreht wieder den Kopf nach allen Seiten, prüft vielleicht ihre Aussichten. Es muß schwer sein, unabgeholt dort zu stehen, wie bei einem High-School-Tanzfest, und sich beglotzen zu lassen. Diesmal bleiben ihre Augen an mir hängen. Sie sieht mich. Sie ist klug genug, keine Reaktion zu zeigen.

Wir starren einander an und achten darauf, daß unsere Gesichter ausdruckslos bleiben, apathisch. Dann macht sie eine kleine Bewegung mit dem Kopf, einen winzigen Ruck nach rechts. Sie nimmt der Frau in Rot die Zigarette aus der Hand, steckt sie sich in den Mund, hält ihre Hand einen Augenblick, alle fünf Finger ausgestreckt, in der Luft. Dann kehrt sie mir den Rücken zu.

Unser altes Signal. Ich habe fünf Minuten Zeit, um zur Damentoilette zu gelangen, die irgendwo rechts von ihr sein muß. Ich sehe mich um: keinerlei Hinweis. Aber ich kann es auch nicht riskieren, aufzustehen und irgendwohin zu gehen, ohne den Kommandanten. Ich kenne mich hier nicht aus, möglicherweise werde ich von irgendeinem Mann aufgefordert. Eine Minute, zwei. Moira beginnt langsam davonzuschlendern, sich umzusehen. Sie kann nur hoffen, daß ich sie verstanden habe und ihr folgen werde.

Der Kommandant kommt zurück, mit zwei Gläsern. Er lächelt zu mir herunter, stellt die Gläser auf das lange schwarze Tischchen vor dem Sofa und setzt sich. »Macht's dir Spaß?« sagt er. Er möchte, daß es mir Spaß macht. Immerhin ist es etwas Besonderes.

Ich sehe ihn lächelnd an. »Gibt's hier eine Toilette?« frage ich.

»Aber natürlich«, sagt er. Dann nippt er an seinem Drink. Er sagt mir nicht von sich aus, in welcher Richtung.

»Ich muß eben mal gehen.« Ich zähle in meinem Kopf, nicht mehr Minuten, sondern nur noch Sekunden.

»Es ist da drüben.« Er nickt.

»Und wenn mich jemand anhält?« frage ich.

»Zeig einfach nur dein Schildchen vor«, sagt er. »Dann geht alles in Ordnung. Sie wissen dann, daß du in Begleitung bist.«

Ich stehe auf, stöckele durch den Raum. Ich schwanke ein wenig bei dem Brunnen, fast wäre ich gefallen. Es sind die Absätze. Ohne den stützenden Arm des Kommandanten verliere ich die Balance. Mehrere Männer starren mich an, eher überrascht, nehme ich an, als lüstern. Ich komme mir wie eine Idiotin vor. Ich strecke meine linke Hand demonstrativ vor, den Arm im Ellbogen leicht angewinkelt, damit man das Schildchen sieht. Niemand sagt etwas.

KAPITEL ACHTUNDDREISSIG

Ich finde den Eingang zur Toilette. Noch steht dort *Damen*, in verschnörkelter goldener Schrift. Ein Gang führt zu der Tür hin, und eine Frau sitzt an einem Tischchen daneben: sie überwacht, wer hineingeht und wer herauskommt. Es ist eine ältere Frau, sie trägt einen purpurroten Kaftan und hat goldenen Eyeshadow aufgelegt. Trotzdem erkenne ich, daß es eine Tante ist. Der Stachelstock liegt auf dem Tischchen, die Lederschlaufe um ihr Handgelenk. Hier gibt es keine Mätzchen.

»Fünfzehn Minuten«, sagt sie zu mir. Sie gibt mir ein rechteckiges purpurrotes Kärtchen von einem Stapel auf dem Tisch. Es erinnert mich an die Ankleidekabinen in den Kaufhäusern in der Zeit davor. Zu der Frau hinter mir höre ich sie sagen: »Du warst doch eben schon hier.«

»Ich muß nochmal«, sagt die Frau.

»Eine Pause pro Stunde«, sagt die Tante. »Du kennst die Regeln.«

Die Frau fängt an zu protestieren, mit weinerlicher, verzweifelter Stimme. Ich drücke die Tür auf.

An diesen Raum erinnere ich mich. Zuerst kommt eine Ruhezone, in rosa Tönen sanft beleuchtet, mit mehreren bequemen Sesseln und einem Sofa, das mit bedrucktem Stoff bezogen ist, ein lindgrünes Bambussprossenmuster, und mit einer Wanduhr mit golddurchbrochenem Rand darüber. Hier haben sie die Spiegel nicht entfernt, ein hoher hängt gegenüber dem Sofa. Hier muß man wissen, wie man aussieht. Hinter einem Rundbogen weiter hinten befinden sich die Reihen der ebenfalls rosafarbenen Toilettenkabinen und Waschbecken, und weitere Spiegel.

Mehrere Frauen sitzen auf den Sesseln und dem Sofa, sie haben sich die Schuhe ausgezogen und rauchen. Sie starren mich an, als ich hereinkomme. Parfümduft und schaler Rauch und der Geruch von schwitzenden Körpern hängen in der Luft.

»Bist du neu?« fragt eine von ihnen.

»Ja«, sage ich und blicke mich vergeblich nach Moira um.

Die Frauen lächeln nicht. Sie widmen sich wieder dem Rauchen, als sei es eine ernsthafte Tätigkeit. In dem Raum dahinter frischt eine Frau in einem Katzenanzug mit einem Schwanz aus orangefarbenem Kunstpelz ihr Make-up auf. Es ist wie hinter den Kulissen in einem Theater: Schminkfarbe, Rauch, die Materialien der Illusion.

Ich bleibe zögernd stehen, weiß nicht, was tun. Ich möchte nicht nach Moira fragen, ich weiß nicht, ob das nicht gefährlich ist. Dann geht die Spülung einer Toilette, und Moira kommt aus einer rosa Kabine. Sie kommt wippend auf mich zu; ich warte auf ein Zeichen.

»Alles in Ordnung«, sagt sie zu mir und zu den anderen Frauen. »Ich kenne sie.« Jetzt lächeln die anderen, und Moira umarmt mich. Meine Arme schieben sich um sie, die Drähte, die ihre Brüste heben, bohren sich in meine Brust. Wir küssen einander, erst auf die eine Wange, dann auf die andere. Dann treten wir einen Schritt zurück.

»Allmächtiger«, sagt sie. Sie grinst mich an. »Du siehst aus wie die Hure von Babylon.«

»Soll ich denn nicht so aussehen?« sage ich. »Du siehst aus wie etwas, was die Katze ins Haus geschleppt hat.«

»Ja«, sagt sie und zieht ihr Vorderteil hoch. »Nicht gerade mein Stil, und außerdem fällt das Ding hier jeden Moment in Fetzen auseinander. Ich wünschte, sie würden jemanden aufgabeln, der noch weiß, wie man solche Sachen näht. Dann könnte ich was halbwegs Anständiges kriegen.«

»Hast du dir das selbst ausgesucht?« frage ich. Und ich überlege, ob sie es sich vielleicht unter den anderen Sachen herausgesucht hat, weil es weniger schreiend war. Immerhin ist es nur schwarz-weiß.

»Um Gottes willen, nein«, sagt sie. »Regierungseigentum. Ich nehme an, die dachten, es paßt zu mir.«

Ich kann immer noch nicht glauben, daß sie es wirklich ist. Ich fasse wieder ihren Arm an. Dann fange ich an zu weinen.

»Tu das nicht«, sagt sie, »sonst verschmierst du deine Augen. Außerdem ist die Zeit zu kurz. Rutscht mal.« Das sagt sie zu den beiden Frauen auf dem Sofa, in ihrer üblichen energischen, burschikosen, ungestümen Art, und wie üblich hat sie Erfolg damit.

»Meine Pause ist sowieso zu Ende«, sagt die eine Frau, die ein babyblaues geschnürtes Mieder und weiße Strümpfe trägt. Sie steht auf und gibt mir die Hand. »Willkommen«, sagt sie.

Die andere Frau rutscht bereitwillig zur Seite, und Moira und ich setzen uns. Als erstes ziehen wir beide unsere Schuhe aus.

»Und was zum Teufel machst du hier?« fragt Moira dann. »Nicht daß es nicht toll wäre, dich zu sehen. Aber für dich ist es nicht so toll. Was hast du denn angestellt? Über seinen Schwanz gelacht?«

Ich schaue an die Decke. »Gibt's hier Wanzen?« frage ich. Ich wische mir vorsichtig mit den Fingerspitzen um die Augen. Schwarze Farbe geht ab.

»Wahrscheinlich«, sagt Moira. »Zigarette?«

»Wahnsinnig gern«, sage ich.

»Hier«, sagt sie zu der Frau neben ihr, »Borg mir eine, ja?«

Die Frau gibt ihr bereitwillig eine. Moira versteht sich immer noch aufs Schnorren. Ich muß darüber lächeln.

»Andererseits vielleicht auch nicht«, sagt Moira. »Ich kann mir nicht vorstellen, daß irgend etwas von dem, was wir zu sagen haben, sie interessiert. Sie haben ohnehin schon das meiste gehört, und außerdem kommt hier keine raus, außer im schwarzen Wagen. Aber das weißt du ja sicher, wo du jetzt hier bist.«

Ich ziehe ihren Kopf zu mir herüber, damit ich ihr ins Ohr flüstern kann. »Ich bin nur vorübergehend hier«, erzähle ich ihr. »Nur heute abend. Ich darf eigentlich gar nicht hier sein. Er hat mich reingeschmuggelt.«

»Wer?« flüstert sie zurück. »Dieser Arsch, bei dem du bist? Den habe ich schon gehabt, der ist das Letzte.«

»Er ist mein Kommandant«, sage ich.

Sie nickt. »Manche von ihnen tun das, es turnt sie an. Es ist wie Vögeln auf dem Altar oder so: du und deine Truppe, ihr seid ja angeblich keusche Gefäße. Sie sehen euch gern voll bemalt. Nichts als ein neuer mieser Machttrip.«

Diese Interpretation ist mir noch nicht eingefallen. Ich wende sie auf den Kommandanten an, doch sie scheint mir zu einfach für ihn, zu simpel. Seine Motivationen sind bestimmt raffinierter. Aber es mag auch Eitelkeit sein, die mich verleitet, so zu denken.

»Wir haben nicht mehr viel Zeit«, sage ich. »Erzähl mir alles.«

Moira zuckt mit den Achseln. »Wozu, was nützt es?« sagt sie. Aber sie weiß, daß es nützen kann, deshalb tut sie es.

Ungefähr folgendes sagt sie, flüstert sie. Ich kann mich nicht ganz genau erinnern, weil ich keine Möglichkeit hatte, es aufzuschreiben. Ich habe das, was sie gesagt hat, so gut ich konnte ergänzt: wir hatten nicht viel Zeit, deshalb hat sie mir nur in groben Zügen berichtet. Außerdem hat sie es mir in zwei Schüben erzählt: wir schafften es, eine zweite gemeinsame Pause zu arrangieren. Ich habe mich bemüht, es so gut es ging in ihren Worten wiederzugeben. Es ist eine Möglichkeit, sie lebendig zu erhalten.

»Ich ließ also die alte Hexe Tante Elizabeth wie einen Weihnachtstruthahn zusammengeschnürt hinter dem Heizkessel. Ich hätte sie liebend gern umgebracht, mir war wirklich danach, aber jetzt bin ich froh, daß ich es nicht getan habe, sonst wäre es für mich noch schlimmer ausgegangen. Ich konnte es kaum glauben, wie leicht es war, aus dem Zentrum herauszukommen. Ich bin in dieser braunen Tracht einfach durchs Tor gegangen. Und ich ging immer weiter, als wüßte ich, wohin ich wollte, bis ich außer Sichtweite war. Ich hatte keinen großartigen Plan; es war keine vorbereitete Sache, wie sie dachten, obwohl ich eine Menge zusammenphantasiert habe, als sie versuchten, es aus mir rauszukriegen. Das tust du unwillkürlich, wenn sie die Elektroden und die anderen Dinger benutzen. Es ist dir völlig egal, was du sagst.

Ich nahm die Schultern zurück und hob das Kinn und marschierte weiter und überlegte dabei, was ich als nächstes tun sollte. Als sie damals die Presse auffliegen ließen, hatten sie schon eine Menge von den Frauen, die ich kannte, mitgenommen, und ich dachte, daß sie höchstwahrscheinlich inzwischen die restlichen auch hatten. Ich war mir sicher, daß sie eine Liste von allen besaßen. Wir waren ja blöd, zu glauben, wir könnten so wie vorher weitermachen, wenn auch im Untergrund, auch wenn wir alles aus dem Büro ausgeräumt und in privaten Kellern und Hinterzimmern untergebracht hatten. Ich probierte es also gar nicht erst in diesen Häusern.

Ich hatte eine ungefähre Vorstellung, wo im Verhältnis zur Stadt ich mich befand, obwohl ich durch Straßen ging, die ich, soweit ich mich erinnerte, noch nie gesehen hatte. Aber ich rechnete mir mit Hilfe der Sonne aus, wo Norden war. Die Pfadfinder hatten also doch ihr Gutes. Ich dachte also, ich könnte dann auch in die Richtung weitergehen und versuchen, den Yard oder den Square oder irgend etwas dort in der Nähe zu finden. Dann würde ich mit Bestimmtheit wissen, wo ich war. Ich dachte auch, daß es wahrscheinlich besser aussah, wenn ich mich auf das Zentrum der Dinge zubewegte als von dort fort. Es würde plausibler aussehen.

Sie hatten noch mehr Kontrollpunkte eingerichtet, während wir im Zentrum waren, überall gab es welche. Beim ersten hab ich mir fast ins Hemd gemacht. Ich stieß ganz plötzlich darauf, hinter einer Ecke. Ich wußte, daß es nicht gut aussehen würde, wenn ich mich direkt vor ihren Augen umdrehte und zurückging, also bluffte ich mich durch, genau wie am Tor, indem ich das Stirnrunzeln aufsetzte, mich steif hielt, die Lippen zusammenkniff und einfach durch sie hindurchsah, als wären sie schwärende Wunden. Du weißt, wie die Tanten schauen, wenn sie das Wort *Mann* sagen. Es funktionierte wie ein Zauber und bei den anderen Kontrollpunkten ebenso.

Aber in meinem Kopf ging alles wie verrückt durcheinander. Ich hatte ja nur soundsoviel Zeit, bis sie die alte Fledermaus finden und Alarm schlagen würden. Bald genug würden sie mich schon suchen: falsche Tante, zu Fuß unterwegs. Ich versuchte, mir jemanden einfallen zu lassen, ich ging immer wieder die Leute durch, die ich kannte. Schließlich versuchte ich, mich so genau wie möglich an unsere Versandliste zu erinnern. Wir haben sie natürlich schon ziemlich früh vernichtet; das heißt, wir vernichteten sie nicht, sondern teilten sie zwischen uns auf, und jeder von uns lernte einen Teil auswendig, und dann vernichteten wir sie. Wir benutzten damals noch die Post, aber wir druckten nicht mehr unser Logo auf die Umschläge. Das war inzwischen schon viel zu riskant.

Also versuchte ich mich an meinen Teil der Liste zu erinnern. Ich sag dir den Namen, den ich mir aussuchte, nicht, weil ich die Leute nicht in Schwierigkeiten bringen will, wenn sie die Schwierigkeiten nicht längst gehabt haben. Es könnte sein, daß ich all das Zeug ausgespuckt habe, es ist schwer, sich hinterher daran zu erinnern, was man sagt, wenn sie es tun. Man sagt da alles.

Ich suchte sie aus, weil es ein Ehepaar war, und die waren sicherer als alle Singles und vor allem als alle Schwulen. Ich erinnerte mich auch an die Bezeichnung neben ihrem Namen. Q stand da, und das hieß Quäker. Wir hatten die Religionszugehörigkeit vermerkt, sofern es eine gab, für die Demos. So hatte man eine Ahnung, wer zu welchen gehen könnte. Es hatte keinen Sinn, Ks aufzufordern, Abtreibungssachen mitzumachen, zum Beispiel – nicht daß wir in der Beziehung, in der letzten Zeit noch viel gemacht hätten. Ich erinnerte mich auch an ihre Adresse. Wir hatten uns die Adressen gegenseitig abgehört, es war wichtig, sie genau im Gedächtnis zu behalten, mit Leitzahl und allem.

Inzwischen war ich auf die Mass Ave gestoßen und wußte jetzt, wo ich war. Und ich wußte auch, wo sie waren. Jetzt machte ich mir um etwas anderes Gedanken: Wenn diese Leute eine Tante den Weg zu ihrem Haus heraufkommen sahen, würden sie nicht einfach die Tür abschließen und so tun, als waren sie nicht zu Hause? Trotzdem, ich mußte es probieren, es war meine einzige Chance. Ich glaubte nicht, daß sie mich erschießen würden. Inzwischen war es ungefähr fünf Uhr. Ich war müde vom Gehen, vom Gehen vor allem auf diese Tanten-Art, wie ein blöder Soldat, mit einem Schürhaken im Arsch, und ich hatte seit dem Frühstück nichts mehr gegessen.

Was ich natürlich nicht wußte, war, daß damals in den frühen Tagen die Tanten und auch das Zentrum gar nicht allgemein bekannt waren. Am Anfang war das alles ganz geheim, hinter Stacheldraht versteckt. Noch damals hätte es Proteste geben können gegen das, was sie da taten. Obwohl die Leute also hier und da eine Tante zu Gesicht bekommen hatten, wußten sie nicht, wozu sie eigentlich gut waren. Sie müssen angenommen haben, daß sie so etwas wie Lazarettschwestern waren. Sie hatten schon aufgehört, Fragen zu stellen, wenn es nicht unbedingt sein mußte.

Diese Leute ließen mich also sofort herein. Es war die

Frau, die an die Tür kam. Ich sagte ihr, daß ich eine Umfrage machte. Das tat ich, damit sie nicht so ein überraschtes Gesicht machte – für den Fall, daß jemand uns beobachtete. Aber sobald ich durch die Tür war, nahm ich die Kopfbedeckung ab und erzählte ihnen, wer ich war. Sie hätten die Polizei anrufen können oder was immer, ich wußte, daß ich ein Risiko einging, aber wie gesagt, ich hatte keine andere Wahl. Sie haben es ja auch nicht getan. Sie gaben mir Kleider, ein Kleid von der Frau, und verbrannten die Tantenuniform und den Paß in ihrem Heizungsofen; sie wußten, daß das sofort geschehen mußte. Sie waren nicht sehr scharf darauf, mich bei sich zu haben, soviel war klar, es machte sie sehr nervös. Sie hatten zwei kleine Kinder, beide unter sieben. Ich konnte sie gut verstehen.

Ich ging pinkeln – was für eine Erleichterung! Die Badewanne war voll mit Plastikfischen und so. Dann saß ich oben im Kinderzimmer und spielte mit den Kindern und ihren Plastikklötzchen, während die Eltern unten blieben und ratschlagten, was sie mit mir machen sollten. Ich hatte zu dieser Zeit keine Angst, im Gegenteil, ich hatte eigentlich ein gutes Gefühl. Fatalistisch war ich, könnte man sagen. Dann machte die Frau mir ein Sandwich und eine Tasse Kaffee, und der Mann sagte, er würde mich zu einem anderen Haus bringen. Sie hatten nicht riskiert, zu telefonieren.

Die Leute in dem anderen Haus waren auch Quäker, und sie waren sehr ergiebig, denn sie waren eine Station auf der Untergrund-Frauenstraße. Als das erste Ehepaar gegangen war, sagten sie, sie würden versuchen, mich außer Landes zu bringen. Ich sage dir nicht, wie, denn einige der Stationen könnten noch in Betrieb sein. Jede von ihnen war immer nur in Kontakt mit einer weiteren, immer der nächsten in der Kette. Das hatte Vorteile – es war besser, wenn man geschnappt wurde –, aber auch Nachteile, denn wenn eine Station aufflog, wurde die ganze Kette aufgehalten, bis sie mit einem ihrer Kuriere Kontakt aufnehmen konnten, der dann eine Alternativroute erstellen konnte. Sie waren allerdings besser organisiert, als du vermuten würdest. Sie hatten eine Anzahl von nützlichen Stellen unterwandert; eine davon war das Postamt. Sie hatten dort einen Fahrer mit einem von diesen praktischen kleinen Transportern. Über die Brücke und in die eigentliche Stadt gelangte ich in einem Postsack. Das kann ich dir jetzt erzählen, weil sie ihn geschnappt haben, kurz danach. Er endete an der Mauer. Du hörst von diesen Dingen, du hörst eine Menge hier – du wärst überrascht. Die Kommandanten erzählen es uns selbst, ich nehme an, sie denken, warum auch nicht, es gibt niemanden, dem wir es weitersagen können, außer einander, und das zählt nicht.

Wenn ich das alles so erzähle, klingt es einfach, aber das war es nicht. Ich habe mir die ganze Zeit fast in die Hosen geschissen. Mit das Schwerste war, zu wissen, daß diese anderen Leute ihr Leben für dich riskierten und eigentlich doch gar keine Veranlassung dazu hatten. Aber sie sagten, sie täten es aus religiösen Gründen, und ich solle es nicht persönlich nehmen. Das half ein bißchen. Jeden Abend gab es bei ihnen eine Zeit für stille Gebete. Zuerst konnte ich mich nur schwer daran gewöhnen, weil es mich zu sehr an all den Scheiß im Zentrum erinnerte. Mir wurde richtig übel davon, um die Wahrheit zu sagen. Ich mußte mich verdammt anstrengen, um mir zu sagen, daß das hier ja etwas ganz anderes war. Zuerst konnte ich es nicht ausstehen. Aber ich nehme an, die Beterei hat sie bei der Stange gehalten. Sie wußten mehr oder weniger, was ihnen passieren würde, falls sie geschnappt wurden. Nicht in allen Einzelheiten, aber sie wußten Bescheid. Zu der Zeit wurde manches davon schon im Fernsehen gezeigt, ich meine die Prozesse und so.

Es war, bevor die Sektenverfolgungen richtig anfingen. Solange man sagte, man sei in irgendeiner Form Christ und man sei verheiratet allerdings nur, wenn es das erste Mal war –, ließen sie einen noch weitgehend in Frieden. Zuerst konzentrierten sie sich auf die anderen. Und sie brachten sie mehr oder weniger unter Kontrolle, ehe sie sich mit allen anderen beschäftigten.

Ich war also im Untergrund. Das müssen acht, neun Monate gewesen sein. Ich wurde von einem sicheren Haus zum nächsten gebracht, damals gab es noch mehr davon. Es waren nicht alles Quäker, manche waren nicht einmal religiös. Es waren einfach Leute, denen nicht gefiel, welchen Lauf die Dinge genommen haben.

Ich hätte es fast nach draußen geschafft. Sie hatten mich schon rauf bis nach Salem gebracht, dann in einem Lastwagen voller Hähnchen nach Maine. Ich mußte fast kotzen von dem Gestank; hast du dir schon einmal vorgestellt, wie es ist, von einer Wagenladung Hähnchen, die allesamt seekrank sind, bekackt zu werden? Sie hatten vor, mich dort über die Grenze zu bringen; nicht mit Auto oder Lastwagen, das war schon zu schwierig, sondern mit dem Schiff, die Küste hinauf. Ich wußte das nicht bis zu der bewußten Nacht. Sie sagten einem nie den nächsten Schritt, bevor es losging. In der Beziehung waren sie sehr vorsichtig.

Deshalb weiß ich auch nicht, was passiert ist. Vielleicht hatte jemand kalte Füße gekriegt, oder jemand von außerhalb schöpfte Verdacht. Aber vielleicht lag es auch an dem Schiff, vielleicht fanden sie, daß der Typ zu oft nachts mit seinem Boot unterwegs war. Zu der Zeit muß es da oben von Augen gewimmelt haben, und überall sonst nahe der Grenze auch. Was immer geschehen war, sie sammelten uns genau in dem Augenblick auf, als wir aus der Hintertür kamen, um hinunter zum Dock zu gehen. Ich und der Typ, und seine Frau auch. Es war ein älteres Ehepaar, in den Fünfzigern. Er war im Hummergeschäft gewesen, bevor das alles mit der Küstenfischerei passierte. Ich weiß nicht, was danach aus ihnen geworden ist, weil ich in einem gesonderten Wagen transportiert wurde.

Ich dachte, das dürfte für mich wohl das Ende sein. Oder es ginge zurück ins Zentrum und unter die Fuchtel von Tante

Lydia mit ihrem Stahlkabel. Die hat das genossen, was meinst du! Die tat nur so, als hielte sie sich an all das Zeug wie *Liebe den Sünder* und *Hasse die Sünde*. Aber die hat das genossen. Ich hab auch daran gedacht, Schluß zu machen, und vielleicht hätte ich es getan, wenn ich irgendeine Möglichkeit gesehen hätte. Aber sie setzten zwei von ihren Leuten hinten in den Wagen zu mir, und die beobachteten mich wie die Habichte – kriegten den Mund nicht auf, sondern saßen einfach nur da und beobachteten mich mit ihrem glotzäugigen Blick, wie die das so an sich haben. Das ging also nicht.

Wir landeten dann doch nicht im Zentrum, sondern fuhren woandershin. Ich will mich nicht darüber auslassen, was danach passierte. Ich rede nicht gern darüber. Ich kann nur sagen, daß sie keine Male hinterlassen haben.

Als das vorbei war, zeigten sie mir einen Film. Und weißt du, worüber? Über das Leben in den Kolonien. In den Kolonien verbringen die Leute ihre Zeit damit, aufzuräumen. Sie sind dort sehr auf Sauberkeit und Ordnung bedacht, heutzutage. Manchmal sind es nur Leichen, nach einer Schlacht. Die in den städtischen Ghettos sind die schlimmsten, sie bleiben länger liegen und sind oft schon halb verfault. Dieser Verein mag nicht, daß Leichen herumliegen, sie haben Angst vor der Pest oder so. Das Verbrennen dort in den Kolonien wird also von den Frauen besorgt. In den anderen Kolonien ist es sogar noch schlimmer, mit den Giftmülldeponien und den Strahlungsunfällen. Sie meinen, daß du dort maximal drei Jahre hast, bis dir die Nase abfällt und du dir die Haut abziehen kannst wie Gummihandschuhe. Sie machen sich auch nicht die Mühe, dich ordentlich zu ernähren oder dir Schutzkleidung oder so zu geben, ohne das ist es billiger. Außerdem sind die meisten dort Leute, die sie loswerden wollen. Sie sagen, daß es noch andere Kolonien gibt, wo es nicht so schlimm ist, wo sie Landwirtschaft betreiben: Baumwolle und Tomaten und das alles. Aber das waren nicht die, um die es in dem Film ging.

Es sind alte Frauen, ich wette du hast dich schon manchmal gewundert, warum man eigentlich kaum noch ältere Frauen sieht, und Mägde, die ihre drei Chancen vermasselt haben und Unbelehrbare wie ich. Aussortierte, Schrott, wir alle. Sie sind natürlich steril. Wenn sie es nicht von vornherein sind, werden sie es spätestens, wenn sie ein Weilchen dort gewesen sind. Und wenn es nicht ganz sicher ist, wird eine kleine Operation an dir vorgenommen, damit keine Irrtümer entstehen. Ich würde sagen, ein Viertel der Leute in den Kolonien sind Männer. Nicht alle diese Geschlechtsverräter enden an der Mauer.

Alle tragen lange Kleider, wie die im Zentrum, nur grau. Frauen und auch die Männer, nach den Gruppenbildern zu schließen. Ich nehme an, es soll die Männer demoralisieren, daß sie Kleider tragen müssen. Scheiße, ich glaube, schon mich würde es reichlich demoralisieren. Wie hältst du das nur aus? Alles in allem gefällt mir diese Tracht hier doch besser.

Danach sagten sie dann, ich sei zu gefährlich, sie könnten mir das Privileg, ins Rote Zentrum zurückzukehren, nicht zugestehen. Sie erklärten, ich übe einen korrumpierenden Einfluß aus. Ich hätte die Wahl, sagten sie, zwischen dem hier und den Kolonien. Also wirklich, so ein Scheiß, kein Mensch außer einer Nonne würde sich die Kolonien aussuchen. Ich meine, ich bin doch kein Märtyrer. Ich hatte mich ja schon vor Jahren sterilisieren lassen, deshalb brauchte ich nicht einmal die Operation. Hier gibt's ja auch keine einzige Frau mit funktionierenden Eierstöcken. Du kannst dir denken, was für Probleme das mit sich bringen würde.

Ja, und da bin ich nun. Sie geben uns sogar Gesichtscreme. Du solltest dir eine Möglichkeit ausdenken, hier reinzukommen. Dann hättest du drei oder vier gute Jahre vor dir, bevor du abkratzt und sie dich in die Abdeckerei schicken. Das Essen ist nicht schlecht, und es gibt Alkohol und Drogen, wenn du willst, und wir arbeiten nur nachts.«

»Moira«, sage ich, »das meinst du doch nicht im Ernst!«

Sie erschreckt mich jetzt, denn in ihrer Stimme schwingt Gleichgültigkeit mit, nicht eine Spur Willenskraft. Haben sie ihr das wirklich angetan, haben sie ihr etwas weggenommen – was? –, das so entscheidend zu ihrem Wesen gehört? Aber wie kann ich von ihr erwarten, daß sie durchhält, den Mut behält, den sie in meiner Vorstellung besitzt, daß sie es durchsteht, daß sie kämpft, wenn ich selbst es nicht tue?

Ich möchte nicht, daß sie so ist wie ich. Daß sie nachgibt, mitmacht, ihre Haut rettet. Darauf läuft es hinaus. Ich will Tapferkeit von ihr, Säbelgerassel, Heldentum, den Einzelkampf. Alles, was mir abgeht.

»Mach dir keine Sorgen um mich«, sagt sie. Bestimmt ahnt sie etwas von dem, was ich denke. »Ich bin noch da, und du siehst, daß ich es bin. Versuch es doch mal so zu sehen: es ist nicht das Schlechteste, es gibt haufenweise Frauen hier. Das Lesbenparadies könnte man es nennen.«

Jetzt neckt sie mich, zeigt etwas Energie, und ich habe ein besseres Gefühl. »Lassen sie euch denn?« frage ich.

»Lassen? Was meinst du, die fördern das noch. Weißt du, wie sie den Puff hier unter sich nennen? Jesebels Reich. In den Augen der Tanten sind ja ohnehin alle verdammt, sie haben uns aufgegeben, also spielt es keine Rolle, was für ein Laster wir uns aussuchen. Und die Kommandanten kümmern sich einen Dreck darum, was wir in unserer Freizeit tun. Und im übrigen: Frauen mit Frauen, das turnt die nur an.«

»Und die anderen?« sage ich.

»Na, sagen wir es mal so«, sagt sie, »die sind auch nicht gerade scharf auf Männer.« Sie zuckt wieder mit den Schultern. Es könnte Resignation sein.

Und hier die Geschichte, die ich gern erzählen würde. Ich würde gern erzählen, wie Moira entkam und diesmal endgültig. Und wenn ich das nicht erzählen könnte, würde ich gern sagen, daß sie Jesebels Reich in die Luft sprengte mit fünfzig Kommandanten darin. Ich hätte gern, daß sie mit einer waghalsigen und aufsehenerregenden Geste endet, mit einer Geste, die zu ihr passen würde. Aber soweit ich weiß, ist das alles nicht geschehen. Ich weiß nicht, wie sie endete, weiß nicht, ob sie am Ende noch lebt, denn ich habe sie nie wiedergesehen.

KAPITEL NEUNUNDDREISSIG

Der Kommandant hat einen Zimmerschlüssel. Er hat ihn bei der Rezeption geholt, während ich auf dem geblümten Sofa wartete. Er zeigt ihn mir listig. Ich soll verstehen.

Wir schweben in der gläsernen Eihälfte des Lifts nach oben, an den weinbewachsenen Balkonen vorbei. Ich soll auch verstehen, daß ich zur Schau gestellt werde.

Er schließt die Tür zu dem Zimmer auf. Alles ist noch so, genau so, wie es einst war – damals. Die Vorhänge sind dieselben, die schweren geblümten, passend zum Bettüberwurf, orangerote Mohnblüten auf Königsblau, und die dünnen weißen Gardinen, die man gegen die Sonne zuzieht. Der Schreibtisch und die Nachttischchen, klobig, kantig, unpersönlich, die Lampen, die Bilder an den Wänden: Obst in einer Schale, stilisierte Äpfel, Blumen in einer Vase, Butterblumen und Teufelskralle, abgestimmt auf die Übergardinen. Alles dasselbe.

Ich sage »Einen Moment« zum Kommandanten und gehe ins Badezimmer. Meine Ohren hallen vom Rauch, der Gin hat mich mit Mattigkeit erfüllt. Ich befeuchte einen Waschlappen und drücke ihn mir an die Stirn. Nach einer Weile sehe ich nach, ob es auch kleine Seifenstückchen gibt, einzeln eingepackt. Es gibt welche. Die mit der Zigeunerin darauf, aus Spanien.

Ich atme den Seifengeruch ein, den desinfizierenden Geruch und stehe in dem weißen Badezimmer und horche auf die fernen Geräusche von laufendem Wasser, Toilettenspülungen. Auf eine seltsame Art fühle ich mich getröstet, zu Hause. Es ist etwas Beruhigendes an den Toiletten: Die Körperfunktionen zumindest bleiben demokratisch. Jeder Mensch scheißt, wie Moira sagen würde.

Ich sitze auf dem Rand der Badewanne und schaue unverwandt auf die unbenutzten Handtücher. Früher hätten sie mich in Erregung versetzt. Sie hätten das Hinterher bedeutet, die Nachwirkungen der Liebe.

Ich habe deine Mutter gesehen, sagte Moira.

Wo? frage ich. Wie durchgeschüttelt und abgeworfen. Mir wurde bewußt, daß ich an sie wie an eine Tote gedacht hatte.

Nicht persönlich, es war in dem Film, den sie uns gezeigt haben, über die Kolonien. Es war eine Nahaufnahme, sie war es tatsächlich. Sie war in eins von diesen grauen Dingern gehüllt, aber ich weiß, daß sie es war.

Gott sei Dank, sagte ich.

Wieso Gott sei Dank? sagte Moira.

Ich dachte sie sei tot.

Vielleicht ist sie es, sagte Moira. Du solltest ihr das wünschen.

Ich kann mich an das letzte Mal, als ich sie sah, nicht mehr erinnern. Es vermischt sich mit all den anderen Malen. Es war irgendein trivialer Anlaß. Sie muß auf einen Sprung vorbeigekommen sein, wie sie das öfter tat: sie stürmte in mein Haus herein und wirbelte wieder hinaus, als wäre ich die Mutter und sie das Kind. Sie hatte immer noch diese Unbekümmertheit. Manchmal, wenn sie gerade zwischen zwei Wohnungen war, wenn sie gerade in eine einzog oder aus einer anderen auszog, benutzte sie meine Wasch- und Trockenmaschine für ihre Wäsche. Also war sie vielleicht herubergekommen, um sich etwas zu leihen: einen Topf, einen Fön. Auch das war eine Angewohnheit von ihr.

Ich wußte nicht, daß es das letzte Mal war, denn sonst hätte ich es genauer in Erinnerung behalten. Ich kann mich nicht einmal mehr daran erinnern, was wir sprachen.

Eine Woche später, zwei Wochen, drei Wochen später, als plötzlich alles so viel schlimmer geworden war, versuchte ich, sie anzurufen. Aber niemand hob ab, und auch, als ich es wieder probierte, hob niemand ab.

Sie hatte mir nicht gesagt, daß sie wegfahren wollte, aber vielleicht hätte sie das so oder so nicht getan, sie tat es nicht immer. Sie hatte ihr eigenes Auto, und sie war noch nicht zu alt zum Fahren.

Schließlich bekam ich den Hausverwalter ans Telefon. Er sagte, er habe sie in der letzten Zeit nicht gesehen.

Ich war beunruhigt. Ich stellte mir vor, daß sie vielleicht einen Herzanfall oder einen Gehirnschlag gehabt hatte – auszuschließen war das nicht, obwohl sie meines Wissens nie krank gewesen war. Sie war immer so gesund. Sie ging nach wie vor zum Konditionstraining im Nautilus und alle vierzehn Tage schwimmen. Ich erzählte meinen Freunden immer, daß sie gesünder sei als ich, und vielleicht stimmte das sogar.

Luke und ich fuhren hinüber in die Stadt, und Luke drängte den Hausverwalter, die Wohnung zu öffnen. Sie könnte doch tot sein, auf dem Boden liegen, sagte Luke. Je länger man so etwas aufschiebt, um so schlimmer. Haben Sie schon mal an den Geruch gedacht? Der Hausverwalter sprach von einer Genehmigung, die man dazu brauche, aber Luke konnte sehr überzeugend sein. Er machte deutlich, daß wir weder bereit seien zu warten noch fortzugehen. Ich fing an zu weinen. Vielleicht war das der endgültige Auslöser.

Als der Mann die Tür geöffnet hatte, standen wir vor einem Chaos. Umgeworfene Möbel, aufgeschlitzte Matratzen, Schreibtischschubladen lagen umgekehrt auf dem Fußboden, der Inhalt verstreut, lauter kleine Häufchen. Aber meine Mutter war nicht da.

Ich rufe die Polizei, sagte ich. Ich hatte aufgehört zu weinen. Mir war eiskalt, von Kopf bis Fuß, meine Zähne klapperten.

Tu es nicht, sagte Luke.

Warum nicht? sagte ich. Ich starrte ihn böse an. Jetzt war ich ärgerlich. Er stand da, in dem Trümmerhaufen des Wohnzimmers, und sah mich nur an. Er steckte die Hände in die Taschen, eine der ziellosen Gesten, die Menschen machen, wenn sie nicht wissen, was sie sonst tun sollen.

Einfach so: Tu's nicht, sagte er.

Deine Mutter ist prima, sagte Moira oft in der Zeit, als wir im College waren. Später: Sie hat Pep. Noch später: Sie ist süß.

Sie ist nicht süß, sagte ich dann. Sie ist meine Mutter.

Herrgott, sagte Moira, du solltest meine mal sehen.

Ich stelle mir meine Mutter vor, wie sie tödliche Giftstoffe zusammenfegt. So wie man früher alte Frauen aufbrauchte, in Rußland, indem man sie Dreck zusammenkehren ließ. Nur daß dieser Dreck meine Mutter umbringen wird. Ich kann es nicht ganz glauben. Bestimmt werden ihre Selbstsicherheit, ihr Optimismus und ihre Energie, ihr Pep ihr da heraushelfen. Sie wird sich schon etwas einfallen lassen.

Aber ich weiß, daß das nicht wahr ist. Es ist der übliche Versuch, den Schwarzen Peter den Müttern zuzuschieben, wie Kinder es tun.

Ich habe schon um sie getrauert. Aber ich werde es wieder tun, immer wieder.

Ich hole mich zurück, hierher, in das Hotel. Hierher, wo ich notgedrungen bin. Jetzt, in dem breiten Spiegel unter dem weißen Licht, nehme ich mich selbst in Augenschein.

Es ist ein gründlicher Blick, lang und direkt. Ich bin ein Wrack. Die Wimperntusche ist wieder verschmiert, trotz Moiras Reparaturen, der purpurrote Lippenstift hat geblutet, das Haar hängt ziellos. Die sich mausernden rosa Federn sind grell wie Schießbudenfiguren, und einige der Sternchenpailletten sind abgefallen. Wahrscheinlich haben sie schon von Anfang an gefehlt, und ich habe es nur nicht gemerkt. Ich bin eine Karikatur, mit schlechtem Make-up und in den Kleidern einer anderen – benutzter Flitter.

Ich wünschte, ich hätte eine Zahnbürste.

Ich könnte hier ewig stehen und darüber nachdenken, aber die Zeit vergeht.

Ich muß vor Mitternacht zu Hause sein, sonst verwandle ich mich in einen Kürbis, oder war das die Kutsche? Morgen ist die Zeremonie, laut Kalender, also wird Serena wünschen, daß ich heute abend gewartet und gepflegt werde, und wenn ich nicht da bin, wird sie herausfinden, warum, und was dann?

Und der Kommandant wartet zur Abwechslung einmal. Ich höre, wie er im Zimmer auf und ab geht. Jetzt bleibt er vor der Badezimmertür stehen und räuspert sich, ein bühnenreifes *ähem*. Ich drehe den Warmwasserhahn auf, um Bereitschaft anzuzeigen oder etwas, was dem nahekommt. Ich sollte es hinter mich bringen. Ich wasche mir die Hände. Ich muß mich vor der Trägheit hüten.

Als ich herauskomme, liegt er auf dem Kingsize-Bett. Er hat sich, wie mir auffällt, die Schuhe ausgezogen. Ich lege mich neben ihn, ich muß es nicht erst gesagt bekommen. Ich würde lieber nicht, aber es tut gut, sich hinzulegen, ich bin so müde.

Endlich allein, denke ich. In Wirklichkeit will ich gar nicht allein mit ihm sein, nicht auf einem Bett. Mir wäre lieber, Serena wäre auch hier. Ich würde lieber Scrabble spielen.

Aber mein Schweigen schreckt ihn nicht ab. »Morgen, nicht wahr?« sagt er sanft. »Ich dachte, wir könnten schon mal einen Frühstart versuchen.« Er wendet sich mir zu.

»Warum hast du mich hierhergebracht?« frage ich kalt.

Er streichelt jetzt meinen Körper, vom Bug bis zum Heck, wie man so sagt, ein Katzenstreicheln an der linken Hüfte entlang, das linke Bein hinunter. Am Fuß hält er inne, seine Finger umfassen den Knöchel, kurz, wie ein Armband, dort, wo die Tätowierung ist, eine Blindenschrift, die er lesen kann, ein Viehbrandmal. Sie bedeutet Besitzerschaft.

Ich sage mir, daß er kein unfreundlicher Mann ist, daß ich ihn, unter anderen Umständen, sogar gern mag.

Seine Hand hält inne. »Ich dachte, es könnte dir zur Abwechslung vielleicht Spaß machen.« Er weiß, daß das nicht genug ist. »Ich nehme an, es war eine Art Experiment.« Das ist noch immer nicht genug. »Du hast doch gesagt, daß du wissen wolltest.«

Er setzt sich auf, fängt an, sich aufzuknöpfen. Wird es schlimmer sein, ihn entblößt zu sehen, all seiner Tuch-Macht entkleidet? Er ist schon beim Hemd, dann, darunter, traurig, ein Bäuchlein. Haarbüschel.

Er zieht einen meiner Träger herunter, schiebt die andere Hand zwischen die Federn, aber es nützt nichts, ich liege da wie ein toter Vogel. Er ist kein Monster, denke ich. Und Stolz oder Abneigung kann ich mir nicht leisten. Alle möglichen Dinge müssen unter diesen Umständen einfach weggeschoben werden.

»Vielleicht sollte ich das Licht ausmachen«, sagt der Kommandant ratlos und zweifellos enttäuscht. Einen Moment lang sehe ich ihn, bevor er es tut. Ohne seine Uniform sieht er kleiner aus, älter, wie etwas, das getrocknet wird. Das Problem ist, daß ich mit ihm einfach nicht anders sein kann als so, wie ich normalerweise mit ihm zusammen bin. Normalerweise bin ich träge. Aber es muß für uns hier doch noch etwas anderes geben als diese Sinnlosigkeit und Banalität.

Tu schon als ob, schreie ich mich innerlich an. Du mußt dich nur daran erinnern wie. Bring das hinter dich, oder du bist noch die ganze Nacht hier. Raff dich auf. Bewege deinen Körper, atme hörbar. Das ist das mindeste, was du tun kannst.

XIII Nacht

KAPITEL VIERZIG

Die Hitze in der Nacht ist schlimmer als die Hitze am Tage. Auch mit eingeschaltetem Ventilator bewegt sich kein Lüftchen, und die Wände speichern die Wärme und strahlen sie aus wie ein gerade benutzter Backofen. Sicher wird es bald regnen. Warum wünsche ich mir das? Es wird nur noch mehr Feuchtigkeit bedeuten. In der Ferne blitzt es, aber kein Donner folgt. Wenn ich aus dem Fenster schaue, sehe ich es, einen Schimmer, wie das Phosphorleuchten in aufgewühltem Meerwasser, hinter dem Himmel, der bedeckt ist und zu tief hängt, ein dumpfgraues Infrarot. Die Flutlichter brennen nicht, was ungewöhnlich ist. Ein Stromausfall. Oder aber Serena Joy hat es so arrangiert.

Ich sitze in der Dunkelheit; es wäre sinnlos, Licht zu machen, nur um die Tatsache anzuzeigen, daß ich noch wach bin. Ich bin vollständig angezogen, wieder in meinem roten Habit, nachdem ich den Glitzerkram abgeworfen und den Lippenstift mit Toilettenpapier abgewischt habe. Ich hoffe, es ist nichts mehr zu sehen. Ich hoffe, ich rieche nicht mehr danach oder nach ihm.

Sie ist um Mitternacht da, wie sie es angekündigt hat. Ich höre sie, ein leises Tappen, ein leises Schlurfen auf dem dämpfenden Teppich im Flur, ehe ihr leichtes Klopfen ertönt. Ich sage nichts, sondern folge ihr durch den Flur zurück und die Treppe hinunter. Sie kann schneller gehen, sie ist stärker, als ich dachte. Ihre linke Hand krampft sich um das Geländer, unter Schmerzen vielleicht, aber sie hält sich aufrecht, gibt sich Halt. Ich denke: Sie beißt sich auf die Lippen, sie leidet. Sie wünscht es sich wirklich, dieses Kind. Ich sehe uns beide, eine blaue Gestalt, eine rote Gestalt, in dem raschen Glasauge des Spiegels, als wir hinuntersteigen. Ich und mein Gegenstück.

Wir gehen durch die Küche hinaus. Sie ist leer, ein schwaches Nachtlicht brennt; sie hat die Ruhe leerer Küchen bei Nacht. Die Schüsseln auf der Anrichte, die Blechbüchsen und Steingutkrüge zeichnen sich ab, rund und schwer in dem schattigen Licht. Die Messer sind einsortiert in ihren hölzernen Halter.

»Ich werde nicht mit dir hinausgehen«, flüstert sie. Komisch, sie flüstern zu hören, als wäre sie eine von uns. Normalerweise senken Ehefrauen nicht ihre Stimmen. »Du gehst zur Tür hinaus und wendest dich nach rechts. Da ist eine zweite Tür, sie ist offen. Geh die Treppe hinauf und klopf an, er erwartet dich. Niemand wird dich sehen. Ich werde mich hier hinsetzen.« Sie will also auf mich warten, falls es Schwierigkeiten gibt, falls Cora und Rita aufwachen, wer weiß warum, und aus ihren Zimmern hinter der Küche herauskommen. Was wird sie zu ihnen sagen? Daß sie nicht schlafen konnte? Daß sie etwas heiße Milch trinken wollte? Sie wird geschickt genug sein, gut zu lügen, das kann ich mir schon denken.

»Der Kommandant ist oben in seinem Schlafzimmer«, sagt sie. »Er wird so spät nicht mehr herunterkommen, das tut er nie.« Glaubt sie.

Ich öffne die Küchentür, trete hinaus, warte einen Augenblick, bis ich sehen kann. Es ist so lange her, seit ich das letze Mal bei Nacht allein draußen gewesen bin. Jetzt donnert es, das Gewitter kommt näher. Was hat sie wegen der Wächter unternommen? Ich könnte erschossen werden, als Herumtreiberin. Sie hat sie irgendwie gekauft, hoffe ich, mit Zigaretten, Whiskey, aber vielleicht wissen sie auch Bescheid über ihre

Zuchtfarm, vielleicht wird sie es, wenn das jetzt nicht funktioniert, das nächste Mal mit ihnen versuchen.

Die Tür zur Garage ist nur wenige Schritte entfernt. Ich gehe hinüber, die Füße geräuschlos auf dem Gras, öffne sie rasch und schlüpfe hinein. Die Treppe ist dunkel, so dunkel, daß ich nichts sehe. Ich taste mir meinen Weg nach oben, Stufe um Stufe: hier liegt ein Teppich, ich stelle ihn mir pilzfarben vor. Dies muß einmal eine Wohnung für einen Studenten gewesen sein oder für einen alleinstehenden jungen Berufstätigen. In vielen der großen Häuser hier in der Gegend gab es solche Wohnungen. Junggesellenwohnung, Studio, das waren die Bezeichnungen dafür. Ich freue mich, daß ich mich daran erinnere. *Separater Eingang* hieß es in den Anzeigen immer, und das bedeutete, daß man unbeobachtet Sex haben konnte.

Ich komme ans obere Ende der Treppe, klopfe an die Tür dort. Er öffnet sie selbst – wen sonst habe ich erwartet? Eine Lampe brennt, nur eine, aber es ist genügend Licht, daß ich blinzeln muß. Ich schaue an ihm vorbei, möchte nicht seinen Augen begegnen. Es ist ein einziger Raum mit einem Klappbett, das aufgeschlagen ist, und einer Küchenbar am anderen Ende und einer zweiten Tür, die zum Badezimmer führen muß. Dieses Zimmer ist karg, militärisch, das Minimum. Kein Bild an der Wand, keine Pflanzen. Er kampiert hier. Die Decke auf dem Bett ist grau, und es steht U.S. darauf.

Er tritt zurück und beiseite, um mich vorbeizulassen. Er ist in Hemdsärmeln und hält eine angezündete Zigarette in der Hand. Ich rieche den Rauch, an ihm, in der warmen Luft des Zimmers, überall. Ich würde gern meine Kleider ausziehen, darin baden, ihn über meine Haut reiben.

Keine Präliminarien – er weiß, warum ich hier bin. Er sagt nicht einmal etwas, wozu also lange herummachen, es ist ein Auftrag. Er bewegt sich weg von mir, löscht die Lampe. Draußen blitzt es – wie eine Zeichensetzung. Und dann, fast ohne

Pause, der Donner. Er knöpft mein Kleid auf, ein Mann, der aus Dunkelheit besteht. Ich sehe sein Gesicht nicht, und ich kann kaum atmen, kaum mehr stehen, und ich stehe auch nicht mehr. Sein Mund ist auf mir, seine Hände, ich kann es nicht erwarten, und er bewegt sich schon, Liebe, es ist so lange her, ich bin lebendig in meiner Haut, wieder, die Arme um ihn, ich falle, und Wasser sanft überall, nie aufhörend. Ich wußte, daß es vielleicht nur einmal sein würde.

Ich habe das erfunden. So ist es nicht gewesen. Es war so:
Ich komme ans obere Ende der Treppe, klopfe an die Tür. Er öffnet sie selbst. Eine Lampe brennt – ich blinzele. Ich schaue an seinen Augen vorbei, es ist ein einziger Raum, das Bett ist aufgeschlagen, karg, militärisch. Kein Bild, aber auf der Decke steht U.S. Er ist in Hemdsärmeln, er hält eine Zigarette in der Hand.

»Hier«, sagt er zu mir, »nimm einen Zug.« Keine Präliminarien – er weiß, warum ich hier bin. Um angebumst zu werden, um in Schwierigkeiten, in andere Umstände zu kommen, damit es mich erwischt – lauter Ausdrücke, die wir früher dafür hatten. Ich nehme die Zigarette entgegen, mache einen tiefen Zug, reiche sie zurück. Unsere Finger berühren sich kaum. Schon dieses bißchen Rauch macht mich schwindlig.

Er sagt nichts, sieht mich nur an, ohne ein Lächeln. Es wäre besser, freundlicher, wenn er mich anfassen würde. Ich komme mir dumm und häßlich vor, obwohl ich weiß, daß ich beides nicht bin. Trotzdem, was denkt er, warum sagt er nichts? Vielleicht denkt er, ich hätte herumgehurt bei Jesebel, mit dem Kommandanten oder noch anderen. Es ärgert mich, daß ich mir Sorgen darum mache, was er wohl denkt. Wollen wir doch praktisch sein.

»Ich habe nicht viel Zeit«, sage ich. Das ist ungeschickt und plump, es ist nicht das, was ich meine.

»Ich könnte es ja auch in eine Flasche spritzen, und du könntest es dir reingießen«, sagt er. Er lächelt nicht dabei.

»Kein Grund, brutal zu sein«, sage ich. Möglicherweise fühlt er sich benutzt. Möglicherweise will er etwas von mir, Gefühl, Anerkennung, daß auch er ein Mensch und mehr als nur ein Samenbehälter ist. »Ich weiß, daß es für dich schwer ist«, versuche ich.

Er zuckt mit den Schultern. »Ich werde dafür bezahlt«, sagt er säuerlich. Aber noch immer macht er keine Bewegung.

Geld für Nick, für mich den Fick, reime ich im Kopf. So also wird es laufen. Ihm hat das Make-up nicht gefallen, der Flitter. Wir werden es also auf die harte Tour hinter uns bringen.

»Kommst du oft hierher?«

»Und was tut ein nettes Mädchen wie ich in einer Bude wie dieser?« erwidere ich. Wir lächeln beide. Das ist besser. Das ist eine Anerkennung der Tatsache, daß wir beide Theater spielen, denn was sonst sollten wir in solch einer Situation tun?

»Enthaltsamkeit macht das Herz weicher.« Wir zitieren aus alten Filmen, aus der Zeit davor. Und schon damals waren diese Filme aus einer Zeit davor: diese Art zu reden geht auf eine Zeit zurück, die lange vor unserer lag. Nicht einmal meine Mutter redete so, jedenfalls nicht seit ich mich an sie erinnern kann. Wahrscheinlich hat niemand im wahren Leben je so geredet, es war von Anfang an reine Erfindung. Und doch ist es erstaunlich, wie leicht es einem wieder in den Sinn kommt, dieses sentimentale und künstlich-muntere Sexgeplänkel. Jetzt erkenne ich, wozu es dient, wozu es immer gedient hat: um das Innerste deiner selbst außer Reichweite zu halten, eingeschlossen, geschützt.

Ich bin jetzt traurig. Die Art, wie wir miteinander sprechen, ist unendlich traurig: verblaßte Musik, verblaßte Papierblumen, abgetragener Satin, das Echo eines Echos. Alles vergangen, nicht mehr möglich. Unvermittelt fange ich an zu weinen.

Endlich kommt er her, legt die Arme um mich, streichelt meinen Rücken, hält mich so, zum Trost.

»Komm«, sagt er. »Wir haben nicht viel Zeit.« Den Arm um meine Schultern gelegt, führt er mich zu dem Klappbett, legt mich hin. Er deckt sogar zuerst die Decke auf. Er fängt an, sich aufzuknöpfen, dann mich zu streicheln, er küßt mich hinter das Ohr. »Keine Liebesgeschichte«, sagt er. »Einverstanden?«

Das hätte früher etwas anderes bedeutet. Früher hätte es bedeutet: Keine Bindung. Jetzt bedeutet es: Keine Heldentaten. Es bedeutet: Riskiere nicht dein Leben für mich, falls es dazu kommen sollte.

Und so geht es. Und so.

Ich wußte, daß es vielleicht nur einmal sein würde. Adieu, dachte ich, noch während es dauerte. Adieu.

Es gab übrigens keinen Donner, den habe ich dazuerfunden. Um die Geräusche zu übertönen, die von mir zu geben ich mich schämte.

Auch so ist es nicht gewesen. Ich bin mir nicht sicher, wie es war; nicht genau. Ich kann nur auf eine Rekonstruktion hoffen: zu beschreiben, wie die Liebe sich anfühlt, ist immer nur eine Annäherung.

Mittendrin mußte ich an Serena Joy denken, die unten in der Küche saß. Und dachte: Billig. Die machen doch für jeden die Beine breit. Man braucht ihnen nur eine Zigarette zu schenken. Und hinterher dachte ich: Das ist ein Verrat. Nicht der Akt selbst, sondern meine Reaktion. Wenn ich ganz bestimmt wüßte, daß er tot ist, würde das an der Sache etwas ändern?

Ich möchte gern ohne Scham sein. Ich möchte gern schamlos sein. Ich würde gern unwissend sein. Dann wüßte ich nicht, wie unwissend ich bin.

XIV Errettung

KAPITEL EINUNDVIERZIG

Ich wünschte, diese Geschichte verliefe anders. Ich wünschte, sie wäre zivilisierter. Ich wünschte, sie würde mich in einem besseren Licht zeigen, wenn nicht glücklicher, so doch zumindest aktiver, weniger zaudernd, weniger von Banalitäten abgelenkt. Ich wünschte, sie hätte mehr Form. Ich wünschte, es ginge um Liebe, oder um plötzliche Erkenntnisse, wichtig für das eigene Leben, oder auch nur um Sonnenuntergänge, Vögel, Regenstürme oder Schnee.

Vielleicht geht es auch um solche Dinge, in gewisser Weise; aber zwischendurch kommt so viel anderes dazwischen, so viel Geflüster, so viele Spekulationen über andere, so viel Klatsch, der nicht geprüft werden kann, so viele ungesagte Worte, so viel Schnüffelei und Heimlichtuerei. Und so viel Zeit muß ertragen werden, Zeit, die schwer ist wie Gebratenes oder dichter Nebel. Und dann, ganz plötzlich, diese roten Ereignisse, wie Explosionen, auf Straßen, die sonst wohlanständig und würdig und somnambul sind.

Es tut mir leid, daß in dieser Geschichte so viel Schmerz ist. Es tut mir leid, daß sie aus Fragmenten besteht – wie ein Körper, der in einen Kugelhagel geraten ist oder gewaltsam auseinandergerissen wurde. Aber ich kann nichts daran ändern.

Ich habe versucht, auch ein paar von den schönen Dingen mit hineinzunehmen. Blumen, zum Beispiel, denn wo blieben wir ohne sie?

Trotzdem schmerzt es mich, es wieder und wieder zu erzählen. Einmal war genug: war nicht auch damals einmal genug? Aber ich fahre fort mit dieser traurigen und hungrigen und schmutzigen, dieser hinkenden und verstümmelten Geschichte, denn schließlich möchte ich, daß ihr sie hört, so wie ich auch eure hören will, falls ich je die Gelegenheit bekommen werde, falls ich euch begegne oder falls ihr entkommt, in Zukunft oder im Himmel oder im Gefängnis oder im Untergrund oder irgendwo sonst. Was diese Orte gemeinsam haben, ist, daß sie nicht hier sind. Indem ich euch überhaupt etwas erzähle, glaube ich zumindest an euch, glaube ich daran, daß ihr da seid, ich glaube euch ins Dasein hinein. Da ich euch diese Geschichte erzähle, will ich auch eure Existenz. Ich erzähle, also seid ihr.

Also werde ich fortfahren. Also zwinge ich mich, fortzufahren. Ich komme jetzt zu einem Teil, der euch gar nicht gefallen wird, weil ich mich darin nicht richtig verhalten habe. Aber trotzdem will ich versuchen, nichts auszulassen. Nach allem, was ihr durchgemacht habt, verdient ihr alles, was mir noch bleibt, was nicht viel ist, aber die Wahrheit einschließt.

Hier also ist die Geschichte.

Ich ging weiter zu Nick. Immer wieder, aus freien Stücken, ohne daß Serena davon wußte. Ich wurde nicht gerufen, es gab keine Entschuldigung. Ich tat es nicht für ihn, sondern ganz und gar für mich selbst. Ich verstand es auch nicht etwa als Hingabe an ihn, denn was hatte ich zu geben? Ich kam mir nicht großzügig vor, sondern war dankbar, jedesmal, wenn er mich einließ. Er brauchte es ja nicht zu tun.

Und ich wurde leichtsinnig, ich ging dumme Risiken ein. Wenn ich beim Kommandanten gewesen war, ging ich auf dem üblichen Weg nach oben, doch dann ging ich den Flur entlang und hinten die Treppe der Marthas wieder hinunter und durch die Küche. Jedesmal hörte ich die Küchentür mit einem Klick hinter mir zufallen, und ich kehrte fast um, so metallisch klang es, wie eine Mausefalle oder eine Waffe, aber dann ging ich doch nicht zurück. Ich eilte über die wenigen Meter beleuchteten Rasen, die Flutlichter waren wieder eingeschaltet, und erwartete dabei jeden Augenblick, daß die Geschosse mich durchschlagen würden, noch vor dem Knall. Ich tastete mich die dunkle Treppe hinauf und blieb erst stehen, wenn ich an der Tür lehnte. Das Blut pochte in meinen Ohren. Angst ist ein machtvolles Stimulans. Dann klopfte ich leise, das Klopfen eines Bettlers. Jedesmal war ich darauf gefaßt, daß er fort sein könnte, oder, schlimmer noch, ich war darauf gefaßt, daß er sagen würde, ich könne nicht hereinkommen. Er konnte sagen, er wolle keine Regeln mehr verletzen und nicht mehr für mich den Hals riskieren. Oder, noch schlimmer, mir mitteilen, daß er nicht mehr interessiert sei. Das Ausbleiben all dieser Reaktionen erfuhr ich als die unglaublichste Wohltat und großes Glück.

Ich sagte ja schon, daß es schlimm war.

So geht die Geschichte.

Er öffnet die Tür. Er ist in Hemdsärmeln, das Hemd ist ihm aus der Hose gerutscht, hängt lose; er hat eine Zahnbürste oder eine Zigarette oder ein Glas mit einem Drink in der Hand. Er hat sein eigenes kleines Warenlager dort oben, Sachen vom Schwarzen Markt, nehme ich an. Er hat jedesmal irgend etwas in der Hand, als habe er ganz normal sein Leben weitergelebt und mich nicht erwartet, nicht auf mich gewartet. Vielleicht erwartet er mich wirklich nicht, wartet er wirklich nicht auf mich. Vielleicht hat er keine Vorstellung von der Zukunft oder macht sich nicht die Mühe oder wagt nicht, sie sich vorzustellen.

»Ist es zu spät?« frage ich.

Er schüttelt den Kopf, nein. Längst ist zwischen uns vereinbart, daß es nie zu spät ist, aber ich beachte das Höflichkeitsritual des Fragens. Es vermittelt mir das Gefühl, die Sache mehr in der Hand zu haben, als gäbe es eine Wahl, eine Entscheidung, die so oder so ausfallen könnte. Er tritt zur Seite, und ich gehe an ihm vorbei, und er schließt die Tür. Dann geht er durchs Zimmer und schließt das Fenster. Danach macht er das Licht aus. Es fallen nicht viele Worte zwischen uns, nicht in diesem Stadium. Schon bin ich halb aus den Kleidern. Wir sparen uns das Reden für später auf.

Beim Kommandanten schließe ich immer die Augen, sogar wenn ich ihm nur den Gutenachtkuß gebe. Ich will ihn nicht von nahem sehen. Aber jetzt, hier, behalte ich jedesmal die Augen offen. Ich hätte gern, daß irgendwo ein Licht brennt, vielleicht eine in eine Flasche gesteckte Kerze, eine Erinnerung ans College, aber alles in der Art wäre eine zu große Gefahr; also muß ich mich mit dem Flutlicht begnügen, mit dem Widerschein, der durch die weißen Gardinen gefiltert wird – die gleichen Gardinen wie meine. Ich möchte von ihm sehen, was zu sehen ist, ihn in mich aufsaugen, ihn memorieren, ihn aufsparen, damit ich von dem Bild, das ich habe, leben kann, später: die Linien seines Körpers, die Beschaffenheit seines Fleisches, der Glanz von Schweiß auf seiner Haut, sein schmales, bitteres, nichts offenbarendes Gesicht. Das hätte ich bei Luke tun sollen, mehr auf die Details achten, die Leberflecke und die Narben, die ganz besonderen Falten. Ich habe es nicht getan, und er verblaßt. Tag um Tag, Nacht um Nacht weicht er mehr zurück, und ich werde treuloser.

Für den hier würde ich rosa Federn und purpurrote Sterne tragen, wenn er es wollte, oder irgend etwas anderes, sogar einen Kaninchenschwanz. Doch er fragt nicht nach solchem Flitterkram. Jedesmal lieben wir uns so, als wüßten wir ohne den Schatten eines Zweifels, daß wir es niemals wieder tun werden, keiner von uns, mit niemandem, nie. Und wenn es dann doch geschieht, ist auch das immer eine Überraschung, etwas Besonderes, ein Geschenk.

Hier bei ihm zu sein, ist Sicherheit; es ist eine Höhle, wo wir uns zusammenkuscheln, während draußen der Sturm wütet. Das ist natürlich eine Selbsttäuschung. Dieses Zimmer ist einer der gefährlichsten Orte, an denen ich mich aufhalten kann. Würde ich geschnappt werden, gäbe es kein Pardon, aber ich bin darüber hinaus, mir etwas daraus zu machen. Und wie komme ich dazu, ihm dermaßen zu vertrauen? Wie kann ich annehmen, daß ich ihn kenne oder auch nur das Geringste über ihn und das, was er wirklich tut, weiß?

Ich verbanne diese unbehaglichen Einflüsterungen. Ich rede zu viel. Ich erzähle ihm Dinge, die ich ihm nicht erzählen sollte. Ich erzähle ihm von Moira, von Desglen, jedoch nicht von Luke. Ich würde ihm gern von der Frau in meinem Zimmer erzählen, der, die vor mir dort war, aber ich tue es nicht. Ich bin eifersüchtig auf sie. Wenn auch sie vor mir hier gewesen ist, in diesem Bett, dann will ich nichts davon hören.

Ich sage ihm meinen richtigen Namen und habe das Gefühl, daß ich deshalb jetzt bekannt bin. Ich verhalte mich wie ein Idiot. Ich sollte es besser wissen. Ich mache ein Idol aus ihm, eine Ausschneidepuppe aus Pappe.

Er für sein Teil spricht wenig: keine Andeutungen und keine Witze mehr. Er stellt kaum Fragen. Er scheint das meiste, was ich zu sagen habe, gleichgültig anzuhören, aufgeschlossen nur für die Möglichkeiten meines Körpers, obwohl er mich genau beobachtet, wenn ich spreche. Er beobachtet mein Gesicht.

Unmöglich, sich vorzustellen, daß jemand, demgegenüber ich solche Dankbarkeit empfinde, mich verraten könnte.

Keiner von uns spricht das Wort *Liebe* aus, nicht ein einziges Mal. Es hieße, das Schicksal zu versuchen; es würde eine Liebesgeschichte bedeuten, Unglück, Pech.

Heute blühen andere Blumen, trockener, fester umrissen, die Blumen des Hochsommers: Gänseblümchen, Schwarzäugige Susannen. Sie versetzen uns an die obere Kante des langen Abhangs zum Herbst hinunter. Ich sehe sie in den Gärten, wenn ich mit Desglen gehe, hin und zurück. Ich höre ihr kaum zu, ich glaube ihr nicht mehr. Was sie flüstert, kommt mir unwirklich vor. Was könnten sie mir nützen, jetzt?

Du könntest dich nachts in sein Zimmer schleichen, sagt sie. Seinen Schreibtisch durchsuchen. Dort müssen Papiere sein, Aufzeichnungen.

Die Tür ist verschlossen, murmele ich.

Wir könnten dir einen Schlüssel besorgen, sagt sie. Möchtest du nicht wissen, wer er ist, was er tut?

Aber der Kommandant ist nicht mehr von unmittelbarem Interesse für mich. Ich muß mich anstrengen, um mir meine Gleichgültigkeit ihm gegenüber nicht anmerken zu lassen.

Mach alles auch weiterhin genau so, wie du es vorher getan hast, sagt Nick. Keine Veränderung. Sonst werden sie es erfahren. Er küßt mich und sieht mich dabei fortwährend an. Versprichst du es mir? Mach keinen Fehler.

Ich lege seine Hand auf meinen Bauch. Es ist passiert, sage ich. Ich fühle es. Ein paar Wochen noch, dann habe ich Gewißheit.

Ich weiß, daß das Wunschdenken ist.

Er wird dich halb umbringen vor Freude, sagt er. Und sie auch.

Aber es ist deins, sage ich. In Wirklichkeit wird es deins sein. Ich möchte es so.

Doch wir verfolgen das nicht weiter.

Ich kann nicht, sage ich zu Desglen. Ich habe zu viel Angst. Außerdem bin ich nicht gut in solchen Sachen, ich würde erwischt werden.

Ich mache mir kaum die Mühe, Bedauern durchklingen zu lassen, so träge bin ich geworden.

Wir könnten dich rausholen, sagt sie. Wir können Leute rausholen, wenn es wirklich sein muß, wenn sie in Gefahr sind. In unmittelbarer Gefahr.

Aber ich will gar nicht mehr fort, will gar nicht mehr entkommen und die Grenze zur Freiheit überschreiten. Ich möchte hier sein, bei Nick, wo ich zu ihm kann.

Jetzt, während ich das erzähle, schäme ich mich. Aber da schwingt noch etwas anderes mit. Schon jetzt durchschaue ich dieses Geständnis als eine Form von Prahlerei. Stolz ist im Spiel, weil es demonstriert, wie extrem und deshalb gerechtfertigt es für mich war. Wie lohnend. Es ist wie mit Geschichten von Krankheiten und Todesnähe, wenn man sich wieder davon erholt hat, wie Kriegsgeschichten. Sie demonstrieren Ernsthaftigkeit.

Solch eine Ernsthaftigkeit im Umgang mit einem Mann war mir vorher nie möglich erschienen.

An manchen Tagen war ich vernünftiger. Dann kleidete ich es mir selbst gegenüber nicht in den Begriff Liebe. Ich sagte mir, ich habe mir hier so etwas wie ein Leben eingerichtet. So mußten die Frauen der Siedler gedacht haben, und die Frauen, die Kriege überlebten, wenn sie noch einen Mann hatten. Die Menschheit ist so anpassungsfähig, sagte meine Mutter immer. Wahrhaft erstaunlich, woran Menschen sich gewöhnen können, solange es ein paar Entschädigungen gibt.

Jetzt wird es nicht mehr lange dauern, sagt Cora, als sie mir meinen monatlichen Stapel Binden austeilt. Nicht mehr lange, und sie lächelt mich an, schüchtern, aber wissend. Weiß sie etwas? Wissen sie und Rita, was ich vorhabe, wenn ich nachts ihre Treppe hinunterschleiche? Verrate ich mich, wenn ich tagträume, vor mich hinlächle, mein Gesicht leicht berühre, wenn ich glaube, daß sie nicht herschauen?

Desglen gibt mich allmählich auf. Sie flüstert weniger, spricht mehr vom Wetter. Ich empfinde kein Bedauern deswegen. Ich spüre Erleichterung.

KAPITEL ZWEIUNDVIERZIG

Die Glocke läutet; wir hören sie schon von weither. Es ist Vormittag, und heute haben wir kein Frühstück bekommen. Wir erreichen das Haupttor und marschieren immer zu zweit hindurch. Ein massives Kontingent von Wächtern ist aufgeboten worden, Engel von einer Sondereinheit, mit Schutzausrüstung – den Helmen mit den gewölbten dunklen Plexiglasvisieren, die ihnen das Aussehen von Käfern geben, den langen Schlagstöcken, den Gaspistolen – in einem Kordon rund um die Mauer. Für den Fall, daß Hysterie ausbricht. Die Haken an der Mauer sind leer.

Heute ist eine Bezirks-Errettung, nur für Frauen. Errettungen sind immer nach Geschlechtern getrennt. Die heutige wurde gestern angekündigt. Sie sagen es einem immer erst am Tag vorher. Es ist nicht genügend Zeit, sich an den Gedanken zu gewöhnen.

Unter dem Geläut der Glocke gehen wir die Wege entlang, die einst von Studenten benutzt wurden, an Gebäuden vorbei, die einst Vorlesungsgebäude und Studentenheime waren. Es ist sehr merkwürdig, wieder hier drinnen zu sein. Von draußen merkt man nicht, daß sich irgend etwas verändert hat, außer daß an den meisten Fenstern die Rollos heruntergezogen sind. Diese Gebäude gehören jetzt den Augen.

Wir reihen uns auf dem großen Rasen vor dem Gebäude auf, in dem früher die Bibliothek war. Die weißen Stufen, die zum Portal hinaufführen, sind noch dieselben, der Haupteingang ist unverändert. Auf dem Rasen ist eine Holzbühne errichtet worden, ähnlich wie die, die in der Zeit davor jedes Frühjahr bei der Verleihung der akademischen Grade benutzt wurde. Ich denke an die Hüte, pastellfarbene Hüte, wie sie von einigen der Mütter getragen wurden, und an die schwarzen Talare, die die Studenten anlegten, und die roten. Aber diese Bühne ist dennoch völlig anders – wegen der drei Holzpfähle, die darauf stehen, mit den Seilschlingen.

Vorn an der Bühne befindet sich ein Mikrophon; die Fernsehkamera ist diskret an der Seite plaziert.

Ich bin erst einmal bei einer Errettung gewesen, vor zwei Jahren. Frauen-Errettungen kommen nicht so oft vor. Es gibt weniger Bedarf dafür. Heutzutage sind wir alle so brav.

Ich wünschte, ich müßte diese Geschichte nicht erzählen.

Wir nehmen unsere Plätze der üblichen Ordnung entsprechend ein: Ehefrauen und Töchter auf den hölzernen Klappstühlen, die weiter hinten aufgestellt sind, Ökonofrauen und Marthas an den Rändern und auf den Stufen vor der Bibliothek, und die Mägde ganz vorn, wo jeder uns im Auge behalten kann. Wir sitzen nicht auf Stühlen, sondern knien, und diesmal haben wir Kissen, kleine rote Samtkissen ohne irgendeine Aufschrift, nicht einmal *Glaube*.

Zum Glück ist das Wetter annehmbar: nicht zu heiß, bewölkt bis heiter. Es wäre gräßlich, hier im Regen zu knien. Vielleicht warten sie deshalb so lange, bis sie es uns mitteilen: damit sie wissen, wie das Wetter sein wird. Das wäre jedenfalls ein Grund – so gut wie jeder andere.

Ich knie auf meinem roten Samtkissen. Ich versuche an heute Nacht zu denken, an die Liebe in der Dunkelheit, beim Licht, das die weißen Wände zurückwarfen. Ich erinnere mich daran, wie ich in den Armen gehalten wurde.

Ein langes Seil windet sich wie eine Schlange vor der ersten Kissenreihe entlang, dann an der zweiten vorbei, und dann weiter durch die Stuhlreihen nach hinten; es schlängelt sich dahin wie ein sehr alter, sehr langsam fließender Fluß, von oben gesehen. Das Seil ist dick und braun und riecht nach Teer. Das vordere Seilende verläuft zur Bühne hinauf. Es ist wie eine Zündschnur oder der Strick eines Luftballons.

Auf der Bühne, zur Linken, befinden sich die zu Rettenden: zwei Mägde, eine Ehefrau. Ehefrauen dort oben sind ungewöhnlich, und unwillkürlich betrachte ich diese voller Interesse. Ich möchte wissen, was sie getan hat.

Man hat sie hierhergebracht, bevor die Tore geöffnet wurden. Alle drei sitzen auf hölzernen Klappstühlen, wie examinierte Studenten, denen Preise verliehen werden sollen. Ihre Hände liegen in ihrem Schoß und sehen aus, als seien sie gemessen gefaltet. Sie schwanken leicht hin und her, wahrscheinlich hat man ihnen Spritzen oder Tabletten gegeben, damit sie kein Theater machen. Es ist besser, wenn alles glattgeht. Sind sie an ihren Stühlen festgebunden? Es ist unmöglich, das zu sagen, bei all dem drapierten Stoff.

Jetzt nähert sich die offizielle Prozession der Bühne und erklimmt die Stufen an der rechten Seite: drei Frauen, eine Tante, die vorangeht, zwei Erretterinnen in ihren schwarzen Kapuzen und Umhängen einen Schritt hinter ihr. Hinter ihnen die anderen Tanten. Das Geflüster unter uns verstummt. Die drei Frauen stellen sich auf, wenden sich uns zu, die Tante zwischen den beiden schwarzgekleideten Erretterinnen.

Es ist Tante Lydia. Wie viele Jahre ist es her, seit ich sie zum letztenmal gesehen habe? Ich war allmählich schon auf den Gedanken gekommen, daß sie nur in meinem Kopf existierte, aber da ist sie, ein bißchen gealtert. Ich habe eine gute Sicht, ich kann die sich vertiefenden Furchen zu beiden Seiten ihrer Nase, das eingegrabene Stirnrunzeln erkennen. Sie zwinkert mit den Augen, sie lächelt nervös, späht nach links und rechts, blickt über die Zuschauerinnen hin und hebt die Hand, um an ihrer Haube zu zupfen. Ein seltsam erstickter Laut tönt durch das Lautsprechersystem: sie räuspert sich.

Mich fröstelt. Haß füllt meinen Mund wie Speichel.

Die Sonne kommt hervor, und die Bühne und die Daraufstehenden werden angestrahlt wie eine Weihnachtskrippe. Ich kann die Falten unter Tante Lydias Augen erkennen, die Blässe der sitzenden Frauen, die Härchen an dem Seil vor mir auf dem Gras, die Grashalme. Ein Löwenzahn steht direkt vor mir, gelb wie ein Eidotter. Ich bin hungrig. Die Glocke hört auf zu läuten.

Tante Lydia steht auf, glättet ihren Rock mit beiden Händen und tritt ans Mikrophon. »Guten Tag, meine Damen«, sagt sie, und ein unmittelbares und ohrenbetäubendes Kreischen kommt aus den Lautsprechern. Aus unseren Reihen kommt unglaublicherweise Gelächter. Es ist schwer, nicht zu lachen, es ist die Anspannung, und es ist der ärgerliche Ausdruck auf Tante Lydias Gesicht, als sie den Ton richtig einstellt. Schließlich soll dies eine feierliche Zeremonie sein.

»Guten Tag, meine Damen«, sagt sie wieder. Diesmal klingt ihre Stimme dünn und flach. Sie sagt *Damen* statt *Mädels*, wegen der Ehefrauen. »Ich bin überzeugt, wir sind uns alle der unglücklichen Umstände bewußt, die uns an diesem herrlichen Vormittag hier zusammenführen, an dem wir gewiß alle lieber etwas anderes täten – ich spreche da zumindest für mich selbst. Aber die Pflicht ist ein gestrenger Zuchtmeister, oder darf ich in diesem Fall sagen, eine gestrenge Zuchtmeisterin, und im Namen der Pflicht haben wir uns heute hier versammelt.

So redet sie ein paar Minuten lang weiter, aber ich höre nicht zu. Ich habe diese Rede oder eine ähnliche schon oft genug gehört: die gleichen Plattitüden, die gleichen Parolen, die gleichen Phrasen: die Fackel der Zukunft, die Wiege der Rasse, die Aufgabe vor uns. Es ist schwer zu glauben, daß auf diese Rede nicht höfliches Klatschen folgen wird und daß anschließend auf dem Rasen nicht Tee und Kekse gereicht werden.

Das war der Prolog, denke ich. Jetzt wird sie zur Sache kommen.

Tante Lydia kramt in ihrer Tasche, zieht ein zerknittertes Stück Papier hervor. Sie nimmt sich ungehörig viel Zeit, um das Blatt zu entfalten und zu überfliegen. Sie stößt uns mit der Nase darauf, läßt uns genauestens wissen, wer sie ist, läßt uns zuschauen, wie sie leise liest, protzt mit ihren Vorrechten. Obszön, denke ich. Nun mach schon, damit wir es hinter uns haben.

»In der Vergangenheit«, sagt Tante Lydia, »ist es Brauch gewesen, den eigentlichen Errettungen einen detaillierten Bericht über die Verbrechen, deren die Gefangenen überführt sind, vorausgehen zu lassen. Wir haben jedoch festgestellt, daß solch ein öffentlicher Bericht, besonders wenn er im Fernsehen übertragen wurde, unweigerlich eine Flut, wenn ich es so nennen darf, einen Ausbruch, sollte ich vielleicht sagen, ganz ähnlicher Verbrechen nach sich zog. Deshalb haben wir im besten Interesse aller beschlossen, diese Praxis nicht fortzusetzen. Die Errettungen werden ohne weitere Umstände vor sich gehen.«

Ein kollektives Gemurmel steigt von unseren Reihen auf. Die Verbrechen anderer sind für uns so etwas wie eine Geheimsprache. Mit ihrer Hilfe führen wir uns selbst vor Augen, wozu wir vielleicht doch noch imstande wären. Es ist also keine sehr populäre Ankündigung. Doch Tante Lydia würde man das niemals anmerken, sie lächelt und blinzelt, als würde sie von Applaus umspült. Von nun an sind wir unseren eigenen Einfällen überlassen, unseren eigenen Spekulationen. Jetzt ziehen sie die erste von ihrem Stuhl hoch – schwarzbehandschuhte Hände an ihren Oberarmen: Lesen? Nein, darauf steht nur Handabschlagen, wenn man das dritte Mal überführt wird. Unkeuschheit oder ein Anschlag auf das Leben ihres Kommandanten? Oder, wahrscheinlicher, auf das Leben der Frau des Kommandanten? Das etwa denken wir. Was die Ehefrau angeht – Ehefrauen werden meistens nur wegen einer Sache errettet. Sie können uns fast alles antun, nur umbringen dürfen sie uns nicht, nicht legal. Nicht mit Stricknadeln oder

Gartenscheren oder mit aus der Küche entwendeten Messern, und vor allem nicht, wenn wir schwanger sind. Es könnte natürlich Ehebruch sein. Das kann es immer sein.

Oder ein Fluchtversuch.

»Descharles«, verkündet Tante Lydia. Ich kenne sie nicht. Die Frau wird nach vorn geführt; sie geht, als müsse sie sich richtig darauf konzentrieren, einen Fuß vor den anderen zu setzen. Sie steht eindeutig unter Drogen. Um ihre Mundwinkel spielt ein wackliges verrutschtes Lächeln. Eine Seite ihres Gesichts zieht sich zusammen, ein unkoordiniertes Blinzeln zur Kamera hin. Sie werden es natürlich niemals zeigen, es ist keine Live-Übertragung. Die beiden Erretterinnen binden ihr die Hände hinter dem Rücken zusammen.

Hinter mir höre ich ein würgendes Geräusch.

Aus diesem Grund bekommen wir vorher kein Frühstück.

»Wahrscheinlich Janine«, flüstert Desglen.

Ich habe es früher schon gesehen, wie der weiße Sack über den Kopf gezogen wird, wie man der Frau auf den hohen Hocker hilft, als hülfe man ihr die Stufen in einen Bus hinauf, wie man sie stützt, ihr vorsichtig die Schlinge um den Hals legt, als wäre sie Teil eines Meßgewands, wie man den Hocker wegtritt. Ich habe den langen Seufzer aufsteigen hören, rings um mich herum, ein Seufzer, wie wenn Luft aus einer Luftmatratze entweicht, ich habe gesehen, wie Tante Lydia die Hand über das Mikrofon legte, um die anderen Geräusche hinter ihr zu ersticken, ich habe mich vorgebeugt, um das Seil vor mir zu berühren, zusammen mit den anderen, beide Hände darauf, das Seil haarig, klebrig vom Teer in der heißen Sonne. Dann habe ich meine Hand aufs Herz gelegt, um meine Einigkeit mit den Erretterinnen und meine Zustimmung zu bekunden, meine Komplizenschaft am Tod dieser Frau. Ich habe die ausschlagenden Beine gesehen und die beiden Frauen in Schwarz, die die Beine jetzt packen und mit all ihrem Gewicht nach unten ziehen. Ich will es nicht mehr sehen. Ich schaue statt dessen aufs Gras. Ich beschreibe das Seil.

KAPITEL DREIUNDVIERZIG

Die drei Leichen hängen da, sehen trotz der weißen Säcke über den Köpfen merkwürdig gestreckt aus, wie Hähnchen, die im Schaufenster des Fleischerladens an den Hälsen aufgehängt sind, wie Vögel mit gestutzten Flügeln, wie flugunfähige Vögel, abgestürzte Engel. Es ist schwer, die Augen von ihnen abzuwenden. Unter den Kleidersäumen baumeln die Füße, zwei Paar rote Schuhe, ein Paar blaue. Wären nicht die Stricke und die Säcke, könnte es ein besonderer Tanz sein, ein Ballett, eingefangen von einer Blitzlichtkamera: freischwebend. Sie sehen arrangiert aus. Sie sehen nach Showbusineß aus. Es muß Tante Lydias Einfall gewesen sein, die blaue in der Mitte zu plazieren.

»Die heutige Errettung ist hiermit beendet«, spricht Tante Lydia ins Mikrophon. »Aber...«

Wir wenden uns ihr zu, hören ihr zu, schauen sie an. Sie wußte schon immer ihre Pausen zu setzen. Eine Welle durchzieht uns, eine unruhige Bewegung. Vielleicht wird noch etwas anderes geschehen.

»Aber jetzt dürft ihr aufstehen und einen Kreis bilden.« Sie lächelt auf uns herab, großmütig, gönnerhaft. Sie ist im Begriff, uns etwas zu schenken. *Schenken.* »Ruhig und gesittet!«

Sie spricht zu uns, den Mägden. Einige der Ehefrauen, einige der Töchter brechen auf. Die meisten bleiben, aber sie bleiben hinten, wo sie nicht im Weg sind, sie schauen nur zu. Sie sind nicht Teil des Kreises.

Zwei Wächter kommen nach vorn und rollen das dicke Seil auf, um es aus dem Weg zu räumen. Andere tragen die Kissen fort. Wir wirbeln jetzt durcheinander, auf der Grasfläche vor der Bühne, manche drängen sich in Positionen ganz vorn, dicht vor der Bühnenmitte, drängen genauso heftig, um sich in die Mitte vorzuarbeiten, wo sie gedeckt sind. Es ist ein Fehler, sich in einer solchen Gruppe allzu auffällig im Hintergrund zu halten: es stempelt dich als lau, als nicht eifrig genug ab. Energie baut sich hier auf, das Gemurmel schwillt an, ein Beben von Bereitschaft und Zorn. Die Körper angespannt, die Augen heller, als visierten sie ein Ziel an.

Ich möchte nicht vorn stehen, und hinten auch nicht. Ich weiß nicht, was noch kommen wird, doch ich habe das Gefühl, daß es etwas sein wird, was ich nicht so genau sehen möchte. Aber Desglen hat meinen Arm genommen, sie zieht mich hinter sich her, und jetzt stehen wir in der zweiten Reihe, und haben nur eine dünne Hecke von Körpern vor uns. Ich will nicht zusehen, aber ich ziehe Desglen auch nicht zurück. Ich habe Gerüchte gehört, die ich nur halb glaube. Trotz allem, was ich schon weiß, sage ich mir: So weit würden sie nicht gehen.

»Ihr kennt die Regeln für die Partizikution«, sagt Tante Lydia. »Ihr wartet, bis ich das Pfeifsignal gebe. Danach ist euch überlassen, was ihr tut, bis ich wieder pfeife. Verstanden?«

Ein Laut kommt aus unserer Mitte, formlose Zustimmung.

»Also dann«, sagt Tante Lydia. Sie nickt. Zwei Wächter, nicht die, die das Seil weggenommen haben, kommen jetzt hinter der Bühne hervor, zwischen sich einen dritten Mann, den sie halb zerren, halb tragen. Auch er trägt eine Wächteruniform, aber er hat keine Mütze auf dem Kopf, und die Uniform ist schmutzig und zerrissen. Sein Gesicht ist voller Schnitte und Schrammen, tief rotbraune Flecke; das Fleisch ist geschwollen und knotig, stachelig vom unrasierten Bart. Es sieht nicht aus wie ein Gesicht, sondern wie ein unbekanntes Gemüse, eine verstümmelte Zwiebel oder Knolle, etwas, das falsch gewachsen ist. Selbst von da, wo ich stehe, rieche ich ihn: er riecht nach Scheiße und Erbrochenem. Sein Haar ist blond und fällt ihm ins Gesicht, hart und strähnig, wovon? Von getrocknetem Schweiß?

Ich starre ihn voller Abscheu an. Er wirkt wie betrunken. Er sieht aus wie ein Betrunkener, der in eine Schlägerei verwickelt war. Warum haben sie einen Betrunkenen hergebracht?

»Dieser Mann«, sagt Tante Lydia, »ist der Vergewaltigung überführt.« Ihre Stimme zittert in einer Mischung aus Wut und Triumph. »Er war ein Wächter. Er hat Schande über seine Uniform gebracht. Er hat seine Vertrauensstellung mißbraucht. Sein schändlicher Komplice ist bereits erschossen worden. Die Strafe für Vergewaltigung ist, wie ihr wißt, der Tod. 5. Mose 22, 23-29. Ich darf hinzufügen, daß dieses Verbrechen an zweien von euch begangen wurde, und zwar mit vorgehaltener Waffe. Außerdem war es brutal. Ich will eure Ohren nicht mit Einzelheiten beleidigen, sondern nur sagen, daß eine der Frauen schwanger war und daß das Kind starb.«

Ein Seufzer steigt von uns auf; ich merke, wie sich unwillkürlich meine Hände zur Faust ballen. Das ist zu viel, diese Gewalttat. Und das Baby auch – nach allem, was wir durchmachen müssen. Es stimmt, es gibt Blutdurst – ich möchte reißen, stechen, zerfleischen.

Wir drängen nach vorn, unsere Köpfe drehen sich nach beiden Seiten, unsere Nüstern blähen sich, wittern den Tod: Wir schauen einander an, sehen den Haß. Erschießen? Das war zu wenig. Der Kopf des Mannes rollt erschöpft hin und her: hat er wahrgenommen, was sie gesagt hat?

Tante Lydia wartet einen Augenblick, dann lächelt sie ein wenig und hebt die Pfeife an ihre Lippen. Wir hören sie, schrill und silbrig, die Erinnerung an ein Volleyballspiel vor langer Zeit.

Die beiden Wächter lassen die Arme des dritten Mannes

los und treten zurück. Er taumelt – steht er unter Drogen? – und fällt auf die Knie. Seine Augen sind in dem aufgedunsenen Fleisch seines Gesichts zusammengeschrumpft, als sei das Licht ihm zu hell. Sie haben ihn im Dunkeln gehalten. Er hebt eine Hand an die Wange, wie um zu fühlen, ob er noch da ist. All das geschieht sehr schnell, kommt mir aber sehr langsam vor.

Niemand bewegt sich nach vorn. Die Frauen schauen ihn voller Entsetzen an; als wäre er eine halbtote Ratte, die sich über den Küchenboden schleppt. Er blinzelt uns an, blickt in die Runde, den Kreis roter Frauen. Einer seiner Mundwinkel verzieht sich nach oben, unglaublich – ein Lächeln?

Ich versuche, in ihn hineinzuschauen, in das zerstörte Gesicht, versuche zu sehen, wie er in Wirklichkeit aussehen müßte. Ich denke, daß er ungefähr dreißig ist. Es ist nicht Luke.

Aber er hätte es sein können, das weiß ich. Es könnte Nick sein. Einerlei was er getan hat, ich weiß, daß ich nicht Hand an ihn legen kann.

Er sagt etwas. Es kommt gepreßt heraus, als wäre sein Hals zerquetscht, seine Zunge riesig in seinem Mund, aber trotzdem höre ich es. Er sagt: »Ich habe nicht...«

Ein plötzliches Drängen nach vorn, wie die Menschenmenge bei einem Rockkonzert in früheren Zeiten, wenn die Türen geöffnet wurden, dieser Drang, der uns wie eine Welle durchläuft. Die Luft ist hell von Adrenalin, wir dürfen alles tun, und das ist Freiheit, auch in meinem Körper, ich wirble, Rot breitet sich überall aus, aber noch bevor diese Woge von Stoff und Körpern ihn trifft, schiebt sich Desglen zwischen den Frauen hindurch, schaufelt sich mit den Ellbogen nach vorn, links, rechts, und läuft auf ihn zu. Sie drückt ihn seitlich zu Boden, und dann tritt sie wild gegen seinen Kopf, einmal, zweimal, dreimal, scharfe schmerzhafte Stöße mit der Schuhspitze, gut gezielt. Jetzt sind Geräusche zu hören, Keuchen, ein tiefes Knurren, Schreie, und die roten Gestalten stürzen vorwärts, und ich sehe nichts mehr, er ist von Armen, Fäusten, Füßen verdeckt. Ein hoher Schrei kommt von irgendwoher, wie ein Pferd in Todesangst.

Ich bleibe zurück, versuche mich auf den Beinen zu halten. Etwas trifft mich von hinten. Ich wanke. Als ich das Gleichgewicht wiedergewonnen habe und mich umdrehe, sehe ich die Ehefrauen und Töchter, wie sie sich auf ihren Stühlen nach vorn beugen, sehe die Tanten auf der Bühne, die mit Interesse hinunterschauen. Sie müssen eine bessere Sicht haben von dort oben.

Er ist ein *es* geworden.

Desglen ist wieder neben mir. Ihr Gesicht ist angespannt, ausdruckslos.

»Ich habe gesehen, was du getan hast«, sage ich zu ihr. Jetzt beginne ich wieder zu fühlen. Schock, Empörung, Ekel. Barbarei. »Warum hast du das getan? Du! Ich dachte, du...«

»Schau mich nicht an«, sagt sie. »Wir werden beobachtet.«

»Das ist mir egal«, sage ich. Meine Stimme wird lauter, ich kann nichts dagegen tun.

»Beherrsche dich«, sagt sie und tut so, als bürste sie mich ab, meinen Arm und meine Schulter. Dabei kommt sie mit ihrem Gesicht dicht an mein Ohr: »Sei nicht dumm. Er war gar kein Vergewaltiger, er war ein Politischer. Er war einer von uns. Ich hab ihn bewußtlos geschlagen. Ihn von seinem Elend erlöst. Weißt du nicht, was sie mit ihm machen?«

Einer von uns, denke ich. Ein Wächter. Es könnte sein.

Tante Lydia pfeift wieder, aber sie hören nicht sofort auf. Die beiden Wächter gehen hin, ziehen sie weg, weg von dem, was noch übrig ist. Manche liegen auf dem Gras, wo sie aus Versehen geschlagen oder getreten worden sind. Einige sind ohnmächtig geworden. Sie taumeln davon, zu zweit oder zu dritt oder allein. Sie sind wie betäubt.

»Ihr werdet jetzt eure Partnerinnen suchen und euch wieder aufstellen«, sagt Tante Lydia ins Mikrophon. Nur wenige achten auf sie. Eine Frau kommt auf uns zu, sie geht, als ertastete sie sich den Weg im Dunkeln mit den Füßen: Janine. Eine Blutspur zieht sich über ihre Wange, und noch mehr Blut ist an ihrer weißen Haube. Sie lächelt, ein strahlendes, winziges Lächeln. Ihre Augen sind wie losgelöst.

»Oh, hallo«, sagt sie. »Wie geht's denn?« Sie hält etwas fest in ihrer rechten Hand. Es ist ein Büschel blondes Haar. Sie stößt ein leises Kichern aus.

»Janine«, sage ich. Aber sie hat losgelassen, jetzt völlig, sie befindet sich im freien Fall, sie ist auf dem Rückzug.

»Schönen Tag noch«, sagt sie und geht an uns vorbei, auf das Tor zu.

Ich sehe ihr nach. Die steigt aus, denke ich. Sie tut mir nicht einmal leid, obwohl ich Mitleid mit ihr haben sollte. Ich bin zornig. Ich bin nicht stolz auf mich, deswegen oder aus irgendeinem anderen Grund. Aber genau das ist das Entscheidende.

Meine Hände riechen nach warmem Teer. Ich würde jetzt gern zurückgehen, zum Haus, und hinauf ins Badezimmer und mich schrubben und schrubben, mit der rauhen Seife und dem Bimsstein, um jede Spur von diesem Geruch von meiner Haut zu bekommen. Der Geruch verursacht mir Übelkeit.

Aber ich bin auch hungrig. Das ist ungeheuerlich, und trotzdem ist es wahr. Der Tod macht mich hungrig. Vielleicht hängt es damit zusammen, daß ich ausgeleert worden bin. Aber vielleicht ist es die Methode des Körpers, dafür zu sorgen, daß ich am Leben bleibe, daß ich fortfahre, sein unerschütterliches Gebet zu wiederholen: Ich *bin,* ich *bin,* Ich bin – noch.

Ich möchte ins Bett gehen und vögeln, jetzt sofort.

Ich muß an das Wort *schmecken* denken.

Ich könnte ein Pferd verschlingen.

KAPITEL VIERUNDVIERZIG

Alles ist wieder normal.

Wie kann ich dies als *normal* bezeichnen? Aber verglichen mit heute morgen *ist* es normal.

Mittags gab es ein Käsesandwich, braunes Brot, ein Glas Milch, Stangensellerie, Birnen aus der Dose. Ein Mittagessen wie für ein Schulkind. Ich aß alles auf, nicht schnell, sondern schwelgend, ich ließ den Geschmack aller Köstlichkeiten auf meiner Zunge zergehen. Jetzt werde ich einkaufen, so wie immer. Ich freue mich sogar darauf. Man kann in Gewohnheiten einen gewissen Trost finden.

Ich gehe zur Hintertür hinaus, den Gartenweg entlang. Nick wäscht das Auto und hat die Mütze schief auf dem Kopf. Er schaut mich nicht an. Wir vermeiden es neuerdings, einander anzuschauen. Bestimmt würden wir dadurch etwas verraten, auch hier draußen, wo es keiner sieht.

Ich warte an der Ecke auf Desglen. Sie ist spät dran. Endlich sehe ich sie kommen, eine rot-weiße Stoffgestalt, ein Drachen im Wind. So nähert sie sich in dem gleichmäßigen Tempo, das einzuhalten wir alle gelernt haben. Ich sehe sie und bemerke zuerst nichts. Dann, als sie näher kommt, denke ich, daß da irgend etwas nicht stimmt. Sie sieht falsch aus. Sie ist auf unbestimmbare Weise verändert. Sie ist nicht verletzt, sie hinkt nicht. Es ist, als wäre sie geschrumpft.

Dann, als sie noch näher herangekommen ist, sehe ich, was es ist. Sie ist nicht Desglen. Sie ist gleich groß, aber dünner, und ihr Gesicht ist beige, nicht rosa. Sie kommt auf mich zu, bleibt stehen.

»Gesegnet sei die Frucht«, sagt sie. Mit unbewegtem Gesicht, zugeknöpft.

»Möge der Herr uns öffnen«, erwidere ich, bemüht, meine Überraschung nicht zu zeigen.

»Du mußt Desfred sein«, sagt sie. Ich sage ja, und wir beginnen unseren Gang.

Was jetzt, denke ich. Mir schwirrt der Kopf. Das ist keine gute Nachricht – was ist aus ihr geworden? Wie finde ich es heraus, ohne zu großes Interesse zu zeigen? Wir dürfen untereinander keine Freundschaften schließen, keine Loyalitäten entwickeln. Ich versuche mich daran zu erinnern, wieviel Zeit Desglen in ihrer gegenwärtigen Stellung noch abzuleisten hat.

»Gutes Wetter ist uns gesandt worden«, sage ich.

»Ich empfange es mit Freuden«. Die Stimme ruhig, ausdruckslos, sie verrät nichts.

Wir passieren den ersten Kontrollpunkt, ohne weitere Worte zu wechseln. Sie ist schweigsam, aber ich bin es auch. Wartet sie darauf, daß ich mit etwas beginne, mich offenbare, oder ist sie eine Gläubige, in innere Meditation versunken?

»Ist Desglen schon versetzt worden, so bald?« frage ich, aber ich weiß, das sie nicht versetzt worden ist. Ich habe sie ja erst heute morgen gesehen. Sie hätte es mir gesagt.

»Ich bin Desglen«, sagt die Frau. Wie auswendig gelernt. Und natürlich ist sie es, die neue, und Desglen, wo sie auch sein mag, ist nicht mehr Desglen. Ich habe ihren richtigen Namen nie erfahren. So kann man sich verlieren, in einer See von Namen. Es würde nicht leicht sein, sie jetzt zu finden.

Wir gehen zu Milch und Honig, und zu Alles Fleisch, wo ich Hähnchen kaufe und die neue Desglen drei Pfund Hackfleisch besorgt. Es gibt die üblichen Schlangen. Ich sehe mehrere Frauen, die ich erkenne, tausche mit ihnen das winzige Nicken aus, mit dem wir einander zeigen, daß wir erkannt werden, von einigen zumindest, daß wir noch existieren. Nachdem wir Alles Fleisch wieder verlassen haben, sage ich zu der neuen Desglen: »Wir sollten zu der Mauer gehen.« Ich weiß nicht, was ich mir davon erwarte, eine Möglichkeit, ihre Reaktion zu testen, vielleicht. Ich muß wissen, ob sie eine von uns ist oder nicht. Wenn ja, wenn ich mir da sicher sein kann, kann sie mir vielleicht sagen, was wirklich mit Desglen passiert ist.

»Wie du möchtest«, sagt sie. Ist das Gleichgültigkeit oder Vorsicht?

An der Mauer hängen die drei Frauen von heute morgen, noch in ihren Kleidern, noch mit ihren Schuhen an den Füßen, noch mit den weißen Säcken über den Köpfen. Ihre Arme sind losgebunden worden und hängen jetzt steif und ordnungsgemäß an den Seiten herab. Die blaue hängt in der Mitte, die beiden roten zu beiden Seiten von ihr, aber die Farben sind nicht mehr so leuchtend; sie scheinen verblaßt, schmutzig geworden, wie tote Schmetterlinge oder tropische Fische, die an Land vertrocknen. Der Glanz ist dahin. Wir stehen da und schauen sie schweigend an.

»Das soll uns eine Lehre sein«, sagt die neue Desglen schließlich. Ich sage zuerst nichts, weil ich herauszufinden versuche, was sie damit meint. Sie könnte meinen, daß uns dies eine Erinnerung an die Ungerechtigkeit und Brutalität des Regimes sein soll. In diesem Fall müßte ich *ja* sagen. Oder sie könnte das Gegenteil meinen, daß wir immer daran denken sollten, das zu tun, was uns aufgetragen wird, und keine Schwierigkeiten zu machen, denn wenn wir das tun, werden wir gerecht bestraft werden. Wenn sie das meint, müßte ich sagen *Lob sei dem Herrn.* Ihre Stimme war neutral, tonlos, bot keine Anhaltspunkte.

Ich wage es. »Ja«, sage ich.

Hierauf antwortet sie nicht, obwohl ich am Rand meines Gesichtskreises ein weißes Aufblinken spüre, so, als habe sie mich rasch angesehen.

Einen Augenblick darauf wenden wir uns von der Mauer ab und treten den langen Rückweg an. Dabei passen wir unsere Schritte in der bewährten Weise einander an, so daß wir in Einklang miteinander zu sein scheinen.

Ich überlege, daß ich vielleicht besser abwarten sollte, ehe ich einen weiteren Versuch unternehme. Es ist zu früh, zu drängen, zu sondieren. Ich sollte ein, zwei Wochen verstreichen lassen, vielleicht länger, und sie aufmerksam beobachten, auf den Ton ihrer Stimme hören, auf unbedachte Worte, so wie Desglen mir zugehört hat. Jetzt, da Desglen fort ist, bin ich wieder wachsam, meine Lässigkeit ist von mir abgefallen, mein Körper dient nicht mehr nur der Lust, sondern er spürt die Gefahr. Ich darf es nicht übereilen, ich sollte kein Risiko eingehen. Aber ich muß es wissen. Ich beherrsche mich, bis wir den letzten Kontrollpunkt hinter uns gelassen haben und nur noch wenige Schritte vor uns liegen. Doch dann kann ich nicht länger an mich halten.

»Ich kannte Desglen nicht sehr gut«, sage ich. »Ich meine, die frühere«.

»Ach ja?« sagt sie. Die Tatsache, daß sie etwas gesagt hat, wie vorsichtig auch immer, macht mir Mut.

»Ich kannte sie erst seit Mai«, sage ich und spüre, wie meine Haut heiß wird, mein Herzschlag sich beschleunigt. Jetzt wird's heikel. Einmal ist es eine Lüge, und außerdem: wie gelange ich von hier zum nächsten wichtigen Wort? »So um den ersten Mai herum, glaube ich, war es, den Maifeiertag, den man May Day nannte.«

»So?« sagt sie, leicht, gleichgültig, bedrohlich. »An diese Bezeichnung kann ich mich nicht erinnern. Und ich bin überrascht, daß du es tust. Du solltest dir Mühe geben...« Sie hält inne. »Dein Gedächtnis von solchen...« Wieder hält sie inne »...von solchen Erinnerungen zu reinigen.«

Jetzt spüre ich Kälte, sie sickert über meine Haut wie Wasser. Was sie da gesagt hat, ist eine Warnung.

Sie ist nicht eine von uns. Aber sie weiß Bescheid.

Das letzte Stück lege ich in tödlichem Schrecken zurück. Ich bin dumm gewesen, wieder einmal. Mehr als dumm. Es ist mir vorher nicht eingefallen, aber jetzt wird es mir klar: falls Desglen geschnappt worden ist, wird sie möglicherweise reden, unter anderem auch von mir. Sie wird reden. Sie wird nicht anders können.

Aber ich habe doch nichts getan, sage ich mir. Nicht wirklich. Ich habe nur gewußt. Ich habe nur nicht gemeldet.

Sie wissen, wo mein Kind ist. Was, wenn sie sie holen, drohen, ihr etwas anzutun, vor meinen Augen? Oder es tun? Ich kann den Gedanken daran, was sie ihr antun könnten, nicht ertragen. Oder Luke, was, wenn sie Luke haben? Oder meine Mutter oder Moira oder irgend jemand anders? Lieber Gott, gib, daß ich nicht wählen muß. Ich würde es nicht ertragen, ich weiß es. Moira hatte recht: Ich werde alles sagen, was sie wollen, ich werde jeden belasten. Es stimmt, der erste Schrei, das erste Wimmern auch nur, und ich werde weich wie Gelee, ich werde mich zu jedem Verbrechen bekennen, ich werde an einem Haken an der Mauer enden. Duck dich, habe ich mir immer gesagt, und steh es durch. Es hilft nichts.

So rede ich mit mir selbst auf dem Weg nach Hause.

An der Ecke wenden wir uns einander in der üblichen Weise zu.

»Unter seinem Auge«, sagt die neue, verräterische Desglen.

»Unter seinem Auge«, sage ich und gebe mir alle Mühe, daß es inbrünstig klingt. Als könnte solches Theaterspielen helfen, wo wir schon viel zu weit gegangen sind.

Dann tut sie etwas Seltsames. Sie beugt sich vor, so daß die steifen weißen Scheuklappen an unseren Köpfen sich fast berühren und ich ihre blassen beigen Augen ganz nahe sehe, das zarte Gespinst von Fältchen auf ihren Wangen. Und sie flüstert, sehr schnell, mit einer Stimme so schwach wie trockenes Laub. »Sie hat sich aufgehängt«, sagt sie. »Nach der Errettung. Sie sah den Wagen, der sie holen kam. Es war besser.«

Dann geht sie von mir weg die Straße hinunter.

KAPITEL FÜNFUNDVIERZIG

Ich stehe einen Augenblick da, ohne Luft, als hätte mich jemand getreten.

Dann ist sie also tot, und ich bin doch in Sicherheit. Sie hat es getan, bevor sie kamen. Ich spüre eine große Erleichterung. Ich empfinde Dankbarkeit ihr gegenüber. Sie ist gestorben, damit ich leben kann. Ich werde später trauern.

Falls diese Frau nicht lügt. Diese Möglichkeit besteht immer.

Ich atme ein, tief, atme aus, versorge mich mit Sauerstoff. Der Raum vor mir wird schwarz, dann klärt er sich. Ich sehe meinen Weg vor mir.

Ich wende mich ab, öffne das Tor, lasse meine Hand einen Augenblick darauf liegen, um mir Halt zu geben, gehe hinein. Nick ist da, er wäscht immer noch das Auto, pfeift vor sich hin. Er scheint sehr weit weg zu sein mit seinen Gedanken.

Lieber Gott, denke ich, ich werde alles tun, was du willst. Jetzt, da du mich hast entkommen lassen, werde ich mich selbst auslöschen, wenn du das wirklich willst; ich werde mich wahrhaft leeren, ein Kelch werden. Ich werde Nick aufgeben, ich werde die anderen vergessen, ich werde aufhören, mich zu beklagen. Ich werde mein Los annehmen. Ich werde opfern. Ich werde bereuen. Ich werde verzichten. Ich werde entsagen.

Ich weiß, daß das nicht richtig sein kann, aber ich denke es trotzdem. Alles, was sie im Roten Zentrum gelehrt haben, alles, dem ich widerstanden habe, kommt herangeflutet. Ich will keinen Schmerz. Ich will keine Tänzerin sein, mit den Füßen in der Luft, der Kopf ein gesichtsloses Rechteck aus weißem Stoff. Ich will keine Puppe sein, an der Mauer aufgehängt, ich will kein flügelloser Engel sein. Ich will weiterleben, einerlei wie. Ich gebe meinen Körper frei, zum Nutzen der anderen. Sie mögen mit mir tun, was sie wollen. Ich bin tief gesunken.

Ich spüre, zum ersten Mal, ihre wahre Macht.

Ich gehe an den Blumenbeeten vorbei, an der Weide, auf die Hintertür zu. Ich werden hineingehen, ich werde in Sicherheit sein. Ich werde auf die Knie fallen, in meinem Zimmer, und dankbar in vollen Zügen die schale, nach Möbelpolitur riechende Luft einatmen.

Serena Joy ist aus der Haustür getreten; sie steht auf den Eingangsstufen. Sie ruft mich. Was will sie? Will sie, daß ich mit ins Wohnzimmer komme und ihr helfe, graue Wolle aufzuwickeln? Ich werde nicht imstande sein, meine Hände ruhig zu halten, sie wird etwas merken. Aber ich gehe trotzdem zu ihr hinüber, ich habe keine andere Wahl.

Auf der obersten Stufe ragt sie vor mir auf. Ihre Augen flackern, heißes Blau, umgeben von dem schrumpeligen Weiß ihrer Haut. Ich schaue weg von ihrem Gesicht, blicke zu Boden, auf ihre Füße, die Spitze ihres Stocks.

»Ich habe dir vertraut«, sagt sie. »Ich habe versucht, dir zu helfen.«

Noch immer schaue ich nicht zu ihr auf. Schuldgefühle beschleichen mich, ich bin entdeckt worden, aber wobei? Welcher meiner vielen Sünden werde ich angeklagt? Die einzige Möglichkeit, es herauszufinden, ist, stumm zu bleiben. Anzufangen, mich jetzt zu entschuldigen für dies oder das, wäre ein schwerer Fehler. Ich könnte etwas ausplaudern, was sie nicht einmal geahnt hat.

Es könnte eine Nichtigkeit sein. Es könnte das Streichholz

sein, das ich in meinem Bett versteckt habe. Ich lasse den Kopf hängen.

»Nun?« fragt sie. »Hast du nichts zu deiner Verteidigung zu sagen?«

Ich schaue zu ihr auf. »Weswegen?« bringe ich stammelnd hervor. Sobald es heraus ist, klingt es frech.

»Schau her«, sagt sie. Sie nimmt die freie Hand hinter ihrem Rücken hervor. Sie hält ihren Umhang, den Winterumhang. »Es war Lippenstift daran« sagt sie. »Wie konntest du so ordinär sein? Ich habe ihm *gesagt* ...« Sie läßt den Umhang fallen, sie hält noch etwas anderes in ihrer knöchernen Hand. Auch das wirft sie hin. Die purpurroten Pailletten fallen, rutschen über die Stufen nach unten wie Schlangenhaut, glitzernd im Sonnenlicht. »Hinter meinem Rücken«, sagt sie. »Du hättest mir etwas übriglassen können.« Liebt sie ihn also doch? Sie hebt den Stock. Ich denke, daß sie mich schlagen will, aber sie tut es nicht. »Heb das widerliche Ding auf und geh in dein Zimmer. Genau wie die andere. Eine Schlampe. Du wirst genauso enden.«

Ich bücke mich, hebe es auf. Hinter mir hat Nick aufgehört zu pfeifen.

Ich würde am liebsten kehrtmachen, zu ihm laufen, die Arme um ihn werfen. Aber das wäre unklug. Es gibt nichts, womit er mir helfen könnte. Auch er würde ertrinken.

Ich gehe zur Hintertür, in die Küche, setze meinen Korb ab, gehe die Treppe hinauf. Ich verhalte mich ruhig und gesittet.

XV Nacht

KAPITEL SECHSUNDVIERZIG

Ich sitze in meinem Zimmer, am Fenster, und warte. Auf meinem Schoß liegt eine Handvoll zerdrückter Sterne.

Es könnte das letzte Mal sein, daß ich zu warten habe. Aber ich weiß nicht, worauf ich warte. Worauf wartest du? fragten sie immer. Das bedeutete: *Beeil dich.* Es wurde keine Antwort erwartet. Auf was wartest du, ist eine andere Frage, und auch auf sie weiß ich keine Antwort.

Dabei ist es nicht unbedingt ein Warten. Es ist mehr wie ein Schwebezustand. Ohne Spannung. Endlich gibt es keine Zeit mehr.

Ich bin in Ungnade, was das Gegenteil von Gnade ist. Mir sollte eigentlich schlimmer zumute sein.

Aber ich fühle mich heiter und gelassen, friedlich, von Gleichgültigkeit durchdrungen. Die Schwalbe entflieht den Bösewichtern. Ich sage es mir immer wieder, aber es drückt nichts aus. Genausogut könnte man sagen: Entflieht den Bösewichtern. Oder: Flieht.

Ich nehme an, das könnte man auch sagen.

Es ist niemand im Garten.
Ob es regnen wird?

Draußen verblaßt das Licht. Es ist schon rötlich. Bald wird es dunkel sein. Schon jetzt ist es dunkler. Es hat nicht lange gedauert.

Es gibt eine Reihe von Dingen, die ich tun könnte. Ich könnte zum Beispiel das Haus anzünden. Ich könnte einige meiner Kleider zusammenbündeln, dazu die Laken, und mein verstecktes Streichholz anstecken. Wenn es nicht zünden würde, wär's das schon. Aber wenn es zünden würde, wäre das zumindest ein Ereignis, ein Signal, zur Feier meines Abgangs. Ein paar Flammen, leicht zu löschen. In der Zwischenzeit könnte ich Wolken von Rauch erzeugen und den Erstickungstod sterben.

Ich könnte mein Bettlaken in Streifen reißen und es zu einer Art Strick drehen und ein Ende an das Bein meines Bettes binden und versuchen, die Fensterscheibe einzuschlagen. Die bruchsicher ist.

Ich könnte zum Kommandanten gehen, mich auf den Boden werfen mit aufgelöstem Haar, wie man so sagt, ihn um die Knie fassen, gestehen, weinen, flehen. *Hirundo maleficis evoltat,* könnte ich sagen. Kein Gebet. Ich stelle mir seine Schuhe vor, schwarz, schön poliert, unergründlich – ihre Meinung für sich behaltend.

Statt dessen könnte ich mir das Bettlaken auch in einer Schlinge um den Hals legen, mich im Wandschrank aufknüpfen und mich dann mit meinem gesamten Gewicht nach vorn werfen, um mich selbst zu erwürgen.

Ich könnte mich hinter der Tür verstecken, warten, bis sie den Flur entlanggetappt kommt und den Urteilspruch, welchen auch immer, bringt: Buße, Strafe. Und könnte auf sie springen, sie zu Boden werfen, sie scharf und genau in den Kopf treten. Um sie von ihrem Elend zu erlösen, und mich auch. Um uns von unserem Elend zu erlösen.

Ich würde Zeit gewinnen.

Ich könnte mit gleichmäßigen Schritten die Treppen hinuntergehen und zur Haustür hinaus und die Straße entlang, und versuchen, so auszusehen, als wüßte ich, wohin ich ginge und könnte ausprobieren, wie weit ich käme. Rot ist so sichtbar.

Ich könnte zu Nicks Zimmer gehen, über der Garage, wie

wir es schon getan haben. Ich könnte mir überlegen, ob er mich einlassen würde oder nicht, um mir Schutz zu gewähren. Jetzt, wo die Not echt ist.

All diese Möglichkeiten bedenke ich in Muße. Jede kommt mir genauso gewichtig vor wie alle anderen. Nicht eine, so scheint mir, die den anderen vorzuziehen wäre. Mattigkeit herrscht hier, in meinem Körper, in meinen Beinen und Augen. Das ist es, was dich am Ende schafft. Glaube ist nur ein Wort, gestickt.

Ich schaue hinaus in die Dämmerung und denke daran, wie es im Winter ist. Der Schnee, der fällt, sanft, mühelos, alles mit weichem Kristall bedeckt, der Dunst von Mondlicht vor dem Regen, der die Umrisse verwischt, Farben auslöscht. Erfrieren ist schmerzlos, heißt es, nach dem ersten Kältegefühl. Du legst dich zurück in den Schnee, ein Engel, wie ihn Kinder machen, und schläfst ein.

Hinter mir spüre ich ihre Gegenwart, meine Vorgängerin, mein Double, das sich freischwebend unter dem Kronleuchter dreht, in ihrem Kostüm aus Sternchen und Federn, ein Vogel, im Flug gestoppt, eine in einen Engel verwandelte Frau, die darauf wartet, gefunden zu werden. Diesmal von mir. Wie konnte ich nur glauben, ich sei hier allein? Wir waren immer zu zweit. Bring es hinter dich, sagt sie. Ich bin dieses Melodrama leid, ich bin dieses Stillschweigen leid. Da ist niemand, den du schützen kannst, dein Leben hat für niemanden einen Wert. Ich möchte, daß es endet.

Als ich aufstehe, höre ich den schwarzen Wagen. Ich höre ihn, bevor ich ihn sehe – noch unsichtbar im Dämmerlicht taucht er schließlich aus seinem eigenen Geräusch empor – eine Verfestigung, eine Verdichtung der Nacht. Er biegt in die Einfahrt ein, hält an. Ich kann gerade noch das weiße Auge, die beiden Flügel ausmachen. Die Farbe muß phosphoreszierend sein. Zwei Männer lösen sich von den schwarzen Umrissen, kommen die Stufen zur Haustür herauf, läuten. Ich höre die Glocke läuten, unten im Flur, ding-dong – wie der Geist einer Kosmetikerin.

Schlimmeres steht also bevor.

Ich habe meine Zeit vergeudet. Ich hätte die Dinge selbst in die Hand nehmen sollen, solange ich noch die Gelegenheit hatte. Ich hätte ein Messer aus der Küche stehlen, einen Weg zur Nähschere finden sollen. Es gab die Gartenschere, die Stricknadeln – die Welt ist voller Waffen, wenn du danach suchst. Ich hätte aufpassen sollen.

Aber es ist zu spät, jetzt darüber nachzudenken, schon stampfen sie auf dem altrosa Teppichbelag die Treppe herauf, ein schwerer gedämpfter Tritt, Pochen in der Stirn. Mein Rücken ist dem Fenster zugekehrt.

Ich erwarte einen Fremden, aber es ist Nick, der die Tür aufstößt, das Licht anknipst. Ich kann das nicht einordnen, es sei denn, er ist einer von ihnen. Diese Möglichkeit hat immer bestanden. Nick, das Privat-Auge. Schmutzige Arbeit wird von schmutzigen Menschen verrichtet.

Du Scheißer, denke ich. Ich öffne den Mund, um es zu sagen, aber er kommt herüber, flüstert. »Alles in Ordnung. Es ist Mayday. Geh mit ihnen.« Er nennt mich bei meinem richtigen Namen. Warum sollte das etwas bedeuten?

»Mit denen?« frage ich. Ich sehe die beiden Männer hinter ihm stehen, das Deckenlicht im Flur macht Totenschädel aus ihren Köpfen. »Du mußt verrückt sein.« Mein Mißtrauen hängt in der Luft über ihm, ein dunkler Engel, der mich warnend fortwinkt. Ich kann es fast sehen. Warum sollte er nicht über Mayday Bescheid wissen? Alle Augen müssen davon wissen – sie werden es inzwischen aus genügend Körpern, aus genügend Mündern herausgepreßt, herausgewunden haben.

»Vertrau mir«, sagt er. Was für sich genommen noch nie ein Talisman gewesen ist, keine Garantie beinhaltet.

Aber ich schnappe danach, nach diesem Angebot. Es ist alles, was mir noch bleibt.

Einer vor mir, einer hinter mir, geleiten sie mich die Treppe hinunter. Das Tempo ist gemächlich, die Lichter brennen. Trotz der Angst – wie gewöhnlich! Von hier aus sehe ich die Uhr. Es ist keine besondere Zeit.

Nick ist nicht mehr bei uns. Vielleicht ist er die Hintertreppe hinuntergegangen, weil er nicht gesehen werden wollte.

Serena Joy steht in der Diele, unter dem Spiegel, schaut ungläubig herauf. Der Kommandant steht hinter ihr, die Wohnzimmertür ist offen. Sein Haar ist sehr grau. Er sieht bekümmert aus und hilflos, aber so, als ziehe er sich schon von mir zurück, als distanziere er sich. Was ich ihm auch bedeuten mag, in diesem Augenblick bin ich für ihn auch eine Katastrophe. Zweifellos haben sie sich gestritten, wegen mir; zweifellos hat sie ihm die Hölle heiß gemacht. Ich bin immer noch geneigt, Mitleid mit ihm zu empfinden. Moira hat recht, ich bin ein Waschlappen.

»Was hat sie getan?« fragt Serena Joy. Dann hat sie sie also nicht gerufen. Was immer sie sich für mich ausgedacht hatte, war mehr privater Natur.

»Wir dürfen nichts sagen, Ma'am«, sagt der vor mir, »tut mir leid.«

»Ich muß Ihre Bevollmächtigung sehen«, sagt der Kommandant. »Haben sie einen Haftbefehl?«

Ich könnte losschreien, mich ans Treppengeländer klammern, alle Würde aufgeben. Ich könnte sie aufhalten, zumindest einen Augenblick lang. Wenn sie echt sind, werden sie bleiben, wenn nicht, werden sie davonlaufen. Und mich hier zurücklassen.

»Nicht daß wir einen brauchen, Sir, aber alles ist in Ordnung«, sagt der erste wieder. »Verletzung von Staatsgeheimnissen.«

Der Kommandant hebt die Hand an seinen Kopf. Was habe ich gesagt, und zu wem, und welcher seiner Feinde hat es herausgefunden? Möglicherweise wird er jetzt ein Sicherheitsrisiko sein. Ich stehe über ihm, schaue hinunter; er schrumpft. Es hat schon Säuberungen in ihren Reihen gegeben, und es wird mehr geben. Serena Joy wird weiß.

»Miststück«, sagt sie. »Nach allem, was er für dich getan hat.«

Cora und Rita drängen sich von der Küche her durch. Cora hat angefangen zu weinen. Ich war ihre Hoffnung, ich habe sie enttäuscht. Jetzt wird sie immer kinderlos bleiben.

Der Wagen wartet in der Einfahrt, seine Doppeltür steht offen. Die beiden, jetzt einer an jeder Seite, fassen mich an den Ellbogen, um mir hineinzuhelfen. Ob dies mein Ende ist oder ein neuer Anfang – ich vermag es nicht zu sagen: Ich habe mich in die Hände von Fremden gegeben, denn es bleibt mir nichts anderes übrig.

Und so steige ich hinauf, in die Dunkelheit dort drinnen oder ins Licht.

Historische Anmerkungen zum
Report der Magd

Auszug aus der Niederschrift der Protokolle des Zwölften Symposions über Gileadstudien, das, abgehalten im Rahmen der Internationalen Tagung der Vereinigung der Historiker, am 25. Juni 2195 an der Universität Denay in Nunavit stattfand.

Vorsitz: *Professor Maryann Crescent Moon, Abteilung für Europide Anthropologie, Universität Denay, Nunavit.*

Hauptvortragender: *Professor James Darcy Pieixoto, Direktor der Archive Zwanzigstes und Einundzwanzigstes Jahrhundert, Universität Cambridge, England.*

CRESCENT MOON:
Es ist mir eine Ehre, Sie alle heute morgen hier willkommen heißen zu dürfen, und ich freue mich zu sehen, daß so viele von Ihnen zu Professor Pieixotos zweifellos faszinierendem und lohnendem Vortrag erschienen sind. Wir von der Vereinigung für Gileadforschung glauben, daß diese Periode durchaus zu weiteren Forschungen einlädt, war sie doch letztlich auch verantwortlich für den Neuentwurf der Weltkarte, besonders dieser Hemisphäre.

Doch bevor wir beginnen, noch einige Ankündigungen. Die Angel-Expedition findet wie geplant statt, und diejenigen von Ihnen, die keine geeignete Regenkleidung und kein Insektenmittel mitgebracht haben, erhalten beides gegen eine geringe Gebühr im Tagungsbüro. Die Wanderung und das Open Air-Volksliedersingen in historischen Trachten sind auf übermorgen verschoben worden, da unser unfehlbarer Professor Johnny Running Dog uns für diesen Tag eine Unterbrechung des Regenwetters zusichert.

Erlauben Sie mir, daß ich Sie noch an die anderen unter der Schirmherrschaft der Vereinigung für Gileadforschung stattfindenden Unternehmungen erinnere, die Ihnen im Verlauf dieser Tagung als Teil unseres Zwölften Symposions angeboten werden. Morgen nachmittag wird Professor Gopal Chatterjee von der Abteilung Westliche Philosophie an der Universität Baroda in Indien über »Krishna- und Kali-Elemente in der Staatsreligion der frühen Gileadperiode« sprechen, und am Donnerstag ist eine morgendliche Darbietung von Professor Sieglinda van Buren von der Abteilung Militärgeschichte an der Universität San Antonio in der Republik Texas vorgesehen. Professor van Buren wird einen, wie ich sicher bin, faszinierenden Lichtbildervortrag halten über »Die Warschau-Taktik: Die Politik der Einkreisung städtischer Kerne in den Gileadischen Bürgerkriegen«. Ich bin überzeugt, wir alle werden nur zu gern daran teilnehmen.

Ich muß auch unseren Hauptvortragenden noch daran erinnern – obwohl das sicherlich überflüssig ist –, sich an die vorgegebene Zeit zu halten, da wir den Wunsch haben, daß Raum für Fragen bleibt, und da ich annehme, daß niemand von uns das Mittagessen versäumen möchte, wie das gestern vorgekommen ist. *(Gelächter.)*

Professor Pieixoto bedarf wohl kaum einer Einführung, da er uns allen wohlbekannt ist, wenn nicht persönlich, so doch durch seine extensiven Publikationen, darunter: »Luxusgesetze im Spiegel der Zeiten: Eine Analyse von Dokumenten« und die bekannte Studie: »Iran und Gilead: Zwei Monotheokratien des späten Zwanzigsten Jahrhunderts im Licht von Tagebüchern«. Wie Sie alle wissen, ist er, zusammen mit

Professor Knotly Wade, ebenfalls Cambridge, Herausgeber des Manuskripts, das heute Gegenstand unserer Betrachtung ist, und hat zur Niederschrift und Kommentierung des Manuskripts wesentlich beigetragen. Der Titel seines Vortrags lautet: »Probleme der Authentisierung in bezug auf den *Report der Magd*«.

Herr Professor Pieixoto, bitte.
Applaus.

PIEIXOTO:
Ich danke Ihnen. Ich bin überzeugt, so wie wir alle gestern abend beim Dinner unseren vorzüglichen arktischen Salm genießen konnten, haben wir jetzt den ebenso vorzüglichen arktischen Psalm des Vorsitzenden genossen. Ich gebrauche das Wort »genießen« hier in zwei unterschiedlichen Bedeutungen, wobei ich die dritte, veraltete Bedeutung selbstverständlich ausschließe. *(Gelächter.)*

Doch lassen Sie mich zur Sache kommen. Ich möchte gern, wie der Titel meiner kleinen Plauderei andeutet, einige der Probleme betrachten, die mit dem sogenannten Manuskript verknüpft sind, das Ihnen allen inzwischen wohlbekannt ist.

Ich sage *sogenannt*, denn was wir vor uns haben, ist nicht das Werk in seiner originalen Form. Strenggenommen war es kein Manuskript, als es entdeckt wurde, und trug keinen Titel. Die Überschrift »Der Report der Magd« wurde ihm von Professor Wade beigefügt. Diejenigen unter Ihnen, die wie ich das Vergnügen haben, Professor Wade auch persönlich zu kennen, werden verstehen, wenn ich sage, daß alle Anspielungen, davon bin ich fest überzeugt, absichtlich waren, insbesondere jene, die mit der archaischen Vulgärbedeutung des Wortes *Report* zu tun haben; der Report war, bis zu einem gewissen Grade, die Darstellungsform gewissermaßen aller Befriedigungen, an die man sich in jener Phase der Gileadischen Gesellschaft, von der unsere Saga handelt, sicherlich sehnsüchtig erinnerte. *(Gelächter, Applaus.)*

Der Gegenstand unserer Forschungen – ich zögere, das Wort *Dokument* zu verwenden – wurde auf dem Gelände der einstigen Stadt Bangor ausgegraben, in einem Gebiet also, das, vor der Gründung des Gileadischen Regimes, der Staat Maine gewesen sein dürfte. Wir wissen, daß diese Stadt eine bedeutende Zwischenstation auf dem Weg war, den unsere Autorin als die »Untergrund-Frauenstraße« bezeichnet, was inzwischen einige unserer historischen Spaßvögel zu »Untergrund-Frauenstrich« verballhornt haben. *(Gelächter, Stöhnen.)* Aus diesem Grunde hat unsere Vereinigung ein besonderes Interesse daran genommen.

Der Gegenstand unserer Forschungen bestand aus einer Metallkiste der U.S.-Armee, hergestellt vielleicht um 1955. Dieser Umstand hat an sich keinerlei Bedeutung, da bekannt ist, daß solche Kisten häufig als »überschüssige Armeebestände« verkauft wurden und deshalb weit verbreitet gewesen sein dürften. In dieser Kiste, die mit Klebeband zugeklebt war, wie es früher für Postpakete verwendet wurde, befanden sich annähernd dreißig Tonbandkassetten eines Typs, der irgendwann in den achtziger oder neunziger Jahren des 20. Jahrhunderts mit dem Aufkommen der Compact Disc veraltete.

Ich darf Sie daran erinnern, daß es nicht der erste Fund dieser Art war. Sie sind zweifellos beispielsweise mit dem Gegenstand vertraut, der unter der Bezeichnung »Die A.B.-Memoiren« bekannt ist und in einer Garage in einem Vorort von Seattle gefunden wurde, sowie mit dem »Tagebuch von P.«, das zufällig beim Bau eines neuen Versammlungshauses in der Nachbarschaft der früheren Stadt Syracuse im Staate New York ausgegraben wurde.

Professor Wade und ich fühlten uns durch diese neue Entdeckung sehr stimuliert. Glücklicherweise hatten wir mehrere Jahre zuvor mit Hilfe unseres ausgezeichneten ortsansässigen Antiquartechnikers ein Gerät rekonstruiert, mit dem solche Bänder abgespielt werden können, und so machten wir uns unverzüglich an die mühselige Arbeit der Transkription.

Es waren alles in allem rund dreißig Bänder, mit variierendem Verhältnis von Musik zu gesprochenem Wort. Im allgemeinen beginnt jedes Band mit zwei oder drei Songs, eine Maßnahme der Tarnung zweifellos. Dann bricht die Musik ab, und die sprechende Stimme ergreift das Wort. Es ist die Stimme einer Frau und zwar, unseren Stimm-Druck-Experten zufolge, durchgehend dieselbe Stimme. Die Labels auf den Kassetten waren authentische historische Labels. Sie datierten, natürlich, aus der Zeit vor Beginn der Frühen Gileadischen Ära, denn unter dem Regime war alle säkulare Musik dieser Art verboten. Es gab zum Beispiel vier Bänder mit dem Titel »Elvis Presley's Golden Years«, drei mit »Litauische Volkslieder«, drei »Boy George Takes It Off« und zwei »Mantovani's Mellow Strings«, sowie einige Titel, die jeweils nur ein einziges Band füllten: »Twisted Sister at Carnegie Hall« ist eins, das mir besonders gut gefällt.

Zwar waren die Labels authentisch, doch waren sie nicht immer an der Kassette mit den entsprechenden Songs angebracht. Außerdem waren die Kassetten in keiner besonderen Reihenfolge angeordnet, da sie lose auf dem Boden der Kiste lagen, und sie waren auch nicht numeriert. So war es an Professor Wade und mir, die Textblöcke in die Ordnung zu bringen, in die sie zu gehören schienen; alle diese Zuordnungen sind jedoch, wie ich schon an anderer Stelle bemerkte, auf Vermutungen gegründet und deshalb so lange als vorläufig zu betrachten, bis weitere Forschungsergebnisse vorliegen werden.

Nachdem wir dann die Transkription in Händen hielten – und wir mußten sie mehrere Male überarbeiten, da Akzent, undeutliche Verweise und Archaismen große Schwierigkeiten boten –, mußten wir einige Entscheidungen über die Natur des Materials treffen, das wir so mühsam erarbeitet hatten. Mehrere Möglichkeiten stellten sich uns dar. Erstens: die Bänder konnten eine Fälschung sein. Wie Sie wissen, hat es mehrere Fälle solcher Fälschungen gegeben, für die Verlage große Summen gezahlt haben, wobei sie zweifellos auf den Sensationswert solcher Geschichten setzten. Es hat den Anschein, daß bestimmte Perioden der Geschichte sowohl für andere Gesellschaften als auch für jene, die ihnen folgen, schnell Stoff für nicht gerade erbauliche Legenden und reichlich genutzte Gelegenheit zu heuchlerischer Selbstbelobigung werden. Falls mir eine kleine, über meine Aufgabe als Herausgeber hinausgehende Randbemerkung gestattet ist, erlauben Sie mir zu sagen, daß wir meiner Meinung nach Vorsicht walten lassen sollten, ehe wir die Gileader moralisch verurteilen. Sicherlich haben wir inzwischen gelernt, daß solche Urteile notwendigerweise kulturspezifisch sein müssen. Zudem stand die gileadische Gesellschaft unter einem beträchtlichen Druck, demographisch und auch sonst, und war Faktoren unterworfen, von denen wir glücklicherweise freier sind. Unsere Aufgabe besteht nicht darin zu tadeln, sondern zu verstehen. *(Applaus.)*

Um von meiner Abschweifung zurückzukehren: Tonbandmaterial wie dieses läßt sich allerdings nur sehr schwer überzeugend fälschen, und von den Experten, die sie untersucht haben, wurde uns versichert, daß die Bänder, physisch gesehen, echt sind. Die Aufnahme des gesprochenen Texts auf das Tonband könnte zweifelsohne nicht innerhalb der letzten einhundertfünfzig Jahre bewerkstelligt worden sein.

Angenommen also, die Bänder seien echt, wie steht es dann mit der Natur des Berichts selbst? Ganz offenkundig kann er nicht zu der Zeit, von der er erzählt, aufgenommen worden sein, denn falls die Autorin die Wahrheit sagt, dürften ihr weder Aufnahmegerät noch Bänder zur Verfügung gestanden haben, noch hätte sie ein Versteck dafür finden können. Zudem ist das Erzählerische durch gewisse reflektive Elemente gekennzeichnet, die meiner Ansicht nach eine Synchronität ausschließen. Dem Bericht haftet ein Hauch von Emotionalem an, der, wenn schon nicht in einer ruhigen Gemütslage, so doch zumindest post facto eingefangen worden sein muß.

Wenn wir für die Erzählerin eine Identität etablieren könnten, so sagten wir uns, befänden wir uns auf dem besten Wege zu einer Erklärung, wie dieses Dokument – lassen Sie es mich um der Kürze willen so nennen – entstand. Zu diesem Zweck haben wir zwei Wege der Nachforschung beschritten.

Zunächst versuchten wir, mit Hilfe alter Stadtpläne von Bangor und anderer erhaltener Dokumente, die Einwohner des Hauses zu identifizieren, das zu jener Zeit etwa am Fundort gestanden haben muß. Möglicherweise, so überlegten wir, könnte dieses Haus ein »sicheres Haus« auf der Untergrund-Frauenstraße während unserer Periode gewesen sein, und unsere Autorin könnte dort einige Wochen oder Monate beispielsweise auf dem Dachboden oder im Keller versteckt worden sein und hätte in dieser Zeit die Gelegenheit gehabt, die Aufnahmen zu machen. Natürlich konnte die Möglichkeit nicht ausgeschlossen werden, daß die Bänder nach der Aufnahme an den betreffenden Fundort gebracht wurden. Wir hofften, es könnte uns gelingen, die Nachkommen der hypothetischen Hausbewohner aufzuspüren und zu lokalisieren. Sie würden uns, so hofften wir, zu weiterem Material führen können: Tagebücher vielleicht oder sogar Familienanekdoten, die von Generation zu Generation weitererzählt worden waren.

Unglücklicherweise führte diese Spur zu keinem Ziel. Möglicherweise waren diese Menschen, falls sie wirklich ein Glied in der Untergrundkette gewesen waren, entdeckt und verhaftet worden. In diesem Fall würde jede auf sie Bezug nehmende Dokumentation vernichtet worden sein. So entschieden wir uns für einen zweiten Ansatzpunkt. Wir suchten Unterlagen aus der betreffenden Periode und versuchten, bekannte historische Persönlichkeiten mit den Personen, die in dem Bericht unserer Autorin auftreten, in Übereinstimmung zu bringen. Die erhaltenen Unterlagen der Zeit sind lückenhaft, da das Regime von Gilead die Angewohnheit hatte, nach verschiedenen Säuberungen und inneren Unruhen, die eigenen

Computerprogramme zu löschen und alle Ausdrucke zu vernichten. Einige Ausdrucke sind jedoch erhalten. Sie wurden nämlich nach England geschmuggelt, zu Reklamezwecken für verschiedene Gesellschaften zur Rettung der Frauen, die auf den Britischen Inseln zu jener Zeit so zahlreich waren.

Wir hegten nicht länger die Hoffnung, der Autorin selbst unmittelbar auf die Spur zu kommen. Aus den vorhandenen Dokumenten ging eindeutig hervor, daß sie zu der ersten Welle von Frauen gehörte, die für Reproduktionszwecke rekrutiert und jenen zugewiesen wurden, die solcher Dienste einerseits bedurften und die andererseits dank ihrer Stellung innerhalb der Elite auch einen Anspruch darauf hatten. Das Regime schaffte eine sofortige Reserve solcher Frauen kraft der einfachen Taktik, alle Zweitehen und nicht-ehelichen Verbindungen für ehebrecherisch zu erklären, die weiblichen Partner festzunehmen und mit der Begründung, daß sie als Erzieher moralisch ungeeignet seien, die Kinder, die sie bereits hatten, zu konfiszieren. Diese wurden dann von kinderlosen Ehepaaren der oberen Ränge adoptiert, die auf Nachkommenschaft um jeden Preis begierig waren. (In der mittleren Periode wurde diese Verfahrensweise auf alle Ehen ausgedehnt, die nicht innerhalb der Staatskirche geschlossen worden waren.) So war es den Männern mit hohem Rang im Regime möglich, unter denjenigen Frauen ihre Wahl zu treffen, die ihre Reproduktionsfähigkeit bereits durch die Geburt eines oder mehrerer gesunder Kinder unter Beweis gestellt hatten – eine wünschenswerte Eigenschaft in einem Zeitalter drastisch sinkender Geburtenraten bei den europiden Rassen, einem Phänomen, das übrigens nicht nur in Gilead, sondern in den meisten nördlichen europiden Gesellschaften der Zeit zu beobachten war.

Die Gründe für den Geburtenrückgang sind uns nicht vollständig klar. Zum Teil kann diese Entwicklung zweifellos auf die breite Verfügbarkeit empfängnisverhütender Mittel verschiedenster Art, einschließlich Abtreibung, während der Periode, die Gilead unmittelbar vorausging, zurückgeführt werden. Ein Teil der Unfruchtbarkeit war damals also gewollt, was die unterschiedlichen statistischen Ergebnisse bei europiden und nicht-europiden Rassen erklären mag. Aber es gab auch ungewollte Unfruchtbarkeit. Muß ich Sie daran erinnern, daß dies das Zeitalter der Syphillis vom Typ R und ebenso der berüchtigten AIDS-Epidemie war, die sich so schnell über die ganze Bevölkerung ausbreitete und so viele junge sexuell aktive Menschen aus der Reproduktionsreserve hinwegraffte? Totgeburten, Fehlgeburten und genetische Mißbildungen waren weit verbreitet und noch im Zunehmen begriffen, ein Trend, der häufig mit den verschiedenen, für diese Zeit charakteristischen Unfällen, Ausfällen und Sabotageakten in Kernkraftwerken in Verbindung gebracht wurde, ebenso mit dem Austritt von Giften aus Lagern für chemische und biologische Waffen und Sondermülldeponien, von denen es, legal und illegal, etliche tausend gab – in einigen Fällen wurden diese Stoffe einfach ins Abwassersystem geleitet –, sowie mit dem unkontrollierten Gebrauch chemischer Insektizide, Herbizide und anderer Sprühgifte.

Doch welche Gründe es auch gewesen sein mögen, die Auswirkungen waren beträchtlich, und das Regime von Gilead war nicht das einzige, das damals darauf reagierte. Rumänien, zum Beispiel, war Gilead bereits in den achtziger Jahren zuvorgekommen, indem es alle Formen der Geburtenkontrolle verbot, die weibliche Bevölkerung zu Schwangerschaftstests verpflichtete und Fruchtbarkeit mit Beförderungen und Lohnerhöhungen belohnte.

Das Bedürfnis nach dem, was ich als Geburts-Service bezeichnen möchte, war schon in der vorgileadischen Periode erkannt worden, wo man ihm, unzureichend, mit »künstlicher Befruchtung«, »Fruchtbarkeitskliniken«, und der Benutzung von »Leihmüttern«, die für diesen Zweck angemietet wurden, begegnete. Gilead ächtete die beiden ersteren als irreligiös, legitimierte und forcierte jedoch die dritte unter Berufung auf biblische Präzedenzfälle. Auf diese Weise ersetzte man die chronologische Polygamie, wie sie in der vorgileadischen Periode üblich gewesen war, durch die ältere Form der Simultanpolygamie, die sowohl im Alten Testament als auch im ehemaligen Staat Utah im neunzehnten Jahrhundert praktiziert wurde. Wie wir aus dem Studium der Geschichte wissen, kann sich kein neues System in einem bestehenden durchsetzen, ohne viele der Elemente des letzteren zu übernehmen, wie es die heidnischen Elemente im mittelalterlichen Christentum und die Entwicklung des russischen KGB aus dem zaristischen Geheimdienst, der ihm vorausging, beweisen. Gilead war keine Ausnahme dieser Regel. Seine rassistischen Grundsätze beispielsweise waren fest in der vorgileadischen Periode verwurzelt, und Rassenängste sorgten für einen Teil des emotionalen Zündstoffs, der den Boden für die so erfolgreiche gileadische Machtübernahme bereitete.

Unsere Autorin war also eine von vielen und muß innerhalb der groben Umrisse des historischen Augenblicks gesehen werden, von dem sie ein Teil war. Doch was wissen wir sonst über sie, abgesehen von ihrem Alter, einigen physischen Merkmalen, die Kennzeichen einer jeden Frau sein könnten, und ihrem Wohnort? Nicht sehr viel. Sie scheint eine gebildete Frau gewesen zu sein, soweit man eine Absolventin eines nordamerikanischen Colleges jener Zeit als gebildet bezeichnen kann. *(Gelächter, Stöhnen.)* Doch solche Frauen gab es wie Sand am Meer, also ist auch dies kein Anhaltspunkt. Sie hält es nicht für angebracht, uns ihren ursprünglichen Namen anzugeben, und alle offiziellen Unterlagen über sie dürften bei ihrem Eintritt ins Rachel-und-Leah-Umerziehungszentrum vernichtet worden sein. »Desfred« gibt keinen Anhaltspunkt, denn wie »Desglen« und »Deswarren« war es ein Patronymikum, das aus dem Possessivartikel und dem Namen des betreffenden Herrn gebildet wurde. Solche Namen wurden von den Frauen bei ihrem Eintritt in eine Verbindung mit dem Haushalt eines spezifischen Kommandanten angenommen und, wenn sie ihn verließen, wieder aufgegeben.

Die anderen Namen in dem Dokument sind gleichfalls unbrauchbar für Zwecke der Identifikation und Authentisierung. »Luke« und »Nick« geben nichts her, »Moira« und »Janine« ebensowenig. Mit hoher Wahrscheinlichkeit waren diese Namen ohnehin Pseudonyme, von der Autorin gewählt, um diese Personen für den Fall einer Entdeckung der Bänder zu schützen. Wenn dies zuträfe, würde es unsere Ansicht unterstützen, daß die Bänder innerhalb der Grenzen Gileads besprochen wurden, und nicht außerhalb, um dann zum Gebrauch des Mayday-Untergrunds wieder ins Land geschmuggelt zu werden.

Nach dem Ausscheiden der oben erwähnten Möglichkeiten blieb uns nur noch eine einzige. Würde es gelingen, den schwer faßbaren Kommandanten zu identifizieren, so meinten wir, wäre zumindest ein gewisser Fortschritt erreicht. Wir sagten uns, daß eine so hochgestellte Persönlichkeit höchstwahrscheinlich Teilnehmer der ersten, streng geheimen Strategieseminare der »Söhne Jakobs« gewesen war, bei denen die Philosophie und die Sozialstruktur Gileads erarbeitet wurden. Diese Seminare fanden kurz nach der Anerkennung des Rüstungspatts der Supermächte und der Unterzeichnung des geheimen Einflußsphären-Abkommens statt, das den Supermächten die Freiheit gab, ungehindert durch ein Eingreifen anderer die wachsende Anzahl von Rebellionen innerhalb ihrer eigenen Imperien zu bewältigen. Die offiziellen Protokolle der Versammlungen der Söhne Jakobs vernichtete man nach der großen Säuberung in der mittleren Periode, bei der eine Anzahl der ursprünglichen Gründer Gileads diskreditiert und liquidiert wurden. Allerdings haben wir Zugang zu einigen Informationen dank des Tagebuches, das Wilfred Limpkin, einer der bei den Sitzungen anwesenden Soziobiologen, in Geheimschrift geführt hat. (Wie wir wissen, wurde die soziobiologische Theorie von der natürlichen Polygamie als wissenschaftliche Rechtfertigung für einige der seltsameren Praktiken des Regimes benutzt, ähnlich wie von früheren Ideologien der Darwinismus mißbraucht wurde.)

Aus dem Material von Limpkin wissen wir, daß es zwei mögliche Kandidaten gibt, das heißt, zwei, deren Namen das Element »Fred« enthalten: Frederick R. Waterford und B. Frederick Judd. Von beiden sind keine Fotos erhalten; den letzteren allerdings beschreibt Limpkin als »ausgestopftes Hemd« und als jemanden, ich zitiere, »für den Vorspiel etwas ist, was man auf einem Golfplatz macht«. *(Gelächter.)* Limpkin selbst hat die Gründung Gileads nicht lange überlebt, und wir sind nur deshalb im Besitz seines Tagebuches, weil er sein eigenes Ende vorhersah und das Tagebuch bei seiner Schwägerin in Calgary deponierte.

Sowohl Waterford als auch Judd haben Eigenschaften, die für sie sprechen. Waterford hatte sich früher in der Marktforschung betätigt, und war, Limpkin zufolge, verantwortlich für den Entwurf der Frauentrachten und für den Vorschlag, die Mägde Rot tragen zu lassen, was er von den Uniformen der deutschen Kriegsgefangenen in kanadischen POW-Lagern im Zeitalter des Zweiten Weltkrieges übernommen zu haben scheint. Er scheint auch der Urheber des Wortes Partizikution gewesen zu sein: Er entlehnte es einem gewissen Gymnastikprogramm, das sich irgendwann im letzten Drittel des Jahrhunderts großer Beliebtheit erfreute. Die kollektive Seilzeremonie dagegen ging auf einen ländlichen englischen Brauch des siebzehnten Jahrhunderts zurück. Das »Erretten« könnte ebenfalls seine Erfindung gewesen sein, obwohl es sich zur Zeit der Gründung Gileads bereits von seinen philippinischen Ursprüngen entfernt hatte und ein allgemeiner Begriff für die Eliminierung politischer Feinde geworden war. Wie ich schon an anderer Stelle sagte, gab es nur wenig, was seinem Ursprung oder seiner Herkunft nach mit Gilead verbunden war: Gileads Begabung war die Synthese.

Judd dagegen scheint weniger an der Verpackung interessiert gewesen zu sein und sich mehr um die Taktik gekümmert zu haben. Er war es, der die Anwendung eines obskuren »C.I.A.«-Pamphlets über die Destabilisierung ausländischer Regierungen als strategisches Lehrbuch für die Söhne Jakobs empfahl, und er stellte auch die frühen Abschußlisten prominenter »Amerikaner« jener Zeit auf.

Ebenso steht er in dem Verdacht, das Massaker am Tag des Präsidenten inszeniert zu haben, was ein Höchstmaß an Infiltration des den Kongreß umgebenden Sicherheitssystems erfordert haben dürfte und ohne das die Verfassung niemals hätte suspendiert werden können. Die Nationalen Heimatländer und der Jüdische Boat People-Plan sind beide seine Erfindung, ebenso wie die Idee der Privatisierung des jüdischen Repatriierungsplans – mit dem Ergebnis, daß mehr als eine Schiffsladung Juden einfach in den Atlantik gekippt wurde, um den Profit zu maximieren. Nach allem, was wir über Judd wissen, dürfte ihn das nicht sonderlich beunruhigt haben. Er steuerte einen harten Kurs, und von Limpkin wird ihm die Bemerkung zugeschrieben: »Unser großer Fehler war, ihnen das Lesen beizubringen. Das werden wir nicht wieder tun.«

Judd wird ebenfalls zugeschrieben, Form und Ablauf – im Gegensatz zum Namen – der Partizikution entwickelt zu haben. Er argumentierte, daß dies nicht nur eine besonders erschreckende und wirkungsvolle Methode sei, sich subversiver Elemente zu entledigen, sondern daß sie auch als Ventil für die weiblichen Elemente in Gilead dienen werde. Sündenböcke sind bekanntlich zu allen Zeiten der Geschichte nützlich gewesen, und es muß für diese Mägde, die sonst unter so strenger Kontrolle lebten, höchst befriedigend gewesen sein, hin und wieder einen Mann mit bloßen Händen zerreißen zu dürfen. Diese Praxis war dermaßen beliebt und wirkungsvoll, daß sie während der mittleren Periode zum Gesetz erhoben wurde und von nun an viermal jährlich, an den Tagen der Sommer- und Wintersonnenwende und während der Tagundnachtgleichen stattfand. Hier scheinen Fruchtbarkeitsriten der frühen Erdgöttin-Kulte nachzuwirken. Wie wir bei der Podiumsdiskussion gestern nachmittag hörten, war Gilead, wenn auch der Form nach zweifellos patriarchalisch, inhaltlich doch gelegentlich matriarchalisch – wie zuvor schon einige Bereiche der Sozialstruktur, die zu seiner Entstehung geführt haben. Wie die Gründer Gileads wußten, muß man, um ein gut funktionierendes totalitäres System oder überhaupt irgendein System zu gründen, zumindest einigen wenigen Privilegierten einige Vorrechte und Freiheiten anbieten.

In diesem Zusammenhang sind vielleicht ein paar Bemerkungen über die erstklassige weibliche Kontrollinstitution der sogenannten »Tanten« angebracht. Judd war – dem Limpkinschen Material zufolge – von Anfang an der Meinung, daß die beste und kostengünstigste Methode, Frauen für reproduktive und andere Zwecke zu kontrollieren, darin bestand, diese Aufgabe Frauen zu übertragen. Dafür gab es zahlreiche historische Präzedenzfälle. Tatsächlich ist kein durch Gewalt oder auf andere Weise errichtetes Imperium je ohne diese Besonderheit ausgekommen: die Kontrolle der Einheimischen durch Mitglieder ihrer eigenen Gruppe. Im Falle Gileads waren viele Frauen willens, als Tanten zu dienen, entweder weil sie wirklich an das glaubten, was sie »traditionelle Werte« nannten, oder aber um der Vorteile willen, die sie sich dadurch möglicherweise verschaffen konnten. Wenn Macht rar ist, ist schon ein klein wenig davon verführerisch. Es gab auch einen negativen Anreiz: kinderlose oder unfruchtbare oder ältere Frauen, die nicht verheiratet waren, konnten sich als Tanten verdingen und so dem Überflüssigsein und der daraus resultierenden Verschiffung in die berüchtigten Kolonien entrinnen, wo transportierbare Bevölkerungsgruppen lebten, die vorwiegend als billige Arbeitstrupps für die Beseitigung von Giftmüll eingesetzt wurden, obwohl einem bei ein wenig Glück auch weniger gefährliche Arbeiten wie Baumwollpflücken und Obsternten zugewiesen werden konnten.

Die Idee also stammt von Judd, aber die Durchführung trägt Waterfords Stempel. Wer sonst unter den Teilnehmern der Strategieseminare der Söhne Jakobs wäre auf die Idee gekommen, den Tanten Namen zu geben, die von Markenprodukten abgeleitet waren, die man in der Gilead unmittelbar vorausgehenden Periode hatte erwerben können und die den Frauen deshalb vertraut und beruhigend klangen – Namen von Kosmetikserien, Kuchenfertigmischungen, Tiefkühldesserts und sogar Arzneimitteln? Es war ein brillanter Streich, und er bekräftigt uns in unserer Meinung, daß Waterford in seiner besten Zeit ein Mann von beachtlicher Genialität war. Ebenso wie, auf seine Weise, auch Judd.

Von beiden Herren war bekannt, daß sie kinderlos waren und daher Anspruch auf eine Abfolge von Mägden hatten. Professor Wade und ich haben in unserer gemeinsamen Arbeit »Der Begriff des ›Samens‹ im frühen Gilead« die Vermutung angestellt, daß beide – wie viele der Kommandanten – mit einem Sterilität verursachenden Virus in Kontakt gekommen waren, der bei geheimen vorgileadischen Genspleiß-Experimenten mit Mumps entwickelt worden war und der dem, von den höchsten Moskauer Funktionären bevorzugten Kaviar, zugesetzt werden sollte. (Das Experiment wurde nach dem Einflußsphären-Abkommen aufgegeben, da der Virus von vielen als zu wenig kontrollierbar und deshalb als zu gefährlich erachtet wurde, wenn auch einige ihn gerne über Indien ausgestreut hätten.)

Allerdings sind weder Judd noch Waterford je mit einer Frau verheiratet gewesen, die als »Pam« oder als »Serena Joy« bekannt war oder bekannt gewesen war. Der letztere Name scheint eine etwas boshafte Erfindung unserer Autorin zu sein. Judds Frau hieß mit Vornamen Bambi Mae, und Waterfords Frau hieß Thelma. Letztere war allerdings einst als Fernsehmoderatorin der beschriebenen Art tätig gewesen. Wir wissen dies von Limpkin, der verschiedene höhnische Bemerkungen darüber macht. Das Regime selbst bemühte sich, solche früheren Abweichungen von der Orthodoxie seitens der Gattinnen seiner Elite zu vertuschen.

Insgesamt spricht das Beweismaterial mehr für Waterford. Wir wissen zum Beispiel, daß er, wahrscheinlich bald nach den Ereignissen, die unsere Autorin beschreibt, bei einer der frühesten Säuberungen sein Ende fand: Er war liberaler Tendenzen angeklagt, sowie des Besitzes einer ansehnlichen und unrechtmäßigen Sammlung ketzerischen Bilder- und Literaturmaterials, sowie der Beherbergung einer subversiven Person. Das geschah in der Zeit, bevor das Regime seine Prozesse geheim abzuhalten begann, als es sie noch im Fernsehen übertragen ließ, so daß diese Ereignisse via Satellit in England aufgezeichnet werden konnten und sich daher heute auf Videoband in unseren Archiven befinden. Die Aufnahmen von Waterford sind nicht gut, aber sie sind deutlich genug, um zu erhärten, daß sein Haar in der Tat grau war.

Was die subversive Person angeht, deren Beherbergung Waterford angeklagt war, so hätte dies Desfred sein können, da ihre Flucht sie in diese Kategorie eingereiht hätte. Wahrscheinlicher aber ist, daß es »Nick« war, der – die bloße Existenz der Bänder beweist es – »Desfred« zur Flucht verholfen haben muß. Die Art und Weise, wie ihm das gelang, weist ihn als Mitglied des schattenhaften Mayday-Untergrunds aus, der nicht identisch war mit der Untergrund-Frauenstraße, aber in Verbindung mit ihr stand. Letztere war lediglich eine Rettungsorganisation, ersterer eine paramilitärische Gruppe. Eine Reihe von Mayday-Agenten haben, wie man weiß, die Machtstruktur Gileads auf höchster Ebene unterwandert, und die Unterbringung eines ihrer Mitglieder als Waterfords Chauffeur war zweifellos ein Coup gewesen – ein Doppelcoup, da »Nick« gleichzeitig Mitglied der Augen gewesen sein muß, so wie Chauffeure und persönliche Bedienstete dies oft waren. Waterford müßte sich hierüber natürlich im klaren gewesen sein, aber da alle hochgestellten Kommandanten automatisch Direktoren der Augen waren, könnte es sein, daß er dieser Tatsache nicht viel Aufmerksamkeit schenkte und sich bei seinen Verstößen gegen die seiner Meinung nach unbedeutenderen Regeln dadurch nicht stören ließ. Wie die meisten frühen Kommandanten Gileads, die später Säuberungen zum Opfer fielen, betrachtete er seine Position als über jeden Verdacht erhaben. In der mittleren Periode Gileads war man da vorsichtiger.

Soweit unsere Vermutungen. Angenommen, sie waren richtig – angenommen also, daß Waterford tatsächlich der »Kommandant« war – bleiben immer noch viele Lücken. Einige hätten von unserer anonymen Autorin ausgefüllt werden können, wäre ihr eine andere Denkweise eigen gewesen. Sie hätte uns viel über das Funktionieren des Gileadischen Imperiums mitteilen können, hätte sie das Gespür eines Reporters oder eines Spions besessen. Was gäben wir heute nicht für auch nur zwanzig Seiten Ausdrucke aus Waterfords Privat-Computer! Doch müssen wir dankbar sein für alle Krumen, welche die Göttin der Geschichte uns zu gewähren gedachte.

Was das endgültige Geschick unserer Erzählerin betrifft, so bleibt es im dunkeln. Wurde sie über die Grenzen Gileads in das damalige Kanada geschmuggelt? Und hat sie von dort ihren Weg nach England gefunden? Das wäre klug gewesen, da das Kanada jener Zeit sich seinen mächtigen Nachbarn nicht zum Feind zu machen wünschte und daher Razzien veranstaltete und solche Flüchtlinge auslieferte. Falls dem so war, warum nahm sie dann nicht ihre auf Band aufgezeichnete Erzählung mit? Vielleicht kam ihre Reise plötzlich; vielleicht fürchtete sie, abgefangen zu werden. Andererseits wurde sie womöglich erneut gefangengenommen. Falls sie wirklich England erreichte, warum machte sie ihre Geschichte nicht publik, wie es so viele taten, nachdem sie die äußere Welt erreicht hatten? Sie mag Vergeltungsschläge gegen »Luke« gefürchtet haben, in der Annahme, daß er noch am Leben sei (was höchst unwahrscheinlich war) oder auch gegen ihre Tochter; denn das Regime von Gilead war über solche Mittel keineswegs erhaben und benutzte sie, um negative Veröffentlichungen im Ausland abzuschrecken. Mehr als ein unvorsichtiger Flüchtling erhielt bekanntlich eine Hand, ein Ohr oder einen Fuß zugestellt, vakuumverpackt und per Express versandt, verborgen zum Beispiel in einer Kaffeedose. Aber vielleicht gehörte sie auch zu jenen entflohenen Mägden, die Schwierigkeiten hatten, sich an das Leben in der Welt draußen zu gewöhnen, als sie erst dort angekommen waren, nach dem behüteten Leben, das sie vorher geführt hatten. Vielleicht ist sie, wie diese Frauen, zur Einsiedlerin geworden. Wir wissen es nicht.

Ebenfalls nur deduzieren können wir »Nicks« Gründe dafür, daß er ihre Flucht betrieb. Wir müssen annehmen, daß er selber in Gefahr schwebte, nachdem die Verbindung ihrer Gefährtin Desglen mit Mayday entdeckt worden war, denn wie er als Mitglied der Augen wohl wußte, würde auch Desfred mit Sicherheit verhört werden. Die Strafen für unerlaubte sexuelle Aktivitäten mit einer Magd waren streng, und auch sein Status als Auge bot ihm nicht notwendigerweise Schutz. Die Gesellschaft von Gilead war aufs äußerste byzantinisch, und jede Übertretung konnte von unerklärten Feinden innerhalb des Regimes gegen einen benutzt werden. Gewiß, er hätte sie selbst ermorden können, was vielleicht das klügere Vorgehen gewesen wäre, doch bleibt das menschliche Herz ein Faktor, und wie wir wissen, glaubten beide, daß sie vielleicht schwanger von ihm sei. Welcher Mann der Gileadischen Periode hätte der Möglichkeit der Vaterschaft widerstehen können? Nichts anderes roch so sehr nach Status, nichts anderes wurde so hoch gepriesen. Statt dessen rief er eine Rettungsmannschaft der Augen herbei, die authentisch gewesen sein mag oder auch nicht, aber in jedem Fall unter seinem Befehl stand. Indem er so handelte, mag er seinen eigenen Sturz bewirkt haben. Auch dies werden wir niemals wissen.

Hat unsere Erzählerin die Welt draußen sicher erreicht und sich ein neues Leben aufgebaut? Oder wurde sie in ihrem Versteck unter dem Dach entdeckt, verhaftet und in die Kolonien oder in Jesebels Reich geschickt oder gar hingerichtet? Unser Dokument, obwohl auf seine besondere Weise so eloquent, schweigt sich darüber aus. Wir können Eurydike aus der Welt der Toten zurückrufen, aber wir können sie nicht dazu bewegen, Antwort zu geben. Und wenn wir uns umwenden, um sie anzuschauen, so sehen wir sie nur einen Augenblick lang, bevor sie unserem Griff entschlüpft und flieht. Wie alle Historiker wissen, ist die Vergangenheit ein großes Dunkel, und mit Echos gefüllt. Stimmen mögen von dort zu uns herüberhallen, doch was sie uns sagen, ist durchdrungen von der Dunkelheit des Bodens, aus dem sie kommen. Und wie sehr wir es versuchen mögen, es gelingt uns nicht immer, sie im klaren Licht unseres eigenen Tages genau zu entziffern.

Applaus.

Gibt es irgendwelche Fragen?

Marlen Haushofer

Die Wand
Roman
276 Seiten, gebunden
Einzige derzeit erhältliche Ausgabe

Eine unsichtbare, undurchdringliche Wand, jenseits
derer Totenstille herrscht, schiebt sich auf einmal
zwischen das Tal, in dem die Ich-Erzählerin lebt,
und die Außenwelt ...
Ein unnachahmliches Gleichnis für das überwindliche
Einsamsein.
»Sehr selten gibt es Bücher, für deren Existenz
man ein Leben lang dankbar ist. Dies kann
eines davon werden.«
Eva Demski

Die Mansarde
Roman
220 Seiten, gebunden
Einzige derzeit erhältliche Ausgabe

Die Mansarde ist Rückzugs- und Zufluchtsort für eine
junge Frau, Hausfrau und Mutter. Hier versucht sie der
grauenhaften Banalität ihres Ehealltags für Stunden zu
entgehen, eines Alltags, der ohne Alternative ist.
Hier findet sie für Momente zu sich selbst, zu der
Gewißheit, daß es ein anderes Leben gibt,
auch wenn es ihr verschlossen ist.

Claassen